君子·兰

朱树敏 著

中国言实出版社

图书在版编目(CIP)数据

君子·兰 / 朱树敏著 . — 北京 : 中国言实出版社,
2022.7

ISBN 978-7-5171-4245-4

Ⅰ.①君… Ⅱ.①朱… Ⅲ.①长篇小说—中国—当代
Ⅳ.① I247.5

中国版本图书馆 CIP 数据核字 (2022) 第 117309 号

君子·兰

责任编辑:李　岩
责任校对:薛　磊

出版发行:中国言实出版社
　　　　　地　址:北京市朝阳区北苑路180号加利大厦5号楼105室
　　　　　邮　编:100101
　　　　　编辑部:北京市海淀区花园路6号院B座6层
　　　　　邮　编:100088
　　　　　电　话:010-64924853(总编室)　010-64924716(发行部)
　　　　　网　址:www.zgyscbs.cn　电子邮箱:zgyscbs@263.net

经　　销:新华书店
印　　刷:成都市兴雅致印务有限责任公司
版　　次:2023年1月第1版　2023年1月第1次印刷
规　　格:710毫米×1000毫米　1/16　20印张
字　　数:338千字

定　　价:89.00元
书　　号:ISBN 978-7-5171-4245-4

序

走着走着，朱朱不见了

王 立

人到中年后，总是时时泛起伤春悲秋之感。梁实秋在散文《中年》中写道："所谓'耳畔频闻故人死，眼前但见少年多'，正是一般人中年的写照。"少年多，当然是令人喜悦的，而故人死，则未免惹人伤心。虽知人生一世，草木一秋是不能违背的自然规律，然而，身边的某个人说没就没了，总是令人既惊且痛的。

朱树敏，笔名"朱朱"。二〇二一年四月九日下午入院，四月十七日上午去世，年仅六十九岁。

朱朱是暮春四月化灰的，苦夏过去了，秋色亦深了——这一晃竟已五个多月了。

时间是无法挽留的，正如逝去的生命，一朵凋花，一片落叶，再也回不到树枝上，人亦如此，一旦谢世了，就永远离开了人间。

只有记忆，能使故人旧事浮现而来，仿佛就在眼前。

一

我与朱朱相识于一九八五年。这一年，濮院镇文化站负责人周敬文把镇上与乡下爱好文学的人召集起来，组织成立了梅泾文学社，翌年创办了《梅泾文学》。

那时的朱朱三十多岁，身材高大，英姿勃发，作为濮院镇的居民，他经历过生活的磨炼，人又聪明幽默，毫无疑问是文学社的骨干人物。而我比他年少十余岁，应是他眼中来自乡村的青涩小弟吧。

朱朱参加了文学社后，积极采风，勤奋写作，十分的活跃。他融入桐乡的文学界，上沈园，下煤矿，去缘缘堂……他写的微型小说在嘉兴市"'天天杯'微型小说大奖赛"中获了奖，引起了文学社同仁的轰动，既为他热烈祝贺，又暗暗自我激励。

二十世纪八九十年代是一个充满梦想与激情的时代，这在朱朱身上体现得尤为明显。作为知青，朱朱下乡插队，在广阔的天地里"接受贫下中农的再教育"，回城后被安排在镇上的缝纫机零件厂工作，他要夺回失去的时间，上夜校，学日语，读英语，爱好写作……豪情满怀，不亦乐乎。

朱朱还有一个最大的爱好，就是下象棋。他沉迷在楚河汉界的对决中，运筹帷幄，征战沙场。棋局博弈，考验的是人的智慧与心性。而他的夫人张季萍，是镇上象棋女子选手，可谓夫唱妇随。那时，我还不认识张季萍，后来从她的文章中得知，他们夫妻俩同时加入了棋类协会，一有机会就去桐乡、嘉兴等地看象棋比赛，通常是朱朱骑着二十八寸永久自行车，书包架上坐着他的夫人。不知为什么，看到这个细节，我的心中总是充满莫名的感动。

一九九〇年，周敬文调走了，去桐乡文化馆工作，执编《桐乡文艺》，梅泾文学社的活动因此不再正常，虽然每年一期的《梅泾文学》照常编印，但是二十世纪八十年代的蓬勃激情显然已渐渐消隐了。

这是因为经济大潮的汹涌到来，席卷了文学梦想的空中楼阁。在滚滚红尘中，人的任何梦想，若自我考量不能修成正果的，迅速抽出身来面对现实，不失为明智的选择。美国心理学家马斯洛把人的需求分为七个层次，梦想或理想的实现是最高层次，要想得到"自我实现"，如果没有天纵之才，那只能沉下心来，首要解决柴米油盐等物质问题。

何况当时的濮院正在"无中生有"地创造一个羊毛衫市场，似乎遍地是黄金，全国各地的客商蜂拥而至，前来淘金。

人心思变，人心思富，暂且把文学梦搁置起来。

尽管我与朱朱仍在一个镇上，但是失落于茫茫人海中，淡了联络，各自在生活的轨道上运行着。

二

年复一年，时光飞逝。

从二〇一四年六月到二〇一五年十二月，濮院古镇居民万人大迁移，开始旧镇改建，有机更新。二〇一六年初，我与陈滢看到许多居民迁居到了嘉兴、梧桐等地，便设想创建一个文化平台，既能使濮院百姓抒发乡愁，又能使新居民了解濮院，从而展现江南人文之魅力。想起元至正十年（1350年）的春天，濮氏家族发起过一场轰轰烈烈的"聚桂文会"，邀请元末文坛领袖杨维桢为主评裁，东南文士以文卷赴会者五百多人。其时，群贤毕至，诗文锦绣。这场吴越古镇的文学盛会，令六百六十六年后的我们依然神往不已，觉得这张小镇文学的金名片在历史的尘埃中湮没得太久太久了，便决意通过微信平台发起网络版"聚桂文会"，以期"重拾辉煌，照亮未来"。二〇一六年四月二十四日，我们在桐乡市文联举行了"聚桂文会启动研讨会"。

"聚桂文会"公众号一经问世，便引起了广泛的关注，尤其是濮院的老百姓，更是踊跃汇聚。在一次文学活动中，陈滢认识了张季萍，大家都叫她"阿宝"，一了解才知是朱朱的夫人，他们早已迁居嘉兴生活，都已退休了。阿宝写了很多具有乡土气息的文章，但是不见朱朱的动静，我在微信群里对阿宝说："树敏再不出来写，你要超过他了。"她去对朱朱说了，这个激将法挺管用，把朱朱争强好胜的心气给激发了出来，我知道，凡是喜欢在棋枰上一决高下的人，本身都具有一股不服输的劲儿。二〇一七年一月七日，朱朱在"聚桂文会"公众号发表了第一篇文章——《亦师亦友周敬文》，回忆了他八十年代的"文青"经历，还配上了许多老照片。我的留言是："树敏兄，久违了。看到你的文字，好开心，好开心。"我的两个"好开心"是发自肺腑的。

从此，朱朱写出了一篇又一篇的文章，或是古镇旧事，或是插队生活，毕竟旧时的功底尚在，且行文轻松诙谐，总是引来众多读者围观点赞。

我们每次举行的读书、采风活动，朱朱都积极报名参与，骑着一辆电瓶车，后座坐着他的夫人阿宝，风尘仆仆地从嘉兴如约而至。

每逢此时，我回想起的是二十世纪八十年代，年轻的朱朱骑着二十八寸永久自行车，带着同样年轻的阿宝，一路奔驰。如今，已过花甲之年的朱朱骑着一辆电瓶车，带着同样已过花甲之年的阿宝，继续一路奔驰。仿佛朱朱这一生，从青葱时光到夕阳余晖，就这样带着阿宝一路奔驰，身后尘土飞扬……

阿宝视力较弱，朱朱总是细心地为她引路、搀扶，到了桌子前，把椅子拉开，让她坐下。就餐时，朱朱为阿宝挟菜，甚至给阿宝剔除鱼刺、剥虾皮。此情此景，我脑海中浮现出的一个词——相濡以沫。

进入老年生活后的朱朱，尽管动作已不再干练，说话也温温和和，但依然聪明幽默，没有戾气，也没有刻薄，总是一副笑眯眯的模样，这就是我喜欢他的原因。

有一次会后聚餐，在万祥饭店的底层大厅，大家边吃边聊间，说起朱朱插队时在大队文工团扮演过现代京剧《红灯记》中的李玉和，纷纷鼓动他来一段，朱朱再三推辞，推辞不脱，便站起身来，举起酒杯，先来了句开场白："谢——谢——妈！"他中气十足，瞬间进入了角色：

　　临行喝妈一碗酒

　　浑身是胆雄赳赳

　　鸠山设宴和我交朋友

　　千杯万盏会应酬

　　时令不好风雪来得骤

　　妈要把冷暖时刻记心头

　　……

这是唱段《浑身是胆雄赳赳》，虽然没有乐队伴奏，朱朱却如同青春时期在乡村舞台上面对父老乡亲倾情表演一样，双目有神，字正腔圆，激情飞扬。

与会的老厂长范松林是京剧戏迷，十分熟悉这段戏，他以一双筷子敲着碟儿，跟着节奏打拍子，或舒或急，沉浸其中，情绪激昂处，竟至筷断碟碎。

朱朱清唱完毕，引来全场喝彩，邻桌不相识的食客也纷纷鼓掌叫好。

记忆中这是朱朱唯一一次亮嗓唱戏，后来大家鼓动他唱一段，他就说唱不动了，便作罢。

唱京剧特别需要精气神，朱朱毕竟不再是当年的追风少年了。

三

朱朱从二〇一七年一月动笔写作后，再次激发了文学的梦想与写作的激情。

退休后的朱朱还在嘉兴武警医院药库上班，他不会使用电脑，那一篇篇文章，一字一句都是手机打出来的，空余下来他就通过手机写作。

那时我还不知道，朱朱正在构思、写作一部长篇小说。直到二〇一八年秋，朱朱发来一部稿子，打开一看，是长篇小说《君子·兰》，一百余章，约三十万字，这使我大吃一惊。

只写过微型小说的朱朱，在重拾文学梦后突然爆发出了如此强大的冲击力，令人不可思议。

要操练如此容量的长篇小说，不仅需要谋篇布局的才情，更需要历日旷久的激情，不能丝毫松懈，否则一旦泄气，就有可能半途而废，无法抵达终点。

而朱朱，在他六十六岁那年，完成了这个冲刺。对于朱朱来说，无疑具有攀登高峰的意义。

二〇一九年四月十二日，《君子·兰》开始在"聚桂文会"公众号连载，至二〇二〇年九月二十八日连载完毕。熟悉朱朱的文友、读者，对他的每篇连载都热烈追读，兴致勃勃地讨论人物、故事与情节。

《君子·兰》写了什么？小说描写了二十世纪八十年代改革开放初期，江南某衬衫厂分管营销的副厂长唐万军不甘庸碌生活，毅然自砸铁饭碗，与在饮服公司工作的妻子、上海女知青陈玉兰一同下海经商，开门店、下西南、进上海、建工厂……终于在针织服装领域打拼出一片天地，成功创出了"君子·兰"针织服装品牌。这是小说的主线，包括唐万军与陈玉兰的恋爱成家、婚姻波折。副线则是唐万军与陈玉菊、沈穹曳的情爱纠葛，陈玉兰妹妹陈玉菊、姐姐陈玉梅的命运沉浮，以及唐万军与陈玉兰的儿子唐平的成长过程。小说展现了改革开放初期人心思变、人心思富的社会现实，同时又揭示了人性的复杂纠缠、时世的光怪陆离，充分反映了时代转折期的社会现象与生活图景。

朱朱插过队、上过班、做过羊毛衫……这样的生活经历，融入了《君子·兰》的写作中。

在小说的叙述上，可以看到朱朱的努力与追求，如避开了平铺直叙的线性叙事，以大量的插叙、倒叙，大跨度的时空转换，力图给读者一个新鲜的阅读体验。

朱朱的夫人阿宝说过："这部小说里包含了树敏平生所学知识、生活经历、所见所闻，可以说倾注了他的全部心血。"知夫莫如妻，所言甚是。

《君子·兰》如何印行问世是个问题，朱朱知道出版不易，试图进行修改、精简，但是，朱朱在二〇一九年十一月初患了脑梗，思维经常断片，多次面对带键盘的平板机，却一个字也改不出来，他对阿宝说："先放着吧，等我好一些再说。"

然而，老天还会给他机会吗？

四

朱朱经常骑着电瓶车赶来赶去，毕竟存在巨大的安全隐患，尤其是他患过脑梗后，影响大脑，反应迟缓。二〇二〇年六月十四日，朱朱一个人骑了电瓶车外出办事，撞在公路边上，造成右肩锁骨和肩胛骨粉碎性骨折，还有三根肋骨骨折，入院治疗，至七月七日出院。

二〇一九年的脑梗，二〇二〇年的车祸，这是生命之神对朱朱发出的警讯。

朱朱的身体状况究竟如何，我是不知道的，只知道他依然会来濮院参加有关文化活动。如二〇二一年一月九日《濮院记忆》首发分享会，一月十八日《濮院古镇商贸旧事》首发座谈会，三月二十八日梅泾社区《梅泾文学》座谈会，朱朱都从嘉兴赶来参加了，只是他已不再骑着电瓶车来回，而是通过公交车或搭便车往返。每次看到朱朱，可以明显感到他的消瘦与憔悴，木讷之间失去了往日的神采。

然而，朱朱的心中依然燃烧着文学梦想的熊熊烈火。

在《君子·兰》连载过程中及之后的时间里，朱朱仍不断地写着一篇又一篇千字文，他在"聚桂文会"公众号发出的最后一篇文章是二〇二一年二月四日，农历腊月廿三，再有一周就过大年了，题目是《过年记忆：吃年酒》。

朱朱在此文中第一句话便是："这大几十年，可以说与酒结下了深深的不解之缘。"确实，朱朱的烟是戒了，酒却未戒，尽管不再豪饮，但无酒不欢。

烟与酒是人间烟火之一种，个人的嗜好与命运的交集，总是会产生千丝万缕的关联。一个人的癖好，无论雅俗，皆关乎人的深情与真气，如明时张岱说的："人无癖不可与交，以其无深情也；人无疵不可与交，以其无真气也。"然而，任何一种癖好，需要把握一个度，沉迷太深，不是伤神就是伤身。

四月九日下午，朱朱入院。其实他是脑溢血，情况很严重。打了一夜点滴，似乎好转了些。四月十日下午三四点钟，朱朱拿着手机看了一会儿，对阿宝说："王立得了奖，大家都在祝贺他，我也祝贺他一下。"——那天下午，第三届丰子恺散文奖颁奖典礼在石门镇举行，我的散文《南横街时光》获了提名奖，文友们在微信群里道贺，而朱朱的祝贺终未发出，阿宝回头一看，他睡着了。这天傍晚，"聚桂文会"公众号推送了朱朱的孙子朱单沫凡的诗歌《童心多彩》，引得老濮院人纷纷夸奖，阿宝看到了，把手机拿到朱朱身边，要叫醒他，但他没有任何反应。

朱朱这一睡，从此没再醒来。

四月十七日下午，我与部分文友前往桐乡殡仪馆吊唁朱朱，他的遗像是一张彩色照，正是风华正茂时：年轻英俊，佩了领带，充满阳光地微笑着……

无端地想起朴树录制《送别》时，唱着唱着，泪水夺眶，无语凝噎，只因那一句"知交半零落"，触动了他心底深处最柔软的一角。

"天之涯，地之角，知交半零落"，弘一法师伤痛过，朴树恸哭过，世间多少人为之悲怆而神伤！

在人生的旅途中，许多熟悉的人走着走着就消失了，朱朱也一样，走着走着就不见了。

朱朱给我们留下了三十万字的长篇小说《君子·兰》，这部遗著凝聚了他的心血与智慧，承载了他的光荣与梦想。

相信这人间不会辜负朱朱的深情和美意，君子兰终将华丽绽放！

2021 年 9 月 28 日

01

香烟夹在指，看报数铅字。一日三餐粥，混过八小时。这是二十世纪八十年代末许多集体工矿企业上班族每天的真实写照。

唐万军所在的浙北一家衬衫厂也不例外。产品没有创新，严重积压，设计、销售人员没有积极性，工人上班迟到早退，工资发了上月没下月，全厂两百多号人几乎都守在一口大锅边，眼看着里面的饭一点点少下去。任你依靠再厉害的行政手段也根本无法管理下去。衬衫厂距离真正的死亡真的已经不远了。其时，全国部分农村的包田到户轰轰烈烈已经初见成效，农民兄弟干劲十足，收入比人民公社时翻了几十番。

厂长万分揪心，唐副厂长也急。一次会议后，厂长留下他来商议，提出一个在当时绝对是吃豹子胆的想法，唐副厂长听后，举双手赞成。

两个人一拍即合，决定大胆向农民兄弟学习，在厂里搞承包制，以期调动职工积极性，彻底打破大锅饭！在浑浑噩噩中杀出一条血路，做全中国第一家吃螃蟹的集体企业。这个想法堪称疯狂，一旦触礁，本就漏水的破船将会即刻倾覆。说干就干，胆大妄为的两个人顶着各种巨大压力，下定决心，艰难迈出了针对现状改革的第一步。首先从销售人员抓起。厂里库存多，就按库存量分发给每个销售人员，在所有库存打七折的基础上，再从销售款中提取百分之二十作为工资奖金。取消基本工资，每月只发生活费。差旅费报销，但请客送礼吃饭自己负责。愿意的做，不愿意的调换工种。设计人员需根据市场不断创新，工资奖金与产品销售业绩挂钩。工人根据每个人生产的质量与数量设立奖惩制度。凡不服从分配的辞退。尽管有重重反对、怨声载道的声音，压力阻力巨大，但改革还是雷厉风行地在全厂推行了。

一石激起千层浪。这个在当时看来简直是叛逆的改革却取到了意想不到的效果。不到一年，企业从濒临倒闭到盈利400万，简直就是一个奇迹。这个奇迹被当地政府树成改革开放的先进典型后，又接连被市、省、中央当成改革成功的典型而在全国推广开来，开启了全国集体工矿企业改革开放的大幕。

一时间，衬衫厂红遍全国，各地来参观取经的人几乎把厂门口的条石踏穿。厂长的名字一夜间家喻户晓，继而让全国人民津津乐道。

出名后的厂长异常繁忙，经常被全国各地企业邀请去介绍经验作报告，厂里的生产只有在每天晚上电话遥控指挥，苦不堪言。奇怪的是，同样一个衬衫厂，知名度提高后，厂里的订单雪片似的飞来，连多年积压的库存也销了个精光。唐万军每天面对催货电话无能为力，无可奈何，虽说承包制充分激发了一线工人的生产积极性，但人毕竟不是机器，因此作为分管营销的副厂长，面对大好形势，力不能及，到了焦头烂额的地步。厂长有厂长的难处，唐副有唐副的难处。

唐副还有一个难处是，按定下的报酬合同比例，随着利润的增加，正与副之间的收入差距也在逐渐拉大。有什么办法呢，白纸黑字自己签下的奖金分配合同，要么一天到晚继续手忙脚乱当唐副，要么舍弃相较于工人还算丰厚的薪水甩手走人。

当时，全国正卷起一股辞职干个体户风潮，社会上挣钱十分容易，随便弄个什么买卖都能赚钱。报纸上电视里常常在报道今天哪里出了个万元户，明天哪里又出了个手握大哥大的超万元户，听了、看了超刺激，让人像打了鸡血一样，亢奋不已。万元户啊！在月工资加奖金只有小几百元的年代，大哥大与万元户对唐副来说绝对是个致命诱惑。

唐万军坐不住了，思来想去，他决定走，辞职去捧泥饭碗。他把自己深思熟虑的想法告诉了妻子，并开玩笑说："你在饮服公司好好干，不要辞职，给我们家留条退路，要不然失败了我与儿子连口汤水都无处去喝了。"

妻子陈玉兰，是上海来本地插队的知青，身材高挑，皮肤白腻，袅袅婷婷，风姿绰约。人到中年，精致的脸上依然生动，一双眼睛大而深邃，上眼睫毛自然翘，有心看人时，双眼仍会闪发出蓝荧荧之摄魂电火花。唐万军有一次在朋友聚会上喝高后吹牛皮时，称自己便是被这女人的电火花电得晕晕乎乎，而后彻底缴械投降的。而当年对唐万军"闪电"甚至"打雷"的姑娘岂止是个位数，陈玉兰后来说起往事，也是一脸胜利的表情。

唐万军是家中独子，按当时政策是不用去插队支边的，因此也就早早进了这家在当时来说县城里的头牌二轻企业衬衫厂。虽说衬衫厂是集体所有制企业，不过由于厂里生产任务都是由上级单位二轻总公司定额定单计划生产销售，生产任务、工资收入旱涝保收，无须厂领导干部多动脑筋，因此厂里一套领导班子几十年如一日，踏着早八点的铃声进办公室，然后泡一缸"滇红"，点燃一根"西湖"，这时邮递员到了，党报、省报、市一级报刊纷纷送到，新的忙碌的一天就此开始。

唐万军18岁进厂，从学徒工做起，通过自己好学努力，历任半成衣车间生产副组长、成衣车间大组长、供应科副科长、供销科副科长、科长，直到担任分管供销的副厂长。多年下来，生产线上的每一道工序他都了然于胸，同时通晓与各大城市各大商场如何打交道，尽量做到增加定额外产量的销售，减少退货，快速回笼资金，提供开发流行新产品信息。可以这么说，衬衫厂曾经有过的辉煌，如果功劳厂长占大半的话，那剩下的一小半便是他唐万军的。

对金钱的渴求欲望一旦开启，那简直是车轮滚滚，势不可挡。当唐万军给总公司经理递上辞职报告时，总经理有些吃惊。"干得好好的，连中央都知道了你们厂，以后前途无量，为什么要辞职？"

"新的东西发展太快，能力跟不上去。"

"那也不用辞职啊，可以让你去学习进修充充电。"

"太累了，真的不想干了。"

总经理目光炯炯地盯着唐万军的眼睛，像是要看到他心里去。"假话！是不是嫌官小了嫌钱少了？"总经理一针见血。

"哪里……"唐万军心口不一地掩饰。

总经理搓了搓手，然后用右手食指和中指弯曲着在桌子上"嗒嗒"敲了几下，说："真要走？"问话间，脸色有些不大好看。

"真走！"

"行，你等等，我打个电话。"总经理把桌子上的一支水笔拿在手中，复又丢在桌上，随即拎起电话，按下几个阿拉伯数字。"嘟……嘟……"电话通了："喂，是周主任吗？是这样的，我们总公司属下的××衬衫厂……对……对，全国典型……对对对……"

唐万军听得出，总经理的电话是打给省二轻总公司总经理办公室的周主任的。全县二轻企业隶属县二轻总公司（二轻公司的前身叫二轻局），所有县属总公司隶属市公司，所有市公司隶属省二轻总公司，省、市、县、企业，台阶般一级级下来，一级管一级。总经理，副总经理，分管经理、副经理，办公室主任、副主任，还有服装、家纺、日用品、轻工机械……正、副……啊呀，想想都头痛。唐万军一阵神游，以至于后面总经理在电话里跟省办主任说了些什么也没听到。

"小唐啊，你们的企业现在全国都闻名了，中央正在抓改革开放，准备重点推广你们厂的经验，你又是厂里的副厂长，辞职的话影响太大啊……"

"小唐！！"总经理见唐万军有点灵魂出窍，对自己的说话居然没有反应，于是突然大喝一声。

"啊……"唐万军猛地一下惊醒过来。

上海离浙北这个县城只有一百多公里路。20世纪70年代初，虽说还没有直达公共汽车，但县城到市里后，市里有火车通上海，差不多半天的时间就到了，还是十分方便的。

陈玉兰为了到这个离上海很近的县城农村插队，也是动了一番脑筋。当时上海的六六、六七、六八老三届初、高中生，大都是奔赴云贵川、东北内蒙古等边疆地区，如能安插到大丰、崇明等上海附近农场，则属于非常幸运了。还有，要么自己走路子，投亲靠友，在上海周围寻亲，十八代、廿四代亲眷寻出来，真也好，假也罢，只要有生产队愿意接收你就行。

陈玉兰在家里四姐弟中排行第二，算六七届初中毕业。姐姐陈玉梅比她大一岁，却要高两届，读高一，算六八届高中毕业。还有一个妹妹陈玉菊，一个弟弟陈金弟。

大姐陈玉梅在这个火红的年代，怀揣一颗火热的红心，瞒着家中父母，跟几个要好同学相约一起报名，强烈要求去反帝反修前哨阵地，祖国的北疆——黑龙江安家落户。

根据政策，上面两个姐姐去边疆农村后，家中有一个留沪指标，因此辍学的小妹玉菊可以留在上海，进单位工作，由于玉菊暂时还不到分配工作年龄，只能在里弄办的街道企业做点临时工，挣几个零用钱，偶尔也补贴一下家用。

陈家三姐妹中，就数三妹玉菊长得最好看，整个脸型虽与二姐玉兰相像，稍稍有点长，但下巴要比玉兰尖，是标准的本地狭长南瓜子脸。她红唇微翘，一笑，粉嫩羞涩、一掐就能出水的右脸颊上就会有一个酒窝若隐若现，特别是一双桃花眼看男人比玉兰更具杀伤力。

插队前，陈玉兰从母亲那里了解到母亲的太奶奶是从浙北一个农村里出来的，于是特地和母亲从上海来到这个浙北小村寻亲，一番打探，村里有老人忆起确有这么一个人。有了这么一个亲戚渠道，生产队自然接受了陈玉兰的插队要求，并为其开具了证明。有了红彤彤的生产队印章，陈玉兰顺理成章地在太奶奶的老家生产队插队落了户。

"上海人去做乡下人，也要开后门，倒真是第一趟碰到。"陈妈说，"唉……不过至少不用像玉梅那样在零下几十度的天气里敲冰烧水了。"她心疼大女儿的同时又无奈地为二女儿长吁短叹。

插队的第二年，秋收冬种刚结束，陈玉兰回上海探亲，在列车邻座上，看到一个穿灰涤卡夹克衫，标准身材、皮肤洁白、相貌还算英俊的年轻小伙正在与邻座的一个穿兰卡中山装的中年人大谈生意经。他们毫无顾忌地高声交谈引起了陈玉兰的注意。从他们交谈的内容中，陈玉兰知道了这个年轻人是插队所在县城里的一个衬衫厂的供销科长，而中年人则好像是外地一家商场的经理。年轻人说得多，有些滔滔不绝不知疲倦。中年人听得多，偶尔点点头表示同意，时不时插一下嘴表达自己的意见。

陈玉兰对他们说的生意经不感兴趣，只是对这个操着一口浙北县城口音普通话的年轻人心生好感，女孩的直觉告诉她，这个男人挺不错的。于是，在年轻人谈兴正浓时，她不断地抬眼扫一下年轻人，大眼中频频放射的电波时不时地在年轻人的头上、脸上"刷"一下火花，甚至还扫到他左手腕上戴了一块新潮的上海牌快摆手表。

"姑娘，你到哪里？"在中年男子上厕所的时候，年轻人突然转头问陈玉兰。

陈玉兰冷不丁被吓了一跳。实际上她是感到自己的头皮微微发麻，好像有两蓬无形的火光在烧灼她的头发一样——年轻人也在注意陈玉兰。

"我回上海家。"陈玉兰直视着年轻人的炯炯双眼，平息了一下心情，落落大方地回答。

"上海人哪？插队在我们县的知青？"年轻人走南闯北，什么事没经历过？却被陈玉兰的眼光电得浑身抖了一下，连忙避开了她的直射。

还别说，年轻人看人还是很准的。

"嗯，插队两年了。"

"认识你很高兴，我叫唐万军，县衬衫厂跑供销的。"年轻人说着，向陈玉兰伸出手来。

"嗯……我叫陈玉兰。"陈玉兰轻握了一下唐万军的手，随即迅速放下，不知怎么地有些手足无措起来，脸上腾起一大块红晕。

殊不知，身材高挑的陈玉兰这一扭扭捏捏的动作，在唐万军偷偷瞟看的眼中竟是如此迷人，不禁怦然心动，尤其那一抹显现女孩羞涩的桃红，居然令老江湖唐万军一时有些失神，怔怔地，以至人家姑娘的手早已收回，他的手仍在握手状态中。

邻座的旅客也用滑稽的眼光看着唐万军。至于吗，不过是手大脚大胸大屁股大的四……美，又不是七仙女，旁边有旅客撇嘴。"嘻嘻……"一声女声轻笑。唐万军从失态中惊醒过来，连忙把手伸到颈后虚抓几下，掩饰自己的尴尬。

中年人上厕所回来，看了看唐万军，又望望陈玉兰，似有察觉，咧嘴笑了笑，开口说道："唐科长，怎么啦？来抽支烟。"说着摸出一盒上海产红牡丹，抽出一支递给唐万军，然后又递给陈玉兰一支，道："姑娘，来，玩一支。"

"我不吸烟的。"陈玉兰慌忙双手齐摇，谢绝中年人的好意。

"你们认识？"中年人看看唐万军，又看看陈玉兰，问道。

"不认识，不认识。"陈玉兰又连忙摇手。

"这不就认识了吗？江湖处处有朋友。"中年人哈哈一笑，点着了唐万军手中的香烟。

唐万军讪笑着道："对，多个朋友多条路。"又对中年人介绍："她是下在我们县里的上海知青，半个老乡。"

"噢……来，姑娘，不抽烟嘛吃个梨。"中年人从挎包里掏出一个黄澄澄大梨递给陈玉兰，"这是我们家乡砀山出的梨，好吃的。"

"不吃不吃，你们吃。"陈玉兰慌忙推脱，脸无缘无故又红了起来。

唐万军见状，掏出把小刀，三下两下把梨削好，递给陈玉兰："来，吃吧，没关系的。"

"不不不，太大了。"陈玉兰还是推辞。

嚓！唐万军二话不说，拿起小刀把梨一切为二，道："你吃一半，我吃一半。"

"哎……唐科长，这你就不懂了，梨是不能分的，分梨——分离，不可以的。"中年人把唐万军手中两片削好的梨用一块纸巾包裹住递到陈玉兰手中，微笑着说道："姑娘，吃吧。唐科长说了，没关系的。"说着，转身对唐万军眨了眨眼。

唐万军望着陈玉兰，发现陈玉兰的眼神通过眼角也在向他扫来。突然地，两人同时一阵心跳。陈玉兰再也不好意思推辞，接过梨咬了一口，确实好吃！挺甜的，汁水也多，滑糯，吃口一点不糙。"谢谢啊，蛮好吃的。"陈玉兰道谢。

列车上的播音喇叭里有一个甜美的女声在提醒乘客上海站到了。陈玉兰拎起简单的行李，礼貌地跟唐万军和中年人点点头说："我到站了，再会啊。"说着，起身要走。

"哎……小陈，等等。"唐万军喊道，飞快地从口袋里摸出一个小本子和一支笔，"小陈哪，把你的电话号码告诉我，以后好联系。"

陈玉兰迟疑了一下："我家没有电话哎，只有弄堂口有个公用传呼电话，要不给你吧，623737加上海区号，很好记的。"

"那你生产大队的电话号码是多少？"

"52034。再会！"

过道里，传来陈玉兰轻快的回答。

"再会再会！"唐万军朝车门口陈玉兰的高挑背影和那一头披肩发挥挥手，脸上露出一丝好像失落了什么的茫然。

"唐科长，走心了？"唐万军肩头被中年人用手一拍，回过神来，尴尬地笑笑说："嘿嘿……这女孩不错。"

"哈哈，是不错，这次从南京回来，唐科长看起来要下点功夫了。"中年人笑着说道，看他的眼神回味无穷。

"哈哈哈……"两人一起大笑起来。

列车继续欢快地前行。

陈玉兰随着车站拥挤的人流出来，呼吸着家乡的新鲜空气，望着眼前马路上熟悉的人流车流，想到火车上那个叫唐万军的年轻人，不禁"扑哧"一声乐出声来。

他会打电话来吗？他会什么时候打来？他会打到上海？还是大队？他如果不打来，我一个女孩子家怎么好意思去找他？有什么不好意思的？到哪里去找他？他不是在衬衫厂吗？后悔没跟他也要个电话号码！怎么开口跟他说？找个最蹩脚的借口也可以啊……陈玉兰还在胡思乱想，一辆电车靠站，人们蜂拥着往车里挤，等到电车门"哧——"的一声关上了，陈玉兰才惊醒过来。

"哎……等等……"陈玉兰用手猛拍车门。

"下一辆吧。"女售票员从窗口伸出头来，面无表情地说。

电车开走了。

陈玉兰在站台上喃喃自语："我才不要等下一班呢。"

03

"总经理，你吓我一跳。"唐万军手抚胸口，一副被吓坏的样子。

"少给我装！我再问你最后一次，真的不想干了？"总经理有点不理解唐万军的固执，放着旱涝保收的日子不过，要去风里吹、雨里浇？可以预测，到最后免不了成为一只落汤鸡的下场。

"真的不想干了！"唐万军斩钉截铁地说。

"那好，我成全你。"总经理从抽屉里拿出唐万军的辞职报告，刷刷刷签下了自己的大名，说，"去厂里领半年的工资吧，我会通知你们厂长的，其他一切都会给你处理好，你放心去外面搏击挣大钱吧！"临了又盯着他轻声说："在外面混不下去了，回来找我。"总经理说完，拍了拍唐万军的肩膀语气深沉地说。

说到底，他还是看好这个年轻人的，给他留一条退路吧。

"谢谢老总！"唐万军松了一口气，拿起桌上的签字报告，转身出了总经理办公室，头也不回地扬长而去。

讲实话，唐万军可不是个愣头青，他在下决心辞职前就已经在市场上做过一番调查。他发现，市场上在悄悄地流行一种新的服装产品，一种用纯羊毛或羊毛混合腈纶织成的针织毛衣，款式新颖，花样繁多，穿着既保暖舒适，又轻薄柔软，可内穿可外套，一改那些传统古板的手结绒线衫、棒针衫厚重臃肿、只能做外套的冬季形象，显得精神饱满，漂亮美观，青春美感。这种针织毛衣价格很高，一件纯羊毛制作的精纺男上装要卖到200多块，在普遍只有几百块钱月工资的年代，这样一件毛衫也只有先富起来的人穿穿。不过就是这么贵的针织毛衣，也是供不应求，一些大城市的百货商场经常断货，新款时髦的一些甚至还要排队开后门。唐万军精通衬衫工艺流程，计算生产一件服装的成本能够精确到角，针织服装他自然也算过。不算不知道，一算吓一跳！一件全羊毛精纺男装厂方的利润竟在百分之百！女装的价格虽说低一些，但胜在销量大，翻新快，款式几乎年年更换，因而销售产生的净利润比之男装有过之而无不及。如果在市里开一个门面，专门销售男女针织毛衣，从生产厂家以批发价拿货（批发厂家一般只加百分之二十以下的利润，看款式的畅销或滞销程度而浮动），少算点，一件毛衣去掉全部开销赚它二三十元，不要多，一天销售100件——据唐万军观察，一个店一天销百件还是十分轻松的——乖乖！不算不知道，一算吓一跳！如此一个月可净赚五六万、七八万！一年下来，就是百万富翁！况且，这还是在最保守的销量的情况下。对于正在渐渐富裕起来的人们而言，吃和穿始终是排在前两位的，随着人们的收入提高（年年加工资就是例证），销量只会增不会减，绝对不成问题。

唐万军当时还不知道有一个词叫作"人口红利"，实际上，有许多嗅觉灵敏，敢于喝"头口水"的人已经闻到了扑鼻而来的金钱的味道。

唐万军盘算了一下：自己工作了这些年，除去全家的吃用开销，加上儿子读书的费用，积蓄下的钱只有两万多元。就这点钱，讲良心话要开店进货做生意，确实有点"空麻袋背米"的意思。在市里的非黄金地段租一个营业门面再加上工商税等一年也要四五千，还要请营业员，剩下万把块钱作为进货的流动资金根本不够。不过，凭着自己多年的供销头脑与经验，他相信这一切都不是问题，毕竟事在人为。

市区的城东路很窄，只有靠马路西侧有店面，马路东侧则是一条有点肮脏的长长的东市河。马路只容得下两辆公交车擦身而过，路面坑坑洼洼，晴天一身灰，雨天一身泥，不知有多少骑自行车的人曾在这条马路上摔倒过。

早就听说禾城市政府要改造这条城东路，可是几年过去了，路况越来越差，却始终不见有谁来修马路，路两旁的老百姓颇有怨言。

城东路317号是一间私人店面房，门面又小又破屋里又暗，门也坏掉了，房东与租户全都懒得去修缮。几天看下来，唐万军还就是看上了这间小破屋。

城东路东离火车站只有几百米远，西距长途客运站同样不过几百米，南来北往的旅客以这两个不同的车站为起点、终点，经过城东路这个连接点，往来穿梭，络绎不绝。

小破屋门面两旁的店面都很正气，高大明亮，但商家卖的东西却是机械配件、弹珠轴承之类的，占的面积大。这些东西利润高，商人逐利，开店的人多，门面的租金亦水涨船高，唐万军早就问过，年租金差不多要小破屋的一半还多。小破屋原先租给了一个修自行车的人，一年租金1200元。到期后，修自行车的和房东讨价还价，想要再便宜100元，结果唐万军只花费了一包香烟，叫人带到房东家中，直接以年租金3000元拿下，气得修自行车的连连跳脚。毕竟这个地方车来人往，自行车很多，车多坏车自然也多，生意还是很好的。

唐万军把破屋里面全部装修了一下，把破门换成了两扇崭新的玻璃双开门，拉了吊顶，装了顶灯壁灯激光灯，墙壁粉刷一新，十几天后，整个门面房焕然一新。朋友来看了说，这门面现在转租出去，多租1000元是分分钟的事。

距市区30多里的地方，有一个叫"濮院"的小镇，近年来兴起了数不清的集体、私人针织服装厂、家庭作坊，每天生产着数以10万计的各类针织毛衣服装。全国的服装小商贩络绎不绝，纷至沓来，辗转于小镇上的每条街道，进出于每个传出手摇机器声音的作坊，像蜜蜂采花般，寻找着自己家乡需要的产品。

唐万军早就通过各种渠道，大致了解过这个小镇的针织毛衣生产状况，以及各类不同产品的销售地区和客户的需求量。东北、西北地区以及中原地区的客户需要的是厚实保暖偏大的针织毛衣，由于这些地方生活水平还比较低，因此对质量的要求并不高，通常需要的是价格低廉的产品；而西南、华东华中一带，则要求针织毛衣既有保暖性又要款式美观大方，穿着舒适柔软，当然，价格也相应偏高一些。小镇初期生产的针织服装产品，大多为简陋的手动机器加工，工艺简单，规格不一，制作粗糙，然而正是这些以现在人的眼光来看根本不入流的产品，在当时的销路却异常的好。这些低价的产品令家家作坊忙得不可开交，没日没夜地生产。在这里，熟练的手摇工人十分吃香，有的家庭工厂甚至为了抢熟练工而相互大打出手。毫不夸张地说，今天你只要能够生产出来 100 件衣服，明天马上就能打包走，晚上数钱，100 件赚到多少利润马上到手，立竿见影。

唐万军第一次踏进小镇时，就立刻从这个小镇的机杼声中触摸到了时代跳动的脉搏，嗅到了浓烈的商机，踩在小镇嗒嗒作响的石板路上，他很激动，浑身肌肉鼓胀，仿佛看到了无数的钞票在向他飞来。

唐万军从来没有像今天这样真真切切地意识到，对他来说，百万富翁已不是一个梦。

04

一个星期后，陈玉兰终于接到了急切期盼中的唐科长的电话。当弄堂口管电话机的退休老太来传话陈玉兰，说有一个姓唐的电话时，陈兰玉的心脏"怦怦怦"一阵猛烈跳动，脸上莫名其妙地亦有些发烫。她一路小跑到公用电话摊，左手往胸脯上按了一歇，右手拎起话筒急切地放到耳边，她没有先开口。

"喂……是阿兰吗？"电话那头传来唐万军抑制不住兴奋的声音。

"嗯……"他叫我什么？阿兰？什么时候变得这么亲切了？她的脸上开始绽出丝丝笑容。

"你好你好……好久不见！"电话那头的声音洪亮，透着欢快。

什么鬼话？好久不见？又不是同学朋友小姐妹，只见过一面，刚刚隔了不到一个星期。这次，陈玉兰忍住了笑。不过嘛，听着还是挺高兴的。"嗯，你好……"其实她心里有许多话要说的，只不过心中另一个她告诉她，不要急吼吼，一个上海的女孩子既要落落大方，又要含蓄矜持，才能显现出大都市出来的人的教养，才能博得对方的尊重与好感。

"阿兰，今天晚上你能出来吗？我们一起去吃个饭？"他开始殷勤地相邀。

"吃饭？你在上海吗？"她惊讶地问道。

"对。我在南京路第一百货公司，谈点业务，告诉我，你住在哪里？晚上六点多我打车过来带你。"他急促地说着，毫不掩饰他此刻的激动。

"不要吧……浪费钱……"

"没关系，我可以报销的。"电话那头，唐万军听出陈玉兰没有拒绝的意思，开心不已。

"那……我在外白渡桥上等你，我家离那很近的……"

"好好好……晚上七点钟，不见不散哪！"

七点还差三刻钟，唐万军就打车来到了外白渡桥上。此刻，天色尚早，桥上的灯还未亮，不时有大轮船喷着黑烟，穿过外白渡桥，从黄浦江上转进苏州河里，后面拖着吃水很深的一长串用篷布遮盖着舱面的驳船。黑色的苏州河水拍打得船舷啪啪作响，泛起阵阵令人恶心的腥臭气味，随风在河面上到处飘荡。唐万军不时地捏捏鼻子，怀疑自己是不是选错了地方，在这种味道的熏陶中谈情说爱，真是大煞风景。

第八次，抑或第九次看表——已过了七点十分，唐万军睁大眼睛焦急地往北半桥上走来走去的人群中张望。

"唐……万军。"一个有些熟悉的带点磁音的女声在他身后悄然响起。唐万军急忙转过身子，他惊喜地发现，与他差不多身高的陈玉兰站在他面前，正有些羞赧地在朝着他笑。

"你来了！"他很兴奋，望着她，火辣辣的眼睛一眨不眨。

"嗯……早看见你了。"陈玉兰银齿轻咬粉唇，避开他近乎毫不掩盖的火热目光，又一次感到浑身上下有些不自在。真是的，这家伙！看人好像要把人看光似的。

"真美！"唐万军从心底里赞叹出声。

陈玉兰今天打扮得确实漂亮，一件淡黄色翻领的卡其布两用衫，里面一件红色的圆领衬衣，领子反在外套领外面，红黄相间，衬托得皮肤分外白嫩，一扫那天火车上看到的乡下姑娘特有的"日头红"。一条黑色的直筒裤裤脚管恰到好处地遮掩住一双黑色中跟皮鞋的中搭攀。红花绿叶，亭亭玉立。凹凸有致，妙到毫厘。长睫毛下一对美眸中碧波荡漾，荧光闪闪，如若倒映着星空中数不清的小星辰。黑瀑般的披肩发随意倾泻，亦是那么自然清新，新烫的钳得略微有点上翘的发梢，仿佛一圈浅浅弯弯的魂钩，专门勾人魂魄。小荷早露尖尖角，引来蜻蜓立上头。

黄浦江边，晚风轻拂，妙俏佳丽，馨香袭人。他噏了噏鼻子，苏州河水的味道，莫非也变香了？

唐万军看呆了。

"咪……"陈玉兰侧身掩口笑出声来，道，"哪有你这样看人的！看得人家心慌慌的。"

唐万军回过神来，掩饰道："不是……我以为你是从桥北过来，所以盯牢那边看，生怕错过，嘿嘿……"

陈玉兰一听，大眼睛眨了几眨，斜扫了他一眼道："人家住在上只角好伐啦。""啦"字拖腔很长，把上海女人的"嗲"相尽显了出来。

唐万军被她的眸光和音波击中，不禁全身一个激灵，膝盖骨一软，差一点一个趔趄跌倒，心说，妈哎，要是前两个与他谈朋友的本地姑娘有阿兰一半本事，恐怕他早就缴械投降了。

"走，去南京东路的新雅饭店吃饭去，广东菜，味道很不错的。"唐万军深吸一口气，镇定一下情绪，大胆地伸出右手，想去拉陈玉兰的手。

陈玉兰看唐万军的手朝自己伸来，心中微微一乐，却只让他碰了一下自己的手就缩了回来，随即轻声道："让你破费了，难为情的。"尺寸把握得极为到位。

"吃个饭这么小的事，讲不成的。"唐万军也缩回右手，稍微有些尴尬地又伸出左手，装作搓手，双手用力搓了搓。

新雅饭店坐落在南京东路719号，是一家粤菜馆，菜肴偏甜偏淡，唐万军跟客户来吃过好多次，很对胃口，对这家饭店情有独钟，他十分肯定阿兰也会喜欢吃。钻出了"差头"，两人并肩进了装修得富丽堂皇的新雅饭店。落座后，唐万军从迎上来的服务员手中拿过菜单，熟门熟路地点了水晶虾仁、蚝油牛肉、烟熏鲳鱼、新雅片皮鸭、蟹粉豆腐、糟熘南乳鱼片……

"够了够了，两个人吃不完这么多的。"陈玉兰赶紧阻止唐万军继续点下去。

"好吧，那再来一个蜜汁叉烧吧。据我了解，上海人喜欢吃叉烧。"唐万军朝陈玉兰点头笑了笑，随即仰起脸对服务员说，"再加两杯鲜榨橙汁。"

"好的，先生，请稍等。"漂亮的服务员微笑着放下菜单复份后向内堂走去。

"不喝点酒吗？"陈玉兰笑吟吟地问。

"我不太喜欢喝酒，平时也只是在生意场上逢场作戏时会喝点，况且酒量也不大。"唐万军老实回答。

"如果我想喝点呢?"

"那我当然陪你喝。"

"也是逢场作戏吗?"

"阿兰……我……"唐万军忽然觉得自己被她给带到沟里去了,顿时有些憋不过气来,心说,上海人厉害,小小年纪,可不能小瞧了她。

"好啦,我知道你是真心的,我的唐科长。"陈玉兰用一块喷香的小手绢,轻掩了一下红唇,欲遮住那微露的二齿笑。

这个笑姿,看得唐万军心尖又是一抖,颤声轻叫:"阿兰……"

陈玉兰微笑着"嗯"了一声。

"你……真好看!"

"去!"陈玉兰脸上顿时一阵绯红,在饭店柔和的灯光抚拂下,显得更加娇羞无比,楚楚动人。

美酒伴佳人。唐万军吩咐服务员上了一瓶芝华士苏格兰12年威士忌,随后他在两只高脚杯中各倒上小半杯,把先倒那杯递给陈玉兰,殷勤道:"39度,不辣,洋酒比国内高度白酒好上口。"说着举起酒杯和陈玉兰的酒杯轻轻地碰了一下,又道,"来,阿兰,有缘千里来相会,庆祝我们相会,干……不,抿一口!"

有缘啊?细细一想还真是。

陈玉兰盯着唐万军那一连串娴熟的场面动作,不由暗暗赞许:不错!虽说是小地方出来的人,但见过世面,上海滩上的那一套都懂。对着面前这个潇洒的年轻科长,她心中早已有了七八分的好感。

"来,阿兰,尝尝这个烟熏鲳鱼,地道广东名菜,非常不错的。"唐万军特意给陈玉兰挑了一块厚厚的鲳鱼脊背肉,夹过来放在她面前装食物的小盘中,咧嘴朝她笑笑。

陈玉兰发现,鲳鱼的肉真白。他的牙齿也真是白!

从新雅饭店出来,两人都已微醺。

走在南京路上,陈玉兰右手主动挽起唐万军的胳膊,上身稍稍倾靠在他的肩膀上,迷离地口吐香兰:"阿军,我们现在去哪儿?"

南京路上的灯光斑斓,流光溢彩,霓虹灯变幻着光怪陆离的光,毫无顾忌地刺向挤挤挨挨的男男女女。马路两边的橱窗里,各种各样的奇装异服穿在真人一般的模特身上,在五彩缤纷的华灯下向路人搔首弄姿。不时有分不清种类的各种美食的香味,随着黄浦江上吹来的略带水腥气的微风而四散飘摇，更有各种牌子的香水味，不断从擦肩而过的女士身上散发出来，刺激着每个人的中枢兴奋神经。

"真香啊……"唐万军使劲嗅着从陈玉兰秀发上散发出的阵阵清香味，以及从领口钻出来的丝丝少女体香，情不自禁地自言自语了一句，没有回答她。

"说什么呢，人家问你哪……"陈玉兰抬起头，羞涩地斜睨了他一眼，心中却是暗自高兴，不枉了这瓶价格昂贵的进口洗发露，花了她几个月的工分，值得。

身边两道目光犹如三昧真火般焚烧着唐万军的大脑……这个妖精！唐万军顿时一阵头晕目眩，心脏更是一阵失血，脱口而出："到我住的酒店里去坐坐吧，喝杯咖啡？"

"不啦，我们还是去外滩走走吧，这样挺好的。"陈玉兰半倚在唐万军身上，在他耳边梦呓一般道。

啊呀……我要死了！唐万军又是一股血冲脑门。"阿兰。"唐万军觉得喉头从来没有像现在这般火烫干涩，浑身冒火，咕嘟咕嘟，连吞了十几口唾沫也没有用，只得嘶哑地叫了一声阿兰。

"嗯……"陈玉兰柔声应道，这声这音，在此刻的唐万军听来近乎是缥缈的仙呓。

此时的陈玉兰，心中的情湖亦是开始碧波荡漾，水光潋滟，进而更是春潮泛滥，汹涌澎湃。

陈玉兰转过脸飞快地用红唇在唐万军脸颊上啄了一口，她知道他此刻在想些什么，她要适时安慰他一下，同时也要安慰自己一下。她在强行告诫自己，千万不要乱了方寸，迷了心智。

这一吻，唐万军刹那间魂飞魄散……两人就这样像许多亲密的情侣般半搂半抱，挤挤挨挨来到了外滩。

05

唐万军来到濮院，一家家作坊看过去，看到有自己中意的产品，便停下来仔细地听一些外地客户跟作坊老板讨价还价。他不急着下手，他要先学习，他做过服装厂供销科长，对服装行业触类旁通，听着他们双方的对话，他就马上明白是怎么一回事了。

针织服装行业的水很深，不像以前在服装厂，只要掌握是棉是腈，或是棉腈混纺的面料的价格就行，面料好差一目了然，针织毛衣光是纱就有细支粗支之分，从十几支的粗支纱到五六十支的细支纱，有十几个品种，大致分为精纺粗纺两种。用羊毛纺成的纱称全毛纱，羊毛与腈纶合成的纱称混纺纱，全部是腈纶纺成的纱称全腈纱。而混纺纱中亦根据羊毛与腈纶所占比例而有二八、三七、四六、五五之分，两种含量倒过来的就称倒二八、倒三七等等。羊毛含量越高价格就越贵，织出的衣服也越挺括、平薄，穿在身上显得大气、洒脱，体感柔软、舒服。混纺的针服产品一般用眼睛是分辨不清的，连一些"老革命"也糊里糊涂，更不要说是一些生手了。

而一些家庭作坊往往混淆羊毛与腈纶的比例，以次充好，以图赚取更大的利润，质量也往往得不到保证。家庭作坊自然有家庭作坊的弊处，反过来说亦有它的好处。譬如生产快速，因为他们的工人实行的是计件制，每个工人每天额定生产多少件一件得多少钱，在完成定额的基础上每多生产一件另外奖励多少，第二件在第一件奖励的基础上再增加奖励，以此类推。假如一天的定额是 10 件，你加班加点生产了 20 件，那么定额工资加上翻倍的奖励，一天可以拿到生产 30 件的钱。

唐万军自忖是个美男子，但是当他走进作坊生产车间时，所有手摇针织机器的姑娘少妇看都不看他一眼，一时让唐万军有点怀疑起自己的魅力来了。

家庭作坊还有一个好处是价格低廉，同样一件衣服，在集体生产厂家你只能买四件的钱，在他们这里可买到五件，这个价格优势在当时方兴未艾的全国各地针服市场上，还是有着巨大的杀伤力的。

该下手了！几天下来，基本上摸清了生产销售套路的唐万军终于下手了。在卖男装还是女装的问题上，唐万军还是纠结了很久。唐万军在心中计算了一下，自己手头只有不到一万元，精纺男装要 100 元左右一件批发价，市里商场的零售价是 200 元左右一件，百分之一百毛利润。但一万元只能进 100 件，只能铺铺墙面，况且男装零售快不快，唐万军心中一点底也没有。而女装销售就要快得多了，只要是流行款式，一上市就很快销售一空，女装百分之五十左右毛利，胜在数量大，几乎能占男装的十倍左右。刚有点钱的女人的眼光，盯紧的永远是服装潮流，改革初期的中国大地上，你如果今天流行一个红色长装款，那么明天几乎全国一片红，如果明天流行一个紫色短装款，那么后天到处就都是紫色了。不过，女装销售也有一个致命的缺点——一旦产品不对路，那这批货绝对是死货，你休想卖得动一件，除非以白菜萝卜价处理给边远贫困地区，亏得你叫爷喊娘也没用，就算这样她们还

嫌你的衣服太花哨了，颜色太艳了，没法穿出去什么的。

以唐万军吃了这么多年服装饭的眼光，他看准了一家作坊生产的新款女装。小老板也姓陈，看他是个生面孔，58元一件出厂价的混纺服装开价60元，要就三天后取货，且要先付款，不要拉倒。

唐万军没有多说什么，拉开皮包，拿出钞票，数了数递给陈老板："老板，这是200件服装的全款金额，你点点。我是个爽快人，我知道你一件多卖了我两块钱，可我不会和你计较，我只有一个要求，明天先给我100件，剩下的100件我三天后再来拿。"

陈老板抓抓头皮，显得有些为难："这两天的货都是发给一个老客户的，他每天电话里催个不停，从他那里挖出来，有点困难，他还拖着我好多资金，万一让他知道了……"

"要不你今天给我50件，明天再给我50件，跟他说机器出了点毛病啊什么的搪塞过去就是了。另外，给我的货你不要打上你们厂的商标，打一些杂牌商标就行。"唐万军一边给陈老板出主意，一边接着又说，"你不要小看我拿得少，可我转身快，过几天马上又来了，我知道你们的老客户经常拖欠你们的货款，我可是都是现钞交易。"唐万军拍了拍手中的皮包说道，虽然包里现在已经空空如也。

陈老板掏出一包烟，抽出一支递给唐万军，点上火，然后自己也点燃了一支，猛吸了两口，略微思考一下，最后做出了决定："好吧。"

50件针织女装只用了不到半个小时就打好了箱，5个颜色，一个颜色10件，均码。

针织女装就是这点好，有弹性，胖一点瘦一点，高一点矮一点的人都能穿。最主要是均码的服装生产起来方便，每台手摇机器只要一张图纸即可，避免了后道工序中分码的麻烦，提高了生产速度与产量，如果有客户实在要分号码大小，也只是在最后一道整烫环节上处理一下，很方便，至于顾客买去穿了洗过之后变小了或者变大了，对不起，不管。

等到中午时分，唐万军扛着一箱衣服回到市里的店中时，陈玉兰已经在电饭锅中烧好了饭，在电炉上炒了两个菜在等他回来一起吃。

"你今天不上班哪？"唐万军问。

"与老林的老婆调一班，怕你一个人忙不过来，帮你搭把手。"陈玉兰边说边把盛好的两碗饭放到桌上，把两双筷子用开水泡了一下，递了一双给唐万军，道，"吃吧，肚子饿坏了吧。"

唐万军道："你来了，儿子吃饭怎么办？"

陈玉兰撇撇嘴道："我昨天就把我妈从上海叫来了，叫她帮过我们这一阵子，等这里有头绪了再回去。她在上海要管阿弟的小孩，不然的话，叫她长住我们这里好了，反正她也退休了。"

儿子唐平今年15岁，留了一级在重读初二，成绩在班里属于中下，有点叛逆，如果没人管他，确实也是个棘手的问题。

"等赚点钱，我们要不在市里买套房子，干脆搬到市里来住好了，一直租房也不是个办法，至于你的工作，我去找找关系看，最好能调到市里来，实在调不过来的话，干脆辞职在市里重找一个工作得了。"唐万军快速地扒拉着饭粒，鼓着嘴巴快速地说。顿了顿又说，"把儿子也弄到市里上学吧，市里中学的师资力量和教育质量总归要比县里的好。"他父母带着孙子唐平在濮院西边的县城里生活。

陈玉兰瞪了他一眼，说："孩子的教育问题你又管过多少？这个家你又管过多少？嘴巴里整天工作忙工作忙，空下来一天到晚在外面和一群狐朋狗友喝酒打牌，你当我不知道啊，我不说你是给你面子，千万不要把我当成憨大。"

陈玉兰不知怎么突然地有些怨气冲天，鸽子般咕噜咕噜地数落着。

"好了好了，这都是哪儿跟哪儿啊，老是烦烦烦，是不是提前上岸了啊。"唐万军放下饭碗，有点头大地说道。

陈玉兰盯着唐万军："怎么啊？嫌我老了啊？嫌我老你倒是再去找一个嫩的啊，给你烧饭，给你洗衣服，给你带孩子，给你铺床叠被子，哼！只怕你没有这个福气！"陈玉兰越想越来气，忍不住继续说，"我老了，我给你做丫头亲娘做老了，要嫌弃我了，我是为你姓唐的做老的！为你们唐家做老的……"

好似捅翻一只马蜂窝，嗡嗡嗡……唐万军只觉得头皮阵阵发麻。

"好了，我说错了，我说错了还不行吗？求求你别说了。"唐万军双手合十不断作揖，心说自己嘴巴真是欠抽，无事好端端说她上岸干什么？

"喔唷……快，给我后背上挠挠。"背上一阵奇痒，陈玉兰反手想去挠背，够不到，急叫唐万军帮忙。

"医院里去看过了吗？"唐万军边挠边问。

"不去。又不是什么大不了的事，皮肤干燥缺少保养之故，我晓得的，听说多吃蜂蜜对润肤有好处。"陈玉兰回道。

"最好去做个检查，说不定是血液的问题。"唐万军又骇人听闻地说。

"你想吓煞我啊，没有你想得这么严重。"陈玉兰奇怪他怎么会有这种念头，"你又不是医生，弄得你好像啥都晓得一样。"

"我是为你好，明天就给你去买几瓶蜂蜜试试，听人说蜂蜜对女人皮肤干燥什么的倒确实有用。"

"太贵了，浪费钞票，吃不吃其实估计差不多的。"

"明天我去买，贵啊贱啊，再穷吃点蜂蜜还是吃得起的。"

两人匆匆吃了饭，拆开衣服箱子，拿出早已买好的模特胸片和衣架，开始布置墙面。

这一批针织服装确实很漂亮，颜色鲜艳，款式新颖，穿在模特胸片上十分吸睛。本来照唐万军的意思是想全部布置好样品后，去买几个鞭炮放放，弄得正式一些，喜庆一点，接接财神，招财进宝，店虽小，财气可不能少。

在挂衣服的时候，陆续有人来看，还有人动手摸摸捏捏。

"哎……别摸，弄脏了我衣服卖给谁啊。"陈玉兰急忙阻止。

"料子手感不错，老板，我试试。"三个中年妇女中身材偏瘦的那个对唐万军说。

"试吧。"唐万军点头。

"哎……"陈玉兰想要阻拦，看到唐万军示意她不要多说的目光，便闭上了嘴。

"你试那件驼色的吧，那个颜色适合你们这个年纪穿。"唐万军笑眯眯地对那个中年妇女说。这一试，她就脱不下来了，对着狭小的穿衣镜，左看右看，嘴里还不停地问两个同伴："怎么样，好看吗？"

两个同伴一边回答道："好看，好看！"一边叫唐万军再拿出两件来，她们决定也要买。

"多少钱一件？"穿衣的妇女问，根本没有想脱下来的意思。

"100……"唐万军刚开口，"150块。"陈玉兰接口说。

"150？这么贵！"

唐万军："……"

"这么好看，这么新式，做工又这么好的新款毛衣你到哪里去买？"陈玉兰咧嘴一笑，拉了拉中年妇女身上衣服的衣角，然后又像是不经意地抚了抚面料，赞叹一声，"真柔软。"

三个女人实在是钟情这件衣服，略一犹豫之后，没有再还价，各自掏钱买了下来。

等这几人走后，陈玉兰有些得意地问唐万军："你想卖多少？"

"我想卖180！"唐万军没好气地回答。

"啊？"陈玉兰第一个念头是自己自作聪明，卖亏了。

唐万军看她一副懊恼的样子，有些好笑地说："阿兰啊，实话说我是想卖120块的，零售嘛有个毛利百分百也是够高了，你卖得这么贵，销得肯定慢，到时衣服有积压就得不偿失了，这个女装流行都是一阵风，说淘汰就淘汰了，卖完卖彻底才能真正赚钱，服装销售讲的是先势，毕竟我这么多年销售厂长不是白当的。"

陈玉兰盯着唐万军，眼睛一眨不眨，若有所思地点了点头。

这是陈玉兰第一次做生意，牛刀小试。

由于地理位置好，走过路过的人多，唐万军的店里进来买衣服的人络绎不绝，价格就是陈玉兰开出的价格没有动，主要是唐万军怕有人买的贵有人买的便宜会给自己造成不必要的麻烦。有的人买了以后还询问有没有其他款式，意犹未尽的样子。

唐万军看在眼里，记在心里，他觉得这点货就像老虎吃蝴蝶——不经大嚼，他需要大量的资金，他要快速做大，他在心里盘算着跟谁借钱：自己父母每月只有小几百养老钱，平常还要看病吃药，根本没有积蓄；丈母娘也只有国家发的几个饭钱，不可能有多；大姨子在东北，总不能千里迢迢去借钱，还不知道人家有没有钱，说不定比自家还不如，凭空让人家笑话。小舅子倒是国营单位的小干部，估计有几个钱，可是他马上要结婚了，正是要用钱的时候，说不定还要向他这个二姐夫调调头寸呢；只有小姨子玉菊家经济条件还好，她老公是个海员，满世界跑，出一次国就给她带来成千上万的钞票，可是……有过那一次的大吵，姐妹情谊差点断掉，她会愿意借钱吗？

唐万军的思绪还在太空遨游，这边陈玉兰正经送走了最后一个顾客，她惊喜地对唐万军说："嗨，别发呆了！只卖了三个小时哎，卖得只剩下三件了，三个小时赚了4000多块钱，赚钱这么容易啊……"顿了顿，她又对唐万军说道，"我看你也别明天去了，今天吃了饭就走，叫个三厢货车也没多少钱，能装多少就装多少来，明天一早开门总不能卖墙面吧？另外，再看看还有没有其他什么好款式，也进点来，女装生意就是抢火烧场，我自己是女人，最清楚，要抓紧点。"

"好！快点去烧饭，肚子正好饿了，我吃了就走。"唐万军回过神来，也有点欣喜，生意这么好，这真是有点出乎他的意料。

"只是……资金有些紧张，你能不能帮忙想想办法……"

"好……吧，豁出去了，我去问问阿菊。"陈玉兰略微踌躇了一下，自言自语答应道。

06

黄浦江上，热闹非凡。

航道中间两边，亮着错落成串的黄色航标灯，引导引航轮领着从海上缓缓驶进江里的外国巨轮，来到靠岸的码头。从内河驶来数不清的轮船吐着白气，屁股后面各自拖着几十艘亮着灯的装满货物的拖船，不疾不徐，慢条斯理地在航道中悠闲地"散步"。时而有夜班渡轮鸣着沉闷的男低音，载着各种陆上交通工具和匆匆忙忙的人群，像一只巨蟹般吐着愤怒的泡沫，从江面上横穿而去。

轻薄咸湿的江雾慢慢地越聚越多，渐渐遮掩了江面上繁忙的一幕，犹如蒙面女郎一般，用一块大大的遮巾，遮去了一天疲惫的面容。

夜很深了，外滩的情侣已经散去了不少，唐万军和陈玉兰手挽手，在外滩踱了也不知道多少个来回，又一次停下来，对视良久，唐万军猛地一下紧紧搂着陈玉兰，在她耳边喘着粗气说："阿兰，你真香真美！世界上没有一个人比你更香更美了。"

唐万军浑身燥热难当，陈玉兰胸前的一对弹球，丰富地挤压着他的胸膛，如同两颗天雷，勾起他阵阵地火，说出话来几近颤抖。

陈玉兰吓了一跳，本能地想推开他，却发现哪里推得动？唐万军一口噙住她性感的红唇，一条龙舌粗暴地窜进她的樱桃屋中横冲直撞起来，"唔……唔……"陈玉兰被他的霸道弄得不知所措，瞪着两只迷蒙的粉眼，长长的睫毛扫动他的眉，弄得自己反而有些心痒难当，不知不觉也伸出香舌，有些笨拙地配合着，迅速地纠缠在一起，霎时，舌尖上传来一股电挛，顿觉一阵阵麻酥袭来，一股从来没有体验过的飘逸感传遍全身，整个人简直像风吹鸿毛般快要飞上天了。花蕾在全身心地绽放，努力舒展着她每一张娇嫩的花瓣，花蕊沁着馨香，吐着芬芳，在这迷人的夜晚，四周万籁寂静，时间，仿佛凝固了一般。

这惊天动地的一吻，也不知道过了多少时间，外滩的路灯也羞于瞅看如此的激情而变得暗淡了许多。

空气中飘荡着浓浓的荷尔蒙气息，年轻的男女撕去了各自的伪装，尽情地享受大自然赐予的动物本能的爆发。

良久良久……

"阿兰，你一定要做我的老婆！我会爱你一世的。"唐万军终于松开紧箍一样的双手，一边摩挲着她散乱的秀发，一边看着她的眼睛，喘着粗气喃喃地说。

陈玉兰激情尚未完全褪去，双目朦胧迷离，长长的睫毛半遮着眼，上衣的第二颗扣子也不知什么时候解开了，露出了一片雪白的肌肤。此刻的她，在唐万军眼里，有着说不尽的风情万种。她把头靠在唐万军肩上，蚊子般轻声"嗯"了一声。这个男人在紧要关头很理智，很有把握，很能克制，值得信赖，他没有乘人浑身瘫软之际继续进攻，否则说不定今晚就得沦陷。陈玉兰思到此处，心跳又是一阵加剧，脸色更红，自感羞不可言。

"阿兰……趁这两天我在上海，明天我就去老凤祥买点金器，上你家一趟，向你父母求婚去，我喜欢按照我们小地方的习俗来办事，我们的事，要先得到你父母的同意。"唐万军捧起陈玉兰的脸，亲了亲她的琼鼻，继续说道，"还有，我有个姑妈在县饮服公司革委会当头头，我去找找她，看能不能把你招进他们单位，实在不行去做临时工也行，毕竟在乡下又苦又累又没钱。"

闻听此言，陈玉兰感到自己真是找对了对象，要知道全国这么多下乡知青，有哪一个不是想着早点回到自己的家？脱离那苦不堪言、度日如年的日子？一个上海女孩，无依无靠先不说，还要天天面对繁重的锄草翻地，面对猪粪羊肥的恶臭，面对割稻时水田里爬满赤脚小腿的令人汗毛凛凛的蚂蟥，面对打谷场上令人瘙痒无比的飞扬尘土……不说别的，买瓶酱油都要走上二里地。陈玉兰心中一阵阵激动，脑海中反反复复，全是那刻骨铭心的"再教育"，以至全身轻微地抖动起来。

"冷了吗？"唐万军感到陈玉兰的手臂肌肉在簌簌抖动，关切地问了一声。

"嗯，有点……"

"我送你回家，明天……不，应该是今天了，你好好休息一下，跟我的丈人丈母打个招呼，帮我美言几句，我上午到你家里来。"

"去！谁是你丈人丈母。"听到他称自己父母为丈人丈母，陈玉兰不觉心儿一阵狂跳。

唐万军把陈玉兰送到家后回到酒店，天色已微亮。他洗了个澡，裹好浴巾，亢奋得睡意全无，满脑全是陈玉兰那充满蜜汁般的双唇，他情不自禁对着梳洗镜做了个吮吸的动作，又朝着自己的怪样笑笑，用手指粗粗地梳理了一下湿漉漉的头发，索性泡了杯咖啡，吃了几块饼干，然后半躺在沙发上，摸出一根烟，抽了起来。

老凤祥上午十点开店。九点半，唐万军就来到店门口，已有十几位中老年顾客在排队等候开门。唐万军排在后面，听这些老上海在谈论对比上海滩上哪家金货货色好，准足实惠，说到老凤祥的开店历史，说起老上海人都喜欢一个"老"字，唐万军的嘴角勾起了一丝令人不易察觉的微笑。

陈玉兰的家住在广西南路125号一个石库门的二楼，离南京路很近。由于凌晨刚送陈玉兰回家，因此唐万军熟门熟路来到这里，远远看到陈玉兰已经在门口张望。陈玉兰看到唐万军来了，欣喜地迎了上去，很自然地挽起他的左臂，轻声问道："你来啦？"

"我跟你的事，你跟你爸妈说过了吗？"

"还没有。"

"那……"

"没关系的，我爸妈很开通的，去见了他们再说好了，他们不会反对的。"

门口，伫立着几位刚从菜场回来的大妈在闲谈，看见陈玉兰和后面跟着的唐万军，纷纷笑着与她搭讪："阿兰啊，这么早就出去了啊？"

"喔唷阿兰，带男朋友回来了啊？"

陈玉兰一时有些窘迫，面红耳赤，只得嗯嗯啊啊地含糊着加快脚步走过去。

狭窄的木楼梯，有些高陡，踩在上面，橐橐的，一股百年的沧桑感扑面而来。陈玉兰在前领路，唐万军拎着糕点跟在后面，心里突然莫名地有些紧张，十一月的天气，额上居然沁出一层细细密密的汗珠。

"妈，客人来了。"推开门，陈玉兰轻喊了一声。

"姐，什么客人来了？"一个女声清脆地响起，继而从不到40平方米隔成三间的其中一个小房间里，冲出一个比陈玉兰短半头的小女生，梳两条短辫，还未长开的瓜子脸上，覆盖着一层密密淡淡的细微绒毛，绒毛里面藏着一个淡淡浅浅的酒窝。

"妹妹你好！"唐万军一见到身材修长，曲线有致，红唇湿润，眼眸深邃，容颜极致，跟陈玉兰长得十分相像的小女生，就知十有八九是陈玉兰妹妹，便自来熟地跟她打了个招呼。

"姐，他是谁呀？"看着陌生的唐万军，小女生狐疑地问。

"妈呢？"陈玉兰不理妹妹的问题，反问道。

"刚出去买盐，你没碰到啊？"小女生嘟起嘴，显然对姐姐的不睬感到非常不满。

唐万军把手中拎的礼物放在桌上，自我介绍起来："我叫唐万军，是你姐姐的男朋友，初次见面，请多关照。"唐万军一本正经地微微弯了弯腰。

"扑哧……"小女生忍不住笑了，伸出手来大方地说："我叫陈玉菊，欢迎你来我们家做客。"

唐万军礼节性地碰了碰陈玉菊伸出的手指，算是握了手。

帅气的长相和风度翩翩的举止，使小女生陈玉菊对唐万军大为好感，从那对清澈的大眼睛里，透露出欣赏的目光，然后，几乎是一下子从心底里认可了这个二姐刚刚领回家的男朋友。

07

"妈，你回来啦。"门口响起了陈玉兰的叫声。

"回来了回来了，正准备午饭，想起盐没了，出去买一袋盐。"陈妈也是个高个子，40多岁，白皙的脸上已有了岁月的刻痕，可仍然难掩当年的美丽，此刻换好鞋，正在向屋里站着的唐万军眯眯笑着，毫不掩饰地将他从头望到脚。

"伯母您好！我叫唐万军，是阿兰的男朋友。"唐万军让陈妈看得心中有些发毛，不过好在走南闯北见过很多世面了，倒也不至于慌张，熟络地又来了一番自我介绍。

"你好你好。"陈妈笑着朝唐万军点点头，算是回礼，然后转头对陈玉兰说："阿兰哪，谈朋友也不早跟妈说一声，现在都兴自由恋爱，你告诉妈，妈不见得一定反对，妈也是个开通人，你看看，男朋友都上门来了，你妈我还一点都不知道，要不是楼下刘家姆妈沈家姆妈跟我讲，我还真一点心理准备都没有呢。"她转身忍不住数落起女儿来。

"妈……我们也是刚认识，再说……人家……不是说不出口嘛……"陈玉兰抓起母亲一只手，一前一后摇晃着，脸上全是红晕，声音里尽是羞涩，在母亲面前，显露出一个娇娇女儿的样子。

唐万军站立在狭长逼仄的客厅中，看着母女俩这般亲热，一时插不进话，只好伫立在那里不停地搓手。

"好啦好啦，还不快叫人家坐坐，弄得来屋里好像没有凳子一样。"小姑娘玉菊瞪了母亲和二姐一眼，嘟起小嘴叫道。

"咦？你今天不去上班哪？"陈妈惊讶地问小女儿。

"星期天，今天是星期天，你不也没去上班嘛！"

"对啊，你看你妈的记性。"陈妈一拍脑袋，一副恍然的样子。

"那你帮妈到公用龙头上把菜洗洗，另外再多淘一小碗米。"

"我不去，人家难得休息一天，又要叫做东做西的，我不去。"

"不去就不要吃饭。"

"不吃就不吃，哼!"陈玉菊一跺脚，噔噔噔跑回自己小房间里去了。

"宠惯了，嘿嘿……"陈妈自嘲，哂笑道，"小唐，你坐，我给你泡杯茶。"她招呼唐万军，转身去拿茶杯茶叶。

"伯母……你忙你的，我不渴，要喝水也是我自己来。"唐万军阻止了陈妈，随即从口袋里掏出两个红色的首饰盒，递到她手中，说，"伯母，这是孝敬您和伯父二老的一点点小意思，请你们一定笑纳。"

"这……怎么好意思收你的礼物呢，来就来了，东西不用买的。"陈妈边推辞边朝首饰盒上那三个金色的"老凤祥"隶书瞄了一眼，然后看向唐万军的眼光中已经隐隐有了些许满意——这个人年纪蛮轻，人情世故这一套倒是清清爽爽，上海人"攀谈"是只"模子"。

"伯父呢?"唐万军问。

"老头子本来讲好今天休息，不过近来他们厂里生产任务越来越重，经常加班加点，加就加了，钞票又没有多一分，只晓得瞎忙。"讲起老头子，陈妈有些火气，忍不住又要叨叨。

"妈，不要瞎讲。"陈玉兰提醒母亲。

"小唐又不是外人，发发牢骚又没有关系。"陈妈不以为意道。

"伯父在哪个单位上班呀?"唐万军闻听她们母女的对话，不禁好奇地问道。

"上海像章厂。"陈妈回答。

陈妈拿着首饰盒，又作势一番推辞，唐万军按住了她的手，认真郑重地说:"伯母，您听我说，我和玉兰虽然认识时间很短，可是我非常喜欢玉兰，老天有眼，在我27岁的今天，终于让我遇到了玉兰，我很爱她，从心底里爱她，我要娶她!我今天在这里向你保证，我会一生一世爱她，一生一世对她好!伯母，请您答应我们。"

话音一落，屋子里静得连落地针的声音都能听得见。一个轻微的抽泣声响起，这一番对自己母亲的表白，同时也是对自己的表白，让陈玉兰感动得泪流满面。

陈妈既高兴，又动容。当听到这些甜蜜的话语时，她一瞬间想起玉兰他爸，这个老头子，几十年来也从没有说过一句哪怕是假的、骗骗自己的甜言蜜语，说到底，女人都是感性动物，女人的心都是豆腐做的，你只要把女人的心感化了，融化了，她就愿意为你去做任何事情，甚至粉身碎骨也愿意！想到此，陈妈禁不住心中一阵愤愤，对比之下，不觉又对眼前这个标枪一样挺立的年轻人增加了几分好感。顿了顿，她说道："既然你们两个情投意合，我也就不说啥了，老头子那里我来跟他说，照我说，最最重要的一点，你一定要对我二姑娘好，她一个小姑娘在乡下，人生地不熟，两眼一抹黑，吃苦受累，蚊叮虫咬，柴灶不会烧，水也不会挑，田里地里，样样从头学起，做死做活一年做到头，好不容易积蓄两三个铜板，回到上海买件衣裳马上又是两手空空。真不知前世作啥个孽了！"说着，眼圈一红，连忙转过身去偷偷擦拭。

"妈，好烧饭了，肚子饿死了。"不知什么时候，陈玉菊又从自己的小房间钻了出来，大呼小叫起来。

"你自己说的，不洗菜，不吃饭，懒小囡。"陈妈马上破涕为笑，对小女儿嗔骂。

陈玉菊不理睬母亲，盯着唐万军看了一阵，突然说道："从现在开始，我是不是要叫你二姐夫了？"

"阿菊，你瞎说什么！"陈玉兰脸皮薄，一红，嗔道。

"你们的话，我都听到了，有什么瞎说不瞎说，要我看，这个二姐夫嘛……还是不错的，我的眼光是很厉害的噢。"陈玉菊重新用审视的目光把唐万军上下看了一遍，老头老脑地说。

"不错啊？那叫阿军做我的妹夫好了，姐让给你好了。"陈玉兰听到玉菊这一番话，不禁莞尔，顺着她的话题开了个玩笑，捉弄她一下。

"真的啊姐，这可是你自己说的啊，到时别耍赖。"陈玉菊一本正经地挺了挺正在朝气蓬勃发展的胸脯，突然"噗"的一声又笑了起来，调皮地吐了吐舌头，做了个鬼脸，大概是觉得自己刚刚说的话确实有些滑稽好笑，越笑越开怀，直至肆无忌惮，右脸上那个小酒窝一下子旋转开来，越旋越深，宛如暗夜里的昙花绽放。

唐万军被小妹的调皮逗笑了，他转过头对陈妈说："伯母，今天我们一起到外面去吃吧，省得烧饭了，玉兰，你说呢？"

唐万军说着，从随身包里掏出了两块十七钻上海牌女表，一起递给陈妈，说："没什么可买的，买了两块小东西，大姐一块，小妹一块。"随即又从包里掏出一个香烟盒大小的半导体收音机递过去："伯母，这是给读书小弟的，不好意思。"

陈妈刚要推辞，陈玉菊却两眼冒绿光，一下跳过来，一把抢过母亲手中的一块表，翻来覆去地看，不停地放到耳边听那机械"铮铮"的走动声，嘴里喊着："太好了，我太喜欢了！厂里一个同事就买了一块这个牌子的，一天到晚显摆神气，现在我也有了，二姐夫啊，真的谢谢你啊！"说着，激动地冲到唐万军面前猛地抱了他一下，之后捏着手表欣喜不已地跳到自己的房间里去了。

"这这这……这小囡……小唐，难为情呃，叫你看笑话了。"陈妈看了一眼玉兰，一脸的无可奈何。

唐万军猝不及防让陈玉菊来了个熊抱。

这个疯小妹！陈玉兰见此无奈地摇了摇头。

看到唐万军人手一份礼物，又是金器又是手表、收音机，陈玉兰也觉得他太破费了，要知道这些东西合在一起的价值，父母辛苦两三年的工资不知能不能买到。单从这一点来看，这个男人对自己绝对是真心的，而且说起来，自己和他其实八字还没有一撇呢，都说如果一个男人肯为你不顾一切地花钱，虚的不说说实的，那么这个男人肯定是在乎你的，心，肯定也是放在你身上的。

陈玉兰上前环抱住唐万军，在他耳边口吐兰馨："阿军，谢谢你，我没有看错人。"

此刻，唐万军多么想拥住心上人，噙着那颗樱桃，再来一次昏天黑地的热吻，可是，未来的丈母娘就在边上，心中发毛，他只是轻啄了一口陈玉兰的眼睫毛，帮她理了理几根散乱的鬓发，然后慢慢地推开了她。

陈妈干咳了两声，道："我再去买点菜，阿军，中午饭在家里吃吧。"

"妈……"陈玉兰有些不自然地叫了一声妈，顿时松开了双手。

唐万军尴尬地搓了搓双手，说道："别别，伯母，等一下我们还是去新雅吧，我请你们，那儿的菜烧得挺好的。别推了，这是应该的。"

"另外吃好饭，我们还要去老凤祥一趟，让阿兰选一条她自己满意的项链，我要送给她一个爱的……信物！"

"阿军……"陈玉兰欲言又止。

唐万军望着陈玉兰柔意满满的双眼，拉起她的手，轻轻握了一下，深情款款的眼神里亦充满了浓浓爱意。

"姐夫，好看吗？"陈玉菊从房间里跳出来，撩起袖子，伸出戴在右手腕上的精巧的女表。

姐……夫？嘿！太……快了吧！"好看好看，当然好看，小妹戴什么都好看。"唐万军不轻不重地拍了一个马屁。"千穿万穿，马屁不穿"，望着这个一脸喜悦，也同时让别人惊喜的青春少女，他有一万个理由要说好看。

"戴错了，要戴在左手腕上。"陈妈眼尖，一看小女儿把表戴在右手腕，纠正道。

"我偏要戴在右手，你到外面马路上去看看，很多外国人都是戴在右手的，这叫洋气！你不懂的。"陈玉菊顶撞母亲，对母亲的老土露出不屑。

"越来越不像话！"陈妈又好气又好笑，随手在她肩上捶了一下。

"妈，你打我，你敢打我？"陈玉菊水晶葡萄似的黑眼珠瞪着母亲，故作凶相的眼神流光溢彩，口中大呼小叫，都市小甜辣椒的个性显露无遗。

"好啦阿菊，不要闹啦。"陈玉兰说完，有些歉意地朝唐万军咧了咧嘴。

如此随意的一咧，在唐万军看来，竟也风情万种，双眼一下光芒大盛。

这顿中饭，除了陈爸加班，大姐远在边疆，小弟在学校就餐没来，四个人吃得其乐融融，陈玉菊大赞新雅的菜好吃，一再招呼："姐夫你要常来上海啊，最好你们厂的衬衫在上海大卖。"后面的话不说出来众人也听得明白，陈玉兰掩嘴窃笑，陈妈冲着小女儿唬道："下次你来请客，我们不多吃，只点 10 个菜就够了。"

"妈，你也太厉害了吧！10 个菜，起码要我半年工资……要不，下次我请你们吃大饼油条粢饭豆浆？"涉及个人的利益，陈玉菊也有自己的一套拳法。

"好，讲定了，就请大饼油条粢饭豆浆，只要你请客，我们大家不嫌弃，阿军下次你一定要来吃噢。"陈妈一脸认真地给小女儿下了订单。

"真的啊？上海滩上的大饼油条一点也不好吃的，我是吃得要吐了，这种早点是上海人早上上班来不及才马马虎虎吃的，又不大卫生，我看还是不要吃了吧？免得吃了大家胃里难过，万一肚疼呕吐就拆烂污了。"小姑娘信以为真，马上从老辣的母亲手中败下阵来。

"哈哈哈……"众人一起大笑。

陈玉菊做了个鬼脸，探过身子在唐万军耳边悄悄说："姐夫，下次你请我一个人吃，馋死她们！"

唐万军笑了，陈玉兰也笑了，这顿饭，大家吃得非常开心。

08

200 件针织服装，只零卖了三天，除了需去调换的 7 件有跳针和漏洞的，其余卖得一干二净。

唐万军一趟一趟像织布机里的梭子似的，不停地来往于镇上和市里，用手中蟹血一样有限的资金，不断地翻着"热烧饼"，两个星期，一个款式，竟然让他翻到了40000元！这是一个刚起步的缺少资金的服装小商贩，在极短的时间里创造的奇迹！唐万军略显疲惫的脸上露出一个这条路终于走对了的舒畅的笑容。

今天是星期天，昨天进的货又早早卖完了。吃过晚饭，唐万军没有像往常一样急匆匆赶去小镇上拿货，他在焦急地等，在等陈玉兰从妹妹玉菊那里借来款子。他觉得要去买一只"大哥大"，不——买两只，自己一只，阿兰一只。有些人买"大哥大"是充大佬——手里握着块"砖头"在马路上摇头晃脑甩啊甩，也不嫌手酸，好像别人不知道他有钱一样，难得有一个来叫喝茶的电话，扯着嗓子吼半天，音量高过满街的港台流行歌曲——而他，却是真正的要派大用场，虽然一个"大哥大"要一万多块钱，但他觉得值这个钱值得花报纸、广播、电视都在大肆鼓吹"时间就是金钱"，有了它，各种方便不必去多说了，一万多块的机子，能产生的效益绝不止十万、百万！

抢时间，就是抢金钱！说这话的绝对是个天才。他急需钱，越多越好，十几年供销科长、副厂长的直觉告诉他，如今这个刚刚复苏、蠢蠢欲动的社会，你有多少资金，就能赚多少钱，可以说，这个世界到处铺满了钞票，工厂里、店铺里、柜台上，甚至马路上……都铺满了金钱，他渴望赚大钱、赚快钱，他觉得自己穷怕了，他要尽快成为百万富翁，他不怕吃苦，哪怕不吃饭不睡觉也行，他还年轻，正是挣钱的年纪，他要成功，要让原来的厂长、书记、县市一级正副主任们知道，他唐万军不是泛泛之辈，是一条龙，是一条一直困在浅滩上伺机跃向大海的金龙！

唐万军的目标不仅仅是在市里，市里有什么？十几万人口，购买一个品种的潜在消费者不到百分之一，况且，"尺八镙子又不是你一家有"，竞争激烈程度可以清楚地预料到。

他要进军大城市，边远的，交通不便的，急盼崛起的，充满希望、充满梦想的，有着几百万人口却还未被开垦过的处女地，他要在这一局大棋中努力争取占得先手。

在往返小镇的路上，在小镇的许多工厂里、街道上，托运站，他碰到过从那些地方同样来拿货的客户，他可以不动声色地从他们拿货的数量、颜色、规格、价钱以及往返要货的速度快慢来了解他们那个地区的销量，他吃了十几年供销饭，他明白，这个一手资料最是准确，最能反映出一个地方的销售情况。

越是深入了解，越是热血沸腾，虽然白手起家，但是他有野心，极想做大，更想做强。他的眼中透露着执着与坚定，这一切源自那一颗不肯安分的心。

陈玉兰是今天早上赶去上海的。昨天晚上，他们夫妻俩商量好了，阿兰这次找玉菊借到钱的话，她就去单位办停薪留职，两人决定全身心扑在生意上。

这一夜，唐万军对妻子描绘着宏伟蓝图，兴奋得翻来覆去睡不着，几次想要抱着阿兰亲热，都被她冷声拒绝了。

"阿兰，多少年了，你还耿耿于怀啊？"

"一想到上海我就烦！"

唐万军叹了口气，试探性地说："那……要不我去？"

"不，还是我去！这一关我早晚要过。"过了良久，陈玉兰坚定地说道。

09

由于两个姐姐分别支边插队，陈玉菊才得以留在上海，不然的话，再过一年多，等她的年龄达标，不管你愿意不愿意，即使是激烈反抗，最后还是不得不乖乖地打起背包，让你去陌生而又未知的地方修地球，这就是那个年代残酷的现状，无可奈何。

从这点上来说，陈玉菊还是从心里感谢和同情两个姐姐的，有时和同事、要好姐妹说起这件事，她在感慨两个姐姐的遭遇之余，常常还会拍着胸口，暗暗庆幸不已。

如同严寒的冰雪无论如何都阻挡不住春的步伐一样，在广西南路这条小弄堂里，陈家三姐妹中这朵最小的迎春花，也终于褪去了全身的稚嫩，舒展着金黄色的花瓣，沐浴晨露，迎着朝阳，在微风中不断摇曳，向这个世界宣告：我来了！

陈家三姐妹，一个比一个漂亮，但最漂亮的当然还是老三玉菊。玉菊自17岁后便出落得压过两个姐姐一头：杏眼翠眉，一头乌黑亮丽的齐肩短发随意地披散着肩，双肩以下开始鼓得有点夸张，而后往下又极速画了个漂亮的弧线完美收缩，一握之下马上又浑圆弹翘，虽说个子要比二姐玉兰矮上半头，可在女孩中也算是中等偏上，一双修长大腿扭步行走时，带动着丰富的宽胯不断摆动，一路走来，看一眼，惊掉眼球一只，看两眼，惊掉一双！真是回眸一笑，风情万种，万花失色。

"精美绝伦!"有审美者如此形容,也以此而把陈玉菊排在了全上海美女前百。这是一个殊荣,有同事跟她说。玉菊虽对自己的美貌也颇为自傲,却不以为然,她嗤笑:这种东西都是吃饱饭无事做的人寻寻开心白相相的,又不是香港选美,那才是实惠,一旦选上就有名、有钱了,上海滩无聊的人多了去了,没有名堂,全是瞎讲讲的。

陈玉菊是个务实主义者,还是小姑娘时在街道办的劳保手套加工厂里做临工时,就有不少年轻男同事凑上来讨好她,或殷勤买早点给她吃,或买好电影票邀她看电影,夏天送冷饮,冬天请咖啡。

但凡来请,陈玉菊概不拒绝,有吃有玩有讨好有崇拜,虚荣心得到极大满足,何乐而不为?只是谈及某个敏感问题时,对不起,本姑娘尚未成年,一概免谈!

陈玉菊小小年纪,家里父母宠,单位同事捧,在这个缺衣少食的年代,这种日子也算是公主般了。

陈玉菊在家中的地位甚至超过了弟弟陈金弟,这主要也是父母亲觉得三个女儿离开了两个,时时感到亏欠了老大老二,因此把对大女儿二女儿的爱全部集中在这个在身边的小女儿身上,生活虽然清贫,但玉菊算是在溺爱的环境中成长起来的,因而也造成了她有别于两个姐姐的任性发嗲的性格。

对此,父亲也只是笑着摇头,母亲有时忍不住要说她几句,但一旦碰上玉菊反击,马上就会败下阵来。玉兰平时在家里住上十天半月都是难得,自然不会多说什么了,再说,小妹对她还是很好的,单位里发的一些劳保用品,如肥皂、毛巾、手套、洗衣粉之类,全都送给她,还打趣说:"堂堂上海单位发一点乡下劳保,臭肥皂烂毛巾,谁要?二姐你可不可以帮帮忙拿去用掉好了,惜惜罪过嘛。"玉兰当然明白这是她的好意,其实这些生活用品家里也用得着,可她偏要给她,并想法让自己拿得心安一些,因而故意这么说,好让自己认为不欠她的情。

看似大大咧咧的玉菊,实际上心思缜密,能体会到别人的感受,去为他人着想,玉兰真的是从心底里为有这份姐妹情谊感到高兴。

玉菊到了实际工作年龄后,区劳动局根据政策下文,就近把她安排在了一家集体所有制的早餐店。

早餐店本来想要的是一个清洁桌子和地面的杂工,结果陈玉菊那天梳理得清清爽爽去报到,把店经理吓了一跳,考虑也没有考虑,立即吩咐她明天来上班时就做收银工作。店经理觉得,让这么一个漂亮的小姑娘去做杂工,是严重浪费稀缺资源,让她去收银台收银卖票,估计吃早餐的顾客要凭空增加二成以上。

　　早餐店面积不大，店堂也就 50 多平方米，放上十几张狭长的餐桌椅子，早餐高峰时店堂里人都挤不进去，有四个阿姨分别在和面切面拌馅做包子，有两个大师傅在蒸灶上端上端下忙得满头大汗，两个做大饼师傅，店经理和一个阿姨搭档炸油条，一人管豆浆，还有两个阿姨管粢饭米糕，小小一个早餐店，堂吃外卖，十几个人忙的时候连喘口气的工夫都没有。

　　陈玉菊第一天上班，脖子上套着一条印有店名的白色长条围裙，头上戴着一顶扁圆的白色工作帽，她觉得自己此刻好像电影《小小得月楼》里的年轻主人公乔妹，不禁心情大好。

　　在店经理的言传身教下，她很快掌握了收银的诀窍，心里想，只要学过小学加减法，不要找错钱币，钞票当心叠张，另外手脚快一点，这个收银活相对店里其他活，尤其是技术活来说，还算是轻松，能迅速胜任的。

　　然而，再轻松的活也架不住连续不断地运动，半天下来，陈玉菊双臂举得酸痛，手指关节数钱数得僵硬，她停下来，双臂甩动，双手往手心里空抓了几十抓，这才感到好受了些。回家与母亲说起，母亲以过来人的口气说："百步无轻挑，换活如换骨。"停了停又说："不要紧，过个几天就好了。"下午工作比较轻松，其他人都在准备明天的材料，陈玉菊则和店经理核对全部的营业收入，留出一部分备用金购买材料，以及几百块明天要找零的零钱，其余交给财务，做完后陈玉菊又帮忙打扫了一下店里卫生，一天的工作就这样结束。

　　吃晚饭时，父亲问女儿累不累，陈玉菊想也不想，说："还好。"

　　她还是喜欢这个工作的，这张长期饭票比起在里弄的劳保车间里车缝劳保用品，要轻松惬意得多了。果然！不出店经理所料，陈玉菊做了收银员后，来店里买早餐的人多了很多，除了固定的附近老顾客，已经有不少较远的男青年宁可早上早十分钟起来，骑自行车绕不少路，特地到店里来买早点，为的就是天天看看这个小美女，看看这张使人想入非非的俏脸。

　　"窈窕淑女，君子好逑。"一来二去，有人混得脸熟，就试图与陈玉菊搭讪，说着一些恭维她的话，希望与她交个朋友。

　　早餐店营业额直线上升。姜还是老的辣。不得不佩服店经理这个戴着眼镜的半老头的眼光，以及一心为公的领导工作能力。

　　对付这些人，陈玉菊另有套路。她当然不会去答应他们，也不会去拒绝他们，她十分清楚店经理安排她这个工作岗位的深深用意。她长大了，已经不是那个在劳保单位里对男同事的请吃请喝来者不拒的黄毛丫头，她已经懂得看人识人，懂得在心里有时问一声为什么。对这些天天远道而来的自己的"粉丝"，她一点也没有想去煮一锅"牛肉粉丝"或者"千张包粉丝"的想法，她只是以不变应万变，不说话，只用自己的招牌微笑应付各种各样的声音。她想，店里不是提倡服务行业要微笑服务吗？我就委屈一下脸部笑肌，一笑到底。

当然，如果有人一不小心跌落在她右脸上的旋涡中，抑或淹没在她眼中的幽潭而出了人命，她也会觉得，自己好像没有责任吧。

其实，理想的男朋友标准，她心里是有一杆秤的，那杆秤就是如标枪般挺立的唐万军！先入为主也好，幻想吃身边草也罢，反正，在二姐的婚礼上，叫顺了二姐夫的她，却反常地直呼其名。

10

唐万军的父亲唐书楷与母亲杨老师都是梧桐县城同一所小学的老师，在那个年代，他们每天战战兢兢地去上课，提心吊胆地下课。在那个人人自危的年代，他们犹如惊弓之鸟，课堂上，照本宣讲完毕，下课铃声响起，挟起教材就回办公室，放学铃声响起，夹紧尾巴赶快回家。

唐书楷与老伴在学校里唯唯诺诺，尽可能不说话，少放屁，这么多年总算渡过了许多急流险滩，只是在单位长期沉默的结果，是两人在家里也变得寡言少语，死气沉沉。只有在唐万军抽空来看望他们的那一刻，他们才会显得欣喜万分，不断地重复说着一句话："你来了？你今天来了？"不停地问着同一个问题："厂里忙不忙？厂里生产很忙吗？"——唯独不提他们自己工作生活中的种种不顺心。

唐万军理解父母的心情，对这些看似无聊的问题一一细细解答。

唐万军自忖不是个孝子，但也绝不是个逆子，父母终归是父母，能顺着他们就尽量顺着他们。

当唐万军把陈玉兰带到家中，带到父母面前，对他们说："这是你们的儿媳妇阿兰"时，对着貌似天仙的陈玉兰，他们一时张口结舌，竟不知说些什么才好。直到陈玉兰提上礼物，害羞地道了一声伯父伯母好，他们才反应过来，一迭声地连连说道："好好……快坐，姑娘快坐。"在接过礼物时，激动地说："姑娘，来就来了，还买什么礼物，姑娘……"他们露出了好久没有过的灿烂笑容。

唐书楷手足无措地提起暖水瓶要给陈玉兰倒水，陈玉兰连忙抢过来说：

"我来我来。"一晃，暖水瓶是空的。

唐书楷埋怨老伴："你看看，水没了也不烧点。"

杨老师说："你不渴，我也不渴，所以没有烧水……"

看到杨老师要去烧水，陈玉兰赶紧说："我来我来！"

"不行不行，这个柴灶你不会烧的。"杨老师卷起袖子，去抱柴火。

"我在乡下天天烧的。"陈玉兰莞尔一笑。

这是一间学校分配的教师宿舍，一长排地房，每间直筒筒40平方米不到，中间一拦为二，里面为卧室兼马桶间，外面算厨房——门口角落里搭一只小柴灶，灶边有一只煤球炉，旁边一只小铅皮桶里放了一二十斤黑乎乎的煤球，中间三只小方凳围着一只小方桌，小方桌上一条拼缝裂得很大，几乎能插进一根筷子，两块桌板拼缝直直的，正对门口。看得出，老两口还是有些老规矩、老想法的。

陈玉兰熟练地提起锅盖，从旁边的小水缸里舀了半勺水，把锅洗了一遍，再舀上两勺水，盖上锅盖，点燃一张废纸塞进灶内，快速地把几根豆秸梗折断后也塞了进去，鼓起小嘴呼呼地往灶里吹了几口气，呼！火苗蹿起，直扑灶门，差点燎到额前几根散发。她急急把头往后一昂，又塞进去几根豆秸梗，哔哔剥剥，欢快的火舌舔着锅底。不一会儿，锅里就响起了水将要开的声音。

唐万军赞赏地看着陈玉兰这一套熟练的灶台动作，心中暗夸：好一个上得厅堂下得厨房的上海女孩！

唐书楷看得也是拍案三惊：惊讶、惊奇、惊喜。而杨老师则是看在眼里，喜上眉梢，张嘴呵呵地乐个不停。

"妈，儿子找的媳妇漂亮不漂亮？"唐万军心情大好，笑着问母亲。

"漂亮！漂亮！"杨老师不停地擦着桌子，数不清到底擦了多少遍，咧嘴笑着回答儿子的问话，笑意牵动面部肌肉，使得前额发丝中的几根白发都在一闪一闪，动个不停。

"满意不满意？"唐万军又问。

"满意……我儿子找的媳妇，妈当然满意！"

唐万军一脸得意。

陈玉兰背对着未来的公公婆婆，狠狠地剜了唐万军一眼。

水烧开了，陈玉兰抢在杨老师前，娴熟地冲了四杯茶水，把余下的开水舀进热水瓶，又舀了半勺水放进锅中，以免灶中余热干烫铁锅，然后把其中两杯递到两位老人面前，甜甜地叫了声："伯父，伯母，请喝茶。"

"哎哟……姑娘，真是辛苦你了。"两位老人异口同声说了出来，然后相视而笑。

平时沉默寡言的两位老师，今天见到儿子与他女朋友一起来，一开心，一激动，加上说了不少话，顿觉口干舌燥起来，端起茶杯吹开漂浮在水面上的茶叶呷了一小口，又呼呼地吹了一阵凉，咦，今天的茶水怎么有点鲜甜？这么好喝！仔细一看，茶叶还是那个茶叶，水也还是缸里的水，只是，今天烧水的人换了。

望着眼前如花似玉的准儿媳妇，唐书楷笑眯眯地问："姑娘，听口音是上海人吧？"

陈玉兰看了看唐万军，大方地点了点头，说："插队在这里，两年多了呢，像个标准农民。"说完，掩口窃笑。

"姑娘啊……"唐书楷刚开口，杨老师打断了他的话："叫阿兰。姑娘姑娘的，见外！"

"你自己刚才也不是叫姑娘的吗？有嘴说别人，无嘴说自己，真是的……"唐书楷今日高兴，一时兴起，欲与老伴拌拌嘴。在日常工作生活中，实在是压抑得太厉害了。

"这么大年纪，还是个人民教师，一点也不懂怎么说话，什么叫'无嘴说自己'，我说错做错什么了，要自己说自己？你个老头子，还是一棍子打不出个闷屁来的好，一开口，臭烘烘！"杨老师有些生气，说出话来有点不太好听。

唐万军就这么看着父母拌嘴，也不去劝阻，反而在笃悠悠地喝着茶，听听笑笑头摇摇，像个无事佬。

只有他这个儿子最清楚，父母这是在高兴呢。

陈玉兰美目一瞪唐万军，起身口称伯母，安抚起杨老师来。

"没事，阿兰……没事的，我们两个好久好久没有吵嘴了，今天开心，吵几句，不碍事的。"杨老师脸上马上多云转晴。

陈玉兰心想，这未来的婆婆倒是有趣得紧，你俩没事，我倒成了个多事的。

闲聊中，杨老师了解了阿兰父母以及兄弟姐妹在上海的情况，同时十分羡慕阿兰父母有四个子女。在两位老人眼中，多子多福的观念还是根深蒂固的，更是羡慕准亲家有三个鲜花般的女儿，啧啧声起，赞叹不已。

聊天的时间过得飞快，唐万军一看表，快到吃晚饭的钟点了，忙催促父母去饭店吃饭。

唐书楷一听儿子要到饭店吃饭,不高兴了,板着脸说一定要买菜在家里吃。唐万军问为什么,有讲究吗?老头子倔强地说,不为什么,也没讲究,这顿晚饭一定要在家里吃。

"可是现在去菜场买菜回来再烧也来不及了呀。"杨老师帮儿子说。

"谁说要到菜场去买?去买点熟食总快了吧。"

唐万军说:"那我去买吧。阿兰,走,去街上走一圈吧。"夹着皮包站起来去拉陈玉兰的手。

"哎哎……谁说要叫你去买?你们坐在家里喝茶,菜我去买,这里一圈我熟。"唐书楷说,转身又吩咐老伴,"你快烧饭啊,多淘点米。"

一个小时后,铁锅里飘出了诱人的饭香,桌子上摆满了唐老师买回来的白鸡酱鸭,素鹅叉烧,花生时件,还有半只野兔子,两瓶上海黄酒。

"来来来,大家坐起来。阿兰,饿坏了吧?今天每个人一定都要喝点酒噢。"唐书楷兴奋地开开酒瓶,然后往每个人面前碗里倒了半碗黄酒,最后在为老伴倒酒时,杨老师刚要推阻不喝,唐书楷呵呵一笑,"喝一点,老伴。此刻不喝,更待何时?"

11

这个城市虽说是个县政府的所在地,可也只是个只有一万多人口、五六条大街的小县城,县城的工矿企业数得过来的也就十几家,唐万军所在的衬衫厂也在其中,算是县城里具备中等规模的工厂。然而,服务企业却是不少,原因是除了城中居民的吃穿住行,附近十里八乡的生产生活用品,都要上城来消费,小县城"麻雀虽小,五脏齐全",缺一不可。饮服公司下辖有旅社、餐饮以及澡堂等与百姓生活息息相关的许多单位,饮服公司的书记、经理是不折不扣的实权派,而从造反起家的唐书香是饮服公司的革委会主任,兼书记、经理,兵印、粮印一手抓,可谓大权在握,不说权倾朝野,也是号令一方,在饮服公司领导层,无人敢提反对意见。

唐书香并非是唐万军的亲小姑。

话说"民国"廿七年,日本侵略军占领了大半个中国,烧杀掳掠,无恶不作,老百姓哀号遍地,生不如死。可是国民党政府却不顾百姓死活,一跑再跑,将大片大片的国土拱手让给日寇,更有甚者,溃退途中还大肆抢夺百姓财产,逼得百姓纷纷抛弃家园,举家南下逃难。那天,又是一拨难民拥进县城,背席捆被,拖儿带女,面黄肌瘦,挨家乞讨。

凌晨时分，天空还是墨黑一片，住在海塘街上的唐万军爷爷老唐起早开门欲去河边提水，"吱呀——"蝴蝶板门往里开，"咚!"紧靠大门的一个不知是什么的东西跌进门槛里面，"咩……"一声有气无力的小羊叫传到老唐耳中，老唐吃了一惊，立马又是一喜：莫不是乡下人家母羊逃了出来在我家门口产的羔? 心想，真是运气来了推也推不掉。连忙擦了擦昏花老眼，侧身借着屋里微弱烛光弯腰仔细一看：一件破夹袄中竟然包着个婴儿! 头很大，头上长了几根瘌瘌头发，皮包着骨头，无力地垂在一边，用手碰一下，"咩"地叫了一声。"阿弥陀佛! 罪过罪过!"老唐马上明白过来，这个婴儿肯定是逃难的人扔下的，眼看养不活了，随便找个人家门口扔了，万一碰上个善良人家，婴儿还有活命的希望。

老唐叫醒屋里的老伴，两人手忙脚乱，解开婴儿包一看，是个女婴，在包裹内找来找去，找不到一张写有婴儿生辰八字之类的纸条。

"作孽啊……"老伴擦了擦眼角渗出的泪水。

婴儿像一只饿瘪的小猫，全身仅剩下一副筷粗的骨骼，只要手上一用力，立马散掉，只是嘴巴仍有翕动，隔一时发出一声微弱短促的小羊叫。

老伴有经验，一看便知小孩要吃东西，便到里屋取了点红糖出来，冲了小半碗红糖水，用手指蘸了点糖水放到婴儿嘴边。婴儿触碰到糖水手指，拼命地吮吸起来。于是老伴便命老唐取来汤匙，轻拍着婴儿，慢慢地把半碗糖水喂了下去。

老唐夫妇收养了这个命大的婴儿，打听到城里哪几家有哺乳期妇女后，他们每天涎着老脸去讨点人家喂剩的奶水，如此奔波三个月，后来人家也没奶水了，就改吃米糊，终于把个小女孩养活了，倒也长得唇红齿白，遗憾的是皮肤黑了点，不过不要紧，黑就黑点，看起来反倒有点黑里俏。

老唐夫妇给女孩取了个好听又文绉绉的名字——唐书香。顾名思义，老唐期盼这捡来的姑娘能够拥书飘香，出人头地。

老唐给自己的儿子取名"唐书楷"，给养女取名"唐书香"，不仅仅只是"书字辈"这么简单的延续家庭传统辈分，其中更是隐含了老唐一生的希冀。

老唐一生喜爱读书，一心想博取个功名，光宗耀祖，可惜生不逢时，"书生怀志遇乱世，仰天长叹徒叹息!"老唐把希望寄托在儿子唐书楷身上，却又逢上连年战争，唐书楷只读到七年级就辍学了，成年后找了个小学老师的工作，总算是与读书搭上了界。

可唐书香一点也不"书香"，性格极像个男孩子，上树逮鸟，下河捉蟹，逃学打架，调皮捣蛋，就是比她年长一折（12岁）的哥哥书楷也不放过，时不时地要任性撒赖欺负他。有一次，她与同伴打架吃了亏，哭着跑回来要哥哥去帮她打那几个人，书楷自然不会去，她就端起有半盆洗脸水的脸盆一股脑儿泼在了哥哥的身上，然后一溜烟跑了，把个好脾气的书楷气得直跳脚。

唐书香小学没有念完就再不肯去学堂了，老唐拿这个女儿毫无办法，只能听之任之。老唐太老了，已经没有能力来管这个女儿了。

老唐夫妇相继去世后，一个说教唐书香的人也没有了。唐书香更加自由开放，19岁时便与一个卖肉的精壮汉子有染，偷偷产下一死婴，在街坊邻居的指指点点下，书香却毫无羞耻感，依旧无事一样，昂首挺胸，双目堂而皇之扫人。

但哥哥唐书楷羞愧得恨不能脸上蒙块布，低了头进出家中。

后来，唐书香通过自己的能力，居然进了一家国营旅社做前台登记收款的工作，非常的轻松，使她有大把的时间谈情说爱。

唐书香谈的男朋友不下十数个，真正谈婚论嫁的没有一个，盖因闻听她的旧事而退避三舍，就是有那么一两个不计较她的过去，可一来二去处得久了，觉得实在吃不消她刁蛮的性格，到最后还是选择分道扬镳。一直到1966年，唐书香30岁了，还是光瓜一个。

"文革"运动中，唐书香改名"唐忠勇"，后来有人指出，"忠勇"与"中庸"谐音，有"中庸之道"的嫌疑，于是她毫不犹豫又改了个名字，叫"唐誓忠"。这个名字有人说与县里"四中"同音，不太好，假如有人要问路，四中在哪里？指路的人说不定指往县革委会去了。但也有人说好，名字即立场，响亮！霸气！紧跟时代步伐。

凭借着这个霸气的名字，唐誓忠几年来一路高举大旗，造反到底，敢想敢干，不怕牺牲，直到把饮服公司书记经理统统干掉，直到干得自己火线入党，直到干得自己成了饮服公司第一把手、第二把手、第三把手，拿唐誓忠自己的话来说，一加二加三，连加等于六，这叫干上了"六把手"，把手越多越厉害。不愧为小学没有毕业，数学算得好！

本来，唐书香没有工作之前，虽说已经从家中搬到单位里住，但平时隔三岔五还是会回家看望一下哥哥嫂子，走上了领导岗位以后，由于革命工作繁忙，几乎就不来家了，几年下来，兄妹情分早已十分淡漠。

喝着小酒，拉着家常，时不时望望准儿媳如花的笑靥，唐书楷和老伴心满意足。

说起结婚，唐万军告诉父母，婚房就用厂里分配的套房，虽说小了点，

60 多个平方米，但暂时不要孩子的话也够了，等以后厂里发展了造新房子，再换套大点的。"应该没有问题的，你们就不要操心了。"唐万军对父母说。

"钱不够的话，跟我说一声。"唐书楷看着儿子，满眼的慈爱。

"好，其实钱多多用，钱少少用，我这几年也有点积蓄。"唐万军说，顿了顿又说道，"爸，有个事想请你帮忙。"

"一家的事，怎么叫帮忙？"唐书楷不满儿子的说法。

"结婚前，阿兰的工作问题一定要先解决。"

当唐书楷听儿子说要请小姑帮忙把未来的儿媳特招进饮服公司工作后，有些犹豫。一来是书生性格使然，不愿求人帮忙，二来是他现在与这个妹妹来往极少，突然求她显得有些生分，开不了口。

"这样吧，我去找她！"唐万军看父亲犹豫，对他说。

"还是我去。"略一思考，唐书楷下定了决心。

"这样，明天我和你一起去。"

唐万军生怕小姑假正经，父亲真老实，反倒把事情弄僵。他想，凭着自己这些年走南闯北的经验，到时候万一出现什么情况，自己在旁也好有个周旋。

唐书楷想了想，答应了："好吧！"

12

从父母家来到唐万军厂里分配的二楼一居室，推开门，拧亮灯，映入眼帘的是一片乱糟糟的世界，还有阵阵令人恶心的味道冲击着嗅觉系统，陈玉兰忍不住一声干呕，赶忙掩鼻。

房间很凌乱，卧室里被子没有叠，还保持着起床的样子，床边一张靠背椅上，胡乱丢着几件衣裤，床头一张小桌子上放着几本杂志，床头灯旁边有一个烟灰缸，里面有几个烟蒂没有倒掉，那种说不清的怪味就是从这里散发出来的。外间有一小方桌，放着一副散乱的扑克牌，一张不大的木制三人沙发上丢着一双臭袜子，外间连带煮饭的一块水泥板上放着一只煤油炉子和一副还没洗涤的碗筷。水泥墙壁一片灰色，吸走了不少灯光，以至室内显得有些昏暗，乌沉沉的。厕所倒是有一间，是那种蹲式的，上面装了个淋浴头，有热水管连着厂里锅炉房，周六晚上周日白天晚上供应热水，厕所间地方狭窄，蹲着解手，站着淋浴，别有一番风味。

"不好意思，太乱了。"唐万军脸一红，欲去整理房间。

"我来吧，你去烧点水。"陈玉兰支开他，忙了起来，把衣服裤子分别归类，把臭袜子洗了又洗，又用屋里唯一的一把摇头台扇朝打开的门外吹风。

煤油炉很给力，水很快烧开了，唐万军边冲热水瓶边说："阿兰啊，这房小是小了点，但一时也无处去弄大房子，等你安排好工作，我们就去登记，然后把房子粉白，添一点家具，暂时作一下新房，以后等厂里发展了再调套大房子。"

"好啊，嫁给你就是想住大房子，大房子谁不想啊？"陈玉兰顺着他的话说道。

其实，能有这样一套房子筑成两人世界，在陈玉兰眼中已是非常完美的了，想想上海拥挤的家，以及生产队里住的那间四处漏风的破泥房，陈玉兰已心满意足。

两人在一个大脚盆里互相嬉戏摩擦着洗好脚，唐万军吻了吻陈玉兰那辣辣的双眼，盯着她看了几秒钟，强行克制住蓬勃的冲动，说："你睡卧室，我睡沙发，我们新婚之夜再……"

陈玉兰嘴上轻啐一口，心底有一股暖意缓缓涌来……看来这个男人靠谱的，自己的选择还是对的。

一夜无话。第二天一早，唐万军带着陈玉兰回到父母这里，杨老师已经煮好了粥，桌子上放着刚买回来的几根油条，还在冒着热气，唐老师则在一旁做着甩手动作。

"伯父伯母，早上好！"陈玉兰甜甜地问候道。

"好，好！"杨老师高兴地答应着，随后拿出一个厚厚的红包塞到陈玉兰手中，陈玉兰要推辞，杨老师笑眯眯地说，"阿兰啊，不要推，不知道你们上海规矩怎么样，我们小地方的规矩，都是这样的，有失礼的地方，还请谅解。"

长辈对小辈的一番话，得体又礼貌，对陈玉兰是尊重有加，充分显示出一个教师的素养，不禁令陈玉兰对这个未来的婆婆刮目相看。

陈玉兰盛意难却，双手接过红包，对着两位老人各自鞠了个躬，说："伯父伯母，谢谢！玉兰收下了。"

"谢什么？以后就是一家人了，不用谢！"杨老师望着准媳妇向下倾泻的满头乌瀑，呵呵一笑，精神大好。

"要叫妈！怎么还叫伯母？"唐万军在旁打趣，他最喜欢看陈玉兰脸上的窘红。

陈玉兰捏着红包，羞红着脸呆立当场，叫也不是，不叫也不是。

"好了好了，都是阿军这个臭小子，害得我们家阿兰脸都红了。"杨老师笑骂儿子，为陈玉兰解了围，还上前拉起她的手轻轻地拍了拍。

吃过早饭，唐万军看看表，快到八点了，估摸着小姑妈快要上班，于是便催促父亲和陈玉兰快一点，因为从家里走到县委起码还要20分钟。

"饮服公司革委会怎么会设在县委大院的？"陈玉兰搞不懂，十分好奇地问唐万军。

"县委走资派全部被革命群众扫除了，大院让县属各单位革委会头头分别占领，都搬到里面去办公了，看起来有点等级。"唐万军答道，有点佩服起这个横枪使棒的小姑来。

三人十几分钟急步走下来，唐老师觉得腿都有点酸。

县委大门外立着两个持着大三八枪的岗哨，威风凛凛。大门上，墙壁上，甚至岗亭的窗上，都贴着一些大大小小彩色纸条的革命标语。这个架势，放在平常，唐书楷宁可绕道，也决不会从大门前经过。不过今日不同。唐书楷硬着头皮想直接从边门进去，果然被一个岗哨拦下了。

"请问你们找谁？"岗哨还算礼貌，客气地问。

"我们找饮服公司革委会的唐……誓忠。"唐万军抢在父亲前面回答。

"请问你叫什么名字？"

"唐书楷。"唐万军说出父亲的姓名。

岗哨进到岗亭里，拿起一个内线电话，朝墙上贴的一张写满电话号码的纸上瞄瞄，然后拨动电话上的转盘，打通了电话，然后出来递过一支笔："登记一下，进去吧，三楼右转第二个办公室。"

三人松了口气，上得楼来，按岗哨指示，在右手第二间门前停下脚步，门上有一块牌子：饮服公司革委会办公室。

门关着，里面有个女声挺大，好像在呵斥人。

"是你小姑。"唐书楷用眼色对儿子暗示。

唐万军轻轻敲敲门，没有反应，手指上用了点力，"嗵！"门被敲开了，只听里面那个女声大喝一声："出去！"

陈玉兰吓了一跳，脸色一变。唐书楷低声对她说："别吓，她就是这样一个人，神经分分的。"

屋里有两个年轻男女，低着头拉开门快速走了出来。原来，"出去"是朝这两个人说的。

"哥，你来了。还有阿军，好久好久不见了，样子越来越好了嘛。"唐誓忠中等身材，黝黑的肤色，剪一个江青头，30多岁的女人眼角满是鱼尾纹，看上去比实际年龄要大不少。

"小姑，好长时间没见你，你的气质越来越青春了。"唐万军最拿手的就是拍女人马屁，不轻不重，拍得唐誓忠浑身骨头一松，只见她"哈哈哈"豪气一笑，道："小滑头，越来越油嘴滑舌，当我不识货，不过这话小姑喜欢。"

"这位漂亮姑娘是谁？"唐誓忠这时才发现唐万军身边还有一位美女，不禁诧异问道。

直到此刻，才轮到唐书楷说话："是阿军的女朋友，叫阿兰。"转过头来又对陈玉兰说，"阿兰，叫小姑。"

"小姑好。"陈玉兰羞羞答答地叫了一声。

也许是今天唐誓忠心情好，也许是陈玉兰长得赏心悦目，爱美之心，人皆有之，总之，唐誓忠千年难得地牵动了一下面部笑肌。

唐万军看人的眼光何其毒辣！刹那从小姑脸上这一牵而过的笑肌上读出了她的羡慕、失落、哀怨、嫉妒、高傲以及不屑。

说良心话，这个小姑长得其实不难看，为什么会没人要她？从她刚才脸上一牵而过而显露出复杂人性的笑意中可见端倪。

"哥，今天来找我是有事吧？"唐誓忠两眼盯着唐书楷，眼角余光却瞟向陈玉兰，其实她心里已经明白了十之七八。

"书香……不……誓忠，是这样的……"可怜的唐书楷嗫动着嘴唇，在大脑中费力地组织着接下来的语言。

求人的滋味不好受，相信大多数人都有同感，事情如果能过得去，任谁也不想求人，哪怕对方是自己兄弟姐妹、亲戚朋友。

唐书楷磕磕巴巴地总算把此番的来意说明白了，唐誓忠坐在办公椅上不说话，没有说好，也没有说不好，只是不停地在翻弄着手中的一支钢笔，办公室里一时有些冷场。

"小姑。"唐万军适时开口，迷人地一笑，转身关上办公室门，扣上保险，然后从内衣口袋里掏出一个红色方形首饰盒，盒面上喷着"上海老凤祥珠宝"七个烫金隶书，打开，里面躺着一条金光灿灿的黄金钻石项链，切割成鸡心的钻石六个面上全都在折射从窗户外照进来的阳光，五颜六色，熠熠生辉，璀璨夺目。

"小姑，好多年没有见面了，这是作为小辈我送给小姑的见面礼。小姑红颜不老，青春永驻，配上这条项链，更添贵族风采，整个县城无人能匹啊。"

屋里所有人的目光都被这条项链所吸引，唐誓忠更是双眼冒光，紧盯着项链。

看到小姑动摇了上位者的架子，唐万军从心底发出一声冷笑。他合上首饰盒，把它放到唐誓忠的办公桌上，缓缓推到她的面前，说："小姑，这是侄儿一点心意。"

"真的啊？阿军对小姑这么好啊！那小姑却之不恭了，谢谢你啦！"唐誓忠把首饰盒重新打开，拿起项链把它放在手掌中，左看右看，继而把玩起来，越看越爱不释手。

唐誓忠这前倨后恭的架势，入在唐万军眼里，禁不住又在心里啐了一口："呸！什么小姑，什么革委会主任，完全狗屎一粒！"

陈玉兰与唐书楷互相对望一眼，各有所思。陈玉兰在想，自己是真心选对了人，为了自己的前途，他可以把这么贵重的东西送人，心中不由大为感动，看向唐万军的眼神中充满了绵绵爱意。

而唐书楷则是在真正心痛与愤怒，自家的妹子，求她办一点小事（在唐书楷眼中，这点区区小事对这个有权力的妹子而言不过是一句话的事），居然还要送这么大的礼？他忍不住翻了儿子一个白眼。

少顷，唐誓忠把首饰盒盖上，放进办公桌中间抽屉锁上，拔出钥匙放进口袋，恢复了一副公事公办的样子，一本正经地对唐书楷说："哥，不瞒你说，现在全国的知青正在响应伟大号召，一批接一批的下农村到边疆，在这个风头上要把才下乡不久的知青私自上调，是要犯路线错误的，对我的前途有很大的影响。"顿了顿又道，"不过，再怎么说你毕竟是我哥，阿军是我侄，既然你们上门了，自己人这个面子还是要给的。"

唐誓忠沉吟了一下，又道："光我们公司要人还不行，还得阿兰……我这里一家人不说两家话了，要让她所在的公社大队放人，少不了也要打点一番。哥，你不知道，现在的公社大队书记绝对都是南霸天。"说完，拿起桌上水杯喝了一口水，又把一份红头文件拿到自己面前，作势翻了翻，没有再看唐书楷他们一眼。

三人面面相觑。

"小姑……"唐万军两腮咬肌往外鼓了鼓，叫了一声，"这样吧，你说个数，明天给你拿来，我这里先谢谢你了。"

唐誓忠斜了唐万军一眼，心中暗道，这个侄儿许多年不见，倒也见过些世面，伶得清，便伸出两根手指来。

"200？"唐书楷惊问，200元要四个月工资了。

唐誓忠没有回答，笑着看了看唐万军，一副你懂的样子。

唐万军拦住了父亲的话头，说："好吧，明天上午我给你送来。"话音刚落，却把牙齿磨得咯吱咯吱直响。

"哎，你们站着干什么？快坐快坐。"唐誓忠热情招呼，像是刚看到他们几个一直站到现在。

"那……阿兰的工作……"唐书楷追问。

唐誓忠盯着陈玉兰看了几分钟，陈玉兰顿时觉得好像被一只雌狮盯住，浑身发毛。唐誓忠笑道："东风旅馆缺一个收银员，阿兰，你长得太美，不宜在收银台抛头露面，还是去里面做财务上的工作吧，把财务上的人调出来做前台。这个，你满意吧？"

"满意满意！"陈玉兰忠慌忙回答道，只要能从那鬼地方出来，随便做什么工作，哪怕去扫大街，都比日晒雨淋、起早摸黑，以及被那些可怕的令人毛骨悚然的铁嘴苍蝇、黄金刺毛、花蚊蚂蟥叮咬在身上好得太多太多了，何况，一个月还有几十块钱工资可拿。两下一对比，陈玉兰刚才还在怪阿军小姑太贪心的念头一下子淡漠了许多。

回到家中，从来文质彬彬的唐书楷满腔怒火终于喷发出来，"啪——"差点把拿粉笔的手与小板桌一道拍个粉碎，顾不上疼痛，却嘴里不断重复四个字："岂有此理！岂有此理！"

杨老师听说了，也是愤愤不平，连声骂道："贪心不足蛇吞象……"两个一生胆小谨慎、骂人都不会的小学老师，何曾碰到过这种事？

13

陈玉兰一早赶到上海，有心想先去父母那里看望一下，可又一想，还是先去玉菊那儿，办正事要紧。

这十几年来，父母苍老了很多很多，母亲早已退休，父亲也即将退休，他们姐弟几个都长大了，像屋檐下的小麻雀，丰满了羽毛，拍拍翅膀飞走了。

小小的屋子里，没有了这些"麻雀"，显得大了很多，走进走出两个人，依然收藏着女儿们小时扎的蝴蝶结、包包衣、橡皮筋，以及儿子的破足球等等。

每次回上海，陈玉兰都要在家里住上几天，与母亲拉拉家常，看着父亲一小口一小口地抿着小酒，然后撮着她带回来的当地特产酱鸭，边撮边数落："还说是全国闻名特产？不及阿拉上海里弄卤店烧的好吃。"到得最后，把鸭骨头吮吸个干干净净，还说，以后来时买瘦点的，体轻，鸭骨架味道却是一样吃。

每逢此刻，陈玉兰便与母亲一起偷笑，父亲故意板起脸呵斥："有什么好笑的……"一个没忍住，"扑哧"一声，自己也笑了起来。

陈玉兰坐在拥挤的78路无轨电车上，耳中充斥着售票员嘶哑的声音："不要挤！买票买票！"车窗外，繁荣的商铺以及熙攘的人群在快速向后移动，擦身而过的电车顶上的电线辫子不时噼噼啪啪地冒出蓝色的火花。红绿灯下，自行车流像潮水一样，涌过来涌过去，十字路口，穿着白色制服的交警一刻不停地做着各种指挥手势……这就是我的家乡……她一时有些走神，有点像电影中的蒙太奇一样切换起来。

东西向的淮海中路上，往南有一条思南路，路不宽，三车道，却很幽静，路两旁都是浓密的百年梧桐树，高大的树冠被园林工人修剪得大部往马路中间伸展，整条马路被两边宽大的梧桐叶覆盖，只有少许阳光穿过树叶缝隙，在马路上投下斑驳的影子。这里新中国成立前属于法租界，因此马路两旁留下了一幢幢两三层楼的法式小洋房，掩映在树荫中，显得分外雅致、高端、上档次。虽说新中国成立后政府把一幢洋房分割成了若干套居民住房，以解决大量无房困难户的居住问题，可像思南路这种环境地段，一般的上海居民还是无法拥有居住权的。

陈玉菊的家在思南路中段一个两层楼房的一楼。楼房朝南而建，撇去了中国传统门面需朝马路的建筑思路，因而站在南北向的马路上，看到的都是这些建筑的山墙，以特制红砖精致砌成的楼房，每块砖的砌缝都工工整整，红色砖块，白色割缝，从外面看上去整齐划一，赏心悦目，如训练有素的受阅队列，让人产生无穷美感。而进出的大门，便开在尖尖的山墙上，整个山墙由一圈生铁浇铸的尖头扁铁栅栏围起来，门上的黑漆经过岁月的侵蚀，已变成黑灰金属色，更加显得厚重沧桑，颇具历史感。老外造的房子，墙与大门都显得十分见外。

事先已经通过电话，陈玉兰一按门铃，不一会儿，里面一个风姿绰约的少妇便开了大门，接着出来用钥匙打开铁栅栏门锁，紧跟着一阵香风袭来，陈玉菊冷冷地点了点头，转身扭着腰肢跨进了大门。

陈玉兰随手关上铁门，跟了进去。

进门右手边是一个扶梯间，有一道长长的扶梯通向二楼，是另一户人家，左手再进一扇门就是陈玉菊的家，屋里高大宽畅，70多平方米的屋内，隔出两间卧室，还有一个卫生间一个厨房间，余下的就成了客厅面积。

　　能住在"上只角"这样的房子里，在寸土寸金的上海市中心，里面的主人可是要有三分三的"路道"的。

　　客厅上方搭了个阁楼，放着一些杂物，下面一只西洋高脚硬木三人沙发，丁字形的扶手，有点像沙皇尼古拉二世的专用椅。墙上挂着几幅装帧得古色古香，也不知是哪个画师临摹的唐寅仕女图，却也十分形似，惟妙惟肖。沙发对面有一个电视柜，里面放着台十分稀罕的大尺寸电视机，旁边靠墙一张黑亮中式供桌上，摆有一只大铜香炉，炉内没有燃香，却是堆积着大半炉的香灰。香炉两边各放了一个巨大的画有明代仕女的宝瓶，瓶中插着几根色彩艳丽的孔雀翎。一切摆饰用品，中西合璧，土洋结合，显示了主人的富有，也直接反映了主人的生活品位。

　　陈玉兰在沙发上坐下，眼睛看着小妹，欲言又止。陈玉菊从一只进口冷藏柜里取了一罐冰镇饮料放在茶几上，坐到另外一张圆凳上，一言不发。

　　"这么多年了，还在生我的气啊？"陈玉兰想到此次的使命，下定决心要化解掉姐妹间这些年的心结。"我不生气，你倒还来劲了。"她知道小妹的脾性，故意说道。

　　果然！陈玉菊一听她这话就炸了："我追求自己的爱情有错吗？你知道吗？你的五根手指抽在我脸上的同时，把我的心也抽碎了，把我们从小到大的姐妹情也抽没了。你以为我愿意嫁给那个山东汉吗？你以为我贪图他的钱吗？这么多年，你知道我心里的苦吗？你……我……我……呜呜……"陈玉菊越说越委屈，到后来干脆哇哇放声大哭起来，一时间梨花带雨。

　　陈玉兰深知小妹"女儿有泪不轻弹，只因未到伤心处"的男子性格，从小到大没有如此伤心过！其实，陈玉兰冷静得很，她清楚，小妹是哭给她看的，当年的失败，对一向自傲的小妹而言，是没办法接受的。要不是为了生意，她恐怕这辈子也不会踏进这个门槛。她知道，自己一旦踏进这门，这一关肯定要过的。想到这里，陈玉兰感到一阵阵头痛。

　　陈玉菊发泄了一阵，声音终于小了下去，陈玉兰掏出一块手绢，递了过去："擦擦吧，当年是我不好，打了你，今天向你道个歉，对不起。"她违心地说道。她很清楚，小妹等她的道歉已经等了很多年了。

　　一听姐姐这话，陈玉菊立刻停止了抽泣，起身去卫生间擦了把脸，在脸上补了点淡妆，回到客厅，又从冷藏柜中取出两块冰砖，递给陈玉兰一块，然后坐下，道："说吧，有什么事？"

　　陈玉兰了解小妹的性格，知道她已经开始原谅自己，说到底，亲姐妹，再大的仇也能化解，于是便把来意委婉地说了，有些忐忑地琢磨对面这张越来越美的面孔上的每一丝变化。她有些担心小妹心里仍旧存有疙瘩而不肯借，又或者她也没有这么多钱，亦可能财权不是掌握在她手中，总之，看着她一声不吭，在心里反倒有了许多乱七八糟不好的念头。

"要多少？"陈玉菊沉默了一会儿，问道。

"30万。"本来，唐万军告诉她，能借到20万最好，不行的话，有10万也行。资金充足，生意多做，资金缺少，生意少做，她渴望翻身，以前是没有机会，现在发现了这个时机，她要把握住，机不可失，时不再来，所以，她想手头多握点资金，在生意上才可以尽可能地掌握主动，游刃有余。

八十年代中后期的30万元可是一笔巨款，不是谁都可以轻轻松松随随便便拿得出的。陈玉兰想，小妹大吃一惊或者倒吸一口冷气，表情夸张的话还可以接受，一口回绝那可就尴尬了。她不知道小妹到底有多少钱，只是通过母亲口中了解到，陈玉菊的老公，也就是她的妹夫，很会来钱。妹夫姓戴，叫大伟，是一艘万吨远洋集装箱海轮上的二副。轮船上的船长是个中美混血儿，他说的中国话习惯于美式发音，也许是吐不好音，叫戴大伟时往往漏掉中间的大字，而叫成daiwei，时间长了便成了"戴维"，像在叫一个外国人，听起来反倒有些洋气，戴大伟乐得接受，也就随它去了。

"好吧。"谁知陈玉菊眉头也不皱一下一口答应下来，道，"不过丑话讲在前头，亲姐妹，明算账，利息还是要收的。"

"那……多少啊？"陈玉兰还是第一次接触这么大笔的钱款，自己也从不管家庭财产，况且也没有多少存款，对存款借款要产生"利息"一词毫无概念。

"看在自己人面上，马马虎虎不算数，一点头月息好了。"

"啊？这么高啊？"陈玉兰不笨，这点算术还是会算的。

"高？这笔钱放在银行里利息还要高很多，你去全上海银行问问看。私借良心黑的人收利息二点三点还要加利滚利，那才叫夜黑风高！我是看在你今天亲自上门来道歉的份上，看在自家姐妹面上，诚心想帮你们一把，自己吃亏点就吃亏点，真是不识好人心。"

陈玉菊不屑，心中暗道，还算是要做生意的人，最关键的经济是命脉都不懂。在她看来，既然你二姐今日特地上门来叫开，自己这里这千年不休万年不罢的心结也算是解开，利息上损失点就损失点，自己反正也不是少这点钱来用，不过你要知道我的好才是，要感谢我才对，你到别处去借借看！你到银行去贷贷看！哼，现在反倒变成我要在你身上赚大钱一样，你二姐怕是彻底领会错了精神。

"要借不借，随便你！"陈玉菊一下子又恢复了"有钱就是娘"的强势姿态，看向这个在乡下生活了这么多年的二姐的目光，有点像看一个在马路边挑着满担的"叫哥哥"在叫卖的外地小瘪三。

14

自从发生掌掴事件后，陈玉菊像是换了个人，工作时常常神经兮兮似的坐在收银台前发呆，收付钱款时要么少收，要么多找，错误不断，漏洞百出。要知道，收银是非常重要的一项工作，产生的利润关乎国家、集体、个人的收益和收入，来不得半点差错，如果都像玉菊如今这个状态，那还收什么银，索性直接就改成"送银"好了，或者直接送早点好了——不，干脆关门大吉！

店经理向陈玉菊提醒过好多次，甚至警告她，可是根本不管用，她照样还是心不在焉，一副失魂落魄的样子。店经理一气之下，把她换到里面跟老师傅去学捏馄饨，结果她捏了许多没馅的馄饨球混在肉馄饨里，遭到顾客投诉，无奈之下，店经理只好让她在家中休息一段再来上班，当然，也只能是发一点病假工资。

陈玉菊萎靡不振地在家中猫了几个月，什么事都懒得去做。虽然她对父母的解释是身体不好，向单位请了长病假，要休息一段时间，但父母怎能看不出自己女儿这段时间的愁容满面，心事重重？可任凭父母百般追问，她就是紧咬牙关，不露一点口风，只称身子不舒服，母亲要带她去医院检查，她也一口回绝。

这个事怎么说？开玩笑？这是什么病？心病！只有一个人能治。可是唐万军非常明确地拒绝了她。而且二姐让她受到了她今生中最大的侮辱，她一辈子都不会原谅她。

日子就这么一天天溜过去了。半年后的一天，楼下的李家姆妈守着买菜回来的陈妈，拉她到一边，低声笑着对她说："我家有个远房亲戚的儿子，叫戴大伟，在远洋货轮上当二副，钱挣得多是多得来，人也长得健壮精神，这些天货轮停在上海卸货，昨天拎了点东西来望望我，碰巧看到你家阿菊下楼，阿菊生来实在是好看，看得他当场呆掉，眼乌珠咕噜落在地上，脚也搬不动了，立在弄堂边看着你家阿菊去弄口摊头上买冷饮回来再回到楼上，滚在地上两只眼乌珠一眨也不眨呀，回到船上是睡也睡不好，吃也吃不好，非要托我来跟你讲，小伙子看上你家玉菊啦，想煞哩。陈家姆妈，你看是不是让他们两个见个面，谈谈看，万一有缘分而成功的话，也是美事一桩呀，你看哪能啦？"

李家姆妈巧舌如簧，唧啵唧啵，一通马屁拍得陈妈窝心啊，顿时喜上眉梢，当下回道："我家阿菊还小呀，也就 20 岁出头点，不知道她现在肯不肯谈朋友。"

陈妈是过来人，忽然想起阿菊近半年来郁郁寡欢，原因连他们都不肯说，一晃间小姑娘也已长大，有了自己的心事，此事说大不大，说小也不小，万一弄得不好伤神伤心就麻烦了。而男方还是海员，海员这工作如今可是十分吃香，挣得钱多，一个月工资抵得上在单位上班拼死拼活的几年，而且还有英镑美钞进账，这些外币在银行兑换成人民币，还有一定比例的外汇兑换券好拿，要去外汇商店里购物，非得要兑换券不可，可买到既便宜又时髦的外国产品。不知有多少美女争着抢着要嫁给海员！而且听李家姆妈说，对方是个"二副"，她不懂二副是什么职务，只是下意识地认为二副一定是个相当于副厂长、副经理这样的职务，总之是个领导干部。当下便又说："等下我去问问她看，她点头我就来跟你说，再让他们约个时间碰碰头。"说罢，拎着菜篮匆匆上楼。

"好好，我在屋里等你回音哪。"李家姆妈在后面急急喊道。

陈妈回到家中，这个点上，家中没有其他人在，便放下菜篮子，喊了声："阿菊出来，妈跟你说件事。"

"什么事？你说好了，我听得到。"房间里传出陈玉菊懒懒地回答。

"你出来，是好事。"

"有什么好事？莫不是给我介绍个男朋友也算好事啊。"陈玉菊无精打采地从房中走了出来，手里捏着一本小人书。

"阿菊啊，我的小神仙，你真的猜得到？"陈妈万分惊讶地看向女儿。

陈玉菊见到母亲丰富精彩的脸部表情，忍不住喷出一个笑来，脸颊上的酒窝也跟着笑容越旋越深。

"死小囡，取笑妈，打……"见到小女儿难得露出一个笑容来，母亲也是心情大好，故意扬起手掌，与女儿嬉笑起来。

"妈，不是真的给我介绍男朋友吧？是谁家养的猪？"

"不是开玩笑，是真的。"母亲就把李家姆妈的话重复了一遍给女儿听，说完又加了一句，"我最后跟她说，我小女儿还小，她可能还不想谈恋爱。我叫她不要抱有希望。"

陈玉菊听完，美目炯炯，沉默了很久，忽然下了决心似的说了一句："好吧，你去告诉他们，约个时间见个面。"说这话的时候，她的心突然像有条虫子在噬咬，很痛。

　　"真的？不想谈就不谈，我去告诉他们，我们家阿菊还小。"

　　"谈！大款，我喜欢。"

　　"对了，妈，他叫什么名字？"

　　"戴……什么……伟。"

　　"戴维？不会是个外国人吧？"

　　"不是不是。"母亲急忙摇手道，"是李家姆妈的一个什么亲戚，好像是……山东啊什么地方的。"

　　"外国人有什么不好？外国人更好！"陈玉菊赌气似的来了一句。

　　"真的啊？那我去回复李家姆妈，说我家阿菊要嫁外国人，中国人不嫁。"母亲拍了下额头，随手理了理挂在额前夹杂着几根白发的一缕头发，欲返身下楼。

　　"你还来真的啊？谁又说要嫁外国人啦？外国人有什么好，满身味道！"陈玉菊一跺脚，冲母亲叫道。

　　"只细姑娘（这小姑娘），侬做戏啊？一出一出的。"母亲被女儿弄得七荤八素，不由得大为光火，回过身来瞪了她一眼。

　　"好了，你去告诉他，就在新雅饭店见面吧。"阿菊推转母亲，说了这么一句话。

　　母亲这才心中长舒了一口气。

　　病恹恹的女儿在家中待了这么久的时间，说话冲来冲去，脾气古里古怪，见谁都没好气，自己早就应该想到，小姑娘是春心萌动啦。

　　戴维今年三十出头，长得还算过得去。由于长年累月工作生活在茫茫大海上，在烈日的暴晒和海风的熏陶下，一张黝黑的国字脸上，一副刮得出青的络腮胡茬，看上去比实际年龄要沧桑不少，一米八几的个子配上一身绷紧衬衣的古铜色健硕的肌肉，一笑便露出满口雪白的牙齿，再加上也许是工作习惯，而时时紧握着钵头大的拳头，整个人看上去颇像美国的黑白混血拳手。

　　新雅饭店二楼 B 座小包厢，当陈玉菊和母亲推开包厢门的时候，这个人就微笑站了起来，露出一口大白牙。包厢里只有戴维一个人，他把母女俩引到桌子旁，然后拉开一张椅子对阿菊用英语说了句："Please have a seat。"

陈玉菊立在那里，眨眨迷人的大眼睛，表示自己听不太懂。

"噢，请坐！习惯了，不好意思，对不起。"戴维用山东话诚恳道歉。又对陈妈说："伯母，您也请坐。"

陈玉菊与母亲坐下，依次伸手接过戴维递过来的两杯茶水。陈玉菊对戴维这个会说英文的山东大汉第一印象颇为不错，虽然年龄大了点，皮肤黑了点，肌肉……发达了点。

母亲看看戴维，又朝女儿看看，撇撇嘴，不以为然。

今天的陈玉菊略施薄黛，尽显妩媚妖娆，素腰水粉衬衣紧身黑裤，却是凹凸有致，风姿绰约，一路走来，似一支香水百合，幽雅淡致，迎风摇曳，已然百分百回头率，比之那天戴维在楼下看到的买冷饮的阿菊，更胜几筹。

饶是戴维见多识广，心旌亦是频频摇动。"Really beautiful！"戴维情不自禁地喃喃自语。这句话陈玉菊听懂了，因为还在早餐店收银时，就听到过不少老外这样夸过自己，于是便礼貌地微微朝他一笑。

"吃点什么？"戴维把服务生手中的点菜单拿过来递给陈妈，示意她点菜。

"随便吧。"陈妈说，没接菜单。

"两位喜欢吃海鲜吗？"戴维微笑着征询。他明白，今天这两位，任何一位都得当成皇后来侍候。

"好吧。"陈玉菊点头。

戴维点好海鲜，又要了一瓶法国红酒，一瓶剑南春。

等上菜时，陈妈憋不住地问道："戴维……是吧？听说你是二副，二副在大船上是什么干部呢？"

"妈……是远洋轮，不是大船。"

"不是在水里走的轮船吗？不是大船是什么？"

"不和你说了。"

戴维笑道："伯母说得对，轮船就是船，远洋轮和船不过是叫法上有区别。阿菊说得也对，大船一般在内河水域行驶，而远洋轮只能行驶在海上，且装载的货物在千吨万吨以上。它们的性质是一样的，只是大小区别而已，因此，称大船和远洋轮都对。"山东话刮辣松脆，听得母女俩心里都很舒服。

菜陆续上来，戴维给她们倒上红酒，热情招呼："来，伯母，阿菊，喝吧，这酒应该还可以的。"说着，给自己倒满一小杯白酒。

"伯母，我先敬您一杯，您生了一个如此漂亮美丽聪明大方……呃……的女儿，我干了，您随意。"戴维心中准备好的一堆夸赞阿菊的词语，一举杯，一激动，全都忘了，只好举杯昂首一口把酒干了，然后朝陈玉菊不好意思地笑了笑。

看着他的窘态，陈玉菊"哧"地掩口差一点笑出声来，心想这个人倒也爽快，比唐万军有意思多了。

陈妈也在观察戴维，觉得这个人心机不深，假如女儿嫁给他，凭女儿的脾性，应该不会吃亏，就是长相粗了点。

"哎，戴维，你还没告诉我二副是个什么干部呢。"陈妈想起刚才和女儿斗嘴，他还没回答自己的问题呢。

"伯母，二副不是干部，只是一个职称，不过管的事确实也挺多的。"戴维又喝了一口酒，耐心地解释了起来，"一条远洋轮上，船长的职务最高，他要负责船舶的安全运输和行政管理，保障船舶的生命财产安全，严守国际和地区的公约、规定，遇到紧急情况果断而稳妥处理。船长下面有轮机部的轮机长，是轮船机械、电力、电气设备的技术总负责人。然后是甲板部的大副、大管轮、二副、二管轮、三副、三管轮。再下面是水手长、一水、二水、机工、大台、厨师。所有人都分工明确，各司其职，各做其事。我呢负责航行和停泊的值班职责，主管驾驶设备、航海仪器和操舵仪的使用和日常维护，以及负责航海图书资料、通告及日常管理和更正、各种记录的登录。一条船上，二十几个人，虽说各司其职，但同时也要齐心协力，才能在海上成年累月安全地航行。"

陈妈听得直摇头，表示自己听不懂，并且也不感兴趣，为了表示礼貌才没有打断戴维的技术性话题，听到他略一停顿，赶快抛出了她最关心、最感兴趣的又一问题："那一个二副每个月可以拿多少工资呢？"

"吃呀，吃菜。"戴维殷勤地给她们各夹了一个美洲大虾放在她们面前的小盅里，特意无奈地朝陈玉菊笑笑，好像在对她说，看！是你妈要问的，那我也只好讲了。

陈玉菊看懂了他的意思，也笑了，心想这个人还蛮有趣，老大的人了，孩子气还未脱。

"每个月工资嘛，2300……"

"差不多，毕竟你们的工作辛苦，长年累月在海上，家里也顾不上，这点钱也是不多的。"陈妈接口就说，心想比起阿菊每月50多块的工资，2300是她的40多倍，但是按辛苦程度劳动强度，这点钱确实不多。

"……美元。"戴维接着说出几个字，有些尴尬地搓搓手。

"噢……"陈妈反应过来，吃了一惊。她经常上商场上菜场，这种知识还拎得清，知道适时的外汇兑换牌价，2300乘以8.6，近两万啊！陈妈文化程度不高，可在菜场上练就的心算能力却是一般人望尘莫及的，不由得瞪大眼睛朝戴维看了又看，越看越觉得这个山东汉子入眼。方正的脸庞显示的是刚毅，型男的身材极具安全感，黝黑的肤色彰显健康美，重要的还是个多金男，这样的女婿哪里去找？她越看戴维越欢喜，频频向女儿使眼色的同时，举起红酒杯道："小戴啊，来，谢谢你的款待，伯母把这杯酒干了，你随意。"说完，自称"伯母"的她一口把大半杯红酒灌下了肚。

戴维受宠若惊，忙一仰头把一杯酒吞下，连连道："哪里哪里，伯母您太客气了。"说完朝明眸皓齿的陈玉菊看了一眼，突然心脏一阵乱跳，浑身血液仿佛凝固，连忙深深吸了口气，努力让躁动的心情平复下来。

听到戴维的工资收入，陈玉菊其实也吓了一跳，早就听小姐妹说起过，嫁个海员是多么有钱！自己早先只是先入为主，认为除了唐万军这个标枪一样的男人，这个世界上就没有其他好男人了，一根筋地钻牛角尖，如今，出现了一个在某些方面完胜唐万军的男人。

我把这扇门关上，推开另一扇窗，看看——外面居然这么精彩！

一个早已褪去了稚嫩与懵懂的女人，突然开了眼。

眼前这个男人的长相与唐万军相比，各有千秋，但就经济实力来说，甩了唐万军几条马路。

陈玉菊实在是不把唐万军当成二姐夫来看的，偏执的她只把他当成自己的男朋友，无视了他的婚姻状况和已有孩子的事实，而且这个孩子还是自己的侄儿。之前的她，只想跟这个男人在一起，哪怕他的老婆是自己的姐姐。现在，可以与那个男人匹敌的男人出现了，甚至可以说远远超越了他，只要自己一点头，那么……

16

唐万军解决了陈玉兰的上调与工作问题以后，也基本上把这些年的积蓄花了个一干二净，好在有父母的支援，才算把个小小的新房布置得温馨浪漫，并且在婚礼上还搞了个特别新潮浪漫的求婚仪式。

婚礼在唐万军单位礼堂里举行。筵席上烧菜肴的掌勺大厨，是唐誓忠叫来的下属饮服公司一家饭店的几个大师傅，拿手本事便是本地菜肴的搭配烹调，在唐誓忠这个头头威势下，更使出十二分本事，煎炸烹炒蒸煮焖，鸡鸭鱼肉猪羊牛，每一道菜尽显毕生所学。

陈玉兰娘家只有陈玉菊一个人作为伴娘参与在男方这边举办的婚礼，因为唐万军早就与丈人丈母谈好，等自己这里先办好喜酒，第三天再去上海办一场，宴请阿兰娘家所有的亲戚。这么做主要是考虑到上海客人来去不方便，所以宁可多花些钱，也要把喜事办得双方都满意，开开心心，热热闹闹，皆大欢喜。

婚礼上，唐万军单手托举着一只一克拉的南非钻戒，单膝跪在陈玉兰面前求婚："……请求陈玉兰嫁给我唐万军，你愿意吗？"此时，陈玉兰再也抑制不住眼眶中幸福的泪水。大滴的泪水伴随着黑黑的睫毛膏淌在脸颊上，把陈玉兰素雅的新娘妆都弄花了，以至她嘴里一边说着"我愿意"一边猛地一把抱住唐万军，把脸上的五颜六色不管不顾地往新郎脸上猛蹭，一时把个唐万军也弄了个大花脸。唐万军同时情动，双眉一紧，眼中亦隐隐有雾气弥漫开来，便顺势噙住新娘鲜红的樱唇，热烈吻吸起来。

此刻的双方，早已是"我的眼里只有你"。看到这精彩的一幕，酒席上的亲戚朋友同事也纷纷为这对无比匹配的幸福的新人鼓掌、喝彩，有人更是大声叫好，"海鸥"牌相机的咔嚓声响个不停，留下这动情、动人的美丽瞬间。

掌声经久不息。有一个人却是怎么也高兴不起来，这个人就是陈玉菊。如此近距离地看到姐夫与二姐深情相拥、激情相吻的时候，她根本开心不起来，反而心像被黄蜂狠狠地蜇了一样痛得战栗。她想，为什么新郎现在身边的那个人不是我呢？只是因为我还小吗？看看自己，无论脸蛋身材，甚至弹胸翘臀，都比二姐有过之而无不及。在今天的婚礼上，他们恩爱的样子，令人耳热心跳，令人嫉妒发狂：今天，他的眼里只有她，甚至看都不看我一眼，不！应该说看了一眼，但是是那种一扫而过的眼神！可是，我却自始至终把眼光投在你的身上，从你的一举一动、一颦一笑上，我读懂了你眼中爱的唇语，我听到了你手上爱的音符，我看见了你笑里爱的呼唤，你在呼唤我！我明白，现在站在你面前的是我！你是我的，这辈子，你也别想跑！她怔怔地盯着这个被自己称作"姐夫"的人，这个自己喜欢，却不是自己的新郎的人，脑海中全是一片跑马溜溜的山上，一朵溜溜的云在飘。

陈玉菊突然发现他的双眼也在紧盯着她，然后，她便慌乱起来，他要来拉起自己的手，对自己说，我爱你吗？可是自己好像还没准备好呢。果然，他说话了："阿菊，收红包。"短短五个字，震醒了恍若沉浸在梦中的她。今天，我只是个伴娘，伴娘！

唐万军来上海出差，常常会来家里，他会告诉她一些各地的趣闻，讲一些不太好笑的小笑话，有时也会买一些小玩意送给她，比如她喜欢的法国粉唇膏啦，比如她特喜欢的意大利湖蓝色小衬衫啦，她总是惊奇他送给她的东西都是她想买而又舍不得买的，而且小衬衫的尺寸穿着居然非常合身。这样的日子让她觉得非常开心非常快乐，就是走在马路上，或者坐在公车里，这些公共场合，常常也会莫名其妙、情不自禁地偷乐一下，她觉得自己好开心，而且每天都想要看到他。不过，有时候想到"姐夫"这个称呼，她的心头又会掠过一丝丝的难过，而且随着日子的慢慢流逝，这种难过感觉在变得越来越重。

陈玉菊摇了摇头，试图驱除一些乌七八糟的想法，她端着红包盘，机械地跟在新郎新娘后面，新郎的长辈们摸出红包，端红包盘的处理应要用笑容回谢，客气一点的话，在新郎新娘道谢后也要跟着道谢。可她像个漂亮的泥塑木雕，像是这些人欠她钱而今还得少了的一副样子。

"这个伴娘比新娘更加漂亮，是新娘的亲妹妹哪。"

"美是美，可惜太冷了，冷美人！再美我也不喜欢。"

"人家还是小姑娘嘞，瞎讲点啥。"

这些窃窃私语，混在席间嘈杂的声音中，陈玉菊听不到，但她凭感觉知道很多人在议论她，她不想去听他们在说些什么，更不想知道他们在说些什么，她现在只愿遨游在无边的思绪大海中。

当然，此刻沉浸在幸福喜悦中的唐万军和陈玉兰不会察觉到陈玉菊的异常。

天造一对，地设一双。人们纷纷祝福他们，不吝赞美之词。

热闹的婚礼一直持续到晚上十点多。终于，人去席散。远道而来的亲戚和阿菊的住宿，自有唐誓忠安排，席后的扫尾工作亦有父母处理，唐万军夫妇也就不操心了。

由于唐万军事先已经每人一包红"牡丹"外加两袋牛轧糖买通了朋友同事，因此这帮人在送他们到新房后，就无趣地四下散去了。

新房里，四支40瓦的日光灯把个小小的客厅、卧室照得透亮，墙上鲜红的大红双喜似乎要把雪白的墙壁都折射成一片温色，泛着暖暖的光。"你先去冲个澡，今天累坏了吧！"唐万军捧着陈玉兰的脸，亲了亲她由于沁出的汗珠混合妆油而显得有些油亮的额头，温柔地说。

陈玉兰慢慢地卸下新娘装，只剩下一套内衣裤，性感曼妙的身姿全部落在唐万军眼中，他顿时呼吸急促起来，忍不住上前一把抱紧她，猛烈地亲着她的颈脖。陈玉兰给他亲得浑身发烫，可隐隐闻到自己汗水与脂粉的混合味，连忙挣脱他的拥抱，逃进了卫生间。温热的水流兴奋地冲刷着这具大自然精雕细琢的羊脂肉体，无数溅起的水花在嘀嘀咕咕私语，仿佛也在不满上苍偏心的赐予。

唐万军在外面听到水流冲击新娘身体产生的爆裂声，想象着全身裸露的新娘正在认真细致地冲洗着，双手高举拉着毛巾反手擦着玉背，越过坚峰的水流快速地淌向平坦的小腹，而后冲向那芳草地……他等不及了，这个新娘，他已等了快两年了——规则守到今天，终于可以无所顾忌了。他推了推浴室门，门虚掩着，这一刻，他再也克制不住自己，只有一个念头：他要与阿兰彻底合二为一！

水蓬头里的水依旧在不知疲倦地喷洒着，喷洒在两具如胶似漆的青春胴体上……

17

自从二姐结婚后，做了伴娘的陈玉菊好像变了一个人，变得不太爱说话，工作时常常无精打采，对同事也各种的看不惯，往往为了一点芝麻绿豆大的事与人赌气争吵，有时，漂亮的女人歇斯底里起来，更加让人不可理喻。

回到家里，父母看到他们那个开心果一反往常，变得闷闷不乐，一副不愿理睬人的样子，以为她一定是工作中遇到了什么不顺心的事，就关心地劝慰她，讲述着自己与人处事各种过来的经验，以此来开导她，可都被她粗暴地打断了，尔后关上房门，一人躲进房间生闷气。

陈玉菊的闷气生得毫无来由，二姐从农村上调县城，应该为她高兴，二姐找到了属于她自己的幸福，更应该为她高兴，就是为从小到大姐妹间的深厚情谊，也应该为她高兴才是。然而，那个人的音容笑貌，那个像标枪一样竖立的男人，那个每次看到都会让她从心动过速到心跳剧烈的这个男人，却越来越多地占据着她的心房，从开始的一角，慢慢到后来的大部分，直到最后的全部！

她不知道这是不是爱，也不知道这算不算情。她不管自己应该不应该有这种念头，更不管自己应该不应该有接下来的行动，什么伦理，什么道德，她只想奋不顾身地投入进去，犹如飞蛾扑火，用生命去换取瞬间的光亮。

她陷进去了，越陷越深，无可救药——不，有一贴良药，那就是他！女人，当灿如夏花，尽情展示自己，哪怕转瞬即逝，亦已足够！这个人不属于春兰，是属于夏菊的！她一根筋地这样想，也一根筋地打定了这样的主意。

在这种事情上，女人固执起来令人害怕，漂亮的女人固执起来更是歇斯底里。

终于，在陈玉兰怀孕生子不久，陈玉菊决定趁星期天到乡下走一趟，去找唐万军：你不来，我来！借着看望二姐和刚出生不久的侄儿的名义，名正言顺。

母亲对她说："你不去也不要紧的，反正到孩子双满月的时候，他们要摆满月酒的，我们外公外婆，还有你这个小阿姨，你弟这个舅舅，都要'挖腰子'（见面钱）的，到时见面也不迟，何必赶来赶去浪费车旅费。"

"我要早点去见侄儿怎么啦？我的'腰子'在叫怎么啦？你管我这么多做啥啦？"陈玉菊任着性子，机关枪乱扫。

"好好好，我不管你，我不管你，你爱到哪里就到哪里，我真是多管闲事多吃……哼！"母亲一阵头大，立马缴械投降。

到了星期天，阿菊一大早就出发了。

"笃笃！"陈玉兰家门外响起轻轻的敲门声。当杨老师打开屋门，陈玉菊出现在陈玉兰面前时，她刚给宝宝喂好奶，一看到小妹，十分惊喜："阿菊，你怎么来了？"

"来看看宝宝呀。"陈玉菊放下手中在上海买的几件婴儿服装，伸手拍拍，要抱宝宝。

"他呢？"陈玉菊问。

"哪个他？"陈玉兰反问。

"他的爸。"陈玉菊摸摸宝宝红彤彤的脸蛋，问道。

"又跑业务去了。"

陈玉菊眼中掠过一丝失望，不过很快又微笑起来。

陈玉兰整理了一下上衣，理了理摆在前额的一缕鬓发，顺便把孩子递给了小妹。

"你们聊，我去供销社买包盐。"杨老师说着，开门走了出去。

"来，小妈妈抱抱，哎……真乖！来，这是小妈妈的见面礼，拿好噢。"陈玉菊接过宝宝，在他脸上喷了一下，惹的宝宝"嗨嗨"地笑着，手舞足蹈，随后又在他的小手里塞了个红包。

"谢谢小阿姨。"陈玉兰接过红包，替他道了声谢。

"真帅气，继承了父母各自的优点，长大了肯定美男子一个。"

"你刚才说叫你什么？叫你小妈妈？这称呼也太奇怪了，上海人没这么叫的，这亲姐妹也太亲了，还是叫小阿姨吧。"

陈玉兰突然回味过来，有些诧异地望着小妹。

"这有什么，怎么称呼又没有规定的啰，叫小妈妈比叫阿姨更亲，亲上加亲的意思。"陈玉菊似是满不在乎地说。

"我总觉得怪怪的。"

陈玉菊没有在这个称呼问题上再纠缠，转口问道："宝宝名字取好了？"

"取好了，单名一个平字，唐平，平安的平。"

"唐平？唐瓶，谁取的这滑稽名字？"陈玉菊瞪大黑白分明的一对眼珠，一眨不眨看向姐姐。

"两位老人取的，希望孩子将来一生平平安安。"陈玉兰解释道，又补了一句，"我也觉得挺好的，有含义，叫得开。"

"他呢？他也这么认为？"

"什么他？是姐夫——老是他他他！从我们结婚时你就没有叫过他一声姐夫，怎么啦，你姐夫这么差劲哪？叫一声姐夫塌你台了啊？你也不是小姑娘了，没大没小的样子也好改改了。"陈玉兰有些生气地说。

"不叫，就不叫。叫阿军，阿军阿军阿军！"陈玉菊昂着头，直视着姐姐，满脸全是挑衅。

"神经！随便你，爱叫不叫。"陈玉兰磨牙，心想这小妹越来越不像话，母亲说得一点也不错，最近一段时间老是发神经，自己之前还不相信呢。

杨老师买盐回来，张罗着烧饭。"阿婆，你不要把我的饭烧进去，我马上要回上海。"陈玉菊说着，把宝宝还给姐姐。

既然他不在，她已无心再待下去，没劲透了！她心中开始愤怒了。她要对他说的话很多很多，必须要当面说，说得清清楚楚。这段时间，这一年多来，他为什么一次也没来看她。她隐隐感到，他已经发现了什么，似乎有意在逃避什么。她不甘，自己真的就比二姐差吗？她非常不甘。她要跳起来，跳到半空，一把抓住他，把他攥在手心。我让你逃，你就是逃到天边我也要把你抓回来。

"今天是星期天，这么着急回去干什么？宝宝奶奶已经在煮饭了，你午饭也不吃回去，妈知道了还不得把我骂死啊？你二姐家再穷，吃顿饭还是吃得起的，来，坐下吧，喝口水，等一歇歇，饭马上好。"陈玉兰单手倒了杯水，递给小妹。

"姐，你说他老是出差，长时间顾不到家，到时不要淡薄了你们之间的夫妻感情才好，现在的男人都靠不住，一个不小心，外面就有了花头，你可要管得他牢一点才好。"陈玉菊接过茶杯，美眸忽闪，压低声音，意味深长地说了一句。

"两个人做夫妻，全靠一心一意一条心，才能撑起来一个家来，如果他有外心，靠管是管不好的，我了解他，这个人外表看起来胆大，真碰到你说的这种问题，他还是会拿捏轻重、权衡得失的，在这方面我还是有自信的。相信他不敢、也不会去做拆人家的事情的。"陈玉兰虽然这样说，心中却在暗暗奇怪，小妹说这番话给自己听，是什么用意？

过了一会儿，杨老师端出了热气腾腾的饭菜，陈玉兰把满满一碗饭添给姐姐一小半，在饭碗里舀了半碗青菜汤，呼啦呼啦下了肚。

"姐，我真的要走了，你自己照顾好身体。"随即又转向杨老师，"阿婆，我回上海了，你烧的菜真好吃，下次我再来吃啊！"

"一定要走啦？那下次再来，多来来乡下啊。"杨老师开心地客套着。

陈玉兰把宝宝交给杨老师抱，自己送小妹下楼，她察觉到阿菊今天有些异常，一直心不在焉的。因为在家里当着杨老师的面不好问，所以想趁着这个机会问问她，是不是遇到了什么烦心事。走到楼下时，陈玉兰问道："阿菊，你是不是有什么心事？"

陈玉菊此刻满脑子都是唐万军不在的失落，突然听到二姐会这么问自己，一时有些无措，忙说道："没……没有啊。"她此刻只想赶快离开这里。

陈玉兰笑了笑说："我还不知道你，一有什么心事，就全部写在脸上了。老实告诉二姐，是不是有小男朋友了？"

陈玉兰的笑突然激怒了陈玉菊，原本是关心的笑，但在她眼中却变成了嘲笑。而且，从陈玉兰的语气中，陈玉菊听出她仍旧把自己当成了一个小屁孩，男朋友就男朋友，什么叫"小男朋友"？她真当自己是个小屁孩吗？可是自己明明已经长大了！已经长成了一个漂亮的女人！而且，她有什么资格嘲笑自己？就因为她跟唐万军结婚了，而自己只能这么形单影只地暗自神伤吗？凭什么！自己要身材有身材，要脸蛋有脸蛋，哪一点比她差？可是她却夺走了自己应该属于自己的男人！陈玉菊相信，如果是自己先遇到唐万军的话，那他娶的人肯定是自己！即使是现在，让他重新再选择一次的话，他也一定会选择自己。毕竟，有哪个男人不喜欢年轻漂亮的女人呢？她有这个自信。他需要的只是一个机会。一个可以重新选择的机会。

而现在，自己就要送给他这个机会。

想到这里，陈玉菊撇着嘴角笑了笑，她决定，要对眼前的这个女人正式宣战，即使，她是自己的二姐。

她转过头，双眼直直地盯着陈玉兰，然后一字一句地说道："不错，我爱上了一个人！"

陈玉兰一听自己猜对了，"扑哧"一下笑了起来，正想拿她打趣，然后以一个过来人的身份帮她出谋划策，但是当她看到小妹射向自己的目光时，却不由自主地打了一个寒战。这根本不是单纯地陷入爱情的小女孩的目光，而更像是为了保护自己的心爱的玩具不被夺走而不惜跟对手鱼死网破的目光。

灼灼而决绝，同时还带着一丝凶狠。

陈玉兰脸上的笑僵住了，陈玉菊盯得她莫名发虚，她想，小妹干吗要这么盯着自己？她的心中隐约有种不好的预感，但又说不清是什么。她把手放在小妹的肩膀上，说道："这……这是好事儿啊，什么时候你把他带过来，二姐和你二姐夫一起帮你把把关。"

听到"二姐夫"这个称呼，陈玉菊像是心被烫了一下。疼，疼得她头晕目眩。她看着陈玉兰，带着嘲讽地语气说道："不用介绍，你认识他。"

"哦？"

"他叫，唐——万——军。"陈玉菊静静地看着二姐，脸上慢慢地绽出一朵笑来，犹如黑夜里的昙花，美艳绝伦，光芒四射。她想，都说爱情是自私的，我凭什么不能自私？幸福就是要去争取，有时候就是要去斗争，要像个疯子一样去战斗。你骂我阿菊神经病也好，十三点也好，我今天跟你讲清楚了，我就是个爱情的神经病，就是个爱情的个十三点，怎么的！随你怎么说，随你怎么骂，他就是我的，怎么的！

犹如晴天霹雳，陈玉兰感到眼前一黑，差点跌倒在地。她后退了几步，眼睛死死地盯着小妹，牙齿直打战："你……你……这种玩笑……可是开不得的。"陈玉兰想挤出一抹笑，却笑不出来。

"我没有开玩笑。"陈玉菊直视着陈玉兰。

"但……你……你怎么……可以……他……他可是你姐夫！"

"姐夫怎么了，我就是喜欢他！我爱他！我甘愿为他去死！你只不过是比我早遇到了他而已，我相信，如果现在让他站在我们中间来选择的话，他会毫不犹豫地选择我。至于你和他之间的孩子，没关系，我会帮你……"

"噗！"一声闷响，陈玉菊的脸上立马红肿起来，丝丝鲜血从嘴角慢慢流淌出来，滴在胸前裸露的一片雪白肌肤上，汩汩而下，宛如一条血蚯蚓般蠕动着往下爬。

陈玉菊捂着腮颊，她感觉那里有一团火在燃烧，不过她不在乎，她用手细致地抹掉嘴角的血，笑了笑说："这巴掌就当是我对你的补偿，我不跟你一般见识，谢谢你把阿军带到了我身边，二姐，阿军很快就会是我的了。"

陈玉兰抑制不住心中的怒火，再次冲上前去要打陈玉菊，却被陈玉菊灵巧地躲过了。

"阿兰！小妹？"

正在两人争执时，突然一个男声传了过来。是唐万军。原来他刚出差回来，顺路回家取点资料。快到家时，看到有两个熟悉的身影在争执，没想到过来一看，居然是阿兰和小妹。好在这会儿是饭点，路上基本没有人走动。要不然，两个美丽的女人在外面打架，还不得吸引一大群人观看！

"阿军！"陈玉菊一看到是唐万军回来了，顿时喜出望外，冲过来一把抱住了他。

唐万军浑身不自在，想要挣脱掉小妹，却没想到被她抱得更紧了，唐万军无奈地看向妻子，却发现她脸色苍白，腿一软，直直地向后摔去。唐万军大力推开陈玉菊，在阿兰倒地前惊险地抱住了她。与此同时，陈玉菊一个不稳，重重地跌在了地上，因为是手掌撑地，掌心被擦破了皮，有细细的血渗出来。

唐万军一时搞不清状况，着急地问道："这……这到底是怎么回事？你们……你俩……"

陈玉菊没有想到唐万军会把自己推开，心里不禁感到有些委屈。她看着唐万军说："阿军，我手流血了，你都不管我！"

唐万军看着大口大口喘着粗气、身子抖动不停地阿兰，没有回阿菊的话，而是再次问道："你们……到底是咋回事啊？"

陈玉兰不回唐万军的话，紧紧地闭上了眼睛。陈玉菊则慢慢地站起来，扑了扑自己身上的尘土，然后又整理了一下自己额前的散发，她走到唐万军面前，笑着说："阿军，你喜欢我吗？愿意娶我为妻吗？"

"什么？"唐万军一下子蒙了，过了半天才反应过来，他哭笑不得地说，"小妹，这事可开不得玩笑，我是你姐夫，你是我小妹，我怎么可以娶你为妻？"

"怎么不可？我不比二姐漂亮吗？我的身材不比二姐好吗……"

"小妹，爱情并不只是外貌，并不是你漂亮我就一定会喜欢你，虽然外貌很重要，但是这往往只是在开始阶段，毕竟没有人能红颜永驻，没有人能青春不老，真正的爱情要情投意合……"被唐万军抱着的陈玉兰此刻流出了大滴大滴的眼泪，她此时选择沉默不语，正是想要看看唐万军自己的选择。

"你不喜欢我吗？"陈玉菊紧紧地盯着唐万军的眼睛。

唐万军摇了摇头。

"那你为什么每次来家里都要送我礼物？为什么每次看到我都笑得那么开心，还跟我总有说不完的话！"陈玉菊感到似乎有一把刀在剜自己的心。

"因为你是小妹啊，大家的小开心果！"

"不，你一定是在骗我！"说着陈玉菊再次扑到唐万军身上抱住了他，"你一定是在骗我，我愿意现在就嫁给你！你……你不娶我也没关系，只要能跟你在一起就行！阿军……"

"啪"陈玉兰直起身子，再次给了陈玉菊一耳光，"够了！你还要不要脸！"

"你……你们……"陈玉菊捂着自己的脸，此时大串大串的眼泪从她的眼里流出来，混合着她嘴角的血，成了一条凄艳的河，"我恨你们！"陈玉菊起身跑走了。

"小妹……"唐万军起身去追她。

"回来！"

"可是她这样，路上出事情了怎么办？"

"随便，不要管她。"陈玉兰面无表情地说道。

18

陈玉兰答应了小妹的一点头利息，写下了一张借条，郑重其事地签下了自己的名字，捏着笔想了想，把唐万军的名字也签了上去，在还款日期上犹豫了一阵，半年？一年？还是两年？

"没关系的，不写也没有关系的，反正按月算利息，自家姐妹，不到一个月，利息就算了，马马虎虎，别人可是按天数算的，反正这些钱闲着也是闲着。"陈玉菊显露出一副我有钱我无所谓的傲态。

陈玉兰实在看不惯她这副腔调，气得牙痒痒，暗暗攥紧拳头，心中发狠，一定要抓住这个国家大发展的机遇，把生意做大做强，全面超过这个靠老公吃饭的小妹！

怀揣着在银行刚开的30万元现金支票，陈玉兰总算松了口气，欲邀小妹一起去吃个饭，但她拒绝了。

陈玉兰便没有在上海作过多停留，叫了辆"差头"，直奔火车站。在火车上，她才感到肚子实在饿得厉害，便买了份快餐，三口两口下了肚。短途火车上人很多很挤，"拆白党"频繁出没，车开出站台不到半小时，就有人大叫：钱包让人偷走了！乘警满头大汗挤过来，问明情况，嘴上说我们尽努力抓小偷，实际上是小偷毛也抓不到一根的，只不过是给被窃者一丝希望，一点安慰罢了，车上这么多人，每个人都是小偷，每个人又不是小偷，在这个乱糟糟的车厢里，你只有学会好好保护自己，否则你就自认倒霉吧。

陈玉兰把比性命还重要的支票塞进胸罩内，高度警惕，贴身防范，火车终于平安到达。

唐万军早已在出站口等候，看到妻子，连忙挥手呼叫。

陈玉兰长出一口气：到了。

唐万军第一句话就是："借到了吗？"焦急之情溢于言表。

她没有回答，只说："到家再说。"

这句话倒是把唐万军搞得心里猫不是狗不是的，你就说"借到了"三个字有这么难吗？

进了家门，当陈玉兰从胸口掏出那张现金支票甩在桌子上后，唐万军一把抓过，仔仔细细看了一遍，然后紧盯着"三十万"几个字，兴奋得一跳老高，紧接着口中马屁一串接一串："我就知道老婆大人要么不出手，一出手就手到擒来，诸葛亮草船一出，曹操乖乖把箭送上，唐夫人一出，钞票轻松……呃……借来。"

"越老骨头越轻，根本搭不牢的事情。"陈玉兰好气又好笑，"要一点头月息呢。"

"一点啊？便宜便宜，到底夫人厉害！"唐万军心情大畅，决心把拍马进行到底，"你累了吧，先歇一歇，我来做晚饭。"说着便把妻子按在椅子上，忙碌了起来。

吃罢晚饭，两人讨论起陈玉兰到底要不要辞职的问题来。

唐万军相信自己的嗅觉，接下来的日子钞票将要似潮水般涌进来。他凭着这些年在生意场上的摸爬滚打，敏锐地触碰到了这个时代越跳越烈的脉搏，他决定，要做一个把握这条脉搏的人。"辞职吧！这种破单位没有什么可留恋的，一天到晚看人家脸色服侍人，工资嘛又不多，我们两个放手大干一场！"唐万军鼓动她。

"你自己辞职时还说万一倒翻了要靠我吃粥，叫我好好做，不要辞职，怎么现在刚刚才开始就这么有底气？不留退路啦？"陈玉兰对他的激进与毫无商量性颇有些不满。

唐万军说："这样，我最近在报纸上好像看到一个新的名堂，叫什么留职停薪，只要每年向单位交点钱，单位可以保留你的名额，同时视作连续工龄。如果你在外面混不下去了，可以再回到单位工作，这样不就没有后顾之忧了吗？不就可以放心大胆地去干了吗？听说政府为了减轻在国家转型期的阵痛，减少社会就业压力，鼓励职工去干个体户而想出的应急一招，我觉得这个办法很不错。"

"这个方法确实不错，国家也的确考虑得非常全面。"

"我明天去打听一下，真的话，我马上通知你，尽快把手续办了，顺便把儿子转学的问题也解决了，这样就没有后顾之忧了。然后你坐镇市里来管销售，我跑外面管进货，我们夫妻俩，配合得好的话，想不发财也难。"唐万军胸有成竹地说道。

"一个人肯定管不过来，到时候要招营业员的，你看才卖这点衣服两个人就弄得手忙脚乱，人一定要招，这个钱万万省不来。"

"你管销售，你看着办好了，等赚点钱，可以往市中心地段再物色家店面，再进一些年轻人喜欢的服装，两条腿走路，同时零售兼批发，把生意做大，资金问题一解决，等于去掉一块心病，手脚也放得开，接下来就看我唐万军的了。"

"一切还是要有分寸，该大胆时要大胆，该谨慎时要谨慎，不要钱多人傻，去进些'坑子'货来。"

"这点你放宽心，我唐万军十几年服装饭不是白吃的，再说我是为我自己做，根本没有理由自己坑自己。"

"我也只是随便说说，小心无大错，你说对吧？"

"对对对，小心无大错，老婆大人这次立了大功，今天晚上要好好犒劳犒劳你，你先去洗脚吧，我给你去倒洗脚水去了。"唐万军趁陈玉兰不备，猛地在她腮上亲了一下，立即跳开倒水去了。

"贼腔！"她嘴上嗔道，心里却也是一阵痒痒。

19

"阿菊啊，我看这个戴维不错唉，人长得高高大大，长相也一般偏上，皮肤黑一点又没有关系的啰，他这种工作经常要在海风里吹，想不黑也难，再说男人皮肤黑更显得健康精神，不像上海滩上的一些油头滑脑小白脸，花言巧语蛮会的，上正经烂污一摊。更加难得的是他会得挣钞票唉，以后你自己不必去辛辛苦苦上班，就靠他吃吃也蛮足够了呢。"

"做个女人想点啥啊，嫁人，会挣钞票比说啥好听话都要强！你说是吗？像你父亲，讲讲蛮好听，啥个国营单位，旱涝保收，一点点工资，及人家一个零头不到，有啥用啊？"

新雅饭店吃好饭，一番试探交谈下来，双方互有好感，陈妈自作主张代表女儿与戴维各自留了电话。回到家里，母亲絮絮叨叨个没完没了，生怕女儿又哪根筋搭错而又放弃这等送上门的好姻缘。

陈玉菊心中其实早已意动，母亲的一番唠叨，正巧说在她心上，都说知女莫若母，她觉得母亲像是 X 光一样，把她的所思所想看得清清楚楚。

不过，由于她从小就被父母溺爱，养成了一贯撒娇任性的性格，虽然母亲说的与她想的一样，可她偏偏要跟母亲唱反调。"国际海员有什么好？一天到晚在世界各地跑，家里一点点也照顾不上，讲难听点，家中灯泡坏了也没个人换，钞票多？钞票多有什么用？要钞票多就去嫁给花旗银行好了，天天睡在美钞堆里，多好！"

"你的事，本来要我瞎操心个啥！将来吃咸菜白粥是你，吃大鱼大肉是你，我是汤都轮不到一口的，关我啥事！"母亲让女儿噎了个够呛，也没了好气，朝她翻了个白眼，不再睬她。

"喂喂，我的妈，你知道他是不是吹牛皮，讲了大半天，他在上海有没有房子啦？上海没有房子难道叫我嫁到山东去啊？那种地方我是不去的，要去你去。"陈玉菊总算认真地说。

"哎……还真是！怎么忘了问他在上海住在哪里，嫁到山东？不要说你不同意，就算你同意，我也不会同意。我马上去问问李家姆妈，弄弄清爽再讲。"母亲用手按住自己的脑门，有些自责，说着就要拔脚。

"慢。"陈玉菊阻止了母亲，"妈，过几天再过去，装作串门的样子无意间闲话问起，不要着急，如她主动问起，那是再好不过，房子的事情问起来也是顺水推舟的话头了。"此刻，小小年纪的她说出的话来犹如一个老成的媒婆，以至于令母亲睁大眼睛看了她好久。

果然，仅仅隔了一天，李家姆妈喜笑颜开地在弄口拦住了陈妈，请她去自家屋里坐坐，说大伟托她捎点小礼物给陈妈。

自从在新雅饭店饭局上见过阿菊母女并相谈甚欢，二副戴维回到停靠在吴淞口的远洋轮顺风号上后，在自己独立的卧舱中辗转反侧，彻夜难眠，满脑子全是那个美目顾盼兮令吾骨头稀酥的阿菊风韵，一举一动，一颦一笑，无不使他神迷智乱，神魂颠倒。

轮船上的货离全部卸完还有半个月，如何在如此之短的停靠时间里抱得美人归，二副思来想去，始终不得要领。虽然在世界各地也不知跟多少女人发生过关系，白皮肤，黄皮肤，黑皮肤，但那仅仅是一种交易，是一种钱肉买卖，是一次性消费，赤裸裸毫不遮掩，不管对方长相美与丑，年龄大与小，只要是个女人。为了解决在茫茫大海上成年累月、无休无止航行中的枯燥、压抑、饥渴，每到一个陌生目的地，停泊好货轮，全体船员包括船长，上岸的第一个目标便是寻找爆发、释放、泻火的地方，于是大把的美金便成了这些国家的"外汇"，更是有些非洲国家，把世界各地的这些船员当成了摇钱树，特地将这些"正当交易"写进宪法进行保护，并从中抽取高额税收以充盈国库。

陈妈跟着来到李家姆妈家中，还未坐定，李家姆妈就笑嘻嘻地对她说："陈家姆妈啊，跟你讲呀，大伟这个小鬼头见了你家阿菊后，这两天是茶饭不思呀，全身无力，精神不振，想煞你家阿菊了呀，你看，他非要叫我来跟你说，让你同意他跟阿菊轧朋友呀。"

"这样啊……戴维人倒还是不错的，阿菊对他印象也蛮好的，不过他在上海住在哪里呀？我是否能到他屋里去看看，万一他们谈成功了，总不见得让阿菊住到大轮船上去吧？"陈妈隐晦地提到了房子问题。

"喔哟，你提起房子我倒记起来了，去年有次大伟讲闲话讲起，说他与他们船上的船长要好得一塌糊涂，船长是上海人，屋里钞票多是多得来，房子也有三四处，他老早就动脑筋想在上海弄个落脚点，船长也答应借一处房子给他住，让他船靠上海时也好有个窝。其实他们船员一年里有几个月是在上海的，加上休假，差不多有半年要在家中，还是能够照顾到家的。可惜他一个人自由散漫惯了，居无定数，三十出头的人，一直没有家的概念，你看看，一直拖一直拖，拖到现在，不知他房子搞定当没有，我明朝问问他。"李家姆妈恍然大悟，说完，不好意思地朝陈妈笑笑。

"既然他这样说了，想来也是有把握的，那么就等你问过之后再讲好了。"陈妈客气地想要告别。

"等一等，陈家姆妈，你看看我这脑子，差一点又忘了！大伟要送点小东西给你们娘俩，自己又不好意思，小伙子面子薄来要命，一定要叫我转交给你们。"李家姆妈从衣柜抽屉里拿出两只外表漂亮的金属首饰盒，递给陈妈，"两条南非项链。大伟讲的，一点点，不成敬意，请你们一定笑纳。"

"那不行的，我们不能受的。"陈妈再三推辞。

"两个小囡谈朋友，男的送点小礼物给女的，天经地义，受得受得！"李家姆妈硬把首饰盒塞进陈妈的口袋中，抓住她的双手不让她拿出来。

几番客气来去，两个姆妈终于停止手上动作。

"那真的不好意思，李家姆妈，帮我家阿菊谢谢小戴了。"

陈妈匆匆回到家中，把与李家姆妈的谈话内容据实对女儿说了，把两个首饰盒放在了桌上。

陈玉菊听了，脑中便浮现出那个高高大大的山东人戴维，那个很会喝酒很会做人的殷勤二副，黝黑的脸膛，健壮的身躯，脑中想着想着，脸上忽然感到一阵发烫。

"怎么啦？"母亲对女儿的细微心理变化有所察觉，问道。

"没什么。"她装作若无其事，随手打开一个首饰盒，一条金光闪闪、做工精细，重量足有300克的黄金项链呈现在眼前，挂件是一个精致的黄金维纳斯像，哀怨地低着头，仿佛在沉思什么，栩栩如生的造型，令人观之爱不释手。打开另一个首饰盒，是一条一模一样的黄金项链。

陈玉菊把项链取出来挂在脖颈上，还没开口问，母亲已在边上喝起彩来："好看好看，我家阿菊如果配不上这条项链，全上海再无一人能配得上了。"

"我也觉得好看。"陈玉菊挺了挺傲人的胸脯，维纳斯挂件刚好落在中间凹下去的地方，只望一眼，得迷死多少风流少年！

"妈，这个戴维说他在上海借得到房子？"陈玉菊实在对戴维这个二副在上海的能量感到惊奇，又问了母亲一遍。

"心急了呀？这几天就会有回音的。"

"我急什么？我这样的美女，怕我嫁不出去？"

陈玉菊把另一个首饰盒递给母亲，说："这条项链你戴上，爸见了，保证吃掉你。"

"你个死丫头，年纪不大，胆子不小，调牌起你妈我来了。"母亲笑骂道。

20

手中有粮，心中不慌。自从30万元借款到手，唐万军终于觉得自己也算是一条活龙，可以在商海里翻腾了。他一次次地往返于小镇与市区，拿的品种款式多了，量也大了，一开始去拿货的厂家陈老板已经把他当成了金主，因为只要是他看中的款式，产量几乎全包了，不过他给出的批发价格也是镇上所有生产同款产品中最低的，当然，价格的低廉是建立在一次性付清货款的基础上的，陈老板十分乐意，少赚一点就少赚一点，毕竟是天天见"摇张"（现钞），不像有些老客户拿走了货，几乎要等他销完了才能拿到钱，有的老客户销路不好还干脆跑路，资金周转不开不去说它，还要提心吊胆，唯恐一个不慎就竹篮打水，那可真正是为他人作嫁衣了。当然，这种概率不大，但不代表没有，商场似战场，任何事情都不得不防。

随着品种、数量的增加，原有城东路上的门市部零售客流量不足的缺点就暴露出来了。于是，唐万军在市中心租下了两个昂贵的街面房，租金合在一起将近 7 万，这个价格着实让他肉痛了好一阵。接下来就是请工人把门市装潢一新花去一笔钱，买了两个"大哥大"花去一笔钱，新门市墙面铺底样衣又花去一笔钱，买了一套旧的两居室的住宅，更是花去一大笔钱，两个门市请四个营业员，还要花一笔钱，还好营业员工资是一月一付。头一个月里，花钱简直像流水，30 万块钱，眨眼之间就所剩无几了。

陈玉兰的留职停薪报告，饮服公司已经批了下来，一年只需上交 5000 块。她窃喜，国家这个政策好，这样自己就没有后顾之忧，可以放开手脚去做生意了。做得好，发财，万一跌翻，可以回单位，至少饿不死人。

儿子的转学手续也已托人办妥，从县里转到了市里，无非是花点小钱送点礼物，一切顺风顺水，这是一个好兆头。两夫妻雷厉风行，很快搞定当这一切，两人都感觉从来也没有像现在这么齐心。夫妻齐心，其利断金。值得一提的是，在手忙脚乱折腾了近一个月的时间里，城东路老门市里的生意真的是像芝麻开花——节节高。凡是唐万军看中的款式，无论是男装还是女装，早上到货，到傍晚便销售一空，所有款式基本上不隔夜。批发为主，零售为辅，利润又丰厚得出奇。

如此好的生意令唐万军既兴奋又激动，全身细胞每时每刻都处在亢奋状态中，新陈代谢极快极快。这一个月，除去各种费用，城东路门市净赚了差不多 5 万元！5 万元，按照那时在厂里上班发的工资来比较，要干整整十年哪！还有市中心这两个将要开业的新门市，是以零售为主的，赚取的利润肯定要高于城东路老门市，想想也令人陶醉。

已是晚上 12 点钟，唐万军和陈玉兰还无法入睡，后天两个新门店就要同时开张了。"阿兰，你把总部设在城东路老门市，你主抓批发这块，你长得漂亮，漂亮的老板更吸引客户，生意肯定比我要好做。"

"又要来了是吧？你是叫我做生意，还是生意做我？"陈玉兰柳眉倒竖，两个手指用力拧了一把他腰部的软肉。

"啊唷，说错了，老婆大人手下留情。"唐万军马上讨饶，"不是，其实我想说的是城东路这一块都是清晨各个乡村集镇的小客户来批发的，一个上午忙完，下午都是一些零星零买客人，比较空一些，这个时间段，你可以暂时拉一下卷帘门，去市里两个门市随便走走看看，因为市里的零售要到晚上9点结束，一直没有人去看管有可能要出问题的，打烊的时候我会去，核对一下销售额、营业款，然后锁门。"

"常言道'开店不言关'，你这拉一下卷帘门是什么意思？不行的。一分钟都不能拉下来的，我想再请一个人帮忙照看老门市。说实话，我一人早上这一阵有点忙不过来，再做下去万一累得生病了得不偿失，我又不是铁做的，多一个人就什么都解决了，也只不过是每月多付几百块钱的事。"陈玉兰早就想请帮手了，现在趁机说了出来。

"好，多一个人也多不了多少钱，少一个人也少不了多少钱，几百块钱现在对我们来讲，真的是毛毛雨，是我考虑欠周到，还以为我家夫人是铁娘子，该打！"说着，唐万军虚晃着左手向自己脸上甩了一巴掌。

"少来这一套，十几年了，也不看看你多大年纪了，一点也改不掉。"陈玉兰嗤鼻道。

"濮院镇上的针织服装厂是越办越多，都是那种装了两三台手摇横机的家庭工厂，刚办起来，无图纸，无技术，做什么产品更是毫无方向，就派工人以应招熟练工为名，去一些有技术力量有生产经验的大厂盗样，看客户在打包哪些服装，就把服装样子记在心里，回来后凭记忆依样画葫芦，这样生产出来的服装质量可想而知，但由于大厂的产品供不应求，这些刚开的家庭工厂生产出来的产品竟然也十分好卖，我想，价格低廉固然是一个原因，但全国需求量极大才是真正原因。"

"那又怎么样？"

"我们要想多赚钱，一定要把生意做到消费目的地去，我们这里是生产地，生意做到消费目的地，我们比那些怀揣钞票来这里进货的客户有更多更大的优势。"顿了顿，他又说，"我们同样可以把现在这种经营模式搬到当地城市去，这样我们就能赚更多的钱，大把大把的钱。"

后半夜了，唐万军的两只眼睛依然眨着绿油油的兴奋的光芒，猛地翻身狼一样地抓了一把妻子的臀部。

"要死啊！"陈玉兰惊呼……

21

"不过现在还不行。一、我们现在资金不够。二、我们经验尚不足。三、还未对市场了解透彻。四、缺少几个信得过的帮手。起码等我们奋斗一二年，有了一定的资金积累，在这里打好一个基础，才能走出第二步。阿兰，照目前这个形势看起来，成为百万富翁千万富翁只是个时间问题啊。"

天色将要蒙蒙亮，唐万军仍旧毫无睡意，滔滔不绝，喋喋不休。

陈玉兰也被他描绘的美妙前景刺激得睡意全无，反过来一把抱住他："来吧，战斗开始！"

随着进货数量的增加与服装款式的多样化，以及零售这一块顾客的喜好和挑剔，进货的难度也随之增加。

唐万军开始在濮院接触一些颇有底蕴的集体大厂。设计室、打样间……略显神秘。问厂长为何如此，厂长无奈地苦笑出声："没有办法，你费尽心思设计一个流行新款式，不保密的话，还没等你生产出来，外面市场上早已铺天盖地了，而且价格便宜到你无法想象，这种货的质量也就可想而知。可就是这种质量的货也几乎供不应求，一些贫穷地区来的客商采购时只有一个宗旨，那就是便宜。至于质量方面的规格大小，或者染色上的色差，再有混纺中毛腈含量比例，包括横机套口验片，以次充好，等等一系列问题，他们是懒得去管的，甚至还盼着你的衣服有点毛病，这样他才能压价压价再压价。奇怪的是，这样的服装反而卖得更快，实在有些看不懂。就这样，你花费了不少的人力财力等前期投资，等到衣服出来，再去跟他们这些地摊货竞争？我们全厂几百号人全都得去喝西北风了。图纸出来了，还要考虑决定用何种支数的毛纱，以及精纺粗纺，根据市场需求安排生产各种比例的毛、腈纱，还有前期的纱染色或者后期的成衣染色。前期的投入绝对也不是一个小数目。所以得保守一下商业秘密，虽说我们产品上市后，他们同样照仿不误，但前期价格还是我们定的，头口水毕竟是我们喝到了，至少可以看销售情况控制产量，不至于太被动乃至手忙脚乱束手无策。就是这样严防，仍是有一些个体厂家花重金派遣'间谍'来盗样，真的是无孔不入，防不胜防啊。"

"怎么个间谍法？"唐万军好奇地问。

"就是派几个熟练工人，装作招工应聘进来，等盗到新款后就不辞而别，工钱也不要，押金也不讨，人就这样不翼而飞。"厂长无奈摇头。

"这倒是，他们额角头上又不贴着'我是间谍'的告示。"唐万军理解地附和道。

看起来，办厂比开店要麻烦得多，至少开店每天能产生利润，能计算每天的收益，这也是一个人每时每刻产生动力的源头。他不禁设身处地地为原来衬衫厂的老厂长想想，自己"不在其位，不谋其政"，有时免不了有些误解他，如此看来，其实都很不容易啊。

厂长听说唐万军当过曾经如雷贯耳的全国标杆衬衫厂副厂长，不免惺惺相惜起来，滔滔不绝，推心置腹，完全把他当成了朋友，也不怕暴露厂家机密，一番吐露心腹的大实话说得唐万军频频点头。是啊，其时的中国大地上，雨后春笋般全都是仿造品，大到冰箱、电视、大哥大，小到收音机、手表、收录机，五花八门，贴上一个进口或者名牌商标，就是进口货名牌货，谅你也不懂，就能卖高价，让一部分先富起来的人趋之若鹜。也因此吸引了无数不法厂家、商贩，各行各业大肆仿冒、假冒。这是我们刚刚从落后中醒来的阵痛，也是社会主义初级阶段摸石头过河必须要付的一笔学费。而轻纺工业这一行的仿冒假冒更是肆无忌惮。

穿了多少年蓝灰色服装的老百姓，强烈渴望改变这种单一、单调的颜色，这是一个即将喷发的消费火山口。因此款式新颖、色彩鲜艳、轻薄时尚的针织服装一出现，立刻受到刚摆脱了经济、思想桎梏的国人的狂热追捧，爱美之心，人皆有之，甚至不用脑，用脚趾头去想一想，就知道这块蛋糕得有多大！广东沿海一带已经朝这块香喷喷的大蛋糕啃下了第一口，如今正在张开大口准备咬第二口。

江浙沪一带沿海地区又岂甘落后，地方政府吃透中央精神，纷纷把改革开放作为重头戏，解放思想，转变观念，解开束缚，放开手脚，也要争取在这块大蛋糕上率先分得一杯羹。生产车间几十上百台手摇机器各自在编织着一张张前片、后片、衣袖，十几个验片工在检验台上认真细致修补漏针小洞，几十台针织套口机在"嗒嗒嗒"地缝合着一件件半成品，然后经过拆毛、手工精缝领口、袖口、缝边、缩绒柔软、整烫、缝订商标吊牌、质检、包装，一件针织毛衣才算完工。小小一件针织毛衣，凝聚万千编织心。

唐万军在厂里下了一个大单。主要也是看到了厂里生产的产品新款多，而且潮流、别致，极具竞争潜力，一旦卖开，估计数钱会数到手酸。想想阿兰晚上回家抱怨今天数钱数得手酸时，他暗自笑出声来，提醒自己，一定记得要买几只电子点钞机。

各道忙而有序的流水作业出来的产品质量很不错，特别是看到厂里摇出的衣服片子都是多大尺码就做多大尺码，唐万军有些感慨起来，想起陈老板家一律均码的衣服，以及用烫板烫大烫小的尺寸，和顾客经常反映的针织服装缩水问题，心想，今后自己在零售这一块的进货，必须要进大厂的货，宁可进价贵一些，也要质量好一些，以赢得顾客口碑和回头率，减少口舌与退换货的麻烦，还有商店差评的无形损失。

唐万军在濮院镇上好几个正规厂家都订了货，现在这个季节正是针织服装销售旺季，多订一些新款式和数量，凭眼光与经验，自我估计没有问题，倒是旺销时拿不到货最是可怕。当然，像陈老板一样的许多个体加工厂他暂时也没有放过。在生意上，他一直奉行两条腿走路，零售这一块可以赚取高额利润，批发这一块，可以赚取量化利润，在他的估计中，这两块都能给他带来丰厚的回报。只是现在市中心两个门市还未开张，一切都还是未知，等一个月后，便能见分晓。

新买的大哥大响了，铃声清脆悦耳，他把大哥大的短天线扯了出来，按下了接听键放到耳边，耳边马上传来阿兰要他赶快补货的急促声音。两只大哥大虽花去了近三万元，但却值！就像刚刚，自己下午可以直接带货回去，而用不着再多跑一趟，费时费力，贻误商机。

通完话，厂长有些羡慕地望了一眼唐万军手中的大哥大说道："还是你们干个体做生意赚钱，像我们，一天到晚忙得要命，拿点死工资，最多到年底再分一点点奖金，辛辛苦苦做一年买个电话也买不起。"

"不会吧？你是厂长哎。"唐万军诧异道。

"不多说了，自己知道。"厂长深吸了一口气说道。

"也是，各人有各人的难处，其实我们的风险也很大，一个眼神不好，全军覆没也有可能，你们至少旱涝保收，没有后顾之忧啊。"唐万军十分理解在体制内吃不饱饿不死的尴尬。

"走，吃饭去。"

"我来请。"

"不！你是我们客户，怎么能让你破费？我们厂里设有招待费的，不能拿，吃个饭还是可以报的。"厂长说道。

难得遇到个知音，厂长硬是拉着唐万军去了镇上一家定点餐馆。

22

1976年1月8日，周恩来总理去世；7月6日，朱德委员长去世；9月9日毛泽东主席去世。这年的7月28日，唐山大地震，多少万条鲜活生命眨眼消逝。这一年，三大巨星陨落，唐山百姓遭受巨大灾难，苍天哭泣，大地哀号，这是国之殇！全国人民沉浸在悲恸之中。随后，"四人帮"覆灭。

唐誓忠也一夜之间从"六把手"的宝座上跌了下来。没有什么废话，上面来的人宣读了一份中央文件，把她从办公室里带走了。他们把她隔离在县政府一个招待所里，给她一叠纸、一支笔，要她彻底交代自己企图篡党夺权颠覆无产阶级政权的重大犯罪问题。

唐誓忠暗自腹诽，我篡党？我一个小小饮服公司革委会主任，我有多少篡党的资本啊？篡党根本轮不到我。夺权倒是想的，不过只夺了个公司"六把手"，从心里来说，是远远不够的，自己确实有想进一步向上爬的念头，县里、市里、省里……一步一步爬上去，她相信，凭着自己的努力，总有一天会到达想要的高度。站得高，看得远，一览众山小。自己虽然没有文化，但有的是革命的实践经验，实践经验远比空头的书本知识来得丰富，紧跟形势，党叫干啥就干啥，冲锋陷阵，勇往直前！实在是搞不懂，自己满腔热血，一切工作重点都是围绕着抽屉里的一沓沓中央红头文件展开的，不折不扣，雷厉风行，毫不拖泥带水去执行，去完成，所做的一切自问对得起党，对得起人民。勤勤恳恳为人民服务，到头来弄了项四人帮"残渣余孽"的帽子戴戴，她心中非常不服气。

一连半个月，唐誓忠一个字也没写，这期间也没有人来问她、审她，仿佛当她是个屁，臭了几秒钟，然后消散在空中，无声无息，无色无味，无影无踪，她简直要抓狂了。

由于唐誓忠是单身，关了这许多日子，也没个人来看她，吃着每天千篇一律送进来的她认为的"牢饭"，不禁有些思念起多年未见的哥哥嫂嫂来。这天，看守告诉她："唐誓忠，有个叫陈玉兰的高个漂亮女人来看你来了，你准备一下。"

"阿兰？"唐誓忠猛然记起来，这个陈玉兰是阿军的漂亮老婆，她的工作好像也是自己安排的，唐万军还送给自己了一条钻石项链。她不禁想起自己把这条爱不释手的项链转送给县革委会李主任的那一幕。她忘不了李主任一看到这条钻石项链时眼中贪婪的目光，一边摩挲着项链上那颗光芒四射的鸡心钻石，一边说："小唐啊，好好干，只要坚决拥护中央的正确决定，坚守社会主义的阵地，在你的管辖之内，不让资本主义思潮腐蚀一丝一毫，你就立了大功，用不了几个月，关于提升你为县革委会副主任的任命马上就到，你就准备上任吧，革命需要你们这些新生力量，努力吧！"

她等啊等，一直等到了现在。其间也去询问过，李主任总是回答说，快了快了。后来问得次数多了，李主任有些光火，训斥她："革命者需要耐得住寂寞，经得住时间的考验，像你这样猴急，将来怎么担当大任？"

看她有点不知所措的样子，李主任又拍拍她的肩膀安慰说："有关你的调任报告，我早已送去省革委会了，我们需要你们这些年轻的革命闯将，只是近来中央好像要有大动作，有些顾不到地方上这些小事，你我就耐心等待吧，有我们大展身手的那一天。"

谁知，这一等，竟等到了李主任的银铐入狱和自己今天的下场。

少顷，陈玉兰手里提着一网兜水果进到屋里："小姑。"

看守在门口尽职监视着。

"噢，阿兰。"唐誓忠脸上露出一丝勉强的笑容，说道，"谢谢你，亏你还记得我。"

"阿军出差去了，是他叫我来看看你的。"陈玉兰不卑不亢地说。

其实，唐万军是十分反对阿兰来看唐誓忠的，他至今对这个贪得无厌的小姑恨得磨牙。这还算是她的侄儿，一刀下去，见肉见血。在他看来，自从发生了这样的事情之后，她已经不再是自己的小姑了，是一个比陌生人还要陌生的女人，他早已把她从亲人的目录中彻底删除了。

可陈玉兰并不这么想，正是眼前这个女人，使自己脱离了梦魇一样的插队生活，没有她，几乎可以肯定自己还在风里吹雨里淋，泥里爬土里滚……一想起这些，至今还止不住噩梦连连。

尽管小姑贪婪，像只疯狗，连自己人都要咬上一口，但设身处地为她想一想，可以肯定的是，她也有她的难处，且不说她要担负对抗上山下乡这个严重到可以吃官司的罪名，就是被人检举揭发出来，自己的乌纱帽保不保得住也是个大问题。总之，小姑是完全看在阿军这个侄儿以及哥哥嫂嫂的亲情面上才肯帮这个忙。至于送她的礼，大是大了点，但从另一个角度来讲，花了钱，自己心里也踏实点，不用老是心心念念感着人家的恩，不用太吃力地做人。因此，陈玉兰也时时刻刻记着唐万军的好，她不是一个薄情的人，她始终觉得欠了他的情，她要尽一切可能去偿还，慢慢地还，五年，十年，五十年，一百年！

"小姑，今天本来爸妈也要来的，只是最近他们身体不太好，我来时他们特地叫我关照你，有什么问题你就干干脆脆向上面全部交代了就好，说一个人不可能不犯错，犯了错只要改正就还是好同志嘛。"在看守的注视下，陈玉兰说着一些冠冕堂皇的话，"这些水果都是阿军吩咐买的，你在里面要多吃水果，你看看你，像一下子老了十岁一样。"

侄媳的话，好似一个母亲心疼女儿一样，句句说到了小姑的心里。冲杀了这么多年的唐誓忠脸上滚下了几颗泪珠。陈玉兰看到了，连忙掏出一块手绢帮她擦干两边脸颊的泪水。

　　"谢谢你，阿兰，谢谢你们还记得我。"唐誓忠哆嗦着嘴唇说，"小姑对不起你们。"这个天不怕地不怕的钢铁女汉子泪如泉涌。

　　"亲人之间不用谢的，一定要谢的话，谢谢你的哥哥嫂嫂吧。"

　　"呜呜呜……"唐誓忠哭得像个孩子，一把眼泪一把鼻涕。

　　可怜又可恨的女人。

　　陈玉兰同情地看着这个叫"唐誓忠"的女人，心中五味杂陈。

　　"不许哭！"守卫大声呵斥。

　　"好了好了，小姑不哭。"陈玉兰轻言安抚唐誓忠，不满地看了守卫一眼，把整块手绢塞到小姑手中。

　　"阿兰，我听你的，我不哭。"长到这么大，从来不落一滴眼泪的唐誓忠，这一顿哭，把以往几十年积累下来的泪水全部开闸放了出来，悔恨、委屈、伤心、痛苦、愤怒一股脑儿随着这股洪水发泄出来。终于，她停止了哭泣，泪眼婆娑地望着陈玉兰，显得是那么的无助。

　　"小姑，你没事的。你只是跟错了人，站错了队，你既没有去打砸抢，也没有往死里去整人，因此，你只要把问题交代清楚了，你很快就会自由的。"

　　"嗯，我知道我该怎样做了。"唐誓忠扔掉已经湿透了的手绢，撩起衣角擦了擦脸，似乎又恢复了以前那个饮服公司革委会女主任的样子，面无表情地对陈玉兰说。

　　"好了好了，时间差不多了。"看守不耐烦地催促道。

　　"小姑，我走了，你出来的时候，我们帮你接风。"

　　唐誓忠使劲点点头，再也没有说一句话。

23

　　"顺风"号甲板上，戴维正在跟船长裘洋商量借房子的事。

　　这次顺风号满载中国的丝绸、大米到巴西，返程装百分之九十的巴西大豆，回到东亚后，绕道日本再装百分之十的尿素，回国停靠大连港卸货，这一趟估计要在海上来去航行两个月，加上码头卸装时间将近一个月，总共要耗去三个月左右时间。好在回国后有十几天的卸载时间，戴维想在这十几天时间里把房子搞定，然后抱得美人归。

"戴维啊，房子我可以借你，但你一样是要出租金的，目前我在思南路上有套房子正租给一对做小生意的小夫妻在住，每月租金是 60 元，太低了，叫他们加嘛又不肯，叫他们搬走嘛更不肯，赖在那里了。"裘洋船长头痛地说。

"那你说把这套房子借给我敢情是在墙上画个大饼给我吃吗？"戴维有些急眼了。

"戴维，别急，你听我把话说完呀。"船长依旧慢条斯理地说道，"第一，我想把租金提高到每月 100 块，我想来想去，其他挣死工资的人恐怕没有几个人租得起，也就是像我们这些收入的人才敢租，所以，我把这房子租给你，想来对这个租金价格你没有意见吧？"果然，天下没有白施人。不过 100 块钱一个月租金，可以承受，戴维点头。"这第二嘛，比较麻烦一点。"船长递给戴维一支美国骆驼牌香烟，两人各自点燃，船长深吸一口，鼻孔似船上的两个烟囱般喷出两道浓烟，惬意地闭了一下眼睛，忽然睁开，双目炯炯有神，道，"租房这个小子也是块茅坑石头，又臭又硬，叫他加租不肯，叫他走人不肯，老子要动粗，他说我是资本家，要去喊工纠队，实在头痛。"

"说到底，你是叫我自己去解决这个难题，想办法赶走他？"戴维不禁咬牙为船长裘洋"喝彩"。

"是呀，不赶走他，你怎么搬进去？怎么结婚？"船长有些奇怪地看看戴维。

"我懂了。这次回国，你回上海，我跟你去，你带我去思南路处的房子，我来想办法。"戴维干脆立马答应。

"好，爽快，不愧为兄弟！"船长裘洋笑逐颜开，右手拍了拍戴维的肩膀，左手竖起一个大拇指。

夏季的太平洋上风平浪静，站在前甲板上向前眺望，蔚蓝的天空万里无云，深蓝的海水一望无际，在极目穷极处与蓝天交融成一色。一群群海鸥在尽情地追逐着船尾高高翻起的白色浪花，船的两侧，受到船航行时水面的波动，时不时有几条箭鱼跃出水面，在阳光下闪着银白色耀眼的光芒。六万吨级的顺风号在浩瀚的太平洋中行进，犹如一只蚂蚁在大湖中漂浮，显得如此渺小。戴维一个人靠在船舷边，愣怔着望着海天连接处，呼吸着咸湿的空气，劣质烟抽了一支又一支，又一口口朝海中吐着辛辣的唾沫。不是抽不起好烟，是他喜欢抽劣质烟，有股"冲"劲。

"一个人在想什么呢？有心事？"有人拍了一下他的背，是老乡大厨阿德的声音。

"有个屁心事，只是无聊透顶。"戴维头也不回地答道。

"这次去的巴西，跟我们一样是第三世界，没什么可捞的油水。"阿德递过一根哈瓦那雪茄，"来一支，这玩意带劲。"

"你小子现在有钱哈，抽上国际雪茄了，这一支抵得上我一条'黄金龙'了呢。"他点燃雪茄，顿时一股名牌雪茄特有的香气弥散开来，便舒服地猛吸了一口，不禁想起自己刚上船的时候，才拿个2000块人民币工资，自己抽的烟都不敢分出去，当时真羡慕他们这些老船员，美刀花出去哗哗的。

"什么话，还不是去搞外快搞来的？后来叫你又不去，这次巴西回来绕日本，我们再去搞一次，烟钱不就来了？"阿德朝他挤眉弄眼。

听阿德这么说，他又不禁忆起自己刚从青岛海事学院毕业来到"顺风"号甲板部当普通船员的往事。普通船员，说穿了就是学习熟悉甲板部的一切工作。他当过水手，后来通过自己的勤奋好学，很快升职当三副，直至几年后当了二副。刚到"顺风"号时，他觉得什么都新鲜，在远洋轮上，操舵、解缆、拴缆、抛缆、放、收小艇、冲洗甲板……这些杂活都是需要水手干的，活很累，但他却觉得新鲜有趣，他仗着自己身体好，样样抢着干，并且干得很卖力很快活。在努力工作的同时，他谦虚好学，不懂就问，并且尽可能搞好和全体船员的同事关系，以及船长、大副、轮机长这些"技术干部"的关系，当然，老乡阿德就更不必说了。

在茫茫大海上跑船，才是真正的"同船合命"，只有全船所有人一条心，拧成一股绳，才能抗击各种各样的风浪险阻、艰难困苦。远洋轮，这是一个移动着的、独立的小世界。记得那一次是到日本去装汽车家电到澳大利亚，东亚四月的天气乍暖还寒，在日本横滨停泊好轮船后，装货的事由船长、货主与码头方面直接三方联系。全船的人除了轮机部大管轮留下检测机器外，其他的人无所事事，有的打牌，有的喝酒，有的上岸去找花楼。戴维来到船上还没几个月，一切都还无所适从，只能一个人乖乖躺在寝舱中看书。

"嗨，戴老弟，不出去玩啊？"老乡阿德大戴维几岁，加上比他早上船，便以大哥自居。

"没心思玩，还是看书睡觉吧。"戴维笑笑道。

"嘿，也好，正好今天是星期五，睡一觉，养好精神，晚上我带你去一个好地方，咱们去搞点副业，保你满意。"阿德神神秘秘地说，一脸的狡黠。

"去哪里啊？偷东西我可不去的。"戴维狐疑地看着老乡，不知他要带自己去干什么。

"说这么难听干吗？我们不是去偷，是去捡，捡东西。懂吗？"突然给小弟说中了，阿德有些羞恼。

"那你倒是说来听听，怎么个捡法？"戴维开始好奇起来。

"去了你就知道了。"

"你不说我不去！"

"好好好，说给你听也无妨。"阿德一时也拿这个小弟没有办法，只好告诉他，"今天晚上我们悄悄放个小艇上岸，据我所知，这里岸边进去两公里处有一个垃圾场，垃圾场分日子堆放垃圾，除了星期五堆放电子产品垃圾，其他日子轮着堆放服装鞋帽纸板塑料等生活垃圾，他们的垃圾都是自觉送到垃圾场集中起来的，然后等专业人员过来收集。电子产品垃圾里手表、收录机、收音机、VCD、电视什么的都有，运气好的话，甚至能捡到七八成新的东西。"

"我已经去过两次了，东西拿回国内换了六七千块。"顿了顿，阿德干笑道。

24

但凡年轻人都喜欢去做一些新鲜刺激冒险的事情，年轻的戴维也不例外，况且这事听起来好像根本没有危险的样子，他顿时来了精神，跃跃欲试。"什么时候走？"

"跟你讲过了，等晚上没人的时候上岸。"

"现在不能去吗？"

"不能。白天那里还有人，如果让日本人看见我们捡垃圾，那个脸就丢大了，就是要真的丢脸，也万万不能丢给日本人看。"阿德难得义正词严地说。

"嗯，有道理。"他赞同。

晚上十点左右，船上的人大都已经休息。阿德来叫他，两人从后甲板船桥上悄悄放下一艘救生艇，从船尾舷梯下到艇上，不料遇到了大副，由于是第一次，戴维有些紧张。阿德可是老手，只是对大副笑笑，大副也朝阿德笑笑，只说了句"早点回来"后就转身走了。

爬上小艇后，戴维想问阿德，给大副看见有没有事，比如去汇报船长扣个钱什么的，那就冤了。阿德却早已拉动艇上发动机，救生艇箭一般直蹿海边而去。

上岸后，停好小艇，阿德借着远处村庄昏暗的灯光望了望方向，对戴维说了一个字："走。"

两公里左右的路程很快就到了，两人来到了目的地。这里悄无声息，一片寂静，很像一片墓地。"到了，是这里。"阿德轻声说。

仔细看，这是一个小型的公园，白色的樱花一簇簇开得正旺，驱散了周围的黑暗，使人的视觉能清楚地看见四周的环境。樱花树中，有一间很大的白色木板平房，有点像国内公园里的茶室。

"走错了吧？"戴维问。

"没错，垃圾都堆放在平房里，我们进去看看吧。"

有一条可通汽车的平坦水泥路直达那间大平房。板房没有门，进去后，阿德拧亮了一个微型防水手电筒。靠墙的地方钉着几层架子，架子上整齐地摆放着许多淘汰的家用电子产品，各种品种都有。"这么多！这趟运气不错。"阿德两眼冒光，很快把架子上的几块手表，一个 VCD，一些碟片，一台双喇叭录音机和一台照相机全部放进一只早就准备好的塑料大口袋里。

"咦？你怎么不拿？"阿德看见戴维盯着架子上某一个地方，呆呆站在那里不动，有些奇怪。

"我要这个大电视机。"戴维突然冒出这么一句。

"啊？你傻呀，显像管这么大、这么重的电视机，你怎么扛回去？累也累死你。"阿德鄙视他：笨贼偷石臼！

好在光线暗，戴维看不见阿德鄙视的眼神，顾自走到架子边，一把抱起这个笨重家伙，稍一用力，几十斤重的电视机就上了他的肩头。

"走了。"他招呼阿德。

阿德看看扫荡得差不多了，随着戴维出了"樱花公园"，满载而归。

"以前小鬼子扫荡我们，今晚老子扫荡小鬼子！"阿德心情大好，打诨道。

"真不知你说的什么跟什么，一样吗？"这回轮到戴维鄙视阿德了。

"我看差不多。"阿德继续嘻哈道。

"不想理你。"戴维说着，加快了脚步。

按原路回到船上，饶是戴维身强力壮，也累得够呛，一身臭汗，好在没有什么意外发生。好歹把个七成新的大电视机扛回来了，戴维想到回国拿回家，往客厅里那么一放，让从来没有见过电视机的乡里乡亲们看个新鲜，心里越想越美滋滋的，忍不住擦了把汗，笑出声来："嘿……今晚值了。"

"先别忙笑！把这个家伙通上电，看看能不能放，不能放的话，你得哪里拿来放回哪里，绝不能乱丢乱扔，更不能扔到海里，否则日本人一定会让你好好喝一壶的。"阿德放下自己的"战利品"，一边找电压转换器，一边警告他。

由于"顺风"号上的电压执行的是 220 伏的国内标准，而欧美日这些国家执行的是 110 伏的欧标电压，因此需要用电压转换器来转换电压，否则一通上电，电器就会被烧掉。阿德插上转换器，然后插上电视机电源，几秒钟时间，电视屏幕上出现整片的雪花点，白色的雪花点中还夹杂着不少彩色点子。

"完了……什么都没有，废品。"戴维顿时有些懊恼。

"你懂什么呀，这是正常的接收不到电视信号的雪花点，瞧见了没有？还有彩色雪花点，好家伙，是个大彩电哪！"阿德一面在电视机的旋钮上转来转去，一面兴奋地说。话音未落，屏幕上隐隐约约出现一些正在跳舞的日本歌妓，阿德兴奋地说道，"你小子运气真不错，居然搞了个能放映的大彩电，回家去弄一个天线就能看了。"

"呵呵，真的是运气，运气。"听阿德这么说，戴维不用说有多开心了，咧开大嘴笑个不停，"这样一个电视在国内买个新的要多钱哪？"乐了一阵，他问阿德。

"新的，这么大进口货，起码得 20000 块钱，还买不到货呢。"

"啊？这么贵？"

"你以为呢？"

"嘿，怎么把这个给忘了？"阿德忽然一拍脑袋，眼前一亮，连忙从他那堆宝贝里面翻出那个 VCD，通上电，亮灯，又从那些碟片中胡乱取出一张装上去，然后把 VCD 与电视机连接起来。"哈，见证奇迹的时刻到了。……戴维，快来看……"阿德拍手大喊。

往后的日子里，戴维很快地融入了这个小世界中，跟着他们一起去万恶的资本主义国家的酒吧喝酒，一起在码头上与当地一些小流氓打架，一起去招码头上那些搔首弄姿的、靠他们这种男人为生的白人黑人花女。他认为这也是一个优秀船长成长起来的一部分，没有对与错，没有好与坏，每个人都有自己的青春。

在这些燃烧的岁月中，戴维没有忘记好好地考三副，考二副，而且他马上就要去考大副了，以后还要考船长，这是他的终极目标。他热爱大海，爱它的宽阔，爱它的包容，爱它的风平浪静，爱它的惊涛骇浪。他觉得，一个真正的男人，就应该在海上有所作为，驯服大海，驾驭大海！他想好了，这趟航程跑完，回到上海后的首要任务，无论如何要先把房子问题解决，不管付出多大代价。想到陈玉菊的美貌，心头便火烧火燎。想到绝色的她很快将要成为自己妻子，一股冲天傲气刹那从胸中喷发出来。等着我吧，阿菊！等着我吧，上海！

无穷的思绪似这头顶上偶尔掠过的海鸟，越飞越远，越飞越高，最后变成一个黑点，消失在遥远的天际。

有一天，阿德又来找戴维。"问你哪，今晚你到底去不去啊？"

"不去了，马上要考大副，再说二副的身份也实在不适合再去，让人家发现，面子上过不去。"戴维抱歉地咧咧嘴。

"实在差劲。"

"阿德，你去搞点成色好一些的电器来，卖给我，我有大用，当然，价格不能贵的。"戴维忽然想起什么，一本正经关照阿德。

"真的假的？什么时候成收购商了？"阿德上前给了他肩膀上一拳，似笑非笑。

"真的，有用，送人的。"

"那你一定要付最高的价格，嘿嘿……"

"最高？我揍扁你。"戴维举起一双大拳头对阿德晃了晃，威胁他。

"哈哈哈……"两人一起相视大笑。

25

"顺风"号泊在巴西巴拉那州的帕拉那瓜港，除了船长、大副、轮机长，所有人都急急忙忙上岸去寻找色情场所，犹如一群发情期的公狗，嗷嗷直叫。

一个多月，实在是憋得够呛！

这里的巴女郎热情、奔放、性感，要胸有胸，要臀有臀，令人心潮澎湃，只要你口袋中有足够的美元，她们非常乐意为你热忱服务，不管是白种人黑种人黄种人，观念不同，目的相同。

戴维当然不是什么柳下惠，但他宁可多花一百美元，也要找个看上去还算入眼的巴女郎。

巴西盛产咖啡、帝王玉，咖啡嘛就算了，帝王玉切割的宝石嘛可以带几颗回去送送人，关键是价格又不贵，拍拍未来丈母娘一家的马屁，想来还是用得着的。

想到未来的丈母娘看着这几颗硕大的红宝石时变得绿荧荧的目光，戴维不由地牵了牵嘴角。

又是一个多月后，"顺风"号辗转来到日本神户，停泊一个星期等待装货。

阿德没有食言，这一次他鼓动三管轮，两人合伙搞来了不少家用电器，光彩电就有两台。

经过试放，两台都能出画面，戴维要了那台看上去比较新一点的彩电，又要了一台大空调，分别擦拭一新，然后掏出钱来要给阿德。

"算了，送给你的，便宜你这个小老乡了。"阿德说。

三管轮也附合着点头。

"那……阿德，算我欠你们一个人情，下次请你们喝酒。"戴维也不扭捏，爽快地说。

"那是，酒是一定要请的。"阿德说完，三人忍不住大笑。

半个月后，船回大连，停泊妥当后，已是晚上，早已等得心急火燎的戴维拉上船长连夜坐特快列车直奔上海。"明天就能到了。"他对船长说。

七月的上海，骄阳似火，烘烤得柏油马路路面上渗出一层黏糊糊亮晶晶的黑油，仿佛在黑油上摊一个鸡蛋就能煎熟似的。

粗笨特制的海员皮鞋走在马路上一踩一个脚印，一抬脚，便发出"吱啦吱啦"的声音。

"上海也算是国际化大都市了，这马路居然修成这样，与巴黎、华盛顿、东京比比，也实在是太那啥了……"船长感慨万千。

铁灰色的栅栏门虚关着，船长刚想拍，一搭手门就开了，于是两人来到一层左侧门前，敲了敲。

门开了，一个三十岁左右、身材短小的女子穿着一件汗衫站在两人面前，一头短发胡乱扎成一个马尾，脸上全是汗水，许多发丝乱七八糟紧紧粘在额上、脸上，手里攥着把扇子。

看得出，这屋里很热，通风条件肯定不好，也没有一台电扇。

"裘东？你怎么来了？"她一脸的惊讶。

"裘东？"

船长改名了？戴维看看女子，又看看船长，一脸的不懂。

"哈，二副，上海人称呼人老怪，惜字如金，我是房东，叫我裘东不能说她叫得不对哈。"船长打哈哈。

"介绍一下，房客阿花。"船长转头对戴维说。

"戴维，我船上二副。"船长转身对阿花说。

"我又不想认识他，你不用介绍。"阿花看到戴维的身板，心里好像有点怕怕的样子，抗拒地说。

"不是，戴维今天大热天赶来，有点事情想跟你们商量商量……哎，阿生呢？"船长朝屋里望望，发现不见阿花的老公阿生，问了一句。

"出摊去了。"

"这么热，还去？"

"要吃饭，有什么办法？"

"那……怎么办？"这句话船长是问戴维的。

"你回家去吧，我等他回来。"戴维跨了一步，一只脚门里，一只脚门外，有点不让阿花关门的意思。

"那好，我走了。"船长看了看阿生老婆，对戴维使了个眼色，转身走了。

"你出去，我要关门了。"阿花大概猜到了裘东带这个大个子来她家的目的，便大声对戴维说。

"等你老公回来，我有话对他说。"戴维回答她。

"我们又不认识你，有什么话可说的？真是奇怪。再不出去，我要喊人了！"屋里热，阿花把扇子扇得呼呼作响。

"喊人？你喊呀，我找你老公有事商量，你不叫我进屋坐坐，还要喊人？你喊喊试试！"戴维紧了紧钵头大的拳头，让她目睹到他胳膊上来回伸缩的大块肌肉，暗地里威胁她。

果然，阿花害怕，不再作声，只是嘴里轻声叽咕着往里屋去了。

戴维这一等，一直等到西下的太阳照进门前楼梯过道，里间一片明亮。其间也有楼上住户下楼，看到有个满身汗水的大汉门里门外这样站着，一条水手背心几乎湿透，头差不多要顶到上面门框，于是放慢脚步，颇为奇怪地上下打量着他。

终于，一个大汗淋漓、矮小的、长得有些老相的年轻男人跨门而入，肩上扛着一个大袋子，里面鼓鼓囊囊的不知装了些什么。

看到自家门前隔门槛而立的"门神"，不禁吓了一跳，刚要问，"门神"先开口了："你是阿生？"

"是啊？你是谁？怎么会在我家门口？"阿生好生奇怪。

"我叫大伟，是裘……东船长船上的二副，今天我来告诉你，船长把这房子租给我了，请你们搬出去。"戴维退进门里，让阿生进来，并没有噜苏，一上来就开门见山，咄咄逼人。

"你算什么？叫我们搬我们就搬啊？嗬！"阿生对他的话嗤之以鼻。

"对，你谁呀，裘东叫你来的吧？神经病！"阿花见老公回来了，立即从里屋蹿出来，对戴维叫嚣。

"不搬是吧？好，一个阿生，一个阿花是吧，我要叫你们头——顶——生——花！"随着后四个字一个一个从口中蹦出来，一只铁拳狠狠落在屋里一张板桌上，"嘭！哗啦！"板桌一下四分五裂，散落在地。

"这……这这……"阿花吓了一大跳，指着地上一堆木架，对着老公结结巴巴说不出一句话来。

阿生一时愣怔在旁，心想怎么来了个蛮不讲理的杀神。

"搬不搬？"戴维凶神恶煞。

"不搬。"缓过劲来，阿生面红耳赤，犟着脖子尖叫。

"好，有种！"他一伸手，一把抓住阿生衣领，像拎小鸡一样拎了起来，喝道："要死还是要活？"

吊起的衣领卡住了阿生颈脖，"咔咔……呃……"喉咙里发出犹如割了一刀的鸡发出的垂死哀鸣。

"杀人啦……"阿花惊恐地叫了一声，就要冲到门外去。

戴维一脚踢上屋门，另一只手一拉阿花肩膀，阿花顿时一屁股坐在地上，戴维随手把阿生往她身边一丢，阿花吃痛，一时号啕大哭。

"搬不搬？"戴维厉声问。

"不搬！"阿生缓过劲来，咬紧牙关坚持。

嚓嚓嚓嚓，没有再废话，从包里掏出一包钱来，数出200张，往坐在地上的阿生身旁一扔："2000块，搬不搬？"

在当时，上海一个五级工月工资80元来对照，2000元是什么概念可想而知了，更何况阿生还只是一个天天风吹日晒的小摊贩。

看到钱，阿生眼睛里似乎亮了一下，阿花也不哭了，先是看了一眼钞票，后又看看老公，不出声。

"不搬。"犹豫了一下，阿生坚持，但语气似乎比刚才软了许多。

"嚓嚓嚓……"又是100张扔在脚边。

"搬不搬？"看到这夫妻俩的表情，戴维暗自点头，自己这招先打后抚的利逼方式看起来奏效了。

"嗯……"阿生虽说还在嗯，却是自己也不知道在嗯些什么，估计心中早已乐开了花。

"别嗯了，我们搬。"阿花大叫。

"嚓嚓嚓……"戴维把最后100张扔在脚下，说："三天后傍晚，我来取钥匙。"

"好！"这回，阿生毫不迟疑，几乎和老婆阿花异口同声。

哼！世界上还无人能逃得过这一关。

戴维轻哼一声，转身就走。

26

搞定了房子之后，戴维马不停蹄，趁着这三天时间回了一趟"顺风"号，把阿德送给他的大彩电和收录机邮寄到上海，自己返身再回上海，一来一去，三天很快就过去了。

第三天晚上，戴维一下火车，马上打的赶到思南路。

阿生倒也守信用，早把房子腾空，现在正拿着钥匙在马路边上的路灯下等候，一只手用毛巾擦汗，一只手正拿着两只馒头在啃，腋下夹了个破军用水壶，啃几口馒头，喝一口水，表情焦急。看到从出租车里下来的戴维，随即迎了上去，塞上一把钥匙，口中叨叨："谢天谢地，总算来了……钥匙给你，我要回去了。"说完，跨上一辆叮当直响的破脚踏车，一溜烟走了。

戴维打开屋门，点亮屋内所有电灯，粗粗一瞧，两间卧室，一个灶间，一个卫生间，一个小客厅，目测有七八十平方米，紧凑而不显狭窄，比起陈玉菊家这么多人挤在一起的鸽子笼，简直是一个天上一个地下。

这个屋子好就好在有一个独立的卫生间，有抽水马桶，不像陈玉菊家每天要拎马桶出去倒，而且上面装有莲蓬头，可以单独洗澡的那种，虽然小了点，但他很满意，想象一下以后可与妙不可言的宝贝一起冲洗的画面，他的嘴唇紧了紧，露出一丝不易察觉的暗笑。

美中不足的是整个室内只有山墙上开了一对窗，两扇蝴蝶窗门并不很大，通风条件较差，偶尔从门口过道吹进一丝风，也仅仅是偶尔而已，而且屋内很暗，就是白天也要开灯。灶间有一根铁皮粗管子不知延伸到外面还是二楼屋顶，想来必是个烟道管子，里面有一只煤球炉子，可能是阿生不要了丢下的。

戴维想起在欧洲一些国家看到过的石油（液化气）炉子，觉得蛮好，火大，干净，又没气味，琢磨着下次去欧洲也弄一个过来。还有以后到日本一定叫阿德再去弄个空调弄个冰箱过来，要给他钱，他不要直接就翻脸。自己结婚时一定要请他们来喝酒，统统不收红包，美死他们！

电视机和空调可能明天就要到了，未来丈母娘收到东西时，估计脸上要笑开花。就当是个见面礼了，记得明天要把电压转换器带上。戴维提醒自己。

他在闷热的屋里东看西看，一瞅表，不觉已是后半夜，急忙锁上门，去附近找了家旅社住下，准备明天上陈玉菊家。

这几个月来，陈玉菊心中其实也是七上八下。戴维这个人简单接触下来，凭自己的眼力看来还算不错，敬老，体贴，多金。相貌虽说中等偏上，差强人意，但关键是多金，目前来看，全上海也没有多少如此高收入的人，自己应该高兴，以及庆幸遇到这样的男人才是。可是那个先入为主的标枪一样的男人，却始终在脑海中时隐时现地出现。尽管自己已经几次三番试图从心中把他彻底抹去，可他还是牢牢在她的心中占据着一个主要位置。不知怎么的，一想到他脸上那撩人心弦的笑，她的心就像被锥子猛地刺了一下那么痛。

屋里上了年纪的华生牌电扇不停地把头摇来摇去，持续地发出嗡嗡的叹息声，令人疲乏和心颤。

一切都已是昨天，为什么我的执着，换来的总是伤心？她摇了摇头，努力地驱赶那些纷乱的思绪，竭力让浸泡在傍晚闷热暑气中的心情平静下来。

"陈玉菊……有货运单。"屋外邮递员叫喊道。

"来了。"陈玉菊穿着背心，急忙套上一件短袖，开开门。

邮递员递过一张货单叫她签好字，然后收起回单，告诉她，东西在火车站行包房，很大，占地方，最好今天去取出，行包房24小时都有人值班，随时可取，临走又好意关照她叫辆车。

"谢谢了。"陈玉菊谢过邮递员，疑惑地朝单子上的寄件人姓名一看：戴大伟。货物名称栏里填的是：电器。她好奇，他给自己家寄了什么电器？

在弄口乘凉的父母和小弟看到有邮递员上他们家楼梯，也回来看看，听女儿说有东西在火车站行包房，父亲当即自告奋勇要去叫车取货。当父亲满头大汗把东西装回来，她看到的是两个很大的木板箱，抬又抬不到楼上去，父亲便自屋中取了个铁榔头，在楼下弄堂乒乒乓乓一阵拆卸，引来许多乘凉邻居的围观。当撬开箱子，看到是个大空调时，邻居们纷纷赞叹，哎呀，这样的天气送个空调来，真是过火焰山送来芭蕉扇呀！

赞叹声四起。李家姆妈更是啧啧称赞，不知是称赞在当时还是十分稀罕的家用电器，还是称赞大伟会做人，抑或称赞自己牵了根令人满意的红线。

拆开另一个箱子，竟然是一台进口彩电，把陈家父母和弟弟乐得合不上嘴。陈玉菊嘴上不说，心里也着实开心了一番。

一家人合力，好不容易把这些东西搬到了屋里，把吃饭间都占满了。

"这两天估计戴维要回来了，真是的，电话也不来一个。"陈妈美滋滋地抱怨道。

电视机壳上粘着个小纸条，上面写着：如东西先到，先别插电，等我到后把电压变一下再用。大伟。

"想得倒挺细。"陈爸赞许。

不知怎么的，陈玉菊听到父亲这句话后，笼罩在心中的伤感与不快霎时烟消云散。是的，这个人也很不错，并不比你差！你不要我，我还不要你呢。这么一想，心中立马提气，心情瞬间变得开朗起来。

这一夜，不知是天气太闷热还是什么缘故，陈玉菊反正是翻来覆去几乎一夜未眠。第二天早上，父亲和小弟一个去上班，一个去上学，家里只剩母亲和她。

门外响起敲门声，母亲欲去开门，陈玉菊预感到可能是他回来了，便抢上前去。门开了，门外站着高大的他差一点把整道门都堵住了，海风烈日吹晒得更黑的脸上，一对眼睛正笑盈盈地看着她。

"你回来啦？"陈玉菊略显羞涩，白皙动人的脸蛋上掠过一道红晕，朱唇轻启，好像一个妻子在问候远归的丈夫。

一种家的温馨，令戴维内心一阵摇动。"伯母。"他跨进门，看到了屋里的陈妈，随熟地叫了一声。

陈妈高兴地应了一声，倒上一杯早已泡好晾着的茶水："小戴，喝水。"

"谢谢伯母。"戴维礼貌地接过茶杯，浅喝一口，放下茶杯，从随身挎包中掏出一只小布袋。"这次去巴西，没什么可买的好东西，只带回几颗红宝石，每人一颗，玩玩。"他把五颗红宝石倒在桌子上，颇有些不好意思地说。

"红宝石？"看到切割得十分精细的宝石泛着五颜六色刺目的光芒，陈妈不由自主地拿起一颗，站在窗口对着亮光反复观看，简直爱不释手。陈玉菊也拿了一颗仔细欣赏，脸上露出阵阵惊喜。美女爱宝石，宝石配美女，此话千真万确。

"小戴，花费了不少钱吧？"珍贵的红宝石一下送五颗，陈妈实在是觉得这个毛脚女婿有点大手笔，同时也有打听一颗需要多少钱的意思。

"不贵，一颗也就五六百美金吧。"戴维微笑着说。

"噢。"陈妈想，总共两三千美金，他一个月工资就够了，的确不太贵。

"妈，这是产地的价格好吧，拿到上海，起码翻十倍。"一个女孩子，总是对市面上流行的珠宝首饰一类的价格十分敏锐，也十分关心，她似乎看出母亲的心思，因此接着她的话头说。

"这么贵啊！"陈妈终于惊呼起来，表情夸张。

陈玉菊与戴维相顾而笑。

27

"我把电压转换器带来了，把电视机通上电试试看。"戴维插上转换器，通上电，电视里顿时传来上海电视台主持人字正腔圆的播音声，只是画面有些模糊。"等一下我去买根天线。"他说。

"我去买。"陈妈自告奋勇。

"买什么天线你知道吗？"陈玉菊问母亲。

"怎么不知道？不就是一根电视天线吗？"

"伯母，要买那种全铜的 U 型高频道天线，钱我给你。"戴维掏出十几张大团结塞给阿菊妈。

"你买这两大件起码要一两万块钱了，天线钱怎么还好意思你出？"陈妈推辞道。

"不！伯母，这是我对阿菊的一片心意，你就不要争了，况且空调与电视机是我们船上用过的，也花不了多少钱，你去买，我先装空调。"

陈妈见拗不过他，便不再客气，接过钱下楼买天线去了。

戴维准备装空调，吩咐陈玉菊找出一些榔头起子老虎钳钉子之类的工具。陈玉菊看他忙上忙下，满头大汗，心里过意不去，叫他歇歇喝杯茶再干，戴维朝她笑笑说："有你在，我不渴不热也不累。"

"去！"陈玉菊轻啐一口，心底莫名泛起一阵涟漪，脸上一红。

堂堂远洋轮二副，安装一台空调自然不在话下，很快就装好了，通上电，调节几下，顿时凉风习习，关上门窗后，室内的温度马上降了下来。"等一下再去配一个遥控器就方便了。"戴维说。

"好凉快啊。"陈玉菊深深吸了口气，看着他的目光中禁不住多了几分柔媚。

陈妈好不容易把天线买来了，进屋后感到了凉意，就问："空调这么快装好了啊？"

"你觉得呢？"陈玉菊反问。

不知为什么，对一向宠爱她的母亲，陈玉菊喜欢与之怼，亲昵？撒娇？孩子气？都说不上来，像是一对欢喜冤家，也许，这是体现母女间爱与被爱的一种说不清道不明的情结吧。

　　"这小囡，没个正经说话的时候。"陈妈对戴维笑道，"惯坏了。"然后看着忙碌的他，露出一脸丈母娘特有的"越看越有趣"的笑容。

　　装个电视天线相对来说要简单多了。电视里很快出现歌手邓丽君的身影，并用清甜柔美的歌声在演唱着《甜蜜蜜》："甜蜜蜜，你笑得甜蜜蜜，好像花儿开在春风里……"不知怎么的，那一刻，陈玉菊紧紧地抿着粉嫩的唇，黛眉下，一对灵动的眼睛里起了一丝不易察觉的雾气。"怎么了？"还是母亲心细，看到了她眼中细微的变化，关心地问。

　　"没什么，邓丽君唱得真好！"陈玉菊巧妙地掩饰了一下，装出被歌声感染了的样子，快速地眨眨眼，朝正盯着她看的戴维嫣然一笑，把个大个子二副男人犹如被激光点到一般，激得差一点点燃蓬一屁股烽火。自己所做的一切都是为了她！戴维在心中甜蜜蜜。她察觉到他火辣的眼神，竟有些局促起来，倏地别过脸去，心儿莫名其妙有些慌慌。

　　陈妈欣喜地说："我马上煮饭，你们擦擦汗，洗一下手，很快就能吃中饭了。"

　　"我们到外面去吃吧！"戴维说。

　　"外面外面，老是到外面去吃，那还要个家来干什么！"陈妈横了他一眼，故作不满地说。

　　戴维无语地睁大眼，看看陈玉菊，脸上写满无辜。

　　"扑哧……"陈玉菊抿嘴一乐，酒窝深陷，越发的妩媚动人。"我妈烧的菜很好吃的，一点也不比饭店里的差，等一下你吃了就知道了，正宗的上海菜。"她适时地拍了一下母亲马屁。

　　"喔，那好吧，吃好饭我们一起去看房子。"戴维突然宣布。

　　本来，他想把房子搞干净，再去买点桌椅放上，把老旧的灯泡换成新的大支光灯泡，亮堂一点，把屋里搞得看起来惬意一些，然后再告诉她们，否则的话，屋里光线暗暗的，连个坐的地方也没有，总归是扫兴。现在，心血来潮，一高兴，就把这件高兴的事给说了出来。

　　"什么？这么快就把房子弄好了？"陈妈有点不大相信，这个问题一连问了三遍。

　　陈玉菊也很吃惊，要知道这是上海哎，提只鸽子笼都无处放的地方，他说弄房子几个月就弄到了，这个男人简直神通广大！不服帖不行。

母女俩都很激动，说起房子，语无伦次。

"妈，我来帮你烧饭，吃了饭马上去看房。"陈玉菊挽起袖子，露出一对雪白藕臂，精神陡然振奋，东摸西摸，要帮母亲煮饭。

"我一个人够了，灶间也挤不下两个人。你陪小戴喝喝茶，说说话……饭马上就好。"陈妈钻进厨房忙碌起来。

上海丈母娘就是好，三K！开通，开明，开放！如果你有一个上海丈母娘，呵呵，那是你前世修来的福。

戴维与陈玉菊对坐下来，各自把手臂架在桌子上，颇似坐姿端正的幼儿园学生：小手放得好，小脚并并拢。戴维叫了她一声，她故意装作没听见，只是低头，下颌差点碰到一对姐妹峰。"阿菊！"他又叫了一声，一把抓起她的一只手，用两只大手摩挲了几下。"唔……"陈玉菊柔柔应了一声，终是抬起头来，壮着胆子对视他灼灼的目光。她没有把手抽出来，任由他抚摸。"阿菊好美，仙女不及。"戴维衷心赞叹。

陈玉菊的身子猛然间一抖，曾经有一个人，也夸她宛若仙女。她对戴维笑笑，笑容略显凄美，愈发显得楚楚动人，恰似一朵月光下的含露玫瑰。"真美啊！"戴维不知美人心思，依然沉浸在痴迷中，发出一声又一声的梦呓。"嘤咛"一声，陈玉菊把手从他越捏越紧的双手中抽了出来，略略皱了皱眉。

"对不起！"戴维这才意识到自己情不自禁地力量对柔弱的女子来说意味着什么，赶忙道歉。

"饭香了。"陈爸今天不在单位吃饭，赶回家中，一进门，就闻到一股饭菜香味。

"伯父下班了？"戴维赶紧起身，恭敬招呼道。

"下班了。"陈爸回答的同时，感到了室内的凉意，以及看到了电视里正在播放的歌舞节目，对面前这个准女婿的动手能力大为赞许。

"来来来，快吃饭，吃好饭去看房子去。"陈妈手里端出几个菜放在桌上，喜滋滋地说。

"看房子？看什么房子？"陈爸不知情，摸不着头脑。

"嗨，没有房子姑娘怎么结婚？你也真是的。"

"房子这么快就搞定了？"

"老头子，告诉你，小戴本事大噢，在卢湾区那个地方借到间房子，上只角！吃好饭一道去看吧。"房子的事，母亲比女儿还要上心。

"喔唷……个倒结棍（沪语：这倒厉害）！"陈爸一句上海方言冲口而出，对戴维更是刮目三分。

戴维笑笑，有点不好意思。

一家人吃罢午饭，陈爸兴致勃勃，去弄口打了个电话给厂里，跟同事调了个班。"走！"他打完电话回到家中，一挥手，一家人这就要出发。

"哎呀，小弟呢？"戴维直到此时才记起还有个小弟，吃饭时也不见。

"为了路上安全起见，小弟他们午饭都是在学校吃的。"陈玉菊解释。

28

一家人来到马路上，打了一辆出租车，直奔思南路而去。

下了车，一看地段，陈妈就惊喜不已："嚯，老早的法租界，法式小洋房，呱呱叫！"

"别乱叫，好像没有见过世面一样！"陈爸故作上海滩上老K般的腔调，背着双手，迈着方步，踱到铁栅栏门口，像煞个大佬一样对老伴说，可惜脸上憋不住的笑意出卖了他。

"你见过世面？你倒也去弄间房子来看看，服你！省得一家门挤在鸟笼里难过煞。"见老头子要跷跷板，陈妈马上压制。

"好好好，你厉害，我投降。"陈爸松开背负的双手，猛搔头皮。

陈玉菊不禁莞尔，戴维大感两位老人有趣之极。

跨进铁栅门，看到通内门路两边有两小条泥地，陈妈就说："这点泥地上种些葱蒜辣椒小青菜蛮好的。"

这次轮到陈爸反讥了："你见过上海马路上种菜的吗？被人家牙齿都要笑掉。"

"我也是随便讲讲，你这么认真做什么？"

戴维掏钥匙，打开门，拉亮电灯，回身做了个"有请"的滑稽姿势，两位老人一脚跨进屋里，陈玉菊却被他的手势逗得捂嘴直乐。阿菊妈以为女儿取笑她，回头白了她一眼，叱道："有什么好笑的？"

"不是不是……他……"陈玉菊手指戴维，越乐越想乐。

"嗬，这房子真好，真大！"陈爸进得屋来，粗略一看，马上竖起大拇指夸赞："设施也齐备，不错不错。"

上海人口拥挤，在这个寸土寸金的地方要想有一块立足之地谈何容易！今天，在这个不知多少上海人眼热的高端地段，梦幻般地有了一套房子，难怪陈爸要赞不绝口。

陈妈径直走到厨房间和卫生间看了看，激动地回头对女儿说："阿菊，快看！卫生间好宽畅，哟……还能洗澡哎。"

陈玉菊点点头，嘴上不说，心中无比开心。

"厨房间也大，哪像咱家，炒菜转个身都要当心碰掉锅盆。"与自家的厨房、马桶间相比，这屋里的厨房和卫生间就是一个字：大。两个字：大，爽！还有，能放两桌酒的客厅。还有，两个方方正正的房间。陈妈眼中全都是满意，一百零八个满意！

"这房子有一个最大的缺点，就是光照不足，阴暗，美中不足。"戴维说。

"没有关系的，没有关系的，上海的亭子间，矮阁楼你还没见过呢，那叫一个暗，这屋里只要多装几根日光灯管就行了，日光灯还是省电的。"陈妈好像已是主人一样地安排起房子的使用来。

"那衣服洗了晾在哪儿呢？"陈玉菊问。

"真笨，外面铁栅栏上架一竹竿，不就可以晒衣晒被子了吗？这就是住楼下的好处。"看来，陈妈早就看到了、想到了。

"下次我去国外再弄个烘干机回来，问题就解决了。"戴维说。

"不用吧？烘干机很费电的。"

"用电没事的，烘干机、空调、冰柜、电视机、洗衣机，还有洗碗机，我都会慢慢弄齐的，这些东西在国外好像不太值钱，挺便宜的。"戴维轻描淡写地说，似乎国外遍地都是电器，你只要肯弯腰捡就是了。

事实上，确实如此。

听他这样说，陈玉菊内心兴奋得要命。要知道，这许多电器里随便拿出一样，放在上海任何一个家庭，在那个年代都是奢侈品。阿菊父母看到这么宽畅的房子，听他所述一切，早已心中大定，心情大好，对这个"毛脚"已是无可挑剔，怎么看怎么"窝心"（沪语：开心，满意）。看了一会儿，陈妈心思一动，主动提出："小戴啊，什么时候请你们父母来一趟上海，我们双方家长见个面，也好把你们的亲事定下来。"

"伯母，我们家是农村的，我父亲十年前已经去世了，母亲年纪大了，腿脚不便，干不了农活，如今和我姐姐一家生活在一起，叫她来恐怕有难度。"见未来丈母娘主动提起，戴维趁机把想说的话说了出来，接着又说，"伯父伯母，我有个想法跟你们说说，我想乘这些休息天里带上阿菊去我老家一趟，见见我母亲和姐姐一家，把婚事定下来，让老人家高兴高兴，她也催过我不知多少遍了，估计看到阿菊这个美若天仙一样的上海小姐后，她不知笑得要有多开心了，就是不知阿菊肯不肯哪？"他把目光转向陈玉菊。

陈玉菊看了看父母，眼神中似乎在说："我要去，你们怎么说？"

"当然当然，这是应该的，阿菊你就跟小戴去一趟他老家，去的时候带一点上海的糖果糕点，孝敬一下你未来的婆婆。"陈爸一口同意，连礼数都考虑好了。

"我们家阿菊从来没有出过远门，最远只去过她二姐插队那个乡下，一路上你可要照顾好她啊。"见老伴同意了，陈妈也只得点头，可免不了一番千关照万关照。说心里话，她是不舍得小女儿去那么远的山东乡下的，山东人说起话来，很难听懂，一个上海小姑娘，很难与她们沟通，万一出点什么语言上面的差错来，岂不是要弄出气来？再说，这么远的路，那么细皮嫩肉的上海小姑娘，一路上风吹日晒，想想也肉疼。还有吃的方面，自家小姑娘虽比不上富贵人家娇生惯养，但好歹也是吃细粮精面长大，怕是根本吃不惯山东高粱红薯。

"伯母，您放心，阿菊是您和伯父的女儿，也是我戴大伟的媳妇，我肯定会好好照顾她的。"戴维情意绵绵地望着陈玉菊。

陈玉菊一改以往的羞涩模样，用一对亮晶晶水汪汪、充满浓情蜜意的眼瞳大胆迎接他的深情注视，两束光芒碰撞的一瞬间，如同天雷勾动地火，"砰"的一声……可惜，有父亲母亲在旁边。

戴维平息了一下心情，说："伯父伯母，我还有个请求。"

陈爸戏谑道："想早点结婚，是吧？怕我家阿菊跑了，对吧？"

"你乱插嘴什么！"陈妈白了老伴一眼。

戴维从口袋摸出一只红色首饰盒，打开，一款造型精美、熠熠生辉、光彩夺目的大钻婚戒映入了大家的眼帘，在阿菊父母的注视下，他朝着陈玉菊单腿跪下，正式向她求婚："阿菊，嫁给我吧！我会爱你一生一世。"

当陈玉菊听到最后一句时，已泪眼婆娑，她用手掌捂住整张脸，拼命地点头，以至都忘了伸出手去。"阿菊，戒指戒指！"陈妈也很激动，看到戴维还跪在地上，赶忙提醒女儿。陈玉菊这才抹了把脸，伸出左手，任他缓缓把戒指套在自己无名指上。

"阿菊，我爱你！"戴维站起身，吻了吻陈玉菊的手指，轻轻拥住了她。

"我也一样。"陈玉菊用力点了点头，把头靠在他宽厚的肩膀上。此刻，她已不屑另一个他。

陈爸对老伴眨眨眼，咳了几下。

戴维这才恢复了意识，尴尬地放开玉菊，对两位老人说："我想下一趟出海回来，三四个月后吧，和阿菊去把证领了，然后再下一次回国，估计过了春节吧，在上海举办一个婚礼。爸，妈，你们同意吗？"

多么会做人的山东汉子，连称呼都一下子改了。陈妈暗暗点头。

"阿菊，我本来想先和你商量一下，然后再告诉爸妈，可是一来我在国内待的日子不多，时间紧迫，二来今天爸妈正好都在，我考虑了一下，就自作主张了，还请你不要怪我才好。"戴维对陈玉菊说道。

"我怎么会怪你。"此刻，她心中甜蜜蜜。

"我们也没有意见，就照你的安排好了。"陈爸答道。

"阿菊。"总归是母亲，陈妈突然叫了女儿一声，心头无故一阵伤感，止不住眼眶一红，就要沁出泪来。

"好了好了，又不是嫁到山东去，结婚了还是在上海，愁什么愁？"陈爸一句话硬生生把老伴的泪给憋回去了。

"妈，以后我仍旧可以每天来看你的，或者你每天来帮我烧饭，坐公交也就七八站路吧？"陈玉菊打趣母亲。

"哪里？十几站也不止。我才不高兴大老远跑来给你烧饭，服侍你们服侍得还不够啊。"陈妈破涕为笑。

"爸，妈……还有一个大忙要你们帮。"戴维有些不好意思地开口。

"你说，自己人了，不用见外。"陈爸微笑着看着他，已经猜到了他要叫他帮的是什么大忙。

戴维从手提包里拿出十几张一百面额的美金，递到陈爸手中，说道："爸，麻烦您去叫几个工人，把房子搞搞新，里面旧的东西统统扔掉，去买一些新的家具，厨房卫生间也换一下，至于家用电器什么的，我会从外面带来的，只是辛苦您了。"

陈爸推辞一番，接过后朝钱瞄了瞄，说道："太多了，用不了这么多的。"

"放着吧，要用钱的地方多着呢。"戴维道。

陈爸朝老伴眨了几下眼，一副果然被我猜中的样子。

"房子搞好后，阿菊可以搬过来住，那边让出一个房间，也好让爸妈住得舒服些。"戴维说完这些，掏出这间房子的钥匙递给她，笑着说，"现在你是这间房子的主人了，随便你怎么搞。"

"爸，给你！"陈玉菊转手把钥匙交给父亲。

哈哈，在场的人都明白陈玉菊把钥匙交给父亲的用意，都笑了起来。

"走，这里太热了。今晚我请吃大餐！"戴维心情大好地招呼。

"好！"三人异口同声。

29

在闹市区开的两家零售门店里，一个门店的销售额与陈玉兰预估的日销一百多件数量差不多。

正常化的零售有百分之五十毛利，除去各种开销，光这个店每天的盈利在小几千元。可陈玉兰总觉得市区这么大的客流量，应该可以赚得更多。而另一个门店相距这个门店较远，当初选址的时候，两人也意识到两店距离过于接近将会产生互冲，所以选择两店一南一北，其间相隔了七八百米。可是在两个店处在同样多的客流量下，一个销售量达到了预期，另一个销售业绩却很差，只及另一个门店的一半多一点点。这是怎么回事呢？她把自己的疑惑跟唐万军讲。

"可能南爿店城市里人去得多，而北爿店里经过的都是农村人吧？"唐万军也吃不准到底是怎么回事，联想到北片一带去商店购物的基本上农村人居多，农村人的消费水平当然比不上城里人，一百多块一件针织服装，要在泥里土里刨半年了。服饰虽好，他们也舍不得买，只能这样解释了。

"我看不是这样的，你看哪，我们环城路店也靠偏北，零卖也不少呀，还有，每天来店里一大包一大包批发去的除了有些是县城，差不多都是农村小集镇里来的，照你这么说来，他们批去的衣服卖给谁？自己穿啊？不可能的吧！"

"分析得有道理！可是问题到底出在哪儿呢？"唐万军虽说是个非常能干的供销人员出身，但具体到商店里一件一件的零售方面的销售技巧，对他来说也是一窍不通，"要不，我明天不去进货了，反正这几天货进得多，生意也稍滞，乘空去了解一下到底是什么原因。"

"我和你一起去。"陈玉兰说。

第二天，两人起了个早，因为北爿店里光顾的农村顾客居多，而大多数农村顾客都有起早的习惯，因此当南片大多数城里人还在吃早饭的时间里，北片一带早已熙熙攘攘，一股股人流进进出出各个商铺店家，遇到入眼的商品，一番讨价还价，最后几乎都是毫不犹豫慷慨解囊，铺金撒银。

改革开放后的中国人，刚刚有了几个钱，对于改善吃、穿的需求，真的是如饥似渴。蓝、灰颜色几乎湮没了整整一代人，当你突然从一个封闭的黑屋子里出来，然后看到蓝色的天空，白色的云朵，葱郁的山，碧绿的水，才意识到，原来世界是这么美好，那么的多彩多姿。人人都想褪去那层暗淡无光的出土文物似的颜色，每个人都希望穿出一个鲜艳的崭新的自我。不管有钱的无钱的，有消费能力或没有消费能力的，都盼望努力改变自己的形象。这是一头被关了很久的狮子，一头有点病态特别巨大的消费的狮子，它张开血盆大口，不管好吃的，好看的，好用的，好穿的，统统吃掉！络绎不绝的人群从店里进进出出，看到款式新颖，色彩艳丽，手感柔软的男女各款当季针织毛衣，问的人很多，摸摸衣服质地，感受一下轻滑柔软的手感而啧啧称赞的人也不少，可是买卖的成交量却少得可怜。店里的营业员已经发现老板夫妻俩都来了，便卖力地介绍起自家产品来，很快，一眨眼工夫，就交易了几笔生意。

"生意应该不错啊，为什么两个店营业额差那么多呢？"唐万军有这点本事，只要一看客流量和估计一下高峰一小时内的成交量，就能大约计算出每天的销售量。这还是在衬衫厂当供销科长时，去全国各大商场调研当地的需求状况而练出的一身真功夫。夫妻俩在店里帮助售货，想不到，到吃中饭时，生意好得都有点脱不开身了。

回家吃午饭时，唐万军和陈玉兰开玩笑："我们夫妻还真是财神菩萨投胎，走到哪里，哪里生意就好。"

"不关财神菩萨的事！我想明白了，问题完全出在人身上，也就是说，出在营业员身上。"陈玉兰对唐万军说道。

"怎么会？我怎么看不出来？难道她们私吞营业款？"唐万军诧异。

"私吞营业款倒不至于，因为每天的日销售报表与营业款都正确无误，库存也没错，这里先别忙下结论，我们去南爿店里转一转。"陈玉兰成竹在胸。

下午，南爿店里的销售比较均衡，无论是客流量还是销售数量，不像北爿店里那样一阵一阵的。这更加坚定了陈玉兰的看法。

"你看出什么来了？"唐万军问。

"回家再说吧。"陈玉兰答道。

从店里出来后回到环城路总店，营业员小沈告诉他们，今天的生意非常好，零售多，批发也多，像平常有老板娘在还好，今天她一个人有点手忙脚乱，简直忙不过来。小沈还小，只有十七岁，正在长身体阶段，初中毕业后不去上学了，一直在家无所事事。前段时间路过环城路店，看到陈玉兰一个人正忙忙碌碌做生意，有点忙不过来，看了一阵，便趁店里顾客少的时候进来问陈玉兰招不招工。陈玉兰一看，小姑娘长得平平常常，普普通通，属于混在人堆里找都找不到的那种人，不过看上去倒是蛮老实乖巧的，于是留用了她。这个长相平常的小姑娘有一个不平常的名字：沈穹曳。

"好，小沈，辛苦你了，今天你早点回家休息吧。"陈玉兰和颜悦色，说话语气就像对待一个邻家小妹妹。

"谢谢老板娘，那我回去了。"小沈把记账本和营业款交给陈玉兰，开开心心回家去了。

"嗯，我得统计一下款式颜色尺码打电话了，叫厂家今天晚上就发货，不然明天可能接不上。"唐万军自言自语。

生意稍微做大一些，用不着天天怀揣钞票去厂家翻热烧饼了，需要补货只用一个电话，厂方基本上给你全部弄好按时发到，而且有的厂方为了拉住大客户，往往还主动承担运输费，这让唐万军节约了不少时间和成本，同时切切实实方便了不少。当忙完这一切后，又到了该烧晚饭的时候。

"怎么样？等唐平回家，一起到饭店里去吃好了，一顿饭也花不了多少钱，省得你做饭了。"唐万军看似关心地对阿兰说道。

"饭店饭店，现在正是处处都要用钱的时候，能省一分就省一分，钱还没赚到，老板派头倒不小。"陈玉兰数落。

"你在店里再守一守，能守到几个生意也是好的，我先去菜场买点菜回家煮饭。"陈玉兰说着就要拔腿。

"哎，你说两爿店里的事你都有数了，那你说到底是什么原因？"唐万军喊住她。

"晚上细细给你说。"说完，她急匆匆地走了。

30

陈玉兰吃好晚饭，催促唐平做完回家作业、洗好脸洗好脚，进自己房间睡觉。"阿军，不知你发现了这个细节没有？"她撩了撩搭在前额的一缕头发，问道。

"什么细节？没头没脑！"唐万军莫名其妙。

"我们到北爿店时，远远望去，店里人头攒动，而那个营业员却懒洋洋趴在柜台上，很多人像是在敲柜台询问，看过去她却是爱理不理的样子，心思完全不放在做生意上，不少顾客扭头就走，换成你我去买东西，碰上营业员这样的态度，你的东西再好，也要升起就不想买你家货的念头，这样的生意做得好才怪，许是老远看到我们来了，她才站起来一本正经做生意。"

"说实话，这个我倒真没有注意……要不，我们把这店里的营业员换了？"

"换个人简单，可是换个人来又是这样怎么办？你不能总是换人吧！况且，营业员熟手总归要比生手能干。"

"你有好办法了？"

"我看，只有激发她们的工作积极性，才能把生意做好。"

"激发积极性？只有一条，加钞票，可是现在她们每月两百块的工资在同行中已经算高了……等等……"唐万军脑中突然灵光一闪，猛地想起去进货的厂家采取生产定额外奖励制度，一拍脑袋说道，"我们也来个多劳多得。"

"对了，就是这个道理。到底是大厂里出来的科长，厉害！"陈玉兰适时的一记马屁，拍得老公把胸脯往前挺了三挺。

"你看啊，南爿店两人每天卖掉总数 50 多件，北爿店是 30 件左右，两爿店的客流量差不太多，那么就按照南爿店的销售来定量，每店每天的底数是销售 50 件，每人拿两百块底工资，在此基础上每多销售一件，可提五块钱超额销售奖，多销多得，至于她们要合在一起计算或者每人分开计算数量，由营业员自己商量决定。至于为什么不计算销售金额而计算数量，是考虑到服装的品种、价格、款式不同，以及流行程度，以防止营业员自己挑选商品来卖，人为造成库存增加。"

陈玉兰侃侃而谈，唐万军频频点头，不觉对身边这位涉商不久的夫人刮目相看起来。

谁要说漂亮女人智商低，我就跟他急！

夫妻俩统一了思想，说干就干！第二天一早，陈玉兰特地叫了辆出租车，去了南北两个门市部，分别向她们交代了"政策"，特别强调如滞销的款式卖得好，到月底另有奖励，有五件起批的小批发生意，价格可在 10 元以内自己做主自由浮动。当然这个"政策"是指现在到春节后这一段销售旺季而言，等到了销售淡季，再另做调整。小姑娘们一听，个个脸上洋溢着笑容，一看她们的表情，陈玉兰就知晓她们的心中所想，暗道这一着棋走对了。

从这一思路延伸开去，陈玉兰想到针织毛衣毕竟有个季节短板，你不可能在大六月里卖厚厚的针织毛衣，这根本不现实。但是不卖针织毛衣卖什么呢？总不可能让门市部空关着不做生意吃老本吧。

陈玉兰也去向多家同行旁敲侧击地打听了一下，她们几乎一致表示到淡季会把门店便宜转租出去几个月，让给一些做夏季服装生意的商贩，以收取租金来弥补一下损失。

陈玉兰把这个未雨绸缪的想法跟唐万军提出来，唐万军一番沉思，说道："这倒也是一个问题，如果夏天改卖汗衫背心短裤之类的'广货'，对路倒是对路，但要和那些做小本生意的人去竞争，这些东西铺天盖地都是，家里有一台缝纫机，剪一些便宜的零头布就能生产，利润更是少得可怜，辛辛苦苦一个夏天还不如把门店转租出去。"

　　"听说广东珠三角一带改革开放搞得很好，港澳台地区在那边投资的企业很多，大都是投资轻、见效快的轻纺工业以及大量的服装加工厂，与我们的生意对路，过了春节你可以到那边去看看，有什么好的夏季产品可以做的拿来做，如此，我们也算是喝头口水了。"陈玉兰忙里偷闲，没少看报纸听新闻，对于服装这一块的各种报道，始终关心如斯。

　　这个想法在八十年代中后期来说确实大胆前卫，唐万军略一思索，觉得凡是生意都值得去尝试，便一口应承下来，准备开了年往南方走一遭。

　　自从向两个门店交代了"政策"后，零售生意"蹭蹭"地往上蹿，不要说南圩店日销量比上月翻了一番，连北圩店亦隐隐有了要赶超南圩店的势头。看着每天进账，唐万军心花怒放，不由得感慨，想我堂堂一个供销科长兼厂长出身，在生意上却还不如一个在商海中刚泡了半年水的女人会游泳，看问题透彻，一针见血，解决问题尤似庖丁解牛，不服气确实不行。

　　"我觉得，要把两圩店各取一个店名，要叫得响，最好能朗朗上口，以便于顾客口口相传，这样才能有利于大力宣扬，以多品种、优质量来吸引更多的顾客，要让无论男女老少，一跨进店，都能激起他们的购买欲望，最后痛快掏钱。"一日，陈玉兰又对唐万军说道。

　　"好啊，一个就叫万军，一个就叫玉兰，一个大气，一个文气，也叫得响，多妙！"唐万军不假思索脱口而出，想来他也曾思考过。

　　"俗不可耐！"阿兰撇嘴。

　　"那你起个不俗的来听听。"

　　"君子·兰。"

　　"君子兰？卖花啊？"轮到唐万军撇嘴了。

　　"你听我解释，君子兰的花语是'君子谦谦，温和有礼，有才而不骄，得志而不傲'，多好！"陈玉兰接下去继续说道，"君子兰的寓意更妙，它那光滑厚实、直立似剑的叶片象征坚强刚毅、威武不屈的高贵品质，丰满的花容色彩艳丽，象征富贵吉祥、繁荣昌盛、幸福美满。我们把君子与后面的兰设计一朵君子兰在中间断开，你是君子，我是兰，连起来读是君子点兰，这其中深含的意义你不理解吗？还是读小学的时候，在同学家里看到过君子兰，从那时起，我就喜欢上了它，可是君子兰不是一般老百姓家庭养得起的，不过，养不起并不代表不喜欢。现在，有条件了，我要把喜欢变成现实，难道，你不喜欢吗？"说到后来，陈玉兰一对眸子变得晶莹透亮，散发出奇异的少女之神芒。

"喜欢喜欢，这花寓意太好了。花语也太好了，与你我身上十分的般配，店名就是君子点兰了！"唐万军马上举双手赞同，不是强迫，完全是自愿，由衷的自愿。

"那么，两爿店都叫君子·兰吗？"

"不会分个一二三吗？大气，顾客一听就是有实力的连锁一类的专卖商店，品质有保障，逛商店走着走着就上你店里来了。"

"好……好好！"他真心点头。

眨眼已是近年关，唐万军一本正经地问陈玉兰，除开固定资本，账上流动资金有多少。

"好像有一百多万吧。"陈玉兰疑惑回答后又问道，"你想干什么？"

"噢……我是想赚到点钱了嘛先把阿菊那笔借款连本带息还掉，省得再生利息。"唐万军讪讪说道。

"还钱着什么急？现在生意正是上升期，到处都要用钱，不说现在生意这么好需要资金不停周转，单是你过完年去南边一趟进货也需要钱。况且我想把这三个门店全部买下来，那更需要钱，还有，我想买一套大点的房……哪些地方不用钱？阿菊的钱借也借了，她也是闲钱，到时给她利息就是了。"

"把门店全买下来啊？用得着吗？"唐万军对陈玉兰的魄力又有了一个新的认识。

"怎么用不着？现在买下来绝对便宜，今后城市肯定还要发展，到时这些门店租金哗哗往上涨，几年时间租金抵你现在的买价，信不信由你。"

31

绝对遗传了父母的优点，今年十五岁的唐平身高已快有一米七，健壮修长，剑眉星眼，朗鼻薄唇，肤色白皙，长发飘逸，端的一翩翩美少年。

唐平从县里来到市里上初中，从初始的陌生感到很快融入同学中去，全仰仗他的一副引人注目的好身板，以及与同学自来熟的开朗性格。

唐平在同学中有个绰号，叫"唐扁"。唐扁出生时的称重是九斤二两，头部很大，通过产道时，痛得阿兰紧咬牙关，大汗淋漓，双手紧紧抓住被褥，在引产钳和医生的"使劲使劲"鼓励下，一用力，"噗！"儿子人是出来了，头却也因此而拔长拔扁了。

娘啊，你一用力，我一生扁！倘若唐扁当时神知，定会大喊：老妈，您悠着，我自己出来！

渐渐长大了，意识中略知美中不足后，也不知从何时起，他便留起长发，以遮掩后脑勺的缺陷。

上天是公正的，给你一副好皮囊的同时也会给你一点点缺憾，好在这个缺憾还算不上是缺憾，完全可以用浓厚的头发掩饰过去。

唐扁可以说基本上是爷爷奶奶一手带大的。

由于唐万军要经常出差，根本顾不上家，而陈玉兰很是珍惜这份来之不易的工作，在家的时间也不多，加之唐万军父母十分疼爱孙子，因此，养成了小唐扁任性调皮捣蛋的性格。

在唐扁读三年级的时候，已经退休、平时身体健康、爱喝点小酒的爷爷唐书楷突发脑溢血，急送医院抢救，三小时后，医生宣布死亡。

得到消息赶到医院的陈玉兰哭得死去活来，比婆婆杨老师还要悲伤，实在是公公婆婆平日里对她非常非常好，陈玉兰甚至产生了自己就是二老的亲生女儿这样的错觉，以至倒是婆婆反过来劝她节哀。

得到父亲病重的消息时，唐万军正在外地，连夜坐火车心急火燎赶回来，已是两天后了，一番悲伤后，按当地风俗把父亲火化了。

小姑唐誓忠——不，唐书香也来了，名字改回来了，人也像是换了一个，在哥哥灵前亦是一番悲泣。

在要不要把骨灰盒安葬到公墓的问题上，母亲与儿子有了争执。

唐万军的意思是把骨灰盒葬掉，让父亲入土为安。而母亲的意愿是把骨灰盒放在家中，让自己守着老伴三年，三年后再去安葬。见儿子执意要去安葬，母亲气得直掉眼泪。

陈玉兰见了，抹着泪劝说唐万军顺从母亲意愿，毕竟二老相濡以沫，风风雨雨走过了几十年，这人说没就没了，连服侍一下的机会都没有，感情上一下子接受不了。

杨老师把老伴的骨灰放在了自己和他生前睡觉的房间书桌上，并在前面插上了两支电蜡烛，它们闪着淡红色的微光，仿佛是老伴有些昏花的眼睛在望着她笑。然后她又放上了几本老伴生前喜欢读的书，以及几本教科书，做完这一切，她才感到其实老伴并没有走，冥冥之中还在伴着她。

本来陈玉兰看婆婆整日伤心，不想让她再管孙子，婆婆却说没事。如今老伴走了，孙子再回到他母亲那里，她就更加孤单了，再说唐万军基本上不着家，陈玉兰工作又这么忙，孩子还是让她来带，自己是老师，学习上也可以指导一下，况且孩子也大了，吃饱穿暖做作业，比较好管。

虽然是在一个城里，唐扁当然更喜欢住在奶奶这里，其他的好处不去说它，光是在自由这一点上，就让人快乐无比。

自然，少年不知愁滋味。

爷爷去世不到半个月，唐扁就把爱他疼他的爷爷忘到天旮旯胡同去了。

此后最出格的一次，唐扁和几个同学一起去掏鸟蛋。

春夏之交，正是麻雀孵化下一代的季节，唐扁他们借来竹梯，架在老房子的屋檐上，看到哪条檐檩口有稻草露在外面，就上房一阵揭瓦，于是一窝窝的麻雀蛋便成了他们的战利品。

那一次，几个人掏到了一窝翅膀已经开始长出羽毛的小麻雀，于是便分了分各自拿回家。

回家后，唐扁怕奶奶又要教育他要爱护每一个小动物，为了不让奶奶知道，在家里找来找去，没有地方感到安全，眼光扫到书桌上，发现了爷爷的骨灰盒，于是便费劲地打开盖子，把麻雀放了进去。

半夜里，可能在盒子里憋得难受，麻雀在里面钻来钻去，发出"嗦嗦嗦"的声音，隔一阵响一响，隔一阵响一响，把个奶奶从梦中惊醒，细听竟是老伴那儿在响！吓得她心都快跳出喉咙来了，坐在床上一个劲地叨念："老伴，别吓我……别吓我！"急得眼泪都快出来了。

这时，唐扁也醒了，瞌睡蒙眬中看到奶奶的样子，知道是自己无意中的恶作剧闯了祸，连忙去把小麻雀捉了出来，招来了重话都舍不得对他说一声的奶奶狠狠一记屁股打。

后来唐万军知道了，把个儿子一顿揍，就是陈玉兰也数落着儿子的不是，逼着他向奶奶道歉。

在县城的一年四季里，春天，与几个要好的同学放学后跑去周边农村的水沟水田里抓小鱼捉泥鳅，往往滚一身泥浆；夏天，粘蛛网上树逮知了是小孩子最大的乐趣；秋天便和同学一起去偷挖农民地里的番薯吃，生番薯吃得泻肚子；冬天，则是踩冰堆雪人，摔跤打架的日子。

无忧无虑、自由散漫的县城生活让唐扁的童年少年生活过得有如得水鱼儿，说实话，跟父母转学到市里，初始还真有些水土不服。

好在唐万军与人做生意打交道那一套见风使舵、结交朋友的功夫算是彻底传给了儿子，不长时间，大部分男同学就以他马首是瞻，女同学则为他意气风发的少年风采所吸引，因此，唐扁在同学中颇有号召力，就连班主任和任课老师以外的其他班级老师，也记住了唐平这个名字。

长大成人后，唐扁的同学中倒是也出了几个能人，有企业家，有私企老板，有金融系统高管，为后来唐扁选择的工作创造了不少条件。

这是后话。

自从发生了"麻雀事件"后，唐扁一度乖巧了不少，学习也变得认真了许多。

说起唐扁的学习成绩，做父母的一直头痛，你说他笨嘛又不笨，不知为什么，老师课堂上讲的课能够理解，课堂提问也都回答得出来，可是做起试卷来往往是错误连连，此种现象，甚至连班主任也无法理解，只能归咎于他年少贪玩上，因此开家长会时，老师总要一遍遍与陈玉兰沟通，让她在家里一定要配合学校加强对孩子的教育。

功夫不负有心人，在学校和家庭的共同努力下，唐扁最落后的数学成绩总算是慢慢地追赶了上来，这让大家看到了希望。

说来也怪，虽然奶奶和母亲给唐扁的爱最多，父亲与他相处的时间最短，给他的训斥也最多，可是不知什么原因，唐扁最服帖的反而是父亲，和父亲也最亲近。

对奶奶和母亲，唐扁只是在讨要零花钱时才唯唯诺诺，至于她们不厌其烦、心心念念教他的诸如要好好学习，不要太贪玩，更不许打架等话语，他一概当成耳边风。

唐扁最喜欢的是听父亲在家中讲一些他在全国各地出差时听到的或看到的各种奇闻逸事。有一次唐万军讲到在山城重庆遇到的一桩奇事，唐扁听得津津有味，更加佩服父亲。

"那天凌晨，我一个人打车到朝天门轮船码头，准备坐船去汉口，下车后，提着行李箱要步行几百米到江边坐船。此刻黎明前的黑暗中，伸手不见五指，路上只有寥寥几人在匆匆赶向江边，几盏昏昏的路灯发出豆花大的惨淡微光。'谁的钱包掉了？'一声沙哑的询问在身后几米处响起。我转头一看，身后除了一个正在弯腰捡一个鼓鼓囊囊的钱包的长发青年外，四周并无一人。我心中暗想，不会是我的吧？不过自己刚结的两万销售款就放在手中推着的行李箱中，钱又没脚，根本不会自己跑出来。肩上背的挎包里只有一点零钱和一些吃的东西，不可能掉的。"

唐万军说到这儿，吸了口烟，喝了口茶。唐扁紧盯着父亲，急切地想知道后面是怎么回事。

"这时，身后那长发青年举起钱包主动问我：'这位同志，钱是你掉的吗？'此刻，我脑中第一个念头是：怎么可能？我根本没有这种款式的钱包。我刚要回答不是我的，那人马上接着说：'不是你的？不是你的最好，那咱们今天发财了！见者有份，这包里的钱咱俩一人一半，公平起见，现在咱们看一看，里面有多少钱。'说着，长发青年'咻'的一声拉开包，我探头一看，嗬，好家伙！厚厚两叠钱，全是崭新十元票面的，用牛皮筋扎得紧紧的。此时我心动了，说：'那你快点分，爽快点，一人一叠好了。'长发青年拉好包，贼头贼脑地说：'嗨，这里灯太亮，咱们到暗一点的地方分。'说着，拿着钱包往旁边一条漆黑的小路走去。当时我竟也鬼迷心窍、鬼使神差地拖着行李跟了上去。这时身后传来一阵急促的脚步声，一个光头青年匆匆跑了过来，问我，有没有看到一个钱包，并用双手作了个手势，这样大，这么厚。我要分他的钱，我当然说没有。他又去问长发青年，长发青年自然也说没有，而且还拍拍身上，表示自己身上确无钱包。这时我发现，长发青年已把钱包不知藏到哪儿去了。于是，光头显得很焦急，快速向黑暗小路上奔去了。这时长发青年露出有些害怕的样子，把那个藏起来的钱包又拿了出来，把包塞给我，说怕光头再回来，包里的钱估计有一万，全归我，叫我另给他五千，马上各自走路。——后来说给知其路数的客户听，他们跟我讲，其实这叠钱除了底下和面上两张是真钱，中间的都是白纸！这种疑点重重、漏洞百出、丢包分钱的诈骗套路放在如今，人人识得，可在八十年代初期却是初出江湖，搅风搅雨，诈得不少贪小之人跺脚连连。"

"那你把钱给他了吗？"唐扁听得心急，插嘴问道。

"怎么会？老爸我是什么人？我把包塞还给长发青年，对他说我也没钱，这钱我不要了，我还要去赶船。我拉起箱子就要走。此时，光头青年又跑回来了，说前面没有钱包，肯定是我和长发捡走了，并要检查我的包，怀疑是不是我捡到藏好了。这更坚定了我对他们两个是连档骗子的想法，骗不成功要打劫了！今天不翻包看起来走不掉了。我边拉挎包边对他们说：'我出差回家，差旅盘缠早已用空，真的没有钱，不信你们自己翻吧！'我想起挎包里还有一把削水果兼防身两用的短匕，我拉开包链，在他们两个目光睽睽下，把短匕紧紧抄在手中，跟光头说：'翻吧，有没有你的钱。'此时，我全身肌肉绷紧，神经高度紧张，紧盯着他们两个的动作，心中早已做出决定，如要动我行李箱，先下手为强！这一下，许是唬住了他们，两人你看我，我看你，愣了愣之后，光头悻悻地说：'没有就算了，我再去其他地方找找。'我不再理他们，顾自拉上行李箱走了。经过站在远处看戏的几个人身边，听到他们在窃窃私语，说他们两个很少失手的，今天不知为什么……"

听到这里，唐扁对父亲崇拜得五体投地，竖起拇指连连说："爸，你厉害，你真的厉害！"

陈玉兰听得后怕不已，攥紧拳头，等到放开，手心里全是汗。她万分担心地说："以后碰到这种情况，你理也不要理他们，我们没有钱，我们也不要别人的钱！"

"哈，还有下次？你想碰都碰不到！"唐万军哈哈一笑。

从此，唐扁便知道了，外面还有一个比学校、比县城还要大得多得多的江湖。

32

一颗石子拖着一条燃烧着的闪亮尾巴划过天空。"穹曳"的名字大概就是这个意思。沈穹曳父母给她取这个很 Man 的名字的用意，估计是要让她像个成功男人一样在天空中绽放吧。穹曳下面还有一个妹妹，叫穹虹，听起来总算有点女孩子的味道。

穹曳出生后，父亲一看是个女儿，下定决心再生一个儿子。

于是，就有了穹虹。于是，穹曳父亲悲天怆地。

父亲一心想把穹曳当成儿子来养，给她取了个男孩名，从小穿男孩衣服，理男孩头，甚至鼓励她在学校里遇有男同学欺负便与之打架，不要害怕他们，也不必去告诉老师。无奈父亲这一套在女儿身上根本行不通。也许是从小读懂了父亲眼中对自己的失望和不喜欢，穹曳变得能干乖巧不善言辞。抢着做一些力所能及的家务活是为了使父母开心；听话、顺从父母是为了讨他们欢心；少说或者不说话则是因为在家中很少有她说话的时候，甚至不如妹妹穹虹话多，以致使舌头也有些变厚。

初中毕业高中没考上，她觉得人生很灰暗。父亲说："没考上也好，就不去读书了，你一个女孩子，读出书来还不是一样嫁人生孩子，有什么用？不如跟我们一起去卖水果。"

父母经营着一个稍微有些大的水果摊位，水果生意的利润也还不错，他们忙忙碌碌一年，也能挣到一万多块钱，比在单位里上班每月拿几百块工资的工薪族强太多了。而穹曳却一点也不喜欢卖水果，讨厌甚至厌恶水果，实在是三天两头吃烂水果吃得恶心了，以至于产生了条件反射，一看见水果就要吐！水果吃的是新鲜，卖个几天下来，免不了要有滞销的品种剩下来，于是父母把那些有烂疤或将要有烂疤的水果削去坏的部分，剩下的打折处理。实在处理不掉，就再削掉一些自家吃，烂货多的时候，全家人甚至拿来当饭吃。穹曳对这个味道真的受够了！到后来，一听"水果"两字就想逃。

叫她去卖水果？还不如叫她去死！可是，她不能说，在家里更不能也不敢露出点滴反抗的苗头来，她十分心焦。

在父亲说过让她去卖水果的话后几天里，她单薄的身影无目的地踟蹰市区街头，心情糟糕透了。直到那天她来到环城路，来到陈玉兰的店门外，看着老板娘忙上忙下，额上沁出汗珠，心中一动，便毛遂自荐，问也不问每月多少工资。

勤快能干听话的沈穹曳没做几天就深得陈玉兰喜欢，给她开了月工资两百元，乐得小姑娘说了好几遍谢谢老板姐姐。

"你叫我什么？"陈玉兰问她。

"老板姐姐呀。"沈穹曳道。

"你应该叫我阿姨的，我和你爸爸妈妈差不多大。"

沈穹曳一愣，马上说："老板姐姐，你这么年轻好看，比我大不了几岁，还是叫姐姐吧。"阿兰又笑，心想，这小姑娘长相一般，人倒是蛮会做的。

随她去叫吧，有哪个女人不喜欢自己越活越年轻呢？

33

进货，广东话称为"罗货"。过完春节，陈玉兰就催丈夫趁早上南方广州去看一看，罗点夏季货回来，填充针织服装销售的空窗期。她说，虽然我们这里也被称为南方，那只是相对于长江以北来说的，相比之下，广州才算得上是真正的南方，我们这里还是春寒料峭的时候，广州早已是春意盎然了。既然是决定了要去做的事情，宜早不宜迟。

在要不要带现金去广州的问题上，两人有不同的意见。

按唐万军的意思，身上带个一两万现金，一旦有中意的便宜的好货，就能马上下手成交发货。而陈玉兰认为，第一次去广州，人生地不熟，身上带这么多现金很不安全，而且听说广东沿海一带治安很乱，一旦出事，钱倒还好说，人可不好说了。陈玉兰说："你就带个空存折去，随身带点现金，够开销就好了，反正又不急着卖货，你只要看着好的，谈好价格打个电话过来我马上给你打款，要多少，打多少，今天打，明天到，很方便的，做生意嘛还是稳妥点好，尽量不要出差错。"那个年代，银行只有存折一说，汇款还是很慢的，而且还要收取一定金额的手续费，跨行汇款的话还要多，不像现在银行也多，这个卡，那个卡更多，随打随到，有的在规定金额内跨行汇款也免手续费。

实际上，唐万军有他的小算盘，常听人说南方比上海开放，香港澳门那一套灯红酒绿，声色犬马，早就传了过来，实在想去见识一番。唐万军以前在厂里吃的也是衬衫饭，全国各地算是都跑遍了，可就是没去过广东，因为广东气候炎热，一年四季都可以穿衬衫，所以当地的衬衫厂多如牛毛，全国十件衬衫里有五件是广东生产的，因此厂里的货根本没有必要到那儿去竞争，否则肯定死得很难看。见世面少不了要撒钱，如今陈玉兰以安全第一这把软刀子，无声地在他这块磨刀石上磨了磨，磨得他心头寒生起一片连环刀影。

现在有了点小钱，那种需要在挤得水泄不通的车厢里熬过 25 个小时的座位票就不买了，充斥着脚臭、汗臭、屁臭的硬卧也不坐了，四个人一间的软卧，虽还有各种杂味熏来，终究是舒服多了，可以一觉睡到目的地，想想有钱总归是灵光的。

下车后，已是第二天中午，找了个广州老土地问了下，老土地介绍说，广州卖各类服装百货小商品最大最有名的是越秀区西湖路上的西湖夜市。打了个的，沿着集广州文化、娱乐、商业一体的北京路往北行驶。一路上到处是人头攒动，车行如蜗牛。

听的哥介绍，北京路全长 1.4 公里，是广州最繁华的商业集散地，有广州最大的百货大厦、新大新公司、著名的时装商场，日均人流量 30 万，节假日 50 万，高峰时可达到八九十万，周围还有南越王宫、博物馆、广州大佛寺等游览胜地。的士在人群中不断鸣着喇叭，七扭八甩，来到北京路中段离广卫路不到 600 米的中段拐了个弯，来到了西湖路。两三年后，唐万军再来广州时，车子只能绕道了，因为广州市政府已经把北京路改造成了步行街。

北京路是南北朝向，西湖路则是东西朝向，全长也有 0.5 公里，宽更是有 13 米。西湖路东头连接北京路，建有好几座大型百货公司和商业广场，大量散发着诱人的各地风味的食肆，以及数不清的服装鞋业店铺。西湖路往西连接起义路，西段主要经营西服和各种服装模特。繁华程度，比起上海南京路、淮海路来有过之而无不及。

唐万军在起义路上找了家旅店安顿下来，这里相比闹市区要清静一些，时间还早，便洗了个热水澡，摸出烟来，点燃一支，猛吸一下，顿时神清气爽。歇了一小会儿，决定去外面走一走看一看，初步了解一下市场行情。她先去百货公司转了一圈，专门逛了下服装柜台，一件非常漂亮，做工十分精致的亮黑色蕾丝边的吊带短衫引起了他的注意。这件标明是真丝的吊带衫明眼一看，无论设计裁剪做工都真心不错。一看标价，888元！一个大城市普通工薪族大半年的薪水。让营业员拿过来，放在手里感受了一下，柔滑、凉爽、溥透，轻轻一捏衣角，摊开，一点不起皱。绝对不是真丝！但质地却比真丝手感好得多，这样的混纺技术也真的是没谁了，一看标牌，Fabrique en france。法国产的。

唐万军慢慢踱到其他柜台。来到一个男装柜台，让营业员拿了件港板T恤，无论是材料，还是做工，抑或颜色花纹搭配，都堪称上品，一看标价298元。心中思道，回去时买几件样品去，让小镇上照样仿造，就算质量差一点，单凭这些新款样式，卖开的话，估计也能大赚。

从商店里出来，唐万军在街两边的服装商店里来回穿梭着。马路两旁的各种服装店铺服装款式就要多得多了，不像百货大楼都是专柜，品种分类细到。这里的店铺大多也开始在慢慢换季卖夏季产品，同时当季产品也不少，更有许多针织类服装，确实不错，大的数款式见都没有见过。由于针织类产品快要过季，商家已经开始在打折出售，批发的话还可谈价钱。唐万军问了几家商铺里针织服装价格，还挺便宜的，有些甚至低于从当地小镇上进货的价格，款式相对小镇货来说也非常时髦。

唐万军心中一动，拿出电话，与老婆商量了一下，当即买下了十几个在小镇上还没有见过的款式，让厂家打了个小包，写上地址，告诉他们自己是做批发的，如样品反映好的话，下半年可以把生意做长做大，从而让店家免了邮费把样品从邮局发往家中，同时告诉阿兰给自己打钱过来。

做完这一切，继续逛街。虽说广州天热，三月的天气还是有些凉意，可几乎所有店家的模特胸片上，都已经套上了各式各样夏装，并在上面别一个大大的纸牌："内有最新香港爆款，大佬快来睇一睇！"广州的服装，绝对紧跟世界潮流，因为广州对面就是香港。

世界服饰潮流的领头羊是法国巴黎，只要巴黎一有流行款，第二天香港就上市了。而只要新款一到香港，原版两天后就能出现在广州北京路西湖路各家商店。这速度，简直令人匪夷所思。瞄了一下这些服饰上的标价，有些惊人，自忖如自己买一件来穿，也要肉痛一阵。"这些店里的东西好是好，拿回去肯定也好卖，只是钱是绝对赚不到的。"到底那时有钱人不多，唐万军暗思。

听旅店里的人讲，夜市上的服饰也都很新潮很流行，与大商场里的不相上下，最最关键的是价格，绝对便宜，便宜到你想不到，你们拿回去百分百赚大钱。做了这么多年的销售科长、副厂长，唐万军早就养成了一个好习惯，每到一地，不急着办事，先大致了解一下当地的市场销售情况，以及吸引消费者购买的是哪些品种。不要看这些啰啰唆唆的小事情，这对自己的正确判断会起到相当大的决定性作用。以前为公家做事认认真真就业绩，现在为自己做事，直接关乎自家的生存问题，更要心细如发，出不得半点差错。

在消费者眼中，店里模特儿身上穿着的是一件件时尚靓丽的潮服，而在他眼中看到的却是一沓沓的人民币。

晚上五点以后的这个西湖夜市，唐万军有些期待。

34

晚饭，唐万军吃了一份煲仔饭和一份广州靓汤，味道偏甜了一点，但确实不错，吃完喝完，擦干净了嘴巴，居然还感到有点意犹未尽。

此时，宽宽的马路两旁早就停满了小三轮和手推车，成百上千的摊贩正在把车上的活络插管、帐篷顶、电线灯泡等材料往下搬，先来的人已经开始在两米宽的自家地盘上支起了临时摊位帐篷，拉好了电线。

广东是改革开放的前沿阵地，小平同志南方视察工作后，各种私企，私人作坊，个体经营，小商小贩如雨后春笋般地冒了出来，并且迅速形成了一个个杂乱无章的地摊式个体交易市场，一发而不可收。越来越多的人渴望致富，越来越多的下岗职工加入这个队伍，免不了引起市容市貌、环境卫生、交通安全等棘手问题。广州市政府因势利导，于 1984 年 5 月在西湖路（那时还叫西湖街）开辟出了这样一个有着一千多个摊位的马路交易市场，这样一来，既能让个体商贩安心做生意，又便于集中管理，还能最大限度地减少各种治安、交通、卫生等令人头痛的问题。市政府鼓励支持商贩摆摊做生意，还可以从收费上体现出来。一个摊位每月只收 30 元钱，每晚用公家为你拉好的电，每月只需付 5 元钱，这点开支对每晚要做上几百几千甚至上万生意的摊贩们来说，确实是个利好。

西湖街灯光夜市是广州最早开设的服装批发零售交易市场，市场简直就是剁手党的天堂，无事到这里来逛逛，总能找到你喜欢的服装款式，然后在与老板砍价中，发力砍下一半的价格，这时你就会感到极大的满足，心情愉悦，无比快活，整个砍价的过程心理舒适程度甚于购物，真是一个神仙来了也要笑的好去处。随着改革开放的深入，一两年后，继西湖街夜市后，全市又陆续开出了十几个夜市，大量潮流、廉价的各种各样的服装从这些地方流向全国各地，带去了扑面的阵阵改革春风，带回了发家致富的滚滚金元。

唐万军吃饱喝足，慢慢地自西往东一路走一路看。五六百米长的宽阔马路上已经是一片通明，反正电费每个摊位包的都是 5 元，那我就用个大支光的，家家如此，照得整条西湖街亮似白昼，摊位里的商品哪怕有一个疵点也能看出。你打开窗户说亮话，我点亮灯光做生意，咱明着来。

西湖街西面大多摊位都是卖牛仔裤牛仔服的，唐万军还是第一次听说把劳动布裤称为"牛仔裤"的。家乡的劳动裤用的都是挂了浆的粗硬的"劳动布"，缝得宽宽大大，挂裤裆，筒脚管，十分难看。而这些牛仔裤除了上窄下大形似喇叭的喇叭裤，基本上都是"笔套管"，很瘦，粗眼一看，不禁让人怀疑两条腿能不能伸进去。蹲下身子一摸，料子柔软，拉了拉，似乎还有很强的弹性。裤子上有的地方好像洗过多次，都有点变色，有点像做旧的味道。问老板，这是什么布料做的。

老板扫了他一眼，告诉说："这是牛筋布啦，织布时候掺了牛筋的，雷（你）看看，十几遍砂洗都不破啦。"

"砂洗？用砂来洗新裤子？"唐万军诧异地问。

"雷不懂，砂洗过的裤子穿起来好舒服的啦，怎么样，要不要买条去穿穿？"

唐万军有点心动。仔细看看，女裤居多，牛仔裤紧身裹腿包臀，年轻女人穿上它，两条大长腿说不尽的妩媚性感，怪不得有这么多女人喜欢穿它。当然，男人穿上更显身材挺拔修长，翩翩少年，俊朗飘逸。唐万军瞅了一眼开始熙熙攘攘起来的人群，竟发现有很多年轻男女穿着牛仔裤在来回穿梭，尽显年轻朝气，充满活力。他挑了一条男裤一条女裤，问道："老板，多少钱？"

卖牛仔裤的老板看上去比唐万军要年纪稍大，头发开始谢顶，打量了一下他，笑吟吟说道："兄弟，雷是今夜第一个客人，便宜点，两条 300 块好啦。"

300 块，两条裤子 300 块！一个上班族三个月的工资。唐万军摇头，不是买不起，只是觉得谢顶这把刀太锋利了，堪比剃头刀！他放下裤子，道："太贵了。"

"那雷说多少？"谢顶老板一对小眼珠子射出两道狡黠的光，盯着他问。

在生意场上跌打滚爬了这许多年，唐万军怎么会看不出这两道目光中所包含的名堂。"两条100块，不卖拉倒。"他很干脆地砍去三分之二。本以为要经过一番艰苦的讨价还价的拉锯战，也做好了再加50块的思想准备，谁知谢顶老板相当爽快，一口答应："好好，算雷好运啦，碰到我个好人，要多大的啦？"

"两条都是加大号！"

"OK啦。"老板回答着便挑了两条加大号男女裤麻利地放进纸袋递给他，接着唐万军付钱，一笔生意成交，简单得让他一直在疑虑，自己是不是吃亏了？价格还没有还到底？

停停走走看看问问，灯光下，整条西湖路上早已是人头攒动，摩肩接踵，各个摊位都在传出讨价还价的嘈杂声音，汇成一股呜噜呜噜的嗡鸣，有如几万只饥饿的蝗虫从低空飞过，在整条路上轰轰作响。

逛到东段，入眼一色的夏装，一梱梱的白色圆领短袖老头汗衫，在这里被称作文化衫、广告衫，问了一下，几乎全都是批发的，买主一般都是批发商或者大型企业和一些文化单位，几十上百打的批回去，可以随心所欲地在汗衫的胸前背后印一些时尚流行的图案或宣传文字。

唐万军是吃服装饭的，对这种汗衫的生产自是很清楚，一台圆桶形高支织衫机在无故障的情况下，一天可以织四五十米衫布，一个熟练裁剪师傅可以把这些能裁几百件的衫布一天裁完，接下来两个工人加两台进口五线包缝机加加班一天差不多也能把裁下来的汗衫全部缝完。这些汗衫十打起批，价格便宜到令人咋舌，只有20元一打！想起刚才在商店里看到的印着澳门大三巴图案的一件文化衫，标价38元，除去几块钱印花费，一件文化衫其中的利润实在惊人。不过这种文化衫、广告衫估计便宜是便宜，可放在家乡还不怎么有销路，拿回去销不动积压在仓库里就得不偿失了，因此也放弃了向老板询问最低批发价的念头。

唐万军逛到卖女装的摊位前，每个摊位的地上、小凳子上，堆满了套着各种款式五颜六色的女装胸片，上面都写着大大的"新款"两字，放眼望去，端的是色彩缤纷，鲜艳夺目，像磁石般吸引着无数女性顾客驻足评赏、抚摸、比画、询价，爱不释手，脸上享受之情溢于言表。忽然，他发现了一个专卖吊带衫的摊位，在几十个吊带品种里，放在最显眼处的一件吊带衫样板居然和刚才在百货公司看到的那件法国货一模一样，他有些震惊，地摊上也卖法国货吗？摊主是个年轻姑娘，紧身四扣鹅黄小衫敞开，坚挺的双峰撑空黑色的这个款式吊带衫，配上一条浅蓝牛仔裤，凹凸有致小巧玲珑，面部五官端正，双唇紧赶时髦涂得鲜红，眉毛剃掉然后重新画上一对弯月，说不上美，却极显清爽精神性感。他不由多看了几眼。小姑娘用身体在很好地诠释自己卖的吊带衫，这让许多男顾客路过都忍不住要立停观望一番，赏衣，赏人。唐万军指着穿在胸板上的那件问姑娘："老板，这个怎么卖?"

"老细（板）好眼力，这是刚出的新款啦，一百块一件。"姑娘说话声音好听，就像在唱粤语歌。

一百块，这么便宜！唐万军有些不相信，蹲下身去，拿起胸板一摸吊衫质地，这才了然，这面料与百货公司那件面料简直是天壤之别！怪不得这么便宜。再细看做工，针脚虚而浮，看得出，明显是为了加快生产速度而放松了缝机针脚。再看蕾丝边，也是较粗糙的压制品，并非是编织出来，而是机器缝合到吊带上去的，不像那件法国原版，是一针一针手工缝上去，从外面看，根本看不到针脚，整件吊衫镶边浑然天成。而且染色也不是很纯正，一闻就是化学染料染的，不似百货商店营业员说的，正宗法国货都是用天然植物染料染色，闻上去有股绿叶味。

贴身的衣服当然最好是各个成衣环节都是天然材料，这个道理许多人都懂，但却纷纷在金钱面前止步，退而求其次，这也是非常无奈的举措。

35

"批发价呢?"唐万军问。

"雷要多少?"小姑娘反问。

"1000件。"他往大了说，想探探她的底。

实际上，他吃不准，刚刚告别单色调的家乡人能否接受如此温湿靡靡的南风。不过，总要有第一次吃螃蟹的勇气，畏畏缩缩做生意是根本赚不到钱的，这个道理他懂。

略微沉吟一下，小姑娘抿了抿鲜红的嘴唇，开口说："80吧。"一看就有些犹豫。

"40！"他直接来了个腰斩。

"不行不行，不卖不卖！"小姑娘像被人踩了一脚，尖叫起来。

"你给生产厂家打个电话问问看，不问怎么知道人家卖不卖?"

"我们己给（自家）生产的，唔系问。"小姑娘坚决道。

"45，多一分也不要。"

"50，少一分也不卖！"

"小姑娘做生意真厉害！呃……能不能再让一块?"唐万军装模作样，内

111

心却很满意，这个价格达到了他的预期。

“不能！”口气斩钉截铁。

“第一次碰到你这么精的老板，算了，吃亏点就吃亏点。”他故意说。

草签了一张订货协议，数量、颜色、规格……约定一个星期后，店家保质保量交货。

唐万军问她能不能缝一个法国产的品牌商标，她说能提供，但要另外付钱，并需要客户自己去缝，他们厂家不担这个造假风险。

在改革开放的初级阶段，国内生产的很多劣质商品，争相仿冒国际品牌，尤其是服装这一块，各种国际国内名牌满天飞，羞答答的，打个擦边球，直接点的，干脆赤裸裸打上名牌商标，消费者掏了高价钱买了假货，根本无处去诉说，说了也不会有人来理你，有人理你了也不会去认真处理。这是改革初期的阵痛。

付订金的时候，小姑娘口中“空咚空咚”的广东话听起来全是抱怨，最后说了句他倒是听懂了：“我们揾食也不容易的啦。”

揾食，在广东话里包含有挣钱吃口饭、做生意的意思，你不容易？难道我们就容易？

“大家揾食都不容易。”他现炒现卖，对小姑娘说。小姑娘朝他噘了噘红唇，两道画眉朝上一弹，瞪了他一眼，那样子，好似一个没吃到棒棒糖的小女孩，一脸委屈，他忍不住转身暗笑。

“好啦，电话号码给我，我回去卖得好，你厂生产的东西我包了啦。”他回头跟她开玩笑。

小姑娘给了他一张名片，他一看，上面印着几个简单的字：广州巴黎时装，林琳。下面一个区号加电话号码。

唐万军吃了一惊，在公家做了这么多年的科长、厂长，自己从来还没有使用过名片，总觉得名片是领导阶层的专利，不止一次看到领导阶层身边的秘书递了个名片过来，接名片的人哈着腰恭恭敬敬双手接过，嘴中还要道谢，认为接过领导阶层的名片是一种万分荣幸。而小人物是不会、不可能、也没有资格使用名片的。可现在接过小姑娘从一盒名片中随手取出的一张，递过来时那毫不经意的动作，使他感慨时代确实在变。

一个小摊贩，一个小姑娘，更使他恍恍然觉得开放的广东确实已经走在前面了。

这时，小姑娘的摊位前挤满了女孩子，在看各种款式的无袖衫、汗衫、吊带衫，叽叽喳喳评头品足最多的是他订的那件盗版吊带衫。

在改革初期，保守了这么多年，敢穿吊带衫的女孩绝对称得上勇敢，看着这些女孩子眼中闪着兴奋的光芒，一个个遏制不住对美丽的向往，在对这件挂牌100元的吊带衫一番评头论足后，纷纷开始掏钱。

唐万军在边上看了一会儿，觉得自己的眼光还是厉害的，如果让陈玉兰去卖，绝对不止卖这个价格。

唐万军随着人流，信步往东边走去。东边的摊位上，专卖男式体恤的占了大多数，剩下的摊位专卖女款，与林琳卖的货大同小异，也有一些卖针织服装的，男女款都有，款式看上去都不错。走过去看过去，停停问问，走到尽头再折返回来，心中便对各种T恤的款式、花型、做工、质地有了个大致的了解。其中不乏让自己心动的产品，不过他不急于当场下手，家乡离销售夏季服饰尚早，只是跟自己感兴趣的专卖T恤摊位要了名片，准备隔天再来看看，另外，还要等老婆的汇款。

唐万军回到旅店，跟陈玉兰通了电话，把自己在西湖街的所见所闻通通向她汇报一遍。不知怎么一回事，自从做了生意后，自己变得十分听从这个以前对生意一窍不通的老婆的话，好像她说的做的总是有道理、是对的一样。有时他也想不懂，按道理陈玉兰怎么也要听自己这个吃了十几年服装饭的内行的，凭什么要自己反过来听她的？变成外行领导内行，实在是百思不得其解。

唐万军走后这一阵子，陈玉兰忙得简直不可开交。开了年，零售生意出奇的好，每天深夜要打一个多小时电话联系各个厂家第二天一早开车补货过来。三个门店营业时间已经延长到晚上十点，等市区南北两个门市要补的款式、颜色、尺码汇总后报过来，在总店这里统计好，早已是过了半夜十二点。

好在沈穹曳这个小姑娘不知疲倦地能干，并且手脚麻利，打烊后，她会迅速把当天的销售品种数量表格细致地合计出来，并把销售款分毫不差地交到陈玉兰手中，使得陈玉兰省了不少心思的同时，不觉对这个小姑娘另眼相看起来。

"小沈，这500元给你，这几天你也辛苦了，去买点好东西吃吃。"陈玉兰从营业款中数出500元，塞到小姑娘手中。

"这个……这个……老板姐姐你太客气了，你已经给我加了工资了，再给我钱，我不好意思拿的。"沈穹曳涨红着脸，捏着钱显得有些手足无措，略显稚气的脸上没有一丝虚假。

陈玉兰欣赏地看着她稚嫩的样子，心里真心地喜欢她。"拿着吧，好好干，姐姐不会亏待你的。"她笑眯眯地摸了摸小姑娘的头，心情愉悦地说。

"谢谢老板姐姐！那我就不客气了。"沈穹曳收好钱，十分乖巧地一再道谢。

"嗯，你回去休息吧，叫个车，明天多睡一会儿吧。"

"那我回去了，我家离这里很近的，不用叫车，明天我老时间来，我不累的。"

陈玉兰一切忙好，刚回到家中，就接到了唐万军的电话，怕吵醒已经睡着的儿子，便进入房间关上门，压低声音与他通话。

电话里，唐万军对她说，过几天有一个下半年的针服样款邮包要到，让她过过目，哪些样款有销售前途，挑出来，准备提供给厂方，下半年订货生产。然后又说自己订了1000件巴黎时尚吊带衫，很漂亮的仿制品，一个星期后取货，让她明天一早汇款过来。

"汇多少？"陈玉兰问。

"嗯……20万吧。"他思忖了下，说了个数字。

"这么多？讲好今年夏天试试的，当心不要把资金压在夏装上，说到底，下半年的生意才是正道。"陈玉兰在电话这头告诫道。

"我知道，赚钱的生意都要做，管它夏天冬天，等款子到后我还要去进T恤，已经看好了，这里的东西真是又好又便宜……"

"好，我知道了，明天一早汇款。"陈玉兰打了个哈欠，结束了通话。

两天后，汇款到了。

唐万军晚上再去灯光夜市，辗转几个摊位，一番讨价还价，把价格压到自己的心理价位，甚至以下，然后把先前看中的那六个男女T恤每个款式各订了3000件，货款总计50多万元，每个品种各预付了第一批500件货款，跟摊位老板谈好，接下来的付款方式按货落地头结算。虽说还不知道夏装的销路到底如何，究竟好卖不好卖，但他相信自己的眼光，熟知家乡的市场，还有十几年积累下来的销售经验，以及隐隐的商业预感，他坚信这批夏装一定可以为他带来丰厚的利润，这是一个真正生意人敏锐的洞察力，也是他时刻引以为傲的资本。签好合同，在合同中讲定，以后销售好的话，他打电话来要求添货，对方必须优先及时发给他。有钱挣，谁会拒绝？老板们喜笑颜开连连点头答应。见到他第一次来订货，一出手就是大手笔，且每单3000件起，摊位上自产自销的老板纷纷巴结他，请烟递饮料，这样一来，他压起价来也顺理成章，容易得多了。

厂家生产要一段日子，好在反正他也不急。定好第一批货发货日子，交了订金，当然，质量是要放在首要位置的，厂方一定要把关。

办妥了这一切，本该回家了，可一想到香港、澳门近在咫尺，却不能去转一圈，不免心头升起一丝遗憾，继而一阵阵无力感袭来。祖国的领土，却不能自由踏上去，这算怎么一回事？他忍不住又要爆粗口。听人说，澳门有个葡京大酒店，里面装潢得金碧辉煌，如皇宫一般，各种各样、层出不穷的赌法，吸引着无数赌客，注明各种面额的筹码像潮水一样，一会儿涌过来千百万，一会儿退回去百千万，里面参赌的人聚精会神，在进行各种小赌，大赌，豪赌！有人一夜成为富翁，亦有人半天成为穷光蛋，刺激得人人像着了魔一般疯狂！光听听就让人热血沸腾！这个地方早晚得去感受一下，他很神往。

36

家里的生意这段时间却出奇的好，陈玉兰忙得不可开交，每天都要到深夜，拖着疲惫的身子回家，有时澡也懒得洗，一进家门就进房间，横到床上，立即响起鼾声。至于儿子，也根本无心无力去管他的学业，只是每天塞给他些钱，叫他自己随便去外面买点喜欢的吃吃，有如野放的山羊一般，自由自在。

南圩店的店面较小，店内面积总共只有18平方米多一点，是沿街老式二层木结构建筑，底楼是店面，房东一家四口居住在二楼，店铺旁有条窄小的木头扶梯弄，房东一家就从这扶梯弄进出。老早楼下沿街，街面也不宽，后来"文革"结束，城市开始发展，来往的人多了，太拥挤，政府便把街道改造成马路，马路两旁也顺应形势，开出了一家家商店，逐渐形成了一条热闹的商业街。房东把底搂出租出去以换些收入补贴家用，一家人吃喝拉撒便都挤在楼上，非常逼仄和不方便。

这个门店是陈玉兰从一个卖小杂货的小贩手里转租过来的。小贩刚开始以每年几百块的租金从房东那里租来，十年下来，生意不见起色，租金却年年涨，如今已涨到3000多元一年，辛苦做下来，付去房租，所剩无几。所以当陈玉兰跟他谈愿出5000元租金转租他的还剩大半年租期的门店时，二房东非常爽快，一口答应。

如今眼看还有一个多月租期就要到了，陈玉兰打定主意，要把房东这老式一楼一底买下来。房东姓张，叫张七宝，四五十岁年纪，很瘦，腿脚伶仃，在一家生产毛巾的市级福利厂上班，月工资一百零点。老婆丁秀英，在一家集体工厂食堂烧饭，月工资一百不到，两个子女，儿子上初二，女儿读小学三年级，正是用钱的时候，一家人的生活窘迫可想而知。要不是有自家出租店面补贴家用，这日子很难想象要如何过下去。

当陈玉兰去找张七宝说想把他的房子高价买下来时，张七宝眼睛刹那亮了一下，不过随即又黯淡下来。卖了房子，一家人住到哪里去？还有每月的租房收入没有了，怎么补贴家用？日子明显过不下去了嘛！张七宝把头摇得像拨浪鼓。

陈玉兰非常耐心，她给张七宝设身处地算了一笔账：你现在的一楼一底房子，总共不到40平方米，算它40平方米，按照目前房管所开出的市面上旧屋卖价，是500元一平方米，但因为你楼下是店面，连带楼上面积一块翻倍，撑足达到1000元一平方米，1000乘以40，就是40000元，这笔钱你用一半就可以去买个比这个房子大得多的房子了，还有一半钱你可以存银行吃利息补贴家用，按银行年利息1.6（当时的定期存款利息较高）计算，20000元钱一年可以拿3000多元利息，你这不是房子住得舒服，收入又不见得减少，这样的好事存心去找还找不到呢。

张七宝听了，并不言语，却似在沉思。陈玉兰料他已心动，欲擒故纵，并不催他，说了句："你再想一想，跟老婆商量一下，毕竟卖房子是大事，买得要开心，卖得也要开心，当然，不卖也没关系，你说是吧？"说完，便欲告辞回去。

"等等！"张七宝叫停了陈玉兰，欲言又止，最后说了句，"等我与秀英碰过头之后再给你回音。"

碰个头？本来叫你们夫妻碰个头商量一下。陈玉兰想想好笑，知是张七宝心意已动。回家路上，她信心满怀，相信张七宝的房子肯定会卖给她，就做好了稍微再加些钱的准备。

张七宝与老婆商量是假，跑去房管所询问沿街旧房店铺的实际卖价是真。一番打听下来，都说像他这种房子最多800元一平方米到头了，更有认识他的人说："你还想卖一千元朝上一平方米？除非你做个青天白日大头梦。"

夜已经很深，张七宝和丁秀英挤在一张只有一米一宽的床上，同时不停地翻身。实在因为床小，如果两人各自乱翻，一不小心就要掉下床去，久而久之便形成默契，达成了要翻身就步调一致。好在张七宝瘦骨，分摊面积小，倒不至于过分影响睡眠。但是两个孩子渐渐长大，目前还能兄妹一床挤一挤，但这一两年里马上要给他们分床了，可是这一间屋子放出两张床，一张吃饭桌兼写字桌兼烧饭桌（张家一直用煤油炉子煮饭菜），两只半长凳外，还要放一只半夜三更要紧桶，为了楼下的这点租金，张七宝只得在螺蛳壳里做道场，说句良心话，他们一家也确实是受够了。

张七宝一连几天睡不好觉，倒并不是不想换房子，而是在动脑筋怎么让这个叫陈玉兰的女老板加钱，加多少钱合适。从女老板的生意来看，她的店很赚钱，当然赚钱是你的本事，与我无关，可是现在你十分想要我的房子，那么我有选择卖与不卖的权利，虽说自己已诚心想卖，但也要装出卖不卖无所谓的样子，拿捏一下女老板，女老板还年轻，虽说会做生意，但买房心切，估计多加个几万元十分有可能。

张七宝想得头痛，在床上不断翻身，打乱了丁秀英的跟翻节奏，一不小心翻了个面照面，丁秀英知道自家男人在想什么，半夜里被对面两只鼻孔呼出的热气喷得心烦，嘀咕一声："上门槛落门槛，叫她加两万块，要买就买，不买拉倒。"

老婆开口，一锤定音。张七宝这才翻身背对老婆昏昏睡去。

一连几日，张七宝坐等陈玉兰上门槛来与他谈价钱，有时下班故意站在楼下看两个营业员做生意，实际上是为见到女老板后给她向他开口的机会，不过女老板每次见到她，不是笑笑，就是打个招呼："吃过饭了？"根本不提买房的事。其实细思，女老板说的一番话很有道理。仔细算了一下，女老板出的价在市面上确实还算高，自己是划算的，假如成交，至少住房条件改善了，还可多一笔上万的存款，万元户啊！想想有点激动，张七宝憋不住了，憋下去，万一憋伤自己呢？他埋怨了一通丁秀英，决定自落门槛去跟女老板说，能加则加，万一她一定不肯加，咬咬牙……卖给她算了！尽管有点不甘心。

37

当天吃过晚饭，张七宝守在店门口，知道女老板这个点每天都要过来查看店里的销售流水记录以及收取营业款。

春天毕竟不比秋冬销售旺季，晚上六点以后，一天的销售也基本上结束。当陈玉兰疲倦的双脚还未跨进店门时，一眼就瞟见站在柜台前的张七宝，正堆着笑脸望着她，微微张了张口，似是有什么话要讲。

"张大哥，晚饭吃过了。"陈玉兰一如既往，客气地跟张七宝打招呼。

"吃过了吃过了，老板娘辛苦，天天弄得这么晚。"张七宝鸡啄米似的点头，随后顿了顿，欲言又止。

陈玉兰心中暗笑，知是他已肯卖房，便故意顾左右而言他，叹了口气，道："唉……张大哥，生意越来越难做，这样下去，不知今后还赚不赚得到钱。"

"是啊是啊，老板娘是否借一步说话？"张七宝闻听此言，早已无心恋战，决定主动摊牌。

陈玉兰跟随张七宝来到他家楼上，一看屋内如此一派乱糟糟，不禁皱了皱眉。丁秀英和两个孩子看到有人来，都不自觉地站立在一旁，屋里多了一个人，凭空挤压了不少空间，陈玉兰竟有种无插足之地之感。

张七宝两只鸡爪手互搓着手背，不好意思地喃喃道："老板娘，这个……房子你看能否再加个10000元，毕竟这里是闹市区……我这个情况你也看到了，确实是六月里穿棉鞋——热（日）脚难过啊，不然的话，也不想换房呀。"

原本陈玉兰想，如自己开这么高的价格，房东还不肯卖，就晾上一段时间再讲，现在看到房东如此的居住条件，不觉动了一丝恻隐之心："张大哥，我是个爽快人，既然你这么说了，那我再加你5000元，不能再多了，这个价格整个市里基本上找不出第二家，如你愿意的话，我们明天就去房管所办房屋过户手续，如不愿意，那也没有办法，这个也是生意，做生意总要你情我愿的对吧？"陈玉兰实在是被房东一家的生存状况震到，加上自己确实也很想要这个门面，所以一下加了半万。

陈玉兰的底线是50000元，可是生意既然做到了这个程度，如果再多给的话就违背了一个生意人的本性了，生意人生就冷酷，与怜悯无关，讨价还价的性格是骨子里生就的，无人能出其右。

丁秀英在旁张了张口，想说什么，张七宝抢在她前面开口道："既然老板娘话已说到这个份上，那我再啰唆就显得我过分了。好，四万五就四万五，明天去房管所过户。"

"张大哥果然性情中人！"陈玉兰赞了张七宝一下，接着正色说道，"张大哥，按道理，买卖契约手续完成后，你要马上清空屋子交房，但眼下显然不现实，这样好了，房子交割完后，我让你再住三个月，这个时间里你去买房，三个月后不管你买好没买好必须得搬空，因三个月后我有大批货要到，楼上要做一下临时仓库，还请你谅解。"

"哎呀，那就多谢老板娘了，我正在为此事烦恼，想全家在舅姥家再挤也得暂时挤一挤，这样一来你可就帮了我一个大忙了。"张七宝满脸欣喜，溢于言表，两只鸡爪手搓得飞快，差一点摩擦出火星来。

陈玉兰瞅着张七宝这副样子，努力憋了好久，才把要喷出来的一个笑憋了回去，然后深深吸了口小楼上夹杂着各种各样味道的混浊空气，胃中的酸水差一点点直接冒上来。

等到唐万军从广州进货回来，陈玉兰已经搞定了君子·兰一号门市部。听她开心地说完搞定一号门市部的经过，唐万军也很高兴，毕竟拥有几个自己的门市部是两人共同的理想，而且价格又不贵，商铺的价格其实说穿了是没有正价的。他不失时机地拍了一记马屁："还是老板娘算盘厉害！三下五除二，一道算术解决。"

"去！第一批发的货也到了，你又隔了这许多日子回来，去哪里玩去了呀？听说开放的广东香风毒气很厉害的。"陈玉兰随口问道。

唐万军笑了笑道："广州号称花城，名副其实，可惜我们做生意的却无心赏花，马不停蹄一家家生产厂家跑过去，看货，杀价，订单，忙得连撒尿工夫都没有，过些天陆续有货到来，老板娘可掌掌眼，看本人的眼力如何。"

"你的眼力谁不相信？吃了这许多年的服装饭，不会也会了。"陈玉兰白了他一眼。

"哪里！服装领域千门百类，以前吃的是衬衫饭，如今吃的针织饭，俗话说，'隔行如隔山'，不是样样饭都能吃好的。"唐万军心头突然隐隐生出些许感慨。

"一个梭织，一个针织，触类旁通，厂长的眼光和能力是不用怀疑的。"陈玉兰软软地反拍一记马屁。对于老公对市场上销售方面的洞察力，以及顾客对各种款式、颜色的喜爱程度和预测流行的趋势，说实话阿兰还是佩服得紧。她也在暗中向他学习，他对市场需求的判断，对一个流行款式的预估，对不同年龄层次消费者的爱好，他都掌握得很精准，因此，他进的货积压下来极少，就算有少量库存，只要一打折，马上就能销完。要知道，看一个新款服装最后能不能赚取利润的最高点，就是看这款服饰的销售尾巴扫得干净不干净，和最后降价销售与总进货量的百分比。"火车不是推的，牛皮不是吹的。"有时盘点业绩，唐万军也神气活现在她面前吹牛，她嘴上埋汰他、打击他，心底里却还是十分认可他的生意之道的。

"这两天要把城东路317号解决掉！"陈玉兰心思一转，突然道。

"买房的事情就全权委托你了，这种买卖我不开窍。"唐万军嬉皮笑脸对她说道。

38

城东路317号的房东黄炳发，四十挂零，一副小络腮胡，性格暴躁，喝了点酒就要开骂，生生把个老婆骂离婚，带着孩子远走高飞，剩下自己一个光杆司令独来独往。开年以来，黄炳发所在伞厂生意萧条，经常性发不出工资，只发一些生活费让工人在家待岗，有时有活了叫去厂里做一阵，没活了便又回家继续待岗。这样的日子让人心灰意冷，黄炳发酒喝得越发多了，骂人的次数也更多了。老婆孩子走了后，无人可骂，就对着墙上贴着的财神菩萨骂，街坊邻居虽然烦心，但也不敢劝阻他，都怕一不小心惹火上身，背地里都很讨厌他。最近黄炳发无所事事，与人打牌赌钱，一开始小来来，总是输，输到后来火大，干脆翻牌比大小，结果三记牌把几年来可怜的一点点积蓄全部输光，以至于酒钱都掏不出，欠了小卖部不少酒钱。

这天他又去小卖部赊酒，小卖部老鲁再不肯赊一滴酒，非要叫他清了前账再赊。黄炳发火大了，拍着老鲁的柜台跳脚骂人，说："我欠你这点点酒钱又不是不还你，老子现在刚刚碰到三年自然灾害的头一年，你个老鲁头就狗眼看人低，一瓶酒都不肯赊，老子有钞票了把你老鲁头个小店买下来不成问题……"

老鲁头开了许多年数的店，什么样的人没有见过？于是大喝一声反击道："黄炳发！有事没事你发什么假酒疯？你已赊了十瓶酒了，再想赊？要赊，前账清，后账赊，牛皮吹吹买我小店，除非你把房子卖掉！"老鲁头话音刚落，黄炳发一言不发掉头就走，反倒弄得老鲁头一个人呆立当场。

陈玉兰正在店里忙碌，脑中却在考虑着近日去找房东如何开口跟他谈买房的事。虽然这是个不起眼的破店面，但也要看人家肯卖不肯卖，肯卖的话最好，价格总归谈得好。不肯卖的话，只得砸钞票，砸得他心动，她相信房东黄炳发这个酒鬼见钱绝对眼开。这个门面，比刚买下的南爿店门市部大不了多少，也就二十多平方米，没有楼，两边对比一下，35000元！陈玉兰心中有了底价。

事不宜迟，明天就去找黄炳发。陈玉兰正在一边忙一边想，想到曹操，曹操就到。"老板娘，生意好啊！"门口响起一个大喉咙，抬头一看，不是房东黄炳发还有谁？

"喔唷……黄老板来了，难得难得……来，抽支烟。"陈玉兰起身拿起桌上的一包"牡丹"工作烟，取出一支递给黄炳发。

"老板娘客气。我也称得上老板，那全国劳动人民全是老板了，叫我

'板牢'好了，黄板牢，头颈骨扳牢，哈哈。"

黄炳发自我调侃一通，接着看了一眼正在给一位顾客包装的沈穹曳一眼，说道："老板娘是否可以借一步说话？"

"好啊。"陈玉兰放下手中活，客气地招呼一位顾客请她稍等，跟随黄炳发来到马路对面的一块空地上。

"老板娘真漂亮！身材又好！"立定之后，黄炳发上来就是几句恭维话，弄得陈玉兰一头雾水。

"老板娘，跟你商量个事。"

"你说。"

"我的房子卖给你要不要？"

"什么?!"陈玉兰闻听，有点不相信自己的耳朵，以为听错了。

"我的这个门面卖给你要不要？"黄炳发加大声音又重复了一遍。

这回陈玉兰听清楚了，心中狂喜，真是想啥来啥，打瞌睡马上有人送个热枕头过来。"嗯……可以呀，你要多少钱呢？贵了我可不要。"她不露声色，淡淡地说道。

"三万块。要不是我急用钱，我才不会卖的。"黄炳发伸出三根指头。

"这么贵？"陈玉兰一听价格，差点立马答应他，当意识到自己有些失态后，急踩刹车回了一句。

"贵？这个价钱再低不要低了！你还嫌贵？你去打听打听看。"黄炳发急赤白脸，喉咙响了起来。

"贵。不要。"陈玉兰深知戏既然做了，就要做足。

"那你说多少？"黄炳发真急。

"20000 元。"陈玉兰面无表情。

"我的这个门面现在看起来不值钱，过几年城东路改造好就值钱了。"

"那么你等改造好了再卖。"

"不不，老板娘，两万块的价钱虽说也在路上，但你是有钱人，也不在乎几千块钱，看在我过得这穷困日子面上，你再加一点上去，房子卖给你算了。"黄炳发眼珠子骨碌一转，低声下气恳求。

陈玉兰心中早已笑出声来，叹了口气，说道："你以为我们挣点钱容易啊？这么多人开销，租金工商税务，哪一样不要钱？生意越来越难做……两万五！再多不要了。"

"好好好，明天就去办过户手续？"黄炳发乐不可支，毫不犹豫，一口答应。

"后天吧，明天我还有点事。"陈玉兰略一沉吟，说道。

"那……老板娘能否先付两千块定金给我，让我去把酒钱付了。"黄炳发涎着脸看着陈玉兰脸色说。

陈玉兰哭笑不得，从兜里掏出一叠营业款，数也不数拍在黄炳发手中，道："拿去。"

黄炳发两眼放光，把钱快速数了一下，对阿兰道："老板娘，总共730元，走……到门市部去给你写张收条。"

"不用了。"

"不！我这个人穷虽穷，硬气蛮硬气的。"

"真要写？"

"不写其实也不要紧，我黄炳发堂堂男子汉，又不会懒你老板娘一分钱的，对不对？"黄炳发话音刚落，哧溜一下跑了，枪也打不着。

得来全不费功夫！望着远去的房东黄炳发的背影，陈玉兰抑制不住满心欢喜，立即打了个电话告诉正在给另外两个门市部添货的唐万军，他听了，也是兴奋不已。

现在要调整一下门市部的编号，城东路这间就作为总部，正式定为"君子·兰一号"，主营批发，零售为辅。南爿店为"君子·兰二号"，北爿店为"君子·兰三号"。现在只差一个北爿店还没搞定。

北爿店面积要比南爿张七宝楼下店面大了不少，有四十平方米，这样的店面才称得上叫店面，朝东，亮堂，起搁高，宽畅，是七十年代初建造的砖木结构房屋，北爿店虽说也算市中心商业用房，不过由于靠近郊区，严格地说起来并非真正意义上的市中心，所以面积虽比南爿店大，租金却相差无几。房东是个女的，三十多岁，姓苟，单名一个梨，梨花的梨。当初找到房东跟她租房子时，看到她在租房合同上签下自己的姓名时，陈玉兰差一点乐了，怎么不取个狗不理啊，好歹也是个响当当的品牌，假如自己开个包子铺，公开叫卖也不怕工商来检查说你是假冒。

当陈玉兰再次找到苟梨，委婉提出要购买她的店铺时，苟梨的一句话就令陈玉兰灰心丧气。"房子是饮服公司的，不是我的，我只不过是受人委托代收租钱罢了。"苟梨一推了事。

陈玉兰跟唐万军说了此事后，他猛地一拍脑袋说："提起饮服公司，我倒忘了还有一个人说不定能帮上忙。"

"谁？"

"唐书香啊。"

"姑姑呀，那你去找找她呀，让她打听一下这房子的产权所属部门，同一个系统的，县里公司直属市里管辖，她不大不小也当过头头，认识的人应该也有不少，无论如何总有千丝万缕的关系，知道了是谁的，我们也好动动脑筋呀。"

"我不去。十几年没来往了，突然之间有目的地走上门去，再说我忒不待见这个女人，当年为了你的工作……算了，不说了，要去你去，她对你的印象还是不错的。"

"好吧，我去！我倒不相信了，会找不到房子的户头。"陈玉兰的拗劲上来了。

39

当年粉碎"四人帮"后，唐书香，不——唐誓忠被关押起来写认罪书，同时被告知检举揭发有功。唐誓忠总共只认得一百个左右的字，要她写认罪书真正难为她了。

自从那次陈玉兰去看望她了之后，她的思想深受触动，真切地感到自己被顶头上司当布袋木偶耍了，当泄欲工具玩了，因此当陈玉兰走后，她不顾一切地让看守人员找来负责人，把这些年自己的所作所为，以及上面头头如何整人，如何贪赃枉法，如何攫取私吞国有财产，如何指使她搞风搞雨，如何整人，夺走资派的权……好似竹筒子倒豆，全部交代干净彻底。正是唐誓忠的揭发，使得专案组掌握了原饮服公司革委会第一把手在"文革"中犯下篡党夺权、残酷迫害老干部、腐化堕落、侵吞国有财产的重要证据，最后被公审，判了个无期徒刑。而唐誓忠狂热无知愚忠，在"文革"期间，做了许多亲者痛、仇者快的坏事，由于检举揭发有功，只判了两年有期徒刑，开除党籍，撤销一切职务。两年后，唐誓忠从牢中出来，本来满头的黑发变成灰白，原本黝黑的脸上更像是涂了一层黄蜡，黑黄黑黄的，四十二三岁的人看上去好像有五六十岁，整个人萎靡不振，如同一只霜打的老茄子。党员身份没了，干部职位没了，精神的食粮没了，还能忍受。

工作没了，收入没了，填肚的粮食没了。好在她住的房子没有被收掉，在家里思来想去整整三天，三天里想到的都是自己得罪过或者欺凌过的人，竟没有一个能打得上招呼的，没有同事，没有朋友，没有爱人，没有邻居，什么都没有。做人做到这个地步，也只能怪自己实在是作孽，就是唯一的亲人，她的哥哥嫂嫂，也被她得罪得不轻啊！我半世人所做的一切到底是为了什么？她在牢房两年的悔过都不如现在三天的反思来得深刻！

最后，饥饿使唐书香下定决心去找哥哥嫂嫂，准备向他们赔罪、忏悔，请求他们原谅她，收容她，给她一口饭吃。打定了主意，傍晚，她来到了哥哥家里。

粉碎"四人帮"后，拨乱反正，学校已经走上正轨，在快退休前这段时间，唐书楷的精神面貌焕然一新，犹似一棵老树开了新花，每天阳光灿烂，整个人全身心都扑在了工作上。

今天，和往常一样，当唐书香到来时，杨老师告诉她，她哥哥还在学校里忙批改学生作业和备课，估计要一个小时后才能回家。

"我等他。"唐书香道，说话有点有气无力。

杨老师倒了一杯水，又削了一个苹果递给老唐这个妹妹。唐书香也不客气，接过苹果，一眨眼就把它消灭了，一仰头，一杯水也倒进了肚子。

"肚子饿了吧？这里留着你哥哥的饭菜，你先吃了吧，我再给他另外弄过。"杨老师看到她瞅到食物像饿狗一般冒出的幽光，一时心里五味杂陈，最后还是怜悯心占了上风，轻轻叹了口气，从锅里端出饭菜放在桌上，"吃吧，自己人，不用难为情。"

唐书香已经管不了那么多了，拿起筷子就是一阵狼吞虎咽。

天快擦黑的时候，唐书楷回家了，刚推开门，唐书香便停止了与嫂子的聊天，站起来叫了声："哥，你下班了。"

"书香……誓忠？你怎么来了？坐……坐下说话，不要站着。"唐书楷十分惊讶。这个从来不上自己家门的妹妹今天破天荒地上门来了，边说边赶紧回头看了一下天空，太阳早已下山了，也不知到底从东边还是西边落下去的。

"哥，还是叫我原来的名吧，我在里面就改回来了。"坐下后，唐书香想努力挤出一个笑容，却比哭还难看。

"还好只有两年，你看看你，又黑又老又瘦，在里面吃苦了吧？"再怎么讨厌、恶心，如今看到这个叫花子一样的女人，唐书楷心中也不是滋味，毕竟是自己名分上的妹妹，总还有一份算不上是亲情的亲情在。

听到哥哥的关心话，从来不知道眼泪是什么味道的唐书香眼角迅捷蒙上一层水汽，然后快速凝聚成滴，无声地从两块瘦削的颧骨上淌了下来。

杨老师默默递过一块小手绢，唐书香接过默默地擦了擦眼角，谁知越擦泪水越多，后来竟用双手捂着脸，双肩耸动，呜呜地抽泣起来。

杨老师刚要上前去安慰她，唐书楷用眼神阻止了老伴。让她哭吧！但愿罪孽、悔恨、痛苦、忏悔一股脑儿随着这恣肆的泪水洗刷掉曾经的那个誓忠，做一个唐家真正的书香。

"书香，今后的日子你准备怎么过？"待她哭得够了，手绢都能挤出水来，心情终于渐渐地平静了下去时，唐书楷关切地问道。

"还能怎么过？一个人就这么度度死算了，一步错，步步错，如今弄得朋友无，邻居断……哥，我真的好后悔。"唐书香挤了一把鼻涕甩在地上，惹得杨老师一阵恶心。

"能回单位工作吗？"

"开除了。工作没了，吃饭也成问题，已经饿了几天了，刚才嫂子把留给你的饭让我给吃了，不好意思。"唐书香开始难为情起来。

"那快去找一个工作，好歹先养活自己再说。"

"我这不是找你来了吗？想请你帮我找个工作做做，以我的臭名，自己是根本找不到的。"唐书香顿了顿，又说，"我这个人还能做什么，哥你最清楚了。"

唐书楷沉吟了一阵，对她说道："书香，工作位子倒是有一个，我们学校里有个扫地的勤杂工前天辞职回山里老家去了，正缺人，不知你愿不愿意做，并且工资也不高，不过吃口饭是不成问题的，如果你愿意的话，我明天去跟校长讲一下，估计能行的。"

"太好了！我这样的人还有什么愿意不愿意的，哥，谢谢你，随便什么活我都愿意做，哪怕扫厕所。"唐书香真心地笑了笑。

"书香，你变了。"唐书楷看着自己这个黑老瘦的妹妹，心中不由得感慨万千。

"哥，阿军的孩子已经很大了吧？"唐书香突然想到什么，问道。

"是啊，上幼儿园大班了，本来天天在这里，这几天阿兰说想他，要自己带两天，一下子倒空落落不习惯了。"说起孙子，唐书楷一脸宠溺。

"男孩女孩？"

"男孩。"

"这孩子，我还没见过。唉……"唐书香叹了口气，神情又黯然起来。

"好了书香，过去的事情过去了就好，不要老是想着它。人，不管怎么样，总还是得活下去。"说话间，杨老师从灶间端出来一碗热气腾腾的青菜鸡蛋面，放在桌子上，对老伴说，"吃吧。"随即递上一双筷子。

"哥，你看……我把你的晚饭吃了，让你吃面条……"唐书香难为情地说。

"没事，我喜欢吃面条。"唐书楷肚子确实也饿了，呼啦呼啦，一面热面很快下了肚。

"哥，我要回去了，明天我等你回音。"唐书香嘴上说要走，人却没站起来，拿起桌上水杯喝水。

杨老师在旁边洞察秋毫，用手指捅了捅他的后背，唐老师转过身来诧异地望望老伴，杨老师用嘴朝对面努了一下，张圆口唇，说了个"钱"的口型，唐书楷这才恍然大悟，一下明白过来，他从口袋里掏出几十块钱放在桌上，说道："书香啊，你刚出来，没有收入，想必这个阶段生活很困难，这点钱你拿去，暂时作为生活费，等有了工作收入就好了。"

"谢谢哥。等我工作后挣钱会还你的。以前的我真是太傻太傻，大事小事，处处地为他人作嫁衣裳啊！"唐书香紧贴着下颌的两片脸皮里面的咬肌清晰地鼓了鼓，恨恨道。

是啊，这个妹妹真的太傻了，傻了几十年，又得到了什么？但愿她不再迷迷糊糊，清醒地度过下半生。唐书香走后，唐书楷对老伴如是说。

40

陈玉兰在县城工作的几年中，与后来这个在公公学校搞卫生的小姑也没少碰面。当年唐书香把她从农村弄了上来，虽说是利用了特权，使用了不正当手段，但不管怎么样，陈玉兰还是从心里面感激她的，始终把她作为一个长辈看待，就是唐书香被关押在看守所里时，陈玉兰也没有鄙视她。

人与人的关系就是这样微妙，只要你对这个人有好感，这个人所做的错事、坏事，你都会在心里找各种理由去维护他（她），去为他（她）开脱，尽量地把事情往好里想，会不自觉地原谅他（她）。而你对这个人抱有成见，哪怕这个人经常会做一些善事、好事，你心里也会找出各种理由来否定他（她），贬低他（她），认为这是在作秀、在装模作样，下意识地讨厌他（她）。这也是人性使然。当然，恩将仇报，认贼作父这种极端个例是要排除在外的。

由于唐万军十分讨厌这个小姑，陈玉兰有时买点水果，有时拿点家里多余下来的各种购物票证，有时也会拿几件衣物，瞒着丈夫，偷偷地拿去送给唐书香，因而唐书香对陈玉兰也是颇有好感。

当唐万军说让陈玉兰自己去找唐书香你时，陈玉兰确实下了决心想去找小姑打听一下，她相信市里县里一个系统的各种牵丝攀藤的大小事情，小姑肯定知晓个一二。

　　天气渐渐转暖，针织服装的销售也即将进入淡季，店里的活也不太忙了，夏装还要个把月上架，陈玉兰想趁这段空闲时间，去县城走上一趟，一来去看看婆婆，二来找小姑打听一下具体情况。

　　陈玉兰特地去市区的一家金铺挑了一条生肖挂件金项链，黄澄澄，金灿灿，估计婆婆见了会喜欢。陈玉兰看到婆婆还从来没有戴过金器，所以有此想法，表示一下儿子儿媳的心意。另外又买了些衣物、特产，准备分送给婆婆和小姑。这天晚上，她告诉唐万军照看好生意和唐平，第二天一早，便拎着礼物坐车来到县城。

　　"妈，我来看您了。"一到婆婆家门口，还未进屋，陈玉兰就叫开了。

　　"阿兰啊？快进来快进来。"杨老师在屋里听到叫声，打开门，看到媳妇，十分高兴，连忙招呼她进屋。

　　实际上在县城的十九年，儿子唐万军是很少到父母那儿去看望二老的，反倒是儿媳三天两头去公婆那儿，虽说唐平住在爷爷奶奶家，陈玉兰去看儿子的时候多，但她也会常常买一些生活用品以及食品之类的东西带去婆婆家，探望他们，因此论亲情，陈玉兰这个媳妇和公婆的感情胜过唐万军这个儿子，杨老师总是在儿子面前说媳妇的好，以至唐万军有时醋缸发酵，对她说："我父母怎么对你比对我还好？"

　　"妈，我给您买了条项链，不知您喜欢不喜欢。"陈玉兰拿出一个首饰盒，打开后递给婆婆。

　　"哎呀，阿兰，你来就来了，还买这么贵重的东西做什么！"杨老师又是高兴又是嗔怪。

　　"妈，这一段时间生意实在太忙，没有来看您，真的很过意不去。"陈玉兰把项链从首饰盒中取出，给婆婆戴上，然后问道，"妈，您是属狗的对吗？"

　　"对啊。"

　　"那这个挂坠没有买错。"

　　"亏你还记得我的生肖。"

　　"这是我们做小辈的应该做的。"

　　"这个要不少钱吧？"

　　"没多少，现在我们也挣了一点钱。"陈玉兰说着，从随身包里掏出一个红包塞到婆婆手中，道，"妈，这是阿军叫我给你的，你一定要收下。"

　　捏了捏手中厚厚的红包，杨老师要拼命还给阿兰，说："我有退休工资，

127

一个人够用了，你们要做生意，本钱越多越好，快拿回去吧，你们能来看看我已经很满足了，拿回去吧。"

"妈，我们有，你今天不要，回去阿军要骂我的。"

"这个臭小子，他敢！"杨老师笑骂道，"那……我暂且收起，给你们存着。"

"老头子啊，你看到了吗？你在那里就安安心心吧。"杨老师转过身，对着墙上挂着的唐书楷相片，眼圈隐隐红了起来。

"妈，别难过了，爸走了这些年，你一个人生活在这里很孤单，要不等我们买好房子搬到市里和我们一起住吧？"陈玉兰双手扶住婆婆的肩头柔声说。

"不了，阿兰，你不知道，人老恋故土，哪儿也不想去，就让我在这里陪着他吧。"杨老师拭了一下眼睛说。

婆媳俩说了一会儿，杨老师忽然一拍手道："你看我，光顾着说话，都忘了煮饭了。阿兰，你坐一会儿，我上菜场去买点菜回来，很快的。"

陈玉兰笑了，说道："妈，我们一块儿去吧，这里菜场也有快一年没去了，去转转。"

"也好，那走吧。"杨老师拉上门，陈玉兰挽着婆婆的胳膊，两人兴冲冲地往菜场走去。

晚上，陈玉兰没有去宾馆休息，而是在婆婆房中搭了一张临时铺，陪着她老人家睡了一夜，家长里短，两人唠了半宿的话。

第二天，陈玉兰说今天是星期六，要上小姑家去看看她，说是有段时间没有见到她了，也不知她过得好不好。

"还不是老样子，除了上班，一回到家就躲在屋里不出来，菜场上也从未碰到过，以前一天到晚像杆火药枪，乒乒乓乓乱炸，如今火药枪返潮，哑了，连见到个熟人都绕道躲着走，也算是报应。"杨老师对这个婆家姑娘一直抱有极大的成见。

"妈，可恨之人必有可怜之处，她现在一个人过得确实很可怜，爸还在的时候就说过，她在学校里一天说话不会超过三句九个字，而且是人问她答，从不主动开口。从曾经的颐指气使到现今的低眉顺眼，还是令人十分同情的。"陈玉兰叹了口气说道。

"活该！全是她自作自受！不过你去看看她也好，她这个唐家的人没有羞耻，可我们唐家人还是要讲点礼数的。"说到后来，善良的杨老师也是点头。

"妈，小姑她还住在老地方吗？"

"对呀，她还能住到哪里？"

和婆婆道了别，陈玉兰提上买给小姑的礼物，径直往唐书香的住所走去。

唐书香所在的饮服公司宿舍位于县城的西北角上，离市中心比较远，陈玉兰穿过市中心又走了差不多二十分钟，总算到了目的地。这个地方陈玉兰知道，但还没有来过。一打听，正在一楼空地上晾衣服的一位中年妇女指了指最东面的一个扶梯，张嘴吐出三个字："301。"

陈玉兰上楼，在301门前站定敲门，无人应答，又敲，还是没有动静。难道她出去了？不太可能的呢。再敲，边敲边喊："小姑，我是阿兰，你开下门。"

屋里"嘭"的一声，好像是一张凳子倒地发出的声响，接着有脚步声走到门边，"嗒"的一声，转锁，开门，从门里露出一张老黑瘦的脸来，不是唐书香又会是谁？

"小姑。"陈玉兰在门外叫了一声。

"阿兰？有什么事吗？"唐书香问，双手把着门，像是随时要关门的样子。

"没什么事，来看看你，给你买了点小东西。"

"那进来坐吧。"唐书香面无表情，让进陈玉兰后，随即又把门关上。

屋子里很暗，虽然东南北三面都有窗户，但都让主人用报纸给糊了个严严实实，因此外面只有少部分的光线才能透到屋里。环顾四周，70平方米左右的屋内，只见客厅墙上贴了一张巨幅毛主席像，另有一桌四椅，卧室里只有一张床和两只柜子，以及柜子上摆放着一台红灯牌台式收音机，除此之外，几乎没有一件像样的东西。无产阶级彻底革命者。陈玉兰脑中突然跳出这几个字。

"小姑，这里是几件衣服，还有点吃的。"陈玉兰把手中的袋子放在桌子上，看着小姑说道。

"噢，谢谢你还记得我，有什么事吗？"唐书香依然面无表情地重复问了一遍。

碰到这样冷冰冰的人，这样冷冰冰的态度，这样的热面孔去贴冷屁股，哪怕十个人有十个会立马掉头就走。

"小姑，我今天找你还真有事。"本来陈玉兰还想寒暄几句，客套一下，可硬是让小姑的连续追问，不得不直奔主题。

"市饮服公司在市里靠近城北路那块地方，有处店面房，城北路660号，十几年前建的两层楼房，小姑，你知道它的产权以前属于谁吗？市里的？县里的？"陈玉兰也索性开门见山，同时不忘诈问了一下。

"这个啊，让我想想……"

看到小姑在做思索状，陈玉兰心中暗喜：有门！小姑果然知道。

片刻，唐书香恨恨地开口道："市里城北路660号到667号一排共有8个楼下门面楼房，当初那个地方是一排解放初期从资本家没收的房产改造而来的旧房子，后来成了危房，市饮服系统改建后，分给了市辖下面几个县以让各县经销各自的土特产，说是分，其实建造费用都是各县自己出的，我们县好像是分到两个，660号和661号，产权到底统一归市里还是归各县就不知道了，不过那只畜生肯定知道。"

以上这段话，唐书香说得断断续续，磕磕绊绊。陈玉兰经过一番梳理，才得到一个完整的信息。

唐书香口中的"畜牲"，不用说，就是县革委会主任了。唉，转了一个圈，还是不知道产权在谁的手里。

陈玉兰紧张地听到此，不由得感到一丝失望。

"不过有一次和他在一起时听这只畜生吐露过口风，骂什么姓'狗'的太贪，给她一间门面不够要两间什么的，我问他是狗男还是狗女，他只说一句'女人都不是好东西'。"唐书香愤愤地说，"他自己就是一只大贪狗！"

姓狗？苟姓？陈玉兰眼前一亮，660号的房东不正是姓苟吗？"那个主任的老婆姓什么？"陈玉兰眼珠一转，又问了一句。

"姓鲁。"值得一个当时叱咤风云的县革委会主任出手送门面的女人，肯定搞的是裤裆交易，不是姘头就是小三！

"谢谢你，小姑！"陈玉兰微笑道谢，从随身包里拿出一沓钱，递给唐书香，"这一点点钱你拿着，买点营养品，你看你，这么瘦！"

此刻的唐书香接过钱，脸上露出一个十分奇怪的表情，似哭非哭，似笑非笑。一股说不清道不明的滋味在陈玉兰的口腔里弥漫，她张了张嘴，舌头在口中绕了一圈，最终什么都没有说。

陈玉兰拉住小姑的手握了握，小姑的手很粗糙，皮肤很松弛。"我走了，有时间再来看你。"不知怎么，她突然感到一阵伤感。

"走吧，不用来看我。"唐书香攥紧那沓钱，摇摇头，恢复了冷漠的神色，然后上前去拉开门。

陈玉兰刚跨出门，"嘭"一声响，急速关上的门板差点砸到她的脚后跟，她回头望了望"301"这三个字，无奈地苦笑了一下。

41

陈玉兰回到婆婆处匆匆吃了中饭，心里惦记着660号，放下碗筷，跟婆婆打了个招呼，就急急地坐车回市里去了。

陈玉兰回到店里，跟唐万军说了个中复杂的隐情，他一听，皱起眉头说："这倒有些难办了，这个苟女人称自己只是代收租金，显然摆明不肯卖，她一定不肯卖，你也拿她没办法，钱多也不一定有用。"

"我倒不这么看，她不肯卖，更是说明她是为这门面来路不明而心虚，害怕在买卖过户等一系列手续过程中引起别人注意，从而给自己招来不必要的麻烦。不揭盖的粪缸无人注意，但只要揭开一条缝，臭味就出来了。小心谨慎了十几年，胆子只有越来越小，当年眼看姘头落得的下场，生怕牵连自己，至今心有余悸。再说这点租金在他们这些人的眼中不过是毛毛雨，估计这房产在她手上也是个烫手山芋。"陈玉兰以一个女人缜密的心思推测苟姓女人的想法，越来越觉得这个理由站得住脚，"逼一逼她！"她附在丈夫耳边如此这般说出自己的计划。

唐万军"奉旨"调查苟梨这个女人的来龙去脉。

有钱能使鱼上树。唐万军只花了三百块钱，叫一个经常给他拉货的认识苟梨的三轮车工人，悄悄打听了两天，便获得了第一手资料。

陈玉兰所料惊人的厉害！这个苟梨正是原县革委会主任的第七个姘头，因为年轻，因为颇有几分姿色，更因为是城市里人，懂得如何调笑男人，把个喜色的县级主任迷得七荤八素、晕头转向，但凡苟梨开口，狗男无不设法一一满足她。当苟梨知道狗男手中握有两间门面房时，立马在床上尽情施展十八般媚术、柔术、粘术、酥术、云雨术……差一点把个狗男化成一摊烂泥，最后不得不乖乖送给她一间门面房，在房产证上填上她的名字，亲自送到她的手上。让苟梨生气的是，狗男"坚持原则"，只给了她一间，而另一间则送给了她的情敌"八妹"，当时还真是让她气得吐血。如今的苟梨嫁了个工商干部，育有一子一女。

唐万军又亲自到隔壁几间门面打探了一下，这些房子的产权十几年里早已几易其主，现有的房东甚至都不知道最早的户主是谁。只有660号房东一直还是苟梨。

知晓了来龙去脉后，这天下午，唐万军找到苟梨夫妻住的工商宿舍楼下，因为知道苟梨是在国营饭店里工作，饭店下午通常比较空，碰到她的可能性很大，所以他特意提前在院子里守株待兔。

下午的工商宿舍楼里一片静谧，只有院里几棵梧桐树上有几只麻雀在枝头跳来跳去叽叽喳喳吵闹着。

唐万军已经抽了两支烟，正想不耐烦地摸第三支，"咦？你怎么在这里？"一个女声在背后问道。转身一看，不是苟梨又是谁？

"老板娘……"

"嘘……到外面说话！"

两人向外走了一百多米，来到一条人来人往的小街边站定。

"你找我有什么事？"苟梨一开口就略微有些生气的样子。

"你的门面房卖吗？"

"不卖，跟你说了几遍了，不卖！"

"×××你认识吗？"

"什么？你说什么？"苟梨一听到这个名字，像是被人踩了一脚，腾地一跳老高。

"喔，你老公不认识他的。"

"你到底想要干什么？"她的脸上一下子红一阵白一阵，焦虑、害怕、恐惧……整个身子甚至都有些微微颤抖。

"我不干什么，本来想让你老公知道的，不过……只要你把那房屋产权转让给我，我什么都不知道。"

"好，你这个混蛋！"没有一点犹豫，只见苟梨狠狠一跺脚，恨恨道。

这出乎了他的意料，一时间还有点怀疑自己听错了。"开个价吧！"意识到确实是她答应了，唐万军心中一阵狂喜。

"五万！"她咬牙切齿直接在市价上翻了一个跟斗。

"行。什么时候去房管所过户？"他毫不迟疑一口答应。到了这个份上，钱算什么东西！

"你自己去，房产证我给你，印鉴我给你。记住，一定要在无人的时候办理。否则……哼，你休想太平！"

"那我明天给你送钱来。"

"不要。钱开我的户头存在折子上，过好户后和印鉴一起交给我。"

"房产证什么时候给我？"

"明天这个时间这个地点。"

"过好户后我不来了呢？"

"我杀了你!"苟梨恶狠狠地说，双目圆睁，真的有杀了眼前这个人的冲动，这个能毁灭她当下一切美好的恶魔。

42

儿子戴维带了一个仙女般的上海女孩来到家里，对家里人介绍说是自己的结婚对象，叫阿菊。戴母和姐姐一家咧着嘴笑了整整一天。在戴维的介绍下，陈玉菊羞羞答答地对着未来的婆婆叫了声"伯母"。

"怎么叫伯母？应该叫娘才对。"戴维有些不满意，瞪了陈玉菊一眼说道。

陈玉菊回瞪了他一眼，似乎在说，女孩子嘛，这不总要有个心理接受过程嘛。戴母虽说是位农村老太太，毕竟是过来人，见过的场面多了，也是从两人的眼神里看出些端倪，手指尖轻掸了一下儿子的胳膊，笑着说："大伟你可得了吧，别难为俺家阿菊了。"说完，戴母急匆匆往里屋走去，戴维知道，娘这是回房去拿见面礼去了。

"这是俺姐戴大梅，姐夫肖志和，外甥肖力群，外甥女肖力学。"戴维笑容满面对陈玉菊介绍完自己的家人，心情大好。

陈玉菊自是一一见礼，拿出上海带来的包装得精致漂亮的糖果糕饼礼盒分发给众人，惹得力群力学这两个小家伙一人一只手抱着礼盒，另一只手拖着陈玉菊的衣服一角兴奋地大声叫"谢谢妗子"。

陈玉菊听不懂，拿眼神向戴维求救，戴维在她耳边悄声说："妗子是俺家乡对舅妈的称呼，他们在叫你舅妈。"

"去!"陈玉菊害羞，俏脸更是一红，似一朵饱含晨露正要待放的粉菊。

戴母和姐姐似乎也被陈玉菊的美丽震到，竟呆呆盯着她，双眼一眨不眨。

"娘！姐!"陈玉菊发觉自己突然之间成了一只观赏兔，不禁一阵扭捏，浑身燥热起来，很难叫出口的两个字竟直接脱口而出，使得戴母和姐姐两人一时呆滞，隔了好久才同时发出一声长长的"哎——"

戴母喜上眉梢，拉起陈玉菊一只手，往她的手心里放了一个用大红绸布包着的东西，咧嘴笑道："菊啊，这是娘的一点心意，不要嫌弃啊。"

陈玉菊手掌一紧，感觉是个玉镯之类的老货，心里一阵感动，连忙道谢："谢谢娘，用不着送这么重的礼的。"

"用得着，用得着，这个是大伟奶奶传给我的，今天我把它传给你，有你这么漂亮的城里人做俺大伟媳妇，大伟他爹地下有知，不知要多高兴了呢。"

"谢谢娘，那阿菊就收下了。"陈玉菊再次道谢，伸出双臂拥抱了一下戴母。

戴维在一旁大乐，打趣道："娘，这上海媳妇您满意吧？"

"满意，满意！一百个满意……"戴母又一次咧开少了三个门牙的瘪嘴，乐得差一点合不上去。

姐姐家的一溜五间屋子很大，睡觉根本不成问题。

晚餐是鸡蛋摊饼卷大葱就羊肉汤，是姐姐为了招待弟弟和未过门的弟媳，而特地买的新鲜羊肉煮的。

全家人人动手卷饼，咬一口卷饼，喝一口滚烫的上面漂浮着厚厚一层油的羊汤，咝呵咝呵，那神情，享受无比。

确实，这样一餐饭，是很难得吃的，除非来了稀客，平常日子都是一碗胡辣汤就馒头蔬菜好歹对付着过去了。

面对戴家准备的如此丰盛的一顿晚饭，看着大家狼吞虎咽欢快地吃喝着，陈玉菊却皱起了眉头。那一阵阵扑面而来的羊膻味，那青白大葱四散飘开的辛味，还有掰成一粒粒的大蒜子的刺眼辣汁，她肚子虽饿，胃底泛起的却是一股想吐的酸水。

"菊啊，吃不惯吧？"还是做娘的心细，看到陈玉菊坐在那儿动也不动，顿时明白过来：上海人吃不惯山东饭。她一拍额头，说道，"瞧俺这脑袋瓜子，忘了问问你，南方人是吃米饭的呢，菊啊，让姐马上给你做米饭。"

"不不，娘，我吃饼好了。"陈玉菊说着，掏出手绢擦了擦手，扯下一片鸡蛋饼咬了一口。

戴维二话不说，放下饭碗就去了外面。

"大伟，你去哪里？"戴母问。

"俺去小店买点什么。"戴维说这话时，人已急步在二十米开外。

"家里有啊……"戴母喊道。

鸡蛋饼是用玉米油摊的，撒了芝麻，放了葱花，陈玉菊在嘴里仔细地嚼了几下，挺香的，筋道也足，比自己店里做的大饼要好吃多了。

这时全家人除了两个小孩，全都停止了吃喝，看着陈玉菊。

"好吃吗？"姐姐问。

"好吃，这饼摊得真好吃。"陈玉菊是真饿，既然这饼好吃，于是便大口咀嚼起来。

"俺给你盛点羊汤吧，不然干吃要噎着的。"

"不要，我喝开水。"陈玉菊急忙阻止。

"南方的羊肉不是这样烧的，吃起来没有一点膻味。"姐夫忽然插嘴。

"你去吃过啊？"姐姐挤对老公。

"没去吃过，难道还没听说过？"姐夫反过来怼道。

43

话音刚落，戴维从外面急急回来，手里捧着许多盒上海产的肉罐头鱼罐头，往桌子上一倾，对陈玉菊笑道："忘了上海人不吃膻辛的东西。来，挑你喜欢吃的，俺来打开它。"

陈玉菊当着全家人的面被戴维宠溺，有些不好意思，心中暖暖，嘴上却嗔怪："谁叫你去买这许多吃的来？"

"我看你吃不惯俺家乡饭菜，心里难受，这个……你挑点吃吃，其他的大家吃。"戴维搓着手，不好意思地说。

此时，两个小家伙早已盯着一堆罐头，咂巴着小嘴，努力猜想着里面装的是何等好吃的东西。

"来，每人一罐，尝尝味道。"陈玉菊把罐头分给每人一份，自己拿了一罐"柳条鱼"，戴维取出水手开罐刀，给每个人打开，罐头中的鱼香肉香顿时扑鼻而来。

"好吃！"众人拿箸挖吃，异口同声称赞，就连只尝了一口的戴母也赞不绝口。

也是，十几块钱一罐的罐头食品是那个年代的奢侈食品，不要说农村人吃不起，就是城里人，又有多少人吃得起。摊饼就着"柳条鱼"和白开水，这顿饭陈玉菊吃得还算开胃。

早秋的北方农村，晚上的气温虽然已经有点凉了，但还远未到烧炕的季节，看到陈玉菊身子有些瑟瑟缩缩，姐姐把自己穿的一件大红夹袄从箱子里翻出来，拍了拍给她披上。

灯光下，披着大红夹袄的陈玉菊被笼罩在一片红晕中，显得更加俊美俏丽，有如圣女，浑身散发出一股神秘的光芒，令人不敢产生一丝一毫亵渎，反而升起一股不顾一切想要去朝拜的念头。全家人包括戴维都看呆了。

陈玉菊猛地发现自己突然成了动物园里的一只猩猩，正在被人观赏，顿觉浑身不自在，马上露出辣妹性格的一面，对着戴维做了个张牙舞爪的怪相，一下子惹得众人大笑，两个小家伙更是拍着小手开心得前仰后合。

"我晚上睡哪里？"陈玉菊打岔问道。

"当然跟俺睡。"戴维不怀好意地笑答。

"不行！"陈玉菊正式道。

"不行！"戴母也正式道。

"阿菊你和他姐睡小炕，其他人睡大炕。"戴母做出安排，并吩咐女儿去西间铺小炕，炕上多垫条褥子，怕炕硬，硌着陈玉菊的细皮嫩肉。

这一晚，陈玉菊与戴维姐姐像是前世有姐妹缘，两人说不尽的话，不知不觉居然唠了半宿嗑。后半夜，姐姐终于发出了轻微的呼噜声，陈玉菊却翻来覆去睡不着。想到那个标枪一样的男人；想到自己为了赌气而即将要嫁的这个正睡在隔壁的男人；想到现在自己正睡着的北方乡下硌得腰疼的硬炕；想到隔壁的男人在上海给两人搭的窝；想到将来要为这个男人生儿育女……一切似乎已经走上一个女人必走的一条正道，只要沿着这条道正确走下去，便是自己幸福的一生，令人羡慕的一生。可是她的心为什么还是这么乱？还在为什么事情纠结？自己的决定到底是对？还是不对？越想越乱，越乱越想理出个头绪，越理越是乱七八糟，理到后来，头疼得一塌糊涂！姐姐在炕上给她垫了厚厚两层褥子，软软的、绵绵的，可是为什么还是躺着硌得背痛？侧着硌得腰痛？这个要命的北方硬炕。

本来讲好在戴维家住两天，尔后他回船上，而陈玉菊则返回上海，现在看来明天就得回去。各种说起来实在算不上什么事的事情，让她做出了明天要回上海的决定。接着又一阵东想西想，等到整个人迷迷糊糊快要睡去的时候，晨曦早已透过木格窗棂上糊的白纸，柔和地抚摸着屋里所有的一切。

当陈玉菊醒来时，已是上午，阳光懒懒地洒在炕上，金针银针扎得人只能半眯着眼睛。她慵懒地伸了伸双臂，用嘴吹开遮掩住唇边的瀑发，接连打了几个哈欠。

"菊啊，你醒啦，早上给你熬了稀饭，又炸了两根油条，听大伟说，你们上海人喜欢吃这个，快起来吃吧。"戴母进屋来，见她已醒了，便满脸堆笑地对她说。通过一天的接触，她倒是真喜欢上了这个丝毫不做作、入乡随俗的大城市来的漂亮媳妇。

"娘，谢谢你啊。"陈玉菊一边道谢，一边麻利地穿衣下炕梳洗一番。

"自家人谢什么，见外了不是？"戴母眉开眼笑，陈玉菊的话让人听了很受用。

稀饭是用小米熬的，没有大米熬的香甜，不过马马虎虎还能入口，可是这个油条就不能叫油条了，只是将两个死面疙瘩拉长，放到油里煎了一下，也算是有油有条，咬一口梆梆硬，貌似比上海的小吃"猫耳朵"都要差到不知道哪儿去了。

陈玉菊苦笑。

"好不好吃？"戴母在边上问。

"娘，油条不是这样做的，湿面粉中要掺上一定比例发酵粉搓揉成发面团，然后掐下一小团拉成两小条，再用小木棒压合在一在，双手抻着两头捻进油锅里炸沸而成，这样炸出来的油条松、脆、香，好看又好吃。"陈玉菊用在小吃店里工作学到的知识，给老太太小小地科普了一下油条的做法。

"噢，那俺还真不会做。"戴母略带歉意朝阿菊笑笑。

"娘熬的小米粥真好吃。"陈玉菊生怕老太太不开心，不忘补了一句。

"娘，他人呢？"喝完粥，陈玉菊才发现一直不见戴维，问道。

"噢，他与他姐夫一起去镇上买海鱼去了，说你吃不惯俺们的菜，两人一早就骑自行车走了，这会也该回来了。"戴母说。

"喔。"听了娘的话，一股和煦的如洒在炕上的阳光般的温暖瞬间流遍四肢百骸，让人感到说不出的舒服。这个男人还是非常不错的，她不禁为昨晚产生过的一丝念头而羞愧。

正说话间，一阵车铃响，两辆自行车先后骑进院子，车把子上各自挂着一个布袋。"阿菊，起来了？看！中午俺们吃大鲷鱼。"戴维说着拎着布袋朝下一倒，一条身体灰黑色的大黑鲷掉在院子里，鱼鳞在阳光下闪着耀眼的光。

"哇，好大！足有两斤多！"姐姐惊呼。

"很贵吧？"戴母问。

"要吃不问价钱，阿菊，中午尝尝俺们渤海产的黑鲷。"戴维兴奋地招呼陈玉菊。

"这条黑鲷可是与一家饭馆老板从渔民手中争夺过来的，花了老大钱了。"姐夫在旁边附和，说着也把自己手中的布袋一倾，"哗啦"一声，倒出很多扇贝。扇贝陈玉菊吃过，上锅蒸一下，用酱油蘸着吃，非常鲜美。鲷鱼没有吃过，不过听说过，此鱼是鱼中上品，肉嫩细腻，上口极佳，不用特意怎么做，也是清蒸，出锅后浇上熟油、酱油，撒上葱花姜沫，美味无比！

陈玉菊十分感动，不为能尝到从来没有吃过的黑鲷，只为这个男人对自己的上心程度。她心里一阵冲动，走过去，一把抱住这个男人，当着众人的面，在他的脸颊上飞快地来了个蜻蜓点水，然后放开他，快步进了屋。戴维一愣，摸摸脸上被她亲过的地方，望着她疾步走去的背影，无辜地向众人眨眨眼睛。

"哈哈哈……到底是大城市出来的姑娘，大方哎。"大家回过神来，全都爽朗大笑起来。

本来，陈玉菊想等戴维回来马上跟他提出自己想先回上海，可是现在她改变主意了，她要留下来，和他一起度过这一晚，明天她要先送走他，然后自己再返上海，吃和睡这些区区小事在爱情面前又算得了什么？根本不堪一击！

中午，大家不吃摊饼、馒头，喝羊肉汤、胡辣汤，为了让陈玉菊吃好吃饱，戴母特意烧了米饭，荤菜是清蒸黑鲷、扇贝、红烧大肉、煎鸡蛋，素菜是炒青菜、水煮豆角，还有一碗萝卜清汤。

地地道道的一桌上海饭菜。这顿饭，先不说味道如何，光是戴家对自己的这份心，这份情，藏在陈玉菊心底，越来越沉甸甸。

44

这顿饭，陈玉菊吃得舒畅无比，鱼和贝虽说咸了点，但胜在鲜嫩；蔬菜也稍咸了些，但好在新鲜。阿菊理解，这里靠海，盐多。

吃罢饭，姐姐拿出一个小箩匾，坐在炕头，一边和陈玉菊说着悄悄话，一边使线纳起鞋底来。看着姐姐把针刺进还没纳的鞋底，用套在指上的顶针在针屁股上一顶，在背面使劲一拨露头针，"哧哧哧"，鞋线唱着歌，快速穿梭翻飞，随意谈笑间，很快小半个鞋底密密麻麻布满了线脚，一掰，十分结实。

"让我来试试。"长这么大还没见过纳鞋底的陈玉菊看得心痒，拿过鞋底，依样画葫芦，用顶针把刺进鞋布的缝针顶了一下，想把针顶穿布层，不料手指一个打滑，缝针屁股一下戳到她的手上。"哎唷！"一声痛呼，姐姐急忙拉过她的手一看，鲜血早已渗了出来。

"你怎么让菊纳鞋底？"正在外屋和儿子说着话的戴母听到呼声，急忙从外屋进来，埋怨女儿。

"娘，不怪姐，是我自己要玩的。"陈玉菊说着抽回手指，吮吸了一下上面的血，"没事，你们看，不出血了。"她举起手指朝她们晃了晃。

"十指连心，很痛的，快拿块布包一包。"戴维也进来，十分关心，低头在小箩匾中找布。

"不用，真的不用，已经不痛了。"对大家的关心，陈玉菊身心好一通舒畅。

"要不要陪你去海边看海捉跳跳鱼？二十几里地，骑自行车去。"

"不去了吧，吴淞口就是海，我也去过几次。"

"俺们这里的海水绿蓝绿蓝的，可清了，哪像吴淞口那么泥浆。"

"下次吧，下次再去。"

其实，戴维才不想去海边，一看到海，整个人就条件反射，马上紧急进入工作状态，明天上船又要在海上枯燥地航行几个月，要不是自己喜爱这份工作，以及丰厚的报酬，一般人还真承受不了。难得还有一天时间，又有未婚妻在身旁陪伴，应该尽情享受这美好时光才对。

"那俺们去挖大葱，怎么样？"戴维无计，在乡下，实在想不出能让一个都市女孩感到快乐的游戏，便孩子气地提出如此讨好她的一个馊主意。

想不到陈玉菊一听，举起双手喊妙，拉住他的手就往外跑。

挖大葱有什么妙的？偏偏陈玉菊还喜出望外，大城市人到农村，还真是觉得什么东西都新鲜，戴母与女儿互相对望一眼，莫名其妙地摇头乐了。

屋后一块自留地里，就种着大葱和大蒜，葱葱茏茏，生长茂盛，青青翠翠，绿意盎然。目光掠过葱蒜，放眼望去，胶东平原上麦地连天接地，一望无际的沉甸甸的麦穗在阳光下迎风摇摆，好似涌动着的金色波浪，此起彼伏，好一派金秋景象！让人止不住喜上眉梢。又是一个丰收年。

戴维被家乡的美景深深吸引，眺望远处，呆立在地头默默出神，思绪随着滚滚麦浪起起伏伏，一时难以平复。"喂！挖葱呀。"陈玉菊"腾"地跳到他面前，晃动着满头乌丝，一双美丽的大眼睛，眨巴眨巴望着他，露出满脸抑制不住兴奋的心情。

"你看，麦子马上就要开镰了，今年又是好收成，年底分红肯定要比去年多，家里的日子也该好过些。"戴维拉过陈玉菊的一只小手，一边放在自己的大手心里爱护地摩挲着，一边喃喃地自言自语。

陈玉菊顺着他的目光转身望去，少顷，猛地从嘴里蹦出一个小学四年级学过的成语："波澜壮阔。"

"对，波澜壮阔！这是金色的海洋。"

就这样静静地感受着目力所及处的田野带给人的震撼，两人久久没有作声。"来，我们挖大葱。"终于，戴维打破沉寂，拉着陈玉菊的手，走到大葱地里。

"用手挖吗？"

"笨！手能挖吗？我去拿锄头。"戴维拿来一把锄头，对准一棵大葱下的泥土用力刨去，"呼"，锄头带着风声，破入土中，随后一撬，整棵大葱带着一大块泥土被翻了上来。

"啊！"陈玉菊的一声尖叫，吓了戴维一大跳。原来，她把大葱提起来时，看到大葱根部带起的土中有一条长长的大虫子在蠕动，"蛔虫，恶心死了！"她在医院的标本瓶中看到过这种令人汗毛凛凛的生物，扔掉大葱，指着那条努力挣扎的虫子对他叫道。

"哈哈哈……"戴维大笑，上前捡起那条虫子，在她面前晃了晃，吓得她又是一声惊叫，"这是蚯蚓。上海小姐连蚯蚓都没见过吗？"他实在好笑。

"没见过。它咬人吗？"陈玉菊盯着戴维手中的蚯蚓，好奇地问。

"不咬人的，软软的，要不，你捏捏看。"戴维把蚯蚓递过去。

"啊！不要。"陈玉菊撒腿就跑。

戴维扔掉蚯蚓，拍了拍手，在后面欣赏着她因跑动而微颤的浑圆的臀，飞扬的秀发，摆动的长臂，活脱脱就是一幅镶嵌在阳光里的倩丽青春剪影，美不胜收！他顿感浑身一阵躁动，喉头也是刹那发涩，艰难地咽下一口口水，拍拍胸口告诫自己：不急！最多半年时间，这个让人看一眼就定格在脑海里的女孩，马上就要成为自己的女人。"哎，回来。"他定定神，在后面喊。

"你把蚯蚓扔掉，不然我要你好看。"她站定，转身捏紧小拳头远远地威胁他，丰满的胸脯起伏。

"早就扔掉了。"他朝她摊开双手，目光越过她的头顶，朝向蓝天。他不敢再看她，怕有什么尴尬发生。

她慢慢走近他身边，鼻子用力朝他身上嗅嗅。"你身上有股令人作呕的怪味。"她边嗅边说。

戴维也闻到了。当然，他是清楚的，这是蚯蚓身上的黏液发出的一种强烈辛臭味，很难闻。他走到放在屋后的蓄水缸里洗了洗，然后把手伸过去，说："你闻，气味没有了。"

"不要。"她躲开，又要跑。

"别跑，俺去给你抓蛐蛐玩。"

蛐蛐陈玉菊熟悉，上海人称作虫。斗蛐蛐儿就叫"斗虫"。每年夏秋季，弄堂里都有不少人去乡下抓虫，然后养精壮，找人争斗，不亦乐乎。她小时候也去看过斗虫，感觉蛮紧张有趣。"好啊，听说全国的虫数山东的最好，给我抓两条厉害的，去斗败那个牛哄哄的黄毛。"她鼓掌。黄毛是弄堂里小时的玩伴，他抓的虫非常有战斗力。

"什么虫啊虫的，多难听，蛐蛐就是蛐蛐。"

"好吧，蛐蛐。"

"俺去那块烟叶地里抓，听说烟叶地里出来的蛐蛐全是铁嘴钢牙，个头大，力气也大。"

她也听黄毛说过，烟叶地里抓出来的虫只只能征善战，因此十分认同他说的话。"别说了，快去抓。"

屋子西面靠近麦地旁边一小块自留地，种着旱烟叶。这个季节的旱烟叶，绿中泛黄，已到了刈割的时候。"蛐！蛐！蛐！蛐！"烟叶地里，有零星的蛐蛐儿在振翅鸣叫，有音质清脆高亢的，有声音沉稳厚重的，亦有谈吐闷声沧桑的。

两人蹑手蹑脚靠近一只正在低沉地、断断续续地诉说着一生坎坷故事的虫窝旁，轻手轻脚翻开一块泥土。老虫十分警觉，立即停止讲故事。他抬起手掌，朝下压了两下，示意她蹲下来，并用双手一围，做了个合捂的手势。她点点头，张开双手，神情紧张，紧盯着他正在翻动的土坷垃。当他翻到第五块土坷垃时，一只浑身焦黑、油亮闪闪的老虫正一动不动，严阵以待，只见它触须高高扬起，轻微抖动，一有感触，随时准备一跃而起逃之夭夭。

第一次抓虫，陈玉菊兴奋、激动，双手迅速合扑下去，呼啸有声，"卟！"土块硌得手掌生疼，下面的虫却逃得无影无踪。"逃了！"遗憾的语气里掩饰不住愉悦的心情。

"没关系，这块地里蛐蛐多的是，再抓。"戴维鼓动她，侧耳倾听蛐蛐的鸣叫，继续寻找它们的老窝。

你的快乐，就是我的快乐。我的快乐，是为了你的快乐。

秋阳下，两个人就像回到童年时代，在烟叶地里钻来钻去，翻寻着过去，翻寻着将来，翻寻着爱情的契合点。

45

从戴维的老家回来，陈玉菊就全身心地扑在了构筑他们的爱巢上。

戴维让她辞去早餐店的工作，说她辛辛苦苦一个月工资，他随便在什么地方省一省就省下来了。今后，她只要管好家里的钱就行，赚钱的事情让他来负责。她很感动，认为这是他对她的爱的一种最最实际的体现。她听他的，也很干脆，没和父母商量，跑到店里跟经理说了一下，填了一张辞职表格，饮服公司头头签字批复同意，领了三个月工资，长期饭票说扔就扔了。

陈妈知道了，以一个过来人的口吻责备她，怪她不该这么早就辞职，要辞怎么也得结婚后，说常常脑子发热是一个女人最坏最坏的毛病，发起病来到底也改不掉。

陈爸倒没说什么，只是告诉她，钥匙虽说交给他了，可装修房子一定得自己想过看过满意了才好，不然后悔药不是太好买的。

陈爸叫来装修工，丈量、计算各种所需材料，然后让师傅开出单子。"老上海"不辞辛劳，一家家跑商店亲自购买。首先安装顶部，预埋电线。

陈玉菊根本不用图纸，指挥工人完全根据个人喜好，这里一个大灯，那儿一个小灯地预留灯头。吊顶用当时上海市面上最流行的薄木板，然后复钉上一层苏联产彩色马粪纸，用清漆涂得油光锃亮。墙壁超白涂料是在外国商品专卖商店里用外币买的德国货，上墙后光洁、细腻，在日光灯反射下，散发出一种幽幽的、浅蓝白色的光。正所谓红得发紫，白得泛蓝。而且，没有一点点国产涂料的那种刺鼻怪味。

接下来是购买新式结实赏心悦目的门替换下老旧的门。窗户比较难办，没有看得中的式样，父女俩商量了一下，根据房子的法式风格，定做了一对放大了尺寸的中西结合的格子玻璃"洋"窗。还别说，待到扩大的洋窗安装好后，居然产生了新颖奇特效果，漂亮美观，同时室内采光也大大增加，马路上走过的路人都会有意无意地瞟上两眼。

"窗户是房子的眼睛。"陈爸说。

"从眼睛可以看出这个人的精神，房子也一样。"陈玉菊说。

卫生间是装修的重点，如果说房间是整个屋子使用时间最长的话，那么卫生间肯定是使用频率最高的地方。

根据女儿的要求，陈爸在南京东路外汇商店买齐各种进口材料，全紫铜的全套淋浴龙头、乳白色的釉花瓷砖、精巧的漱洗小台盆和磨光防潮浴镜、先进的虹吸坐便器，以及防滑的拼花地砖。受够了亭子间、马桶间的狭窄、逼仄，如今拥有这样一个宽畅的私密空间，怎么不去恣肆一把？为所欲为一把？

主卧的墙壁上用了意大利产暖色调墙纸，十八世纪风格的花卉图案，配上一张中式的梳妆台和一张雕花的中式双人床，整个房间中西结合，古朴典雅，看上去另有一番韵味，显得很别致。

最后完工的是卧室客厅地板。七十年代最新潮的地板是在地上先钉好木地垅，然后再用五乘三十厘米柚木板条在地垅上拼装出人字回形图案，经过三遍油漆，光亮照人，赏心悦目，人踩在上面，犹如踩在七巧板上，很有一种奇特新鲜有趣感。

四个月后，房子已经装修一新，刚好碰上戴维也休假匆匆赶来上海。顾不上吃晚饭，陈玉菊便兴冲冲地拉上他去看装修一新的房子。拉亮所有的电灯，照耀得整个屋里亮如白昼。哇！眼前这一切，饶是戴维走南闯北，这一下，也是真正被陈玉菊的用心装修所震到。"真！漂！亮！"他一个字一个字喃喃地说。

"这是我们的新家。"陈玉菊对自己的成就很是自豪。"这个中式床喜欢吗？"她问。

"喜欢。"他答。

"这个卫生间格调喜欢吗？"

"喜欢。"

"这些灯具造型喜欢吗？"

"喜欢。"

"这些地板花纹喜欢吗？"她抑制不住心头的开心再问。实在是太美了，以至于她都有些语无伦次。

"喜欢！"戴维答道，"只要是你喜欢的，我都喜欢。"

"还缺一些家具，等你来一起去买。"她抱着他一条胳膊，幸福地说。

"好。"他答道，顺势搂住了她，接着说道，"我这次休假时间很短，与人调了半个月，准备下次回来结婚时多休息一些时间。家用电器三四天就会到了，还缺一台彩电，下次回来时我自己带来。"顿了顿，又道"这次我把户口簿工作证单位结婚证明都开好带来了，你看就这几天我们去把结婚证扯了吧？"

"好吧，明天我就去街道开证明，然后一起去区民政局。"水到渠成，她也自然地答道。

"老婆，我爱你！"他一把抱起她，站在原地把她抡空转了一圈。

她顺势用双臂搂住他的脖子，在他的脸上亲了一下，回应道："老公，我也爱你。"

这几天两个人真的好忙，上民政局打结婚证用去一天，接应到货的家用电器亦用去一天，电器安装调试更是用去两天，这还是在他亲自动手的状况下。接下来一家家家具商店去看家具，下单付款订购，然后坐等家具送上门。等这些事情全部完成，又马不停蹄地去购买床上用品、日常生活用品，四季服装，南京路、淮海路上也不知跑了多少趟，累得两人像两条狗，大冷的天在商场的休息椅上一边啃着奶油冰棍一边呼哧呼哧吐着舌头喘粗气。好在如今将要嫁给一台"提款机"，不然的话，自己身无分文，根本不可能有累并快乐着的这些日子。

陈玉菊靠在戴维身上，吮着冰棍，注视着川流不息、来来往往一片灰黑色着装的人群，从心底里升起阵阵满足。明天他就要离开上海去船上，这个春节也要在船上过了。

吃过晚饭，似乎是想到了什么，她主动提议，去南京路兜兜风，他自然同意。她双手挽着他的左臂，整个人挂住他半边身子，像一条八爪鱼，紧紧缠着向前缓缓移动。她半抬起头，望着他坚毅的脸。这个男人？这个男人！……想着想着，身上突感一阵燥热，可能是今天穿的毛衣有点厚吧，还加了一件外套。他从臂上敏感地感到她特殊的体温以及压迫的软绵，一时体内压制不住火烧火燎。"去新房吧。"他低头俯在她耳边一个字一个字地吹气。

"唔，随便你。"她满脸都是玫瑰色霓虹灯光的暧昧。

他一扬手，一辆的士悄然停在他们身边。他拥着她，她抱紧他，似一个整体滚进了车里。

司机全程目睹，露出一脸的不屑，去！又是一对野鸳鸯。

打开新房门，地板上的油漆味还未散尽，他要去摸灯开关，她拉住他的手，不让他开。他腾出一只手关上门，一把抱起她，摸索着走进卧室。他抱着她打开空调开关，一会儿，丝丝暖意开始弥漫整个房间……

晨曦穿透格子窗玻璃，悄悄地踅过客厅，溜进留有缝隙的卧室。

戴维还没睡，仍然精力十足，他拂去枕着他的胳膊疲惫睡去的玉菊的额上的一缕撩人香发，借着晨光，仔细地数着怀里的她的脸庞上每一根纤细毫毛，接着扫描精致的鼻孔，精巧的下巴，精准的双眼间距，以及精美微翘的鲜红樱唇，扫着扫着，突又似一股电流袭来，忍不住低下头又是一阵猛吻。

被他吻醒后，陈玉菊睁开水汪汪的大眼睛，尽力想要配合他，无奈太累了，身体似乎散了架，有些不听使唤。

"Last time。"他对她用英文说了一句。

她听不懂，可是从他的肢体语言上她明白了他的意思。

他马上就要走了。

他冲了个热水澡，刷了牙，穿戴好全身，返身进卧室，看着沉沉睡去的玉菊，他笑着摇了摇头，从外套的内袋里掏出一沓美元，数也不数，放在床头柜上，想了想，从上衣口袋里掏出一本微型防水航海速记本，用本子上夹带的圆珠笔写下："菊，老婆，我走了，春节后回家。这点钱你先花着，等我回来。爱你的大伟。"

他把纸条从本了上撕下，压在美元底下，轻轻掩上房门，蹑手蹑脚出来，神清气爽地做了几下扩胸动作，这才心满意足地大步离去。

这一觉，陈玉菊睡得天昏地暗，醒来时一看表，已是下午三点半。全身疲累，肚子饿得咕咕叫。起身后好一阵漱洗，返回房间后，看到了钱和字条，一股暖流从心头淌过。

怎么说呢？这个老公从各方面来说，还是十分棒的，体贴，关心，大方，真诚，听话。关键是他所表现出来的对自己的爱，令人动容。各方面都符合上海姑娘找对象的条件，她暗自庆幸。只是，在某个方面，他实在是索求过多了些，有些疯狂，后来甚至不顾别人的感受，稍稍有点让人难以忍受。也许，第一次都是这样的？也许，海员都是这样的？也许，太饿的男人都是这样的？不想了！她摇头，她也太饿了，真饿，她得马上去填饱肚子。

46

这一年的冬天非常寒冷，用滴水成冰来形容一点也不为过。

陈玉菊已经搬去思南路住了，不用上班，天冷，开着暖空调天天躲在屋里，根本不担心电费问题。

隔三岔五出去一趟，去菜场商场买些吃的回来塞在冰箱里，然后不是吃饭睡觉就是无休止地打一些儿童棒针衫裤，日子却也好过。

偶尔去一次母亲家里，与父母商谈年后办婚宴时该请的客人。

在要不要请陈玉兰一家来喝喜酒的问题上，她和母亲争执起来。

她的理由极其牵强，她对母亲说，阿兰一家的经济状况也不是太好，请喝酒要他们破费，心里过意不去，还是不要叫她来了。

母亲不知她与阿兰之间有过节，像看一个神经病一样眼睛一眨不眨看着她，看到后来终于骂出声来："阿兰是你亲姐姐，不是陌生人，妹子结婚不请亲姐姐，要被全上海人民批判！没有钞票？没有钞票你把礼金退给她好了。岂有此理！气条我了！"

父亲也在旁边帮腔，说她此事做得绝了，还奇怪她为什么会有这种念头，同时话锋转过弯来委婉说母亲把她惯坏了。

她一赌气，有将近一个月没去父母亲那里。

倒是母亲放心不下，来看过她几次，关于这个话题，大家后来也就都没再提起。

春节前，陈玉兰一家三口提了当地的土鸡蛋、菜籽油，以及一方自家腌制的咸肉来上海看望父母，母亲马上把陈玉菊要结婚了的事告诉她，具体日子还没定，要看阿菊老公的假期。

陈玉兰听了一愣，心说这小妮子找男人倒是真有本事，嘴上却说："好事好事，恭喜阿菊，她可不是随随便便就看得上人家的。"说着看了唐万军一眼。

"大喜大喜！恭喜小妹，到时我们一定随份大礼，能配得上小妹的男人，想来定是一等一出色人物。"唐万军连忙在丈母娘面前做足文章。

说起小女婿，陈妈咧开嘴笑了起来，从戴大伟的如何看上阿菊，如何叫李家姆妈来提亲，如何美女好汉一见钟情，如何在上海上只角轻松搞到房子，如何能挣钱，如何……全本《西厢记》，陈妈一个人唱了半天，意犹未尽。

要不是外孙唐平在叫外婆，说肚子饿了，要吃饭，可能陈妈还要没完没了说下去。

开心快乐的事，一定要说出来，让全家一起分享。特别是最亲的人。

"平平乖，外婆马上去烧饭。"陈妈意犹未尽，边说边钻进窄小的灶间，里面顿时响起一片叮叮当当。

吃过晚饭，陈玉兰说春节前旅社客人多，工作忙，一定要连夜回家。

母亲挽留无效，也只得由她去，临走，塞给陈玉兰一些粮票、布票，塞给孩子一大包奶糖和二十块钱。

陈玉兰见了赶忙推辞，连连说："我们有我们有。"

母亲说："你有是你的，我是给孩子，不是给你们。"说着推开阿兰的手，硬是把钱塞到孩子口袋里。

"妈……"陈玉兰声音有些怪怪地叫了一声妈。

"怎么了？"母亲奇怪地问。

"没什么，我们春节不来了。"陈玉兰转过头去，尽量不让母亲看到自己眼中的雾气。

"走吧走吧，早走早回，路上当心点。"母亲关照。

"嗯。"陈玉兰应道。

"放心吧妈，有我呢。"唐万军抱起唐平，让他跟外公外婆再见。

"外公外婆再见。"唐平挥动小手，甜甜地跟外公外婆道别。

"乖小囡，要常常来看外公外婆噢。"陈妈呵呵乐着也跟着挥挥手。

这个寒冷的春节，还是在断断续续的鞭炮声中和并不欢乐的国家形势下欢乐地度过了。

近几天，陈玉菊发现自己有点尿频，动不动想上厕所，一本正经坐上抽水马桶，却又没了尿意。

吃东西也开始挑食，本来辣食是绝对不上口的，近来却对马路对面那家叫"西北风"的辣味牛肉粉丝汤情有独钟，一吃就是两碗。

母亲来看她那天，在屋外叫门，她正在卫生间，连忙喊出声来让母亲稍等，马上来开门。

母亲是拿一本《陈秋萍棒针法》的绒线编织书来给她。

前段时间，陈玉菊一个人住在屋里实在无聊，想到结婚后迟早要有孩子，所以想着未雨绸缪，先学着编织一些婴儿衣裤，编了拆，拆了编，日子很快就在这编编拆拆中溜过去了。

陈玉菊让母亲坐下，给母亲倒了一杯水的工夫，忽一阵尿意袭来。"妈，你喝水，我上厕所。"她说着急急走进卫生间。

母亲喝了一口水，一想，不对呀，自己刚刚在外面叫门，她让自己等等，说在上厕所，怎么这么短的时间又要上厕所？狐疑顿生。

陈玉菊从卫生间出来后，母亲问道："你们已经上过床了？"

"没有的事！"陈玉菊撒谎，明显底气不足，随即脸一红，好在天冷，母亲没有发现。

"有没有厌食、挑食，或者胃口特别好的情况？"母亲是过来人，才不管她撒谎不撒谎，只顾按照自己的思路问她。

"没有没有。"她从母亲的问话中，意识到了什么，矢口否认。

"不对，你一定是在骗我！"母亲十分笃定地说。

47

"我陪你去医院检查一下，估计是喜事。"母亲仍旧照着自己的套路说下去。

"妈……"陈玉菊扭扭捏捏叫了声妈。

至此，她就算再笨也知道是怎么一回事了。

"小丫头，你们领了证的，不用难为情，女人总归要过这一关的，迟点早点，走，我陪你去。"母亲洞察秋毫，一脸正式对她说。

"不去！要去我自己也会去的。"她犟的同时，间接也承认了母亲认定的事实。

母亲瞪了她好一会儿，她却瞅着屋顶不出声，母亲最后无奈，自找自落台，说："给你带了本书来，毛毛头衣裳不打花样，结结平针还是蛮简单的。"

"想不到这么快就派上用场了。"母亲说着，心中却也高兴。

"看起来你们的结婚日子尽量要早点，否则这年头肚子大起来被人指指点点，总归不大好。"母亲又道。

"早晚那也要等他回来才行，难不成叫我一个人结婚？"她呛母亲。

"死丫头！只会斗我，才不要管你们呢，好心没好报。"母亲啐道。

"那就定在'三八'妇女节吧。他说过，二月底，最迟三月三四号一定回来。"她期期艾艾，妥协地说出自己的想法。

"好，就定在三月八号，叫老头子去订个饭店，这个月二十二号发请帖，只有半个月不到时间，蛮紧张的。"

"16天，半个月多点好吧！"

"哪里，今年二月份只有28天，看你，又白长了一岁。"母亲点点她的额头，好气又好笑。

母亲走后，她坐在沙发上呆思呆想了一阵，最后站起身，穿戴严实，出门直奔附近地段的医院。

大冬天的，医院排队看病的人还真不少。

挂了个妇科号，老老实实坐在长条椅上等候。

"陈玉菊。"妇科护士出来叫人，轮到她了。

医生是个三十多岁的女性，梳了个柯湘头，一脸的严肃。她取下围巾，露出一张美到极致的脸。"柯湘头"瞄了她一下，皱了皱眉。这么年轻，这么漂亮的女人，来看妇科，十有八九是搞七廿三留下的后遗症。

"哪儿不好？""柯湘头"问话的时候，脸部肌肉竟然一动不动。

"我好像有……一个多月不来了。"她嗫嚅地说。

"柯湘头"一副不出我所料的神色："躺下，松开腰带。"

她躺下，依命解开腰带。"柯湘头"冰凉的双手在她小腹上轻按一阵，使得她猛地打了一个寒噤。"结婚了吗？""柯湘头"按毕，用充满寒气的口吻问道。

"结……结了。"她的牙齿快要打架了。

"柯湘头"面部肌肉略微松弛些。

"再去验个小便，确认一下。""柯湘头"说完，走到外室，唰唰几笔，画了一张检验单。

她系好衣服，取过检验单，看看，鬼画符，一个字也不识。又是排队、等候，再次拿到检验单的时候，上面好像多了几个加号。回到"柯湘头"这里，"柯湘头"看了一眼单子，语气稍缓和了一点，对她说："三个月了，恭喜你，要做妈妈了，这段时间要注意饮食，注意睡眠，避免剧烈运动，最好不要同房。"

"要吃什么药吗？"她心里一阵开心，忍不住怯怯问道。

"不要吃药，记住，不能随便吃药。要增强食物营养，记住了吗？"

"记住了。"

医院外面，惨淡的太阳挂在高空，无力的光线惨跌在瘦骨嶙峋的梧桐树枝上，却在那里嘲笑着马路上瘪细的阴影。

偶尔一阵刺骨的旋风，呜咽着卷起路上没有扫净的枯枝败叶，呼啸着飞上天空，然后又像醉汉般摇摇晃晃飘落下来，还没触地，便又被来回行驶的车辆挟裹向远方。

这两天陈爸和陈妈在忙着统计需要邀请出席婚宴的亲戚名单，算来算去，算上现在还在走动的近亲，也不过六桌人。

陈妈的意思是要把在浙北农村的一些早已没有往来的老亲也请来上海吃喜酒，大家热闹热闹，并说阿兰结婚时也只摆了三桌酒，匆匆忙忙，冷冷清清，一点也没有结婚的喜气。

"算了吧，平时没有往来，如今却去请八竿子都打不着的亲眷来喝喜酒，叫他们掏礼金，摸腰包，这年头，人家过个日子多不容易，还要乘车赶来赶去，真亏你想得出！"陈爸极力反对。

"阿兰两样的，她是嫁出去。阿菊新房订在上海，不管怎么说，不知道的人看起来，总归像是你陈家招女婿，说出去，于你们陈家脸上有光，我还想把弄堂里所有邻舍隔壁都请到哩。"

"好了好了，差不多点，光什么光！你在家里不知道，中央三天两头有重要指示和红头文件传达下来，上海街头天天一辆辆大卡车满载着工人纠察开来开去，口号标语满天飞，也不知要发生点什么事。我们老百姓多一事不如少一事，少吹吹喇叭，说话做事尽量安稳点吧。"

"六桌就六桌，不过阿菊以前做过的单位同事不知她要叫不叫，最好问她一声。"陈妈妥协，最后却又加了一句尾巴。

"想得出！又不是老同事老朋友，最多一年半载的同事关系，叫啥叫，叫了反而害得人家袋里摸钞票心里不开心，你这个人就是多事。"

其实陈妈准备多叫人来喝酒，也有她自己的小算盘，反正一切开销都是小女婿出，这个人情份子嘛……何乐而不为。

"好好好，随你便。本来要我挤在你们陈家前八尺干什么？我真是多管闲事多吃屁。"陈妈生气地说。

"好了，家主婆啊，勿要生气，开心点，随便哪能讲总归是阿拉囡的大喜事，侬个丈母娘应该欢欢喜喜，高高兴兴，惬惬意意挖只大腰子（注：指江南一带长辈在婚礼上给新人的见面礼）。"陈爸见老伴生气，立马口气软下来，一口上海话吴侬软语，浇得她刚升起的火气变成水气，水气变成雾气，最后风消云散。

"腰子要挖你挖！"陈妈故意板着脸，装出一副正色样子。

"好好好，我挖就我挖。"陈爸一不小心摸了一下老虎屁股，当即可怜巴巴，讨好地说。

"好啊，果然藏了私房钱，说！有多少？"陈妈抓住老伴话中漏洞，自然不肯放过，立刻逼问。

"啊呀……"陈爸自知失言，懊恼地乱抓头皮，"抽我这张嘴！"说着，摸了把脸，算是抽嘴了。

"油腔滑调，到老改不掉。"此刻，陈妈撇撇嘴，表示无兴趣继续纠缠这个问题了。

酒席就决定办在新雅饭店，一来大饭店装潢气派，名气响，档次高，在南京东路上也是数一数二。二来饭店里厨师手艺非常不错，烧的菜道道有自己特色，且适合本地人口味。三来让江南亲戚品尝一下平常很少有人吃过的广东菜滋味，赞一声好吃，于主家面子上也分外光鲜。

跟陈玉菊商量之后，她拿出两千美金交给父亲，说这些钱拿去安排，不够再跟她讲。

陈爸忙说："够了够了，只嫌多，上次装修房子的钱还剩好多呢，等大伟来了还给他。"陈妈听见了说："还什么还！要还也还给阿菊好了，如今一家人，还给谁都一样。"陈爸偷偷朝女儿摇头，陈妈似有第六感觉，一下转过身来。陈爸忙对老伴说："你把你娘家的亲戚写张名单地址给我，这几天我写好请帖要一家家上门送去。"

"阿兰单位有电话，自家姑娘女婿就不客气了，打个电话跟她讲一声，不送请帖去了。就是阿梅那里比较烦，特别是冬天，他们农场总部的电话有时打几天都打不通，真作孽。"

"阿兰结婚她也不来，支边这么多年还未回来探过一次亲，家里电话也少得可怜，信嘛一年写两封，统统报喜不报忧，真把边疆当成家了，索性扎根在那里好了！如今阿二阿三都已是做妈妈的人了，也不知她在那边如何样子！唉……"陈妈长长叹了口气，脸上霎时愁云密布。

"你说什么？阿菊做妈妈了？"陈爸听话听出音头，震惊地问。

"大惊小怪做啥，女人嘛总要做妈的，我只不过是这样说说，要你这么激动。"母亲白了父亲一眼。

"噢，你吓了我一跳。"

"这有什么可怕的？"

48

这里陈家父母筹备婚事忙得焦头烂额，那边戴维在船上也是心急火燎。

三月三日，船到港上海吴淞口。

戴维向船长打了个招呼，提起新买的一台日本彩电匆匆上岸，打了辆车往家中直奔而去。

陈玉菊正在屋内结绒线，听得大门锁孔一阵转动，知是他回来，心中一喜，连忙放下手中活起身走向大门。

门开了，风尘仆仆的戴维拎着一个装电视机的箱子正要跨进来。

"大伟，你回来得正及时，爸妈把婚礼定在八号，请帖都发出去了，你再迟几天来我都快急死了。"陈玉菊迎向他，撒着娇。

"我比你更急，好在我们的'顺风'号一帆风顺，没碰到台风飓风。想死你了，老婆！"戴维扔掉行李，一把抱紧她，死命地亲着她的樱唇，差点让她窒息。

见到如花似玉的陈玉菊，几个月的干渴一下爆发，如同在沙漠中长途跋涉，忽然看到一潭清亮的泉水，不管怎样，拼命也得喝它个肚闷饱胀。

这几个月里，戴维在茫茫大海上，几乎天天想着自己的娇妻，以至阿德一伙在一些停靠国上岸邀他去红灯区，他第一次没有答应，惹得他们像看一头怪物似的看他。他对他们笑笑，说："你们去吧，我要结婚了，这些'洋鸡'就算我再馋也不想吃了。"他觉得这些女人与他的阿菊比起来，简直都是……不！不能比，她们根本没有一点点资格与阿菊比。

他把她抱进房间，扔在床上。房间里空调开得正热。他三下五除二地脱去自己衣裤，又迫不及待地开始动手撕扯起她的衣服来。

"不要……大伟！"陈玉菊尖叫。但他毫不理睬，不管她如何挣扎，他还是飞快地把她剥了个精光，洁白晶莹，好似一个煮熟的被剥了壳的鸡蛋。"大伟，不行！我们的宝宝三个月了……"她大声叫着，生怕他听不到。

"没事。"他喘着粗气回答，两眼放光，像一头吃人的狼。

不知过了多少时间，戴维从野蛮中恢复了过来，温情地用手擦去她眼角的泪痕，亲吻着她。"对不起，菊……实在憋不住对你的爱。"他大言不惭，在她看来，虚假得令人作呕。

陈玉菊把头转到一边，不想去听，不想去看，这个马上就要和自己结婚的人。她对这个人在这方面不顾一切的疯狂行为已经给自己提前打了预防针，尽量地替他着想，尽可能地原谅他。可这个人还是完全不顾她的感受，她的反对，甚至抵抗完全没用。她对他失望透顶，在心里开始骂他：畜生！我恨你！

他从卫生间出来，开始穿内衣。发达的胸肌、腹肌、肱二头肌，随着穿衣动作一块一块凸显，这些她曾经为之痴迷过的肌肉群，此时在她的眼中竟是那么地使人厌恶。

"好了宝贝，快起来，我们去买结婚衣服。"戴维说着，习惯性地从外套的暗口袋中掏出一沓美金，放在床头柜上，对她说，"这一万美金你保管，今后随你怎么花钱我都不会管。以后你管钱，我只管挣钱。"

这样的老公，这个时候的举动和话语，绝对是每个做老婆的最喜欢看到和听到的。

可她望望那沓钱，总觉得他给她钱的时机恰似刚与她做了一笔交易一样，间接在侮辱她。

"今后回家先交钱。"她没好气，心情极差，咬牙切齿。

"行，宝贝说什么都行。乖，起来。"他又要去抱她。

"走开！"她一个滚翻，躲开他的魔爪，快速地穿戴起来。

"宝贝，你刚才说什么？你怀孕三个月了？"他好像刚刚才省悟过来，急促地问。

"没有，瞎说的。"刚见到他，急待告诉他喜讯的喜悦心情在一番折腾之后，早已烟消云散。

"不骗我吧？我妈很想抱孙子。"他认真起来。

"不骗你。"她心情开始慢慢平静下来，往脖子上围上围巾。

得到她的确认后，他马上转移话题，没有再追问下去。

她一阵心酸。

"走吧，先去吃点东西，再去太平洋百货公司购物，回来再把电视装好，夜里就能看节目了。"他现在身心很愉快，吹起了《莫斯科郊外的晚上》，他的口哨吹得很有水平，很好听，轻快、跳跃而悠扬。

第二天，去父母那里报到，陈妈看着女婿带来的一大堆外国服饰、化妆品、特色风味食品，笑得合不拢嘴。

陈爸穿上戴维从国外带来的一套无论质地、裁剪还是做功都无可挑剔的世界一流意大利名牌西装，整个人顿时显得年轻了许多，精神矍铄，充满活力，脸上止不住流露出对这个女婿的满意和赞许。

"可是现在还是不要穿西装的好，万一让一些人小题大做就完蛋了。"陈爸不无遗憾地把西装收了起来，"还是穿中山装安全。"

此刻，陈家父母亲这些日子的忙碌和劳累早已变成了兴奋和高兴。

看到二老乐呵呵的样子，陈玉菊积聚在胸中的郁闷也终于飘散了许多。

49

陈玉兰自从接到母亲的电话，告诉她阿菊三月八日要结婚了，叫他们早点到上海喝喜酒后，她在去与不去的问题上开始了纠结。

思来想去，陈玉兰决定让唐万军带着儿子两个人去，代表全家，父母问起，就让唐万军推脱说她工作实在太忙，要晋升副经理的紧要关头，真的走不开，想必父母也能理解。

大女儿玉梅又是老一套，寄了礼金和一封祝福信，母亲只是无奈地叹气。

婚宴如期在新雅饭店二楼大包厢阳光厅举行。

今天新娘陈玉菊烫了卷发，穿了一件时下最时髦的大红色大三反令加长宽松棒针衫，隐约露出里面一件意大利产半高令纯白羊绒衫；棒针衫直接兜住腰臀，下面一条黑色直筒裤；脚上一双中跟紫酱牛皮鞋，整个人看上去修长、端庄、静美，犹如一枝待放的牡丹，娇颜欲滴，国色生香。

新郎戴维在陈爸的劝说下，也放弃了穿西装，换了一件蓝色中山装，却也英俊洒脱，神采奕奕。

六桌至亲坐得满满当当，人们喝酒抽烟举箸挟菜，品尝大厨顶尖手艺的同时，啧啧称赞新娘的绝色，窃窃私语新郎的健硕，把赞美毫不吝啬地送给这对天作地合的新人。

每个人都表现得很有涵养，每个人都显得很有素质，至亲们讲着有关新娘小时候的趣事、逸事，以及不断向知情人刨根问底新郎的一些根脚。

陈妈领着陈玉菊和戴维，挨桌跟长辈见面，鞠躬致意，敬酒敬烟，长辈们于是纷纷站起来，含笑点头，口中说着一些诸如幸福美满、白头到老、早生贵子之类的祝福话语，然后各自掏出红包作为见面礼。

婚礼低调而温暖地进行着，饭店里特地为新人免费送上革命样板戏《智取威虎山》里杨子荣打虎上山中的唱段：穿林海，跨雪原……

人们习以为常，没有人感到不妥。

客人们喝着喜酒，你看我，我看你，相互顾视而绝不言他，全都哈哈大笑起来，婚礼的气氛一霎时达到高潮。

一对新人跟着母亲，来到唐万军坐的那桌上，唐万军站了起来，瞟了陈玉菊一眼，笑着说了句："新娘子今天真漂亮！"

陈玉菊看都不看他一眼，自顾把眼睛转向别处。

"这是阿菊的姐夫阿军。"陈妈热情地对戴维介绍。

"姐夫你好。"戴维热情地叫了一声，紧接着说，"我叫戴维，从今天开始，我们两个是联桥。"言毕，伸出手来，要和唐万军握手。

唐万军一怔，尔后反应过来，忙把右手伸出，握住新郎的手，同时左手摸出红包递了过去，嘴里说道："你好你好，我叫阿军。我们的关系在上海称为连襟。"

戴维扫了一眼红包，朝陈妈望望，陈妈连忙按住唐万军拿红包的手，说道："你们是同辈，不用的，阿军你也真是的。"说完一使劲，把他的手推了回去。

反倒是坐在旁边椅子上的唐平，也不知是谁教他叫的，仰着脸，稚声稚气、清清脆脆叫了声："阿姨好，姨父好。"立即换得两个红包到手。

陈妈笑着抚摸了一下外孙的小脑袋，俯下身亲亲他那圆嘟嘟可爱的小脸蛋，转头问唐万军："阿兰真的这么忙？连亲妹妹的婚礼都不能参加？"

真的。除此之外，唐万军还能怎么回答呢？

精美可口的菜肴一盆盆端上来，只几分钟，马上变成光盘一只只撤下去。

不知是厨师菜烧得好吃，还是人们的肠子太需要油水，总之上菜、撤盘转换速度之快令人咋舌。

婚宴进行得热热闹闹高高兴兴，亲戚们各自把最美好的祝福送给两位新人。

最后，婚宴在《大海航行靠舵手》的歌曲中结束。

恭送完亲朋好友，陈爸欲把装修和办喜宴余下的钱全部归还给戴维。

陈妈拉了拉他的袖口，使了个眼色，示意到边上，有话跟他说。

陈爸白了老伴一眼，把戴维叫过来，把剩下的钱还给了他，告诉他这是多余下来的全部钱，2000多美元，让他收好。

戴维一愣，当明白过来是怎么一回事时，笑着把钱推回到岳父手里，说："爸爸妈妈为了我与阿菊的婚事操碎了心，这点钱就当是我们小辈买点礼物孝敬你们的，你们如果还给我，叫我这个小辈怎么做人哪！"

不得不说，这个女婿真的会做人，真的是越看越有趣。

陈妈看老伴还要推辞，连忙按住他攥着钱的手说："既然大伟这么孝顺，那我们也就不客气了。"说完，堆积起满脸笑容，与女儿女婿打招呼，"我们先回家了啊。"拉着老伴转身就走。忽然想到了什么，陈妈重新又转了回来，在女儿的耳边悄悄说句什么，惹得女儿一跺脚，转身不理她。"好好，不管你了，我是为你好。"陈妈说完匆匆忙忙下楼。

"爸，妈，那我叫车送你们。"戴维连忙喊道。

"不用了不用了，没有几脚路，我们走回去，就当饭后散步。"陈妈说话间，拉着老伴早已走下楼梯，远远飘来一句话，"你们也早点休息啊……"

小两口打车回到家中，拧亮所有的灯，打开空调，打开电视。电视中一个女主角正在高唱现代京剧，尖锐的嗓音唱得撕心裂肺。他迅速关掉电视。

陈玉菊脱下外套，里面的纯白羊绒衫在客厅的暖色灯光下反射出柔和的光，以至从新郎迷蒙的瞳仁倒影中，映出新娘整个倩影都笼罩在这团乳白色光影中，举霞飞升，飘飘欲仙。

整个屋子仿佛充斥在一派原始的暧昧，以及欲望中。

戴维双眼盯着自己的美娇娘，一眨不眨，如醉如痴。他甩去外套，忍不住一把抱紧她。"阿菊……让我怎么爱你才好！"说着低下头猛吻起她来。

"不要！"她对他刚从船上回来时的粗鲁野蛮举动仍然心有余悸，本能地抗拒。

"老婆，我要一次爱你个够！"他边吻边在她耳边颤声嘟噜。

"不要……我怀宝宝了！"她叫道，不得已拿出撒手锏。

"真的？这么快？几天前你说没有，骗骗我，怎么这么几天又有宝宝了？"他放开她，瞪大眼，像是第一次认识她时那样看她。

"真的。"她从小手包里翻出那张检验单，递到他面前。

他摊开单子一看，上面非常潦草地写着：孕一产0，再潦的字他也看得懂，千真万确！陈玉菊，初孕九十天。

略略犹豫了一下，生理需求湮灭一切。这新婚夜的良辰美景，可决不能白白耽误掉。在桌子上放着的结婚相片中那两个人微笑的注视下，戴维又故技重演，扒拉掉自己身上的束缚，然后一把抄起她，往房间走去，口中还喃喃："没事，宝贝，不会有事的，这个我懂。"他自信满满。

仲曰，礼义廉耻。

礼在首位，必遵。

新婚之夜，毫无疑问，夫妻理应拜行夫妻大礼，天经地义。

既然这样，陈玉菊没有再挣扎，配合他脱去一身外衣，只剩下一套贴身内衣，她心里有一丝希冀，希望他能轻手轻脚地解去她最后的防线，无论是身体上，还是心灵上，疼她，爱她。

可是她的希望还是落空了，她的新郎，她的老公，她认为他各方面都很优秀的男人，竟又像一只饿狼般地扑倒了她……

她已经麻木，随他怎么去啃噬。

心中美好的新婚之夜早已面目全非，像蓦然打碎了一块穿衣镜，镜中原来那个美好的他突然就成了一地碎玻璃。

再也拼凑不成原样。

一个各方面都优秀的人，别人可以容忍他偶尔的野蛮，而当野蛮伤到了一颗心，却可以毁掉他原先所有的优秀。

接下来的蜜月，只要他要，她就给他，她是他老婆，她有责任，有义务。她只是担心她的宝宝，想起医生的吩咐，她真的十分担忧。她没有快感，没有快活，更没有快乐，她像一个有思维的机器人，在新婚的不快乐的日子里，她默默地承受着。

她想得最多的是他马上要走了，要上船了。她盼得最多的也是他马上要走了，要上船了。

而后她想到的是他三四个月后带回来的美元，为了厚厚的美金，她觉得自己无论如何要坚持住。

美好的夫妻生活蜕变成一种赤裸裸的煎熬。

忽地想起那条家喻户晓的语录，她猛然振奋精神，浑身充满力量。

不怕不怕不怕啦……

假期终于要结束了。

最后一晚的疯狂过后，他露出少有的温柔与关心。

"你要多买点营养品，补补身子，千万不要舍不得钱，现在你可不是一个人。春天注意别感冒，吃药对胎儿的伤害最大。"

她奇怪他变化怎么这么快，顷刻间从一只凶残的老狼变成了一个慈祥的老中医。

"等下次回来，我已经是大副了。"戴维点燃一支哈瓦那雪茄，这烟味道好，阿德给他抽了几次后，他也渐渐喜欢上了它。

房间里顿时香味伴随青雾弥漫。

"大副的工资可要比二副多上一成呢。"他深吸了一口，坐在床沿上悠悠地吐着烟圈。

他平时抽烟不多，只有紧张、劳累，开心、放松时才抽。

她根本没听清他在说些什么，她在用被子死命捂住自己的口鼻，不让烟雾进去，用力太猛，竟差一点闷死自己，只好稍稍松开一些被子，烟雾乘机钻了进来。

她咳嗽，越咳越吸进更多烟雾，咳得越厉害。

他这才意识到自己有点忘形，起身关上房门，走到外屋去抽。

可是她却咳着咳着呕吐起来，把吃下的晚餐全部呕了出来。烟雾引起的孕吐。

他掐灭雪茄，见她吐得翻江倒海，很心痛，扶着她坐起来，轻轻拍着她后背，并倒来温开水喂她。做完这一切，又把地上的呕吐物清扫干净。

这样的丈夫，一切看起来是那么完美！温柔体贴，令人羡慕。可是，如果你早注意到不应在这非常时期的房间里抽烟……算了，她不想说，有时候，有文化的人不一定都会去做有文化的人才会做的事。

凌晨五点半，他起床漱洗一番，拿着昨天晚上已经整理好的随身行李箱，轻轻摸摸还在熟睡中的她的肚皮，压低嗓音对她说："老婆，我走啦，儿子，再见。"

陈玉菊听见了他的话，却假装还在梦中，均匀地呼吸，甚至还咂巴了一下嘴。心里却说，走吧，快点走吧。她一点也不奇怪此刻自己怎么会有这样的想法和心情。

见她一动不动，戴维笑了，伸指在她的俏鼻上稍稍刮了一下，这才出门而去。

50

戴维走了以后，陈玉菊起身又喝了几口水，身体感到十分乏力，重又躺下，继续假寐了一会儿。脑子里十分混乱，她想到了自己痴爱过的阿军，又想到现在的丈夫戴维。这两个无法相较的男人，过去和现在的点点滴滴，像幻灯片一样在脑海里一张张翻过来翻过去，翻得头好痛……

我错了吗？我爱错了吗？难道什么地方我真的错了吗？不然的话，为什么老天要派他来惩罚我？

她抚着颈项上那根粗粗的金项链，那镌刻精美、令人爱不释手的吊坠，摸着婚戒上那颗硕大的、光彩夺目的南非钻石，冰凉，坚硬，冷酷，一时间神情竟有些恍恍惚惚。

她使劲摇一摇头，努力驱赶着这些乱糟糟、奇怪的念头。

忽地，小腹处不由自主一阵紧似一阵的抽搐，从缓慢到急促，接着一股痛楚传来，同时感到有一股热流正在从下身流出，泅泅的，用手一摸一瞧，暗红的血。坏了！她第一时间想到了"柯湘头"医生的告诫。

她想爬起来，穿衣服上医院，居然发现全身绵软无力，双臂完全支撑不住上身的重量。肚子越来越痛，一阵无助与害怕袭来。她张嘴喊叫起来，发现喉咙发出的声音好似小猫叫。肚子越来越痛，有点像刀在绞，她的额头已经沁出密密一层汗珠。

她用力咬住一只被角，在床上翻来滚去，最后，裹着被子滚到了冰凉的地板上。"嗵！"她的头先落地，随即头部一阵剧痛，在失去意识前的一刹那，她确信自己已经死了。

时间定格在 1976 年 3 月 29 日上午 9 时 45 分。

她的灵魂慢慢挤出这具躯壳，摇摇晃晃飘荡在屋中央，漠然地看着这间冷冰冰的新房，新房地板上，一摊鲜血在空气的包围中迅速氧化凝固。

她穿过屋子，来到马路上，汽车仍像往常一样一成不变地来往穿梭，各式人等或大步疾走、或慢条斯理地在人行道上去向自己的目的地。

大商场门口，十字马路口，一小群一小群的工人纠察围在一起，不知在交谈些什么。时而有很多大卡车满载武装民兵从马路上急驰而过，扬起阵阵灰尘。

她听不到一点声音，更不愿去睬这个年代的大事，她只瞥了一眼这个城市，便迅即飞到吴淞口"顺风"号的上空，她要看看戴维，她的丈夫，现在在忙些什么。

"顺风"号吃水已达七成，所有的货舱差不多已盖得严严实实，前后甲板上，分别有十几个人在忙碌。

她努力寻找着丈夫，可是来来回回飘了好几圈，都没找到他的身影。

估计在船舱里，或者驾驶室？管他呢，马上要启航了，肯定在驾驶舱协助船长，他不是说就要升任大副了吗？大副可是要做好船长的副手的。

果然！从驾驶舱里出来一个人，正向前甲板上几个人在喊着什么，不是戴维是谁？

她惊讶心中怎么不起一点波澜，就这样默默注视他，看他小跑过去对那几个人指画了几下，然后又跑回驾驶舱，站在船长边上，翻开一本厚厚的大书在认真看着什么。

要开船了吗？这一次要到哪里呢？美洲？非洲？大洋洲？或者欧洲？这条打着巴拿马旗号的国际货轮，即将渐行渐远。

可是，戴维！当你远航归来的时候，我已经变成灰了，你会悲伤，或者痛哭吗？

玉菊注视了一会儿，感觉挺伤心，特无趣，调转身子朝那个自己曾经去过的县城飞去。

这个小家没什么变化，还是原来的样子，三四年了，连家具摆设也没调过位置，只是热水瓶好像从新婚时的铁壳大红双喜换成了竹壳，狭小的卫生间里，一只旧铁皮脸盆中浸着几件他替换下来的脏衣服，看起来是没空洗。

房间里被子也不叠，就那么乱糟糟地堆在床上。

桌子上摊开着一本书，只看了几页，中间夹着一张香烟纸作书签。

墙上，两个刻骨铭心的男女正在同一个木框里朝她暧昧地微笑。

啐！她朝相框啐了一口。

她恨他们，没有仇，只是恨。

是的，很奇怪，虽然已经嫁人，爱恨早已转移，还是忍不住要来看看他们，而且是在一直恨他们的前提下，看看他们生活得幸福不幸福。

她知道这一切已经与她毫不相干，但就是憋不住。

这两个人都不在家，厨房里冷冰冰的，大概有几天不做饭了，他肯定又出差去了，她肯定又在单位食堂吃饭，孩子给塞到了爷爷奶奶那儿，弄得家不像一个家。

唉……她叹了口气，最后环顾了一下四周，带着极其复杂的心情飞走了。

她要去看望一下父母。

家里也没有一个人，父母出去了，她曾经睡过的房间，现在已经归小弟，床前一张她以前专放女生物品的小小桌子上，如今放满了小弟的许多书籍。

小弟在上学，墙上又多了一张他被评为三好学生的班级奖状，小弟，你是老陈家的希望，要继续努力。

老陈家将来的一切光荣与梦想，都将由你来完成。光耀门楣，小弟，你身上的担子不轻啊。

她恋恋不舍地离开了这个住了二十多年的上海里弄老阁楼。

　　升到空中后，略一思索，她决定飞去大姐玉梅支边的地方看看。看看大姐为什么去了那么多年，一次也没有回过上海，她想知道，大姐到底过得怎么样。

　　三月底的兴安岭，到处都是皑皑白雪，密密的落叶松、樟子松、白桦林，持枪举棍，像是百万边防战士，身披白色铠甲，庄严肃穆地坚守在祖国北疆。

　　她在一个二十几户人家的小屯子里，被大雪堆盖住一半木门木窗的一间木头房子上空飘来荡去，她感应到了大姐的气息。

　　透过钉得十分严实的木头屋顶，她看到屋里生着一只炉子，炉子里散发着一明一暗的火苗，正在无情吞噬一块块木柴，燃烧产生的烟雾挟带着热量，在屋里的土炕烟道中迂回曲折前行，最后从屋顶的一个烟囱冲向冰雪的怀抱。

　　烟囱周围的积雪已融化，从空中俯瞰，在白雪的映衬下，犹如一只死盯着天空的黑色大独眼，狰狞可怕。

　　炕上侧躺着一个面容憔悴的年轻女人，一条脏得发亮的老棉被盖住下身，长发蓬乱，遮住一大半曾经美丽的脸庞，仔细看去，不是大姐是谁？

　　身边有一个婴儿，正在她侧身敞开的胸前拼命咕嘟嘟吸奶，吸了一阵，婴儿张开小嘴，好像在啼哭，也许母亲奶水没有了？好可怜的母子！

　　这时有一个胡子拉碴的男人，一身老棉子棉衣裤，用绳子紧紧扎着手脚管和腰，踩着深深积雪，由于门被大雪封住，只能从窗户中翻出翻进。

　　进来后，举举手中的一小袋可能是粮食的小袋子，对床上的女人说了些什么，然后用一根棍子拨旺炉火，开始在炉子上添柴架锅烧水煮饭。

　　她在空中震惊万分！

　　大姐什么时候嫁人了？什么时候又有了孩子？什么时候……为什么？她要冲进屋里去，问老大。

　　她有十万个为什么要问炕上的这个女人！她的大姐！陈玉梅！！！

　　烟囱里喷出来的烟雾烘烘发烫，灼得她的灵魂整个疼痛，不由自主发出一阵阵战栗，连魂光都差点散去。

　　她赶紧逃了开去，收拢散魄，重新凝聚魂灵。

　　蓦地，灵魂剧烈颤抖了几下，她好像感应到了母亲的召唤。

　　母亲，我在这里！

　　她回应，不顾一切地朝着来时的方向升高、飞行。

高空中一目万里，那只狰狞的独眼很快变成一个小黑点，瞬间已无影踪，那个白雪掩盖的小山屯，以及大姐，就像冷空气一样，四散缥缈在灰蒙蒙的天际。

望见到那具离开了许久的躯壳，有一股亲切感。

终于停留在这具还有些许温暖的身体上，挤啊挤，好累啊，汗流浃背，还好挤了进去，魂儿总算回归原位。

我回来了，妈！

妈，我回来了！

51

"阿菊……阿菊！医生……她醒了！"看到女儿眼珠子在眼皮内转动了几下，母亲激动万分，大呼小叫起来。

两天前，陈妈起早在菜场买好菜，想起今天小女婿要上船，因此回家放下菜篮，急匆匆坐公交来到思南路小两口的家中。"阿菊，开门，是我。"陈妈拍了两下门，在门外喊道。

室内寂静无声。

"咦？不会去送他吧？"陈妈自言自语，从口袋里掏出戴维给的备用钥匙，塞进锁孔转了几下。门开了，陈妈一脚跨进屋内，嘴里叫着"阿菊"，随手把钥匙往客厅方桌上一放。上午的阳光从东面山墙上的大玻璃窗里照射进来，驱散了客厅里的寒意。"阿菊……"见没有声音，陈妈又加大音量叫了一声。还是没有声音。"小丫头，懒觉睡过头了呢。"陈妈转身推推房门，没上锁。

"啊呀呀……"推开房门，陈妈被眼前的一幕吓坏了，惊叫一声，朝地上的小女儿扑去，"阿菊……你醒醒……快醒醒……"陈妈想抱起女儿来，试了试却抱不动。一时手忙脚乱，连忙奔到门口拉开嗓子喊救人。

"噔噔噔噔！"听见陈妈急切的哭喊声，从楼上急急下来一对年轻夫妇，进门一看陈玉菊这个样子，晓得不好。女青年立即用棉被帮助裹好她的身体，男青年迅速一把抄抱起来，撒开双腿，往不远处的地段医院跑去。

"柯湘头"正好当班，看见送来的病人眼熟，立即想起不久前来验孕的那个女孩，看到女孩下身的血迹，隐约猜到了些什么，面对这些不听劝的年轻人，"柯湘头"只能无奈地摇头叹息。

陈玉菊脸色蜡黄似纸，脉搏细微如丝，下身不断有人体样组织随着血液滑出体外。"快，马上去血库提2500CC A型血。""柯湘头"接过刚验好的血型单，迅即吩咐一个护士去血库取血给病人输血，同时命另外一个护士把病人推进手术室。

情况危急！人命关天！"柯湘头"一面让陈妈在手术单上签字，一面亲自动手给病人输血做清宫手术。由于不是第一时间送到医院，病人宫腔内胚胎组织与子宫内膜发生了粘连，这是十分危险的。因此，尽管"柯湘头"这类手术做了不下上百次，经验丰富，可面对这次手术的难度，面对一个仍处在昏迷中的人，还是紧张得出了一身冷汗，她只得打起十二分精神。

陈妈在手术室外焦急地走来走去，上下嘴唇在不停地嚅动，不断祈祷的话语差点变成声音飞了出来。

陈爸也赶来了，下意识地搓着双手，睁大双眼，盯着手术室大门一眨不眨，如坐针毡。

既手足无措，又度日如年，急煞活煞熬过两个小时，手术室里，"柯湘头"终于结束了手术，放下器械，剥下橡皮手套，长长地呼了一口气，把脸上戴的口罩吹鼓起一个大包。

"医生，怎么样？"见"柯湘头"从手术室开门出来，陈爸、陈妈同时迎上前去。

"到我办公室来一下。""柯湘头"又恢复了往日漠然的表情。

办公室里，"柯湘头"严肃地告诉他们，病人头部也有伤，有些轻微脑震荡，需要休息，好在送来的还算及时，这条命暂时是保住了，要是晚来个半小时，恐怕神仙也救不活她了。"我认识她，前些日子来检查过，还告诉过她应该注意什么，怎么这么不小心？简直是在拿自己的性命开玩笑，真是乱来！""柯湘头"拉下口罩，不满地斥责道。

陈爸、陈妈两颗吊在喉咙口的心总算重回胸腔的同时，也明白医生说的"乱来"指的是什么。

"不过……""柯湘头"又开口。

"不过什么？"陈爸、陈妈重新紧张起来。

"她今后怀孩子的概率只有百分之三四十，你们要有思想准备。""柯湘头"把严重的预后结果告诉两位家长。

"啊！"这次，陈爸、陈妈面面相觑。

两天后。

"唔……"一声由轻渐渐转重的仿佛身上压着千斤重担的悠悠叹息从天边而来，陈玉菊终于醒转过来。她吃力地睁开双眼，首先映进眼帘的是两个扑向自己的人影。"阿菊，我的小丫头……你到底醒了……吓煞姆妈了……"陈妈扑上床去，抱住小女儿的肩膀，喜极而泣，呜呜有声，涕泪交加。陈爸立在病床边一言不发，默不作声。

记忆如数不清零散的彩色光点在急速旋转，由点及面，然后聚集成图像。眼前，站着父亲和母亲。"爸，妈……我是在什么地方？"陈玉菊的黑眼珠在眼眶里缓慢地骨碌碌转了一圈，环顾一下四周，嘶哑着嗓子无力地问母亲。

"医院里。你呀，你已经昏过去两……"看到老伴对自己使了个眼色，陈妈赶紧刹住话头，止住抽泣，用手抹了一把眼泪。

"我的孩子没了吧？"陈玉菊感到自己的小腹和下身有些酸肿胀痛，同时有种身体被掏空、说不出到底是哪股滋味的寂寞下沉的感受。

母亲不知怎么回答她才好，一时无言以对。

"我的孩子没了吧？"陈玉菊双眼珠子定定望着洁白的房顶，面无表情地又问了一句，苍白凄艳的脸上寒气逼人。

"你流产了，要不是你母亲恰好赶来……"父亲皱皱眉头，还是把实情告诉了她。

"哭吧，丫头，哭出来心里好过些。"母亲不忍看到女儿这个样子，早已忘了医生叮嘱不要让病人情绪激动等一些话，反而劝她哭。

陈玉菊咬住一只被角，越咬越紧，越咬越紧，直至发出纺织品与牙齿摩擦的轻微"咯吱咯吱"声，不知什么时候，泪水溢出眼眶，无声地从两边眼角挂了下来……

52

广州订好的夏季服装陆续到来，新潮、新颖、新鲜、新奇——"四新"。人们——不，确切地说是年轻人，对新生事物的接受和采纳，永远是最快的一群。

五一劳动节前夕，陈玉兰果断地同时撤去三个门店的针织服装样衣，换上了从广州进来的"四新"夏装。其实，按照以往传统的专门销售针织服装模式，这些服装一直要卖到六七月份才停止。因为这个季节虽然天气变暖，但有些受旧观念影响根深蒂固的人认为："夏天买冬衣，冬天买夏衣。"天热买针织毛衣，容易还价，许多店家亦肯降价，以成本价或低于成本价便宜出售，卖掉一件是一件，抛售掉老产品老款式，以期集中资金，下半年在新款上再挣回来。由于有这样一个因果关系存在，在这个季节还是有许多生意可做，只不过生意从清淡到惨淡，一天不如一天。不少店主都无奈戏称：这是"剥指甲"的日子。

5月1日，恰逢各单位休息放假，当三个君子·兰门店一夜之间焕然一新，全面推出颜色鲜艳夺目、面料轻薄滑爽、款式潮流独特、做工细致精巧的各款T恤时，三个门店的热闹拥挤景况，可以用一句当地土话来形容：门槛都要踏坏。市民们还是第一次看到如此新鲜花样款式的夏装，纷纷赞叹，很多年轻人迫不及待地试穿起来。一人试穿，旁边十人中有八九人动心，一看价格，令人咋舌！单价都在80元以上。

有关定价问题，前天晚上陈玉兰与唐万军还有过一番争执。唐万军认为，28元进价的男T恤，零售价定在55元最为恰当。一来，凡是新款服饰上架定零售价，在进价价格上翻一倍是商店商场的毛利默契价格。二来，当地购买人群的收入还及不上南方，价格一高，势必影响销量，拉长销售周期，容易造成后期产品积压，得不偿失。三来，要做批发，如今进货渠道畅通，产地产品不管是品种款式还是货源数量都十分充足，夏季苦短，本是一个赚快钱的时机，不可错过。

而陈玉兰却建议三店统一专做零售，理由是，一股崭新的夏季服装潮流即将到来，多少年被压抑的审美观和消费观将要在人们心中爆发，而这必将引发一场服装的革命，这已经可以从鲜艳靓丽、供不应求的针织毛衣销量中看到端倪，人们已经逐渐抛弃服装只是单纯保暖的传统观念，而把服饰是增加展现外在美及个人魅力的功能放在了首位。

在此之前，一到夏季，几乎全是清一色的传统白圆领衫，老头衫，汗背心，有点颜色的汗衫价格就要比白色的翻上一倍。实际上，在这个非黑即白的年代，消费者已对这种千篇一律的夏季服装产品十分反感，早就产生了抵触心理，厌倦了"正步走"的颜色。

俗话说得好，爱美之心，人皆有之，无论男女。现今一小部分人已经富起来了，大部分人正在富起来的道路上前进，他们都渴望色彩缤纷的生活，特别是解除了思想束缚的年轻人，纷纷开始注重起自己外表，展示自己的个性，而这些多姿多彩的服饰，恰好满足了他们张扬的性格和放飞的心情。所以，这些新潮T恤定的价位，对于这个阶层的消费者来说，应该说刚刚好，虽然有人开头会稍稍觉得有些贵，但最后还是会购买。

还有，为什么不做批发？你批的贵了，人家卖不动，批得便宜了，冲击自己的销售量。而且这夏季的生意今年是他们一家做，别家店铺要跟风的话，短短两个多月时间恐怕根本来不及，这样，卖贵卖贱全由他们掌握，明年情况就会变化，全市没有一百家商铺卖夏装，也有几十家，到时竞争激烈，任你再新款，再想卖好价钱，只能在梦中。

还有重要的一点，陈玉兰说在饮服公司工作时，偶然接触过的一本外国翻译过来的书，记得里面有说到什么饥饿营销，当时在国家以国营、地方国营企业为主的计划经济下看待这种观点，当然不屑一顾，嗤之以鼻，甚至上纲上线。如今看来，说得好有道理。假如你有一个十分畅销的款，你得有意控制一下销量，造成供不应求经常断货的假象，让消费者误认为绝对是紧俏商品，从而吊起他们的胃口，强化他们的购买欲望，这样做的结果，可以提高这个品种百分之二十的销售量。自然了，这必须得在自己能控制住销量的情况下实施，否则就把客户赶到别人店里去了。这一切的前提，必须是独家经营！因此，这第一年，这个短短的夏季，一定要做零售。零售销售数量如果与批零兼售持平或者略减，那么，一定可以多赚总销售额的三分之一强。多出来的，可是净利润，不信？走下去看吧！

其实，陈玉兰自从第一眼看到这批夏季产品，心中已按捺不住，早就在盘算怎么开卖。另外，那批仿法国货的吊带衫，定价200元，先卖起来再随时调整价格，这种款式买的人不会多，面对的顾客都是有几个钱的时髦女人，卖完结束，不用再添货。

"这批夏装，我有预感，结果可能会超出你我想象。当然，我指的是大获全胜！做生意，不管大小，预感相当重要。总而言之，这个社会真正开始进步了。"陈玉兰最后的总结，像个战无不胜的8448部队的军长，站在作战图前，正在指挥一场伟大战役，镇定自如，胸有成竹。

什么时候她成了国家纺织部市场调研员？什么时候她又成了财政部经济预算师？唐万军是暗自惊讶加彻底服帖，他紧盯着她上下翻飞的两片红唇，这个接触买卖不到一年的漂亮上海女人，真是一个商界不可多得的帅才，小生意居然做到了战略层面！

女人的第六感官啊，不服不行！唐万军暗自庆幸，好在这个女人是自己老婆。

第一单生意成交的是二号店，早上开门之后，店里进来两个少妇，衣着打扮入时，浑身香气袭人，袅袅婷婷相约而入，一看就是有钱的主。两人早有目标，一进来紧盯着胸板上的这件镭丝边吊带衫，窃窃私语了几句，便命沈穹曳拿出一件来看看。"拿一件粉的。"其中一人吩咐。两人翻来覆去看了又看，在穿衣镜前，又是撑开吊带衫在胸前前后左右比试，又是拿起吊带衫的内面在脸上轻轻地擦拭了几下，互相评点了一番，最后把吊带衫朝桌上一丢。

"两位老板娘，要不要包起来？"沈穹曳人长得一般，笑容却动人，加上做生意也非一天两天，揣摩顾客的心理不能说炉火纯青，却也能八九不离十。

"细姑娘年纪不大，做生意门槛倒蛮精，我们还未说话，你怎么就知道我们已经要了？"其中一女笑着问道。

"两位姐姐取笑穹曳了，穹曳是从两位姐姐的眼睛里看出来的。"沈穹曳相貌平平，声音却是好听，莺啼鹂啼，依旧笑盈盈，脸上灿若桃花。

"嘻嘻嘻……"两女笑开，互相对望一下眼睛。

沈穹曳也笑，边笑边把台子上的吊带裙装包好装进纸拎袋。

"哎哎，真包起来啊，我们还没决定要买不买。"另一女索性和沈穹曳打起趣来。

"不要紧，两位姐姐不买也不要紧的。"沈穹曳脸上笑容依然，天真得恍若邻家小妹。

"好了，不开玩笑了，穹……你叫什么？"先说话一女忽然问沈穹曳。

"穹曳。"

"穹爷？怎么取这么个名字？"

"爸妈给取的，怎么了？不好听吗？"

"好听。穹爷，给我们拿两件黑色，两件粉色的包起来，都要中号。"

"啊？好，马上装好。"

听说一下要四件，沈穹曳本来想纠正她们，是"曳"不是"爷"，现在也懒得跟她们说了，爷就爷吧，爷虽穷，大你们两辈呢。

两女爽快地按挂牌的价格付了款，拎了衣袋嘻嘻哈哈出了店门，自始至终没有提价格贵贱问题，或者讨价还价。

待陈玉兰从三号店回来，沈穹曳把四件销售款800元交给她时，陈玉兰自己也有些不相信，价都没还这就买走了？看来，自己对这个层次的消费者定的价位还是偏低了些。

君子·兰三个档口在卖香港最新款夏装的消息不胫而走。

接下来整个上午三个门店的生意爆棚，两个营业员根本招架不住。本来陈玉兰还想三家门店轮流转转，心中想好哪家忙就在哪家搭把手。可是自早上进了环城路二号门店，哪里还有空闲抽身出来？与沈穹曳两人早已是满头大汗、汗流浃背，连喝口水的工夫都没有。

唐万军包了辆出租车在三个门店连轴转添货，哪几个款式卖得快，在本子上记下来，准备就在这几天里打电话让厂家发货，并记下规格、颜色、花型，做到胸中有数，还有一些在销售中发现的服装质量问题，一并在电话中告知厂家加以注意，认真改进，以期取得厂商共赢。

三个门店忙得中午饭也没空吃，一直到下午两点钟，生意稍稍缓下来些，唐万军才给她们各叫了几碗双份大排面充饥。

第一次接触到南方前卫服饰风采的消费者，灼灼热情堪比五月的阳光，不过区区四天时间，第一批货平均销售已近一半，就连定价200元一件的吊带衫也售出去将近三分之一。

"君子·兰"在禾城声名大振。

"想不到啊想不到！"这天回到家中，已是深夜11点多，唐万军憋住兴奋的嗓音，生怕吵醒早已熟睡的唐平，"咔咔咔"，笑声像只受惊的公鸭，十分怪异。

"笑起来怎么这么可怕？"陈玉兰白了他一眼，说道。

唐万军反白她一眼，随即朝儿子房间努努嘴，意思很明白。

"发货电话打了吗？"

"昨天就打了，五六天到货，照这个热销程度，估计第二批货销起来也用不到十几天，数量、款式、颜色、尺码，我在第一批基础上都有所调整，照这个形势看起来，还要进第三批第四批了呢。"

"第二批销售肯定将趋于正常，第一批货卖得如此之火实在料不到，如确需第三第四批，量一定要控制，否则等消费者新鲜感一过，销量绝对大幅下降，况且整个市区加上郊县也就这点人口，货一旦积压过多，将直接影响利润，不要到头来白忙一场。"陈玉兰未雨绸缪道。

53

正像陈玉兰所说的那样，第一波抢购潮过后，第二波显得就要正常多了，消费者购买逐渐趋于理性，三个门店的买卖重回可控范围之内。

过了梅雨季节，到了七月份，江南真正的夏季到来，天气真的是热了狗了，夏装行情不涨反跌，T恤走得越来越慢。

唐万军前一阵子看T恤销售得如此之好，第一批订的货这么快售罄，赚钱赚得犹如在宋军中杀红了眼的李逵，手持一对大板斧，劈敌似砍瓜切菜，腰间别挂无数人头，兀自还在哇哇大叫，浑身犹有用不完的力气。他现在极似李逵，腰间别满人民币，脑子一热，兀自赤膊哇哇大叫！因而在要第二批货的时候拒绝了老婆的建议，坚持自己的观点，在第一批数量的基础上增加了一半。

商机稍纵即逝，既然现在抓住了它，就要尽可能地把握它。正如唐万军所料，第二批货很快又将销售一空，于是第三批又上路了。

可是突如其来的炎热天气把人们关在了家里，店里一下子门可罗雀，这么热的天，销售却似乎要冰冻了。

晚上，唐万军连连拍着自己脑袋，有些歉疚地对陈玉兰说："太贪，这一口下去咬得太大了，消化系统出毛病了。"

陈玉兰白了他一眼，道："我观察下来，针织服装销售越是大冷天越是销售差，按常理，大冬天卖冬衣，再正常不过，事实却并非如此，季节服装销售都有提前量，真到当穿的季节，销售实质上也已进入尾声。冬装如此，夏装亦不外如是。"稍想了想，又道，"我粗算了下，这两个月的毛利，没有200万，也有一百七八十万，而在路上的货和目前没卖完的货加起来总共也有200多万，虽说有此前利润垫底，倒也不怕，但万一最后走到这一步，便是败着。因此，后面的生意做起来要稍稍改变一下方式才好。"

"有什么方式？还不是削价处理？"唐万军的思路仍停留在传统的销售方式上。

"你笨哪？这么多货削价，不要说前面累死累活的白努力，就是削价你也不能保证这么多货能一下清空，再说还有一个多月就要进下半年的货了，这些夏货搁到明年的话，占用下半年的流动资金不说，说不定倒真的要变死货了。"说着说着，陈玉兰生起气来。

"以前我们厂里碰到这种情况，都是五折三折处理……"

"所以你们的厂死不死活不活，是吧？"

"那你说怎么办？"

"只有一个办法，找原来的小批发商，开始我们卖疯的时候，他们找过我不知多少次，要批我的货，我都以货源不足回绝了，如今去告诉他们，我们已和供货商谈好明年的销售，如他们销售我们今年剩下来的货，那么明年新产品一到就优先考虑供给他们。随后到的货，要给予他们足够的利润空间，毕竟相比起其他货来，这批夏装还是畅销的，只不过慢了些，这样，让他们也喝上一口糖水。我们这里的零售价格不变，为他们制造机会，自己销售额少点就少点，让他们去赚钱，这样的甜头相信是个生意人就会接受。你千万不要小看这么多乡村小镇小商小贩的售卖能力，后一批 T 恤我们只要放掉一半利润，保证他们个个打鸡血，销完这批货估计没有问题，我们今年的夏装利润空间大，有足够的伸缩性。"

一席话，说得唐万军这个曾经的供销科长、生产厂长点头有如鸡啄米。

最后一批，也是最多的一批货刚运进仓库，唐万军一个个电话通知与君子·兰有业务联系的小商贩们。等到这些小商贩拿到如此之便宜的新潮货时，人人脸露激动快活之色，要知道，卖掉一件 T 恤的利润比卖掉十件老头衫的利润要多，而且销售速度更快。发了！发了！小商贩们很快传了开去，三天两头轮番来进货，以前没有过生意往来的小商贩也纷纷上门，一时间三个门店便又门庭若市，更多大汗淋漓的小客户干脆赤膊上阵，以至沈穹曳给他们取货时常常半掩着嘴，在心中嘟囔：酸汗臭！臭死了！

到得八月中旬，T 恤只剩下几百件，1000 件吊带衫也只剩下 50 多件，几万件夏季服饰卖到只剩下这一点点，按百分比计算，几乎可以忽略不计。

这天盘好货回来，唐万军开心地对陈玉兰说："老婆，大获全胜！哎呀想不到啊想不到……"

"想不到的事多了。"陈玉兰啐他。

这个往年只能剥指甲的针服销售淡季，君子·兰的银行卡上居然多出了 300 万。300 万！在八十年代末期就是跨进富翁的行列了，而且这还只是一个夏季的利润。

"今年下半年终于可以大干一场，不必再缩手缩脚。"唐万军兴奋道。

陈玉兰没出声，沉思了一下，说："跟你商量个事，我想拿出其中三分之一利润，去上海市区看看，我们在做的针服产品或者其他方面生意可以投资的地方，插上一脚，慢慢融入上海去，毕竟上海是国际大都市，无论是人气，还是商业氛围，远非这里的小市小县可比，当然，这点点资金只是去试试水，看这片海水容不容得下我们这些小鱼小虾。另外再取出 100 万，多买一些市里的房产，我们三个门店旁边的房产，可以考虑谈下来，扩大营业用房面积，增加人手，在这么好的大环境下，争取做出点名堂来。"

陈玉兰很清醒，很冷静，唐万军还能说些什么呢，如此宏大的目标，正是去年自己跟她提出来的，如今她倒先他一步要付诸行动，有眼光，有魄力！

轮到唐万军思考了，少顷，他说："好，完全赞同，不过我也有个想法。"

"哦，说出来听听。"

"我的想法是发展到西南地区去。据那里的采购商来进货时吹，那边的经济发展虽比江浙沪一带迟滞，但后劲不可小觑，这些批发商批去卖，挣的毛利差不多有我们的一半，这个可是个不得了的赚头！而且无论什么款式，都有各个不同层次的购买群，只要颜色对路，质量问题上不会太吹毛求疵，对路的某个款，甚至可以卖疯掉，用'抢'来形容一点也不为过。当然这些话也是与他们在厂里请客户一起吃饭喝酒时听来的，要不然他们也不会笨到让人直接去和他们抢生意。这些人也算是嗅觉灵敏，找到了刚刚兴起针服的小镇，抢先咬到了这块蛋糕。不过这批人也是和我们碰到的问题一样——刚刚两手空空起家，想把生意做大，无奈资金不足。也有的安于现状，认为这么做做已能改变贫穷，动力不足，因此这几年，正是打进这个地区的极佳时机，错过这几年，等到他们有人做大，必有人跟风，到时再要去那里赚钱，已非易事。我不管他们说的是真的还是吹牛，事实摆在那里，只要看看他们在厂里进货的驳杂以及价格的定位和要货的数量，就能基本判断出那里的销路情况究竟如何。其实在公家做的时候，我们厂里的衬衫也曾试图在那里打开一个窗口，只是由于那边当地的衬衫厂也很多，最后输给了地方保护主义，可惜。而针织服装，这才刚刚兴起，绝对还是一个空白。一亿多人口的省份哪，加上旁边两个省一亿多，两三亿人民，正处在消费能力强劲上升期的阶段，'翻身的农奴把歌唱'啊，阿兰……"

唐万军双目炯炯炯有神，说到后来，好像那里漫天都在下钞票雨，自己只管捡就是，啵啵啵，把自己都说兴奋、说激动了。

"有道理。"陈玉兰点头。去年他说过的话，她还依稀记得，当时她还没有入门，只是听他说说，自己没有接触过生意，根本没有感性认识。如今虽则才过了年把时间，却是时时刻刻关系到自家生存的切身问题，不得不逼迫自己勤奋努力学习这有关生意场上的所有一切，一分钟也不敢放松。"昨日读书郎，今夕上朝堂"，今天的陈玉兰，恰如一棵度过严冬的君子兰，在初春温暖的阳光里，开始绽出剑柄一样的花蕾。

"要么这样，我上海这块先缓一缓，等明年多积累点资金再说，下个月你先去西南地区了解一下，如果可以的话，今年下半年就重点投资那边。唉……看来我们资金还是大大地缺呢。"陈玉兰叹道。

54

西南三省云贵川，要数四川盆地最为富饶。

刘备于章武元年（221 年）在四川成都成立蜀汉政权，诸葛亮以丞相之位辅助刘备，提出并积极推行屯田政策。成都平原本就沃野千里，暂时平息战乱后，百姓在很大程度上得到了休养，富庶的土地和勤劳的人民很快使蜀国在西南站稳脚跟，与魏、吴成三足鼎立之势。

发源于青海的岷江、大渡河、青衣江各自从青藏高原的果洛东山西麓、玉树巴颜喀拉山南麓、邛崃山脉蜀西营三大发源地，带着三四千米的落差，曲折奔腾激越浩荡而来，在乐山境内三江汇合，形成一条宽阔的外江，又称清远江，然后向东南缓缓流进成都平原。进入成都市区，又分叉成锦江和府城河，穿城而过合入长江水系。

由于成都地处盆地中心，雨水充沛，河流密布，暖室气流终年回旋徘徊，大量雾霭聚集，又受周围高山阻挡无法散去，因此一年四季潮湿很重。

辣椒、花椒便是成都人驱潮赶湿、防病健身的首选。不吃辣不是四川人，不吃麻不是成都人。

八月底，正是需要进下半年新款针织服装的时候。"事不宜迟，你去一趟四川吧，了解一下行情，有落当（注：合适）的门店可以考虑买下来或者租下来，这个你内行，今年的生意是应该拓展的时期，眼光不能只放在本地区。"中午吃饭时，陈玉兰对唐万军说。

"马上要进货了，我走了你一个人怎么办？"唐万军有点犹豫。

"你去吧，货我会去进的，现在厂家都是老熟人了，真来不及去厂里的话，打电话叫他们送样品来订货也可以的，再说小沈这个小姑娘生意上非常熟手了，吩咐她什么，她总是做得十分到位，已经相当于我的左膀右臂。"陈玉兰对沈穹曳这个小姑娘非常满意，时不时夸赞几句。

"那另外再招几个营业员，今年的销量肯定要比去年翻番，到时怕人手不够，临时叫生手帮不上忙，自己累倒了，得不偿失。"

"好，我知道了，你明天就走吧，坐火车还是坐飞机？坐飞机的话马上叫小沈给你去代售点订票。"

"坐卧铺去吧，我不喜欢坐飞机，火车虽然慢一点，但沿途能欣赏一下各地风景，还能了解一下各地风土人情，风俗习惯，反正也不急这一天两天时间。"唐万军想起跑供销时，经常坐火车出差遇到的各种趣事逸事，不禁咧了咧嘴。

"好吧，你自己定夺，尽量挑选人口热闹集中的地段，价钱或者租金高一些没有关系，只要生意一好什么都拉回来了。"

卧铺票非常紧俏，车站售票窗口排起的购票长龙，都是预售三天以后的，购买当天当次车的窗口拥挤不堪，有时当你一身臭汗挤到票窗口，售票工作人员轻飘飘一句：卖完了。不把你气得当场吐血才怪。没有办法，当时中国的远距离交通基本上靠火车，加上这么多人口，没有一点本事还真出不了门。唐万军的本事是加价买"黄牛"票，他找到车站上以前常向他买票的一只"老木壳"（注：阿飞），因为唐万军也算是他的老客户，所以"老木壳"只加价百分之三十给了他一张明天的 197 次车下铺票。

"老朋友，没有办法，不赚你钞票的。""老木壳"数好钞票塞进内衣口袋，拍拍阿军肩膀说道。

唐万军递上一根牡丹烟，帮他点燃，一声不吭朝他点点头，表示有数有数，一切尽在不言中。

八十年代末九十年代初的中国铁路实在不敢恭维，又挤，又慢，又不准时。蒸汽机头呼哧呼哧喘着粗气，好不容易在晚点半小时后启动，慢慢爬出站台。硬座车厢通道上的人挤得前胸贴后背，水泄不通。有人实在受不了，就爬到座椅靠背上，有的甚至爬到行李架上，缩着身子，挂着双腿，三个人的座位挤挨了四五人。

车厢里热浪滚滚，空气混浊不堪，十几台列车旋转小风扇不停地呜呜咽咽，似在倾诉着自己的疲累。卧铺的过道上也站满了暂时逃避拥挤的旅客，一个个眼神漠然，看着窗外快速移动的物体，等着卧铺车厢列车员来驱赶。

唐万军坐在下铺上，皱着眉头望望立在自己铺前的三个手中握着小扁担像是小贩样的汉子，心想，下次出门得坐软卧。

"同志，对不起，借个火。"对面中铺上一个梳着分头的中年人，看到唐万军掏出烟盒火机抽烟，马上不失时机举手跟他打个招呼向他借火。

卧铺车厢里的无座乘客好不容易让乘务员给清空了，唐万军深吸两口烟，重重地吐出一口浊气（列车上虽有禁烟标志，却如同虚设）。

"同志，到成都去啊？""小分头"看着唐万军这人长得让人心里舒服，便一口一个同志跟他搭讪。

唐万军本不想睬他，一听他一口四川话，心中一动，就点了点头回答："是啊，你也到成都吗？"

"我不是到成都，我是回成都。"

"噢，成都人，在哪里发财啦？"

"发啥子财，做点小生意。"

"做啥子生意？"唐万军会讲几句成都话，便问道。

"服装。""小分头"简单答道。

"上海的服装，拿到成都好卖得很，挣大钱了，老板贵姓啊？"唐万军见他只笼统地提及服装，心中便有了几分猜测，于是装成个一懂不懂的外行，随口拍了他一下马屁，又顺手分了他一根"牡丹"，自己亦接了一根。

"免贵姓邓，邓小平的邓。你呢？""小分头"左手接过烟，右手用未吸尽的一截烟屁股复燃"牡丹"烟，也是深吸一口，陶醉道，"上海的烟就是好抽，香，烟油足，有股甜味，过瘾。"

看他那副眯眼享受的样子，唐万军暗笑，心说，一个十足的老烟虫。"唐万军。浙江一个小镇上的。"他作了自我介绍，伸出右手。

"小镇上？哪个小镇？""小分头"坐直身体，握住他的手，瞪着阿军。

"喔，说出来难为情，庙白，乡下小集镇，邓大哥听说过啊？"目测对方年龄比自己大，唐万军尊称他一声大哥。

"没得。""小分头"摇头，对唐万军称呼他大哥欣然接受。

"邓大哥的服装店开在成都哪儿呢？"

"哪有店噢，成都店面死贵死贵的，租不起哟，在青年路摆个摊哟。"

"做生意都是从小做起，今天小，明天大，后天大发大，谁知道。"

"唐兄弟你这句话我要听，别看我今天摆摊，哪个晓得我明天开大店！是哟？""小分头"被唐万军说得高兴，一时来了兴致，拉开话匣子，与唐万军称兄道弟，摆起龙门阵来。

"不瞒你讲，这次我是打听到上海七浦路有个批发市场服装很便宜，所以来上海准备进一点下半年的服装来卖，想不到七浦路上有批发我们那儿去年疯卖过的针织毛衣。当时，我曾经千方百计向那里几个做生意的上海人打听在哪儿进的毛衣，结果他们个个守口如瓶，硬是掏不出点儿话星星来。这次也是巧，正好碰到两个河南小贩死命还价，上海批发老板死命不肯卖，其中一人就建议去一个浙江的小镇去转一圈，说听人说起过，那儿的针织毛衣便宜得很，我心中一动，待那两人走后，暗暗跟踪他们，结果坐了一天汽车，终于跟到了这个小镇，濮院，濮院镇知道否？一看，各式针服毛衣铺天盖地，而且价格和上海简直没得比，算是给我摸到个鱼窠窠。本来从上海进的货到我们那儿价格也要翻个跟斗，如今这么好、这么新潮、这么便宜的东西拿回家，百分之二百赚大钱！你说是哟？这次我把带去的钱全部变成货，唐兄弟，借你吉言，说不定这次真要让我邓哥翻身了。"

"小分头"一快活，肚里那点货全部倒了出来，拿他的成都话来说：巴适得很，喔哦！

"青年路是个卖服装的市场吗？东西卖得贵不贵？"唐万军打听道，这种地方以前吃公家饭的时候他是从来也不会去的（当然那时还没有这条路）。

"唐弟，说出来你也不信，青年路是个政府刚辟出来的马路市场，是春熙路上的一条路中路，卖服装的最多，都是一些自搭的棚棚，我就有一个，交点钱，刚开始只干白天，今年开始开出去晚市，连续经营，差不多要15个小时，人气倒是蛮高的，一天到晚乱哄哄，东西有贵，有贱，有好，有破，有正宗货也有假货，只要能赚钱，锤子！啥子都卖。"

"小分头"真把唐万军当唐弟了，推心置腹。

55

两人谈得高兴，你一支我一支接着抽烟，似两个烟囱，袅袅青烟直奔上铺车厢顶，受阻后复又往下窜，熏得睡在上铺两位女同志白眼乱翻，咳嗽连连，差点就要破口大骂。

这就是唐万军喜欢坐火车的原因，在这个移动的天南地北大家庭里，有些东西往往"踏破铁鞋无觅处，得来全不费功夫"。譬如现在，唐万军在和"小分头"的闲聊中，已经从侧面知道了成都这个大市场对针织服装宏大的需求，以及十分看好的价格行情，这和自己的判断基本上一致。

"邓大哥，再接一支。"唐万军看他烟又快燃烧完，再欲掏牡丹。

"小分头"终于讨饶："唐老弟，谢谢，我烟抽不得多，反胃。"说完，真的干呕了几下。

这时如果唐万军眼睛朝上看看，一定能看到上铺两张捂着鼻子的脸，露出四道犀利得能杀人的目光。

"唐老弟，你还没得说你在哪儿高就呢。""小分头"呷了口茶水，问道。

"我在一家衬衫厂跑供销，想去看看衬衫在成都有没有市场。"唐万军说自己在衬衫厂跑供销，也不能算是说假话。

"成都本地的衬衫厂有好多，难销得很，我劝你还是在成都玩一圈回家吧。""小分头"老神在在劝唐万军，也不算瞎说。

"是吗？那我真的玩一圈就回去了，反正也是公家的事。"

"既然来了，成都的各式各样风味小吃你可以去尝尝，保你吃了还想吃。""小分头"以一个老成都的口吻对唐老弟介绍家乡特色。

"哦，那倒是一定要去吃上一圈哟，邓哥，谢谢你咪。"唐万军笑道。

"哎，兄弟之间，客气啥子。"

一路上，两人闲聊，相见恨晚，不知不觉中列车进了成都站，两人才依依不舍热情握手道别。

站在火车站广场上，下午的阳光正费力地穿透阴霾的云层，丝丝缕缕洒落在行色匆匆的人群中，每个人宛若身着土黄僧衣，怪异得很。唐万军呼吸着潮湿闷热的空气，极力张开双臂，对着站前大道上的滚滚自行车流，在心底大喊一声：成都，我来了！

打车来到吃公家饭时曾经住过的锦江饭店。十几层的锦江饭店地处成都锦江区闹市中心，在七十年代早已是成都市中心的地标建筑之一，在当时的酒店中也算是豪华气派高大上，里面的设施以及服务在国内堪称一流，与上海某些涉外酒店也有得一拼。在饭店的 15 层往下俯瞰，东南西北春熙路各自错开，总长约 2000 米的春熙路尽收眼底。

青年路毗邻春熙路东段，春熙路东段连接总府路，蚂蚁般的人群拥挤着在各种店铺中钻来钻去钻进钻出，宛如在蚁巢中心，各只蚂蚁各有分工各自忙碌着。春熙路取自老子《道德经》中的"众人熙熙，如登春台"句，以描述这里的商业繁华，百姓熙来攘往，盛世升平景象。

有这样一句话：时尚哪里去，春熙路；打望美女哪里去，春熙路；哪里也不想去？还是可去春熙路。由此可见春熙路在成都人心中的魅力。

唐万军洗了个澡，假寐了一个多小时，随后换了身干净的行头，下楼去吃晚饭。

诚如火车上那"小分头"说的那样，成都是个休闲的城市，人们讲究的是吃、穿、玩，到处都是小吃店；到处都是服装店；到处都是茶馆。成都的名小吃前面往往都带有这个小吃的创始人的姓，龙姓创始的抄手叫龙抄手；钟姓创始的水饺称钟水饺；赖姓创始的汤圆喊成赖汤圆；夫妻两人创始的肺片索性直接打成夫妻肺片招牌……种种小吃各有各的特色，要么甜得发腻，如赖汤圆。要么辣得够爽，如夫妻肺片。至于水饺、抄手则分为红油、清汤两种，红油一听名称就浑身冒汗，清汤并非真正的清汤，而是微麻辣。

成都的茶馆一般规模都比较大，差不多都有 200 多平方米的面积，且有楼上楼下两层，多用碗口粗毛竹搭建而成，极具地域特色。家家茶馆几乎座无虚席，人头攒动，不光都是男人，女性喝茶者也颇多。

成都喝酽茶的人不多，大多茶客喜欢喝的是绿茶、花茶，而花茶又是女茶客的最爱，因而在成都找茶馆很容易，在几百米开外只要嗅到绿茶花茶的混合清香，那么你只要跟着感觉走就是。花上三角钱，不管男女老少，在茶馆里摆上半天龙门阵，或几人玩一种狭长条纸牌麻将，边上围坐一圈看客，神色认真肃然，俨然沉浸其中。一个上午结束，然后一批人回家，下午又换一批人，乐此不疲。

成都人的生活要多悠闲有多悠闲，要多巴适有多巴适。

唐万军下楼去吃了一碗清汤龙抄手，略微有点麻辣，还能适应，感觉味道比起十几年前也好像鲜美了不少。改革开放让这个城市也渐渐变得鲜美了呢，他想。从抄手店出来，只不过一百来米，就到了青年路。

此时天色微暗，青年路上的棚棚里挂着的灯已经全部大亮，唐万军慢慢一家一家看过去，正如"小分头"所说，各家所卖东西杂七杂八，有港台来的收录机；有广州来的牛仔衣裤，有手表电风扇自行车，亦有短裤袜子皮鞋，针头线脑抹布苍蝇拍子，简直就是一锅大杂烩！偶尔有几家在卖针织服装，薄型的套头衫，成衫染色，五颜六色挂在摊位上，漂亮艳丽，煞是吸睛，引得众多美女挪不动脚步。

成都属盆地气候，夏季没有酷热，冬季亦无严寒，一年中除了夏季，其余三季都可穿单面薄型针织衫，因此柔软滑爽鲜艳体轻的单面衫刚一进成都市场，就受到皮肤天生白皙水灵的川女们青睐。一衣在身，尽显酥胸柳腰、藕臂美臀，婀娜身姿，风情万种。美女围购，用趋之若鹜来形容一点也不为过。令唐万军最为关切的是，美女们根本不问价格，不到一个小时，一个摊位上几百件薄型衫就被抢购一空。没有抢购到的美女则面露遗憾之色，不断地询问摊主好多时间到货，急迫之情溢于言表，一时间，竟都以拥有一件薄形单面针织衫为傲。

上前一问价格，令人咋舌，80元，摊主绝对是个快刀手！唐万军清楚小镇上的出厂价：36元。

这么大的利润极大地刺激了唐万军，使他兴奋不已，决定明天到前面春熙路东段去看看，他可不想与这些小商贩在如此的买卖环境中去竞争，他要做的是，慢慢占领这一片商业区的绝大部分针织服装销售市场。

唐万军回到饭店，与陈玉兰通了一阵电话，把这里了解到的具体情况跟她仔细说了，陈玉兰沉默了一会儿，说："买个门面房吧，自有自便当，可进可退。"

"好吧，这几天我再去看一看，多了解一下这个市场的多样化需求，再打听一下这里的门面行情，可行的话，不排除买几个，也可考虑自己经营或者出租，因为这里是成都的市中心，热闹程度不亚于上海西藏中路南京东路，我看好这个地方。"

"你决定吧，资金不够告诉我，我给你汇款。"

"过几天再说。"

唐万军睡在柔软的席梦思上，劳累了一天的他却怎么也睡不着，脑子里不断滚动播放着成都美女抢购单面针织薄型衫的刺激画面。

春熙东路的东段尽头，连接南北向总府路的中段，西段尽头连接春熙南路，侧旁就是路中路青年路。

春熙东路从东段到西段，只有五百米左右，路宽八九米，两边都是两层的木结构矮房，与自家在市区购买的三个门面房如出一辙，且房屋多数是私房，不少房东都是自己在经营各种服装生意。房屋虽旧，个个门面却装潢得别具个性，有几家甚至不亚于上海老城厢里古色古香的古董店，别出心裁，别具一格，别有一番老成都风味。放进这些店里的服饰自然要比青年路棚棚摊里的价格贵上好多，阿军在昨晚青年路看到的薄型针织套头衫，这里也有几家挂样，一看标价，100元！有顾客要买，告知只有样品，三天后到货。顾客要买样品，店主笑答，120元拿去。顾客咬牙，120就120，于是一笔生意快速成交，半个月工资就这样眨眼没了。

看到这里，唐万军脑中精光闪现：就在这里扎根。

56

春熙路覆盖北新街以东、总府路以南、红星路以西、东大街以北、南新街、中新街大片临街繁华热闹区域，占地面积十几公顷。

春熙东路上，几乎清一色都是服装店铺，中间偶尔有几家做一些百货、生活用品之类生意的店铺，挤在中间，显得十分清冷、可怜。

春熙路上的服装生意是真好，不是一般的好。唐万军一路走过去，一路观察过去，有一个惊人的发现：大凡进店的人，无论男人女人，成交率极高，只要看中这件服饰，问了价格，基本上买卖都能成交，也许跟他们的辣爽性格有关？唐万军真心想不通，成都人买东西手极松且不问价，而满成都却又都是吃喝玩乐的人，也不知他们哪儿来那么多的空闲，又从什么地方挣来的钱。

春熙东路上的店铺都是以私产为主，两层楼的木结构房子也是上面住人，下面做买卖，房东即店主，店主即房东。

春熙路上的店铺，无论是经营环境、商业氛围、爆棚人气、消费档次，都很成熟，远非青年路上的棚摊可比。

春熙路上有许多做小本生意的店主图省事，干脆从青年路上去进货，什么服饰好卖进什么，在进价上加点利润，随卖随进，不用交房租，不用本钱，有赚就卖，顾客却也络绎不绝，奇怪，人家就是愿意买你的货。

虽说赚不了大钱，一家人的温饱问题却是妥妥能解决的，这全得益于春熙路商业街这块金字招牌。

当然，也有少量出租的房子，租赁者少有南方人，倒是有东北来的，经营一些东北产的手工棒针衫裤、手套、棉袜之类。

打听了几天，一无所获。唐万军便又故技重施，找了个当地老烂烟儿（注：成都话：混混），许以重酬，让他去打探消息。

果然，不出一天，老烂烟儿兴冲冲来报，有一家姓袁的老夫妻，住在春熙东路93号，老袁名下一楼一底，楼上自住，下面出租，有两个女儿，均已出嫁。老两口喜清静，不堪整日临街嘈杂之声不绝于耳，意欲将房屋卖于下面租户，另觅去处。因双方价格谈不到一起，故搁浅已有半年。

唐万军付了老烂烟儿一半酬金，让他约老两口到茶室吃茶商谈，并吩咐此事千万别让现有店主知晓，事成之后再付另一半酬金外加茶水钱，老烂烟儿闻听又有茶水钱拿，答应一声便兴高采烈再去联络老两口。

分手之后，唐万军又特地装成顾客到93号去转了一圈，目测了一下面积，再根据目前春熙路黄金地段市价，心中便有了个数。

有钞票开道，老烂烟儿效率极高，很快就把老袁头带到了唐万军指定的茶馆，老烂烟儿任务完成，喜滋滋领了余下酬金及茶水费后抖抖衣袖而去。

"袁先生，打扰你了，喝杯茶，我姓唐，您称我小唐即可。"唐万军递上泡好的一壶花茶，笑容可掬，对老先生说。

袁老先生稀疏的白发梳了个三七分头，看上去有七十多岁年纪，高高瘦瘦，腰板笔挺，中气十足，估计以前是个教师匠。"小唐？是哩（你）要买哦（我）的房子哟？"袁老先生不来虚的那一套，开门见山，一上来直奔主题。

"是的是的，袁老师爽快，您的屋子您可开个价？"唐万军被袁老先生搞得准备好的一套措辞也全抛光了，只得也开门见山。

"哦这个人不会虚头巴脑，房子一口价，30万，少一分不卖！"

"这个……袁老师，你的店面好像只有40个平方，上下两层，算足80平，按春熙路最高市价每平……"

"要不要？不要算了，我还是回去哟。"

"哎……慢慢慢！袁老师慢，房子我肯定要，既然你袁老师讲了一口价，那我也就不还价了，敢问袁老师什么时候去办房产过户？我也好提早去银行领取……呃，请问袁老师是要现金还是划账？"

"后天星期一，去交割。不过哦要现金。哩领出来，哦存进出，在一个柜台，很方便的，存好钞票，跟哦去办屋子过户。"

双方草签一张购房协议，付了 10000 元定金。

唐万军哭笑不得。虽知道这位袁老先生是位耿先生，却没想到这位耿先生如此之耿！30 万，什么概念？大大地贵了。那时候老百姓家中有一万元存款，被人尊称万元户，不得了！

当时成都的住房也就几百一平方米，买个二居室最多一两万、两三万到头了。商铺也只要千把 1000 多元一平方米，就算是春熙路黄金地段，算它 2000 元一平方米，袁老先生的房子上下两层总共八十平方米，满打满算也只需 16 万。如今天价买个小铺，而且是自己哭着喊着要买的，这叫怎么一回事？理都没地方说去。要不是春熙路上的商铺有价无市……房子的买卖出乎意料地顺利谈成，唐万军的胸口却堵得慌！

袁老先生却明显爽啊，他慢慢呷了口茶，饶有兴趣问阿军："小唐，哩咋个晓得哦是个老师唻？"

"袁老师，你的一举一动一言一行都说明你是一个不折不扣的老师，一个为人师表的好老师！我决不会看错，与您学生意，学生受益匪浅。"

"哈哈哈哈……哦是十七中教数学的老师。"袁老师朗声大笑。

房屋过户过程中出了点小故障，原来过户房屋要交百分之三契税，为少交点税款，唐万军提出在合同书上把交易金额减半，也好省下几千块钱。偏偏袁老师不肯，反正不是他交税，落得轻松，反倒教育唐万军说什么做人需实事求是，说一是一，说二是二，为了国家强盛什么云云，弄得唐万军着实火冒，要不是已经付完钱，差一点不要他的房子了。

接下来与房子里还有三个月就要到期的原先做小百货的租户谈判，要与他提前结束租房合同，自然又少不了赔偿一笔钱。

"哎呀……"当唐万军坐在搬得空空荡荡的 93 号店铺中的一张破椅上，点燃一根烟，猛吸一口，长吐出声，原先占有春熙路一席黄金之地的喜悦之情荡然无存，有的只是塞心塞肺。

船头上吃亏，船尾上扳梢！

办好工商营业执照，唐万军把门面稍稍翻新一下，便急着要进货了，虽说天气还稍微有点热，但早一点有货早一点开卖，况且这块地方销售好像也不太讲季节，夏季买冬装的也挺多，有点像上海南京路淮海路商业街，早点开卖，早点把憋屈掉的钱挣回来。

唐万军在跟陈玉兰通话叫她发货时，只说门店极少，好不容易只买到一个，还是特高价，并没有把购买细节说与她听，心中总觉得像是走了一趟麦城。

接下来又去春熙路其他地方打听哪里有售门面，在不同区位再买个两三个，最好与 93 号形成一个合围之势，这样做起生意来就主动得多了。没有，连老烂烟儿都问不到了，没办法，那就先把生意做起来再说吧，回过头来想想，能买到 93 号的确已很幸运了，好在袁老师要价高，不然还轮不到自己，这样一想，心中似乎平衡了不少。

唐万军的要货单中，着重提到了单面平针半高领、低元领套头成衫染色的针织衫，并强调哪几种颜色要量大些，指定要羊毛和腈纶各百分之五十含量合并的 48 细支纱线原料，并吩咐一定要让厂方抓好质量。这种针织衫北方需求量不大，中原一带销路更差，本地区穿的人也不多，因此陈玉兰还没卖过这个品种。

有了前一段时间的调查，唐万军觉得应该先从女装入手，从成都有这许多肤白貌美的爱美女性来看，家乡的各式新款女装肯定能受到她们的热捧，如能在这里热销的话，势必形成一股针织衫风暴，如今，就让这款薄型套头衫来打头阵！另外唐万军让陈玉兰去设计订制一批君子·兰商标，今后发成都的货，全部先打自己这个商标，同时花一笔钱，把"君子·兰"商标注册。

注册商标这个主意，陈玉兰十分赞同。要货的数量，却吓了她一大跳！

10 万件！问唐万军有没搞错？他说，你放心，我心里有数，10 万件估计也不够，到时再追加，让她一定找几家有实力的厂家生产，再三强调用料、缩绒、染色、摇片、套口等各道关口要严格把牢，另外这么大的定量生产，定金可以多给点厂方，这样可以跟厂家再谈批发价格，应该可以降下几块钱。

唐万军想，10 万件每件成本降低两块钱，就是 20 万元，多花的门面钱不就出来了？

57

唐万军安排完货源问题后，又去订制了一块"君子·兰"店名招牌，子字旁边一朵君子兰正在热烈盛开，美丽、高贵，却又不张扬。

接下来，他去转商店商场，不是看货，是去看人，确切地说，是去挖营业员。你有好货，也要有营业员会卖，有一个好的营业员，买卖会起到意想不到的效果，事半功倍，当然，营业员的颜值也是重要的一环。

走了几十家店，他看中了两个年轻女孩，一个叫小王，一个叫小邓，两人都极具亲和力。

唐万军先观察她们做生意，如何待人接物，如何笑容可亲，如何不厌其烦，各方面中意之后，便守在店门不远处，等到她们有空或有事外出之机，即上去作几句简单自我介绍，并许以高薪让她们跳槽，薪水更是翻倍于她们现在服务的门店。

唐万军始终信奉一条：有钱能使鱼上树。

小王、小邓两个年轻漂亮女孩，正是需要钱来打扮得漂漂亮亮的年纪，怎么可能拒绝如此丰厚收入的诱惑，自是都高高兴兴答应下来，各自留下BB机联系号码，等待唐万军门店开张时召唤她们。

这段时间，陈玉兰亲自去濮院，又是进市里要卖的新货，又要联系厂家订成都的大单，磨价钱，然后盯着打样、看样，像个男人一样和厂长们碰杯喝酒吃饭，穿梭般来回，忙得焦头烂额。好在沈穹曳忠心耿耿，已经能够独当一面，教新来的营业员这个怎么做，那个怎么做，每天打烊前还要代陈玉兰去那两家门店跑上几趟，晚上营业款都是她负责去收来解银行，这才使得陈玉兰能够腾出手来做本来应该唐万军做的事。凡是沈穹曳经手的钱款，陈玉兰查看了几次，还真没有错过，账目也做得清清楚楚，这使得她大大松了口气，对沈穹曳也越发信任，完全把她当成自己的小妹妹看待，工资也是一提再提。因此当唐万军在电话中提及正愁身边少一个信得过的得力帮手时，陈玉兰第一时间想到了沈穹曳这个像田头地角马兰头一样不起眼的小姑娘，等成都那边一切步入正轨，便考虑派她去协助唐万军。

落实好营业员，在等货的这个阶段，唐万军又去红星路租了个倒闭皮鞋厂的仓库。

红星路距春熙路很近，只有几百米，今后搬货添货较方便，更主要的是，春熙路这一圈商业街范围，都是木结构老房子，考虑到火灾等安全问题，唐万军想找个水泥框架结构的房子作仓库。

那天老烂烟儿来"汇报"情况，唐万军便让他找找这种房子准备租下来作仓库，另外再找一套三居室套房，一百来平方米的，买下来自住。老烂烟儿有钱挣，分外卖力，马上跟他联系到红星路上这家倒闭皮鞋厂仓库，唐万军去一看，有几百平方米，也很干燥清洁，非常中意，跟留守厂里的皮鞋厂厂长谈好租金，比自己心中理想的价格便宜了好多，开心之余，便邀厂长与老烂烟儿去涮了一通红油火锅，辣得第二天上火，嘴角都堆起很多水泡。接着老烂烟儿又给他在盐市口旁边一条小巷里觅到一套二楼砖混结构二手房子，盐市口离"君子·兰"也就两站路，地理位置优越，闹中取静，150平方米，稍大了些，但考虑到今后陈玉兰或老家来人，或者也可辟出两个房间让外地营业员暂住等原因，决定买下来，况且房子并不贵，连过好户只有十万多一点，唐万军一高兴，一举赏了老烂烟儿500元钱。

随着老家的货陆续发来，仓库里已经堆了2万件薄型衫，总共有20几个颜色，鲜艳夺目，璀璨纷呈，煞是好看，比起青年路、春熙路有几家在售的商家，这批货不知要比它们靓丽多少倍。

在给陈玉兰的电话里，他对这批货赞不绝口。

陈玉兰告诉他，是自己亲自跑的江苏江阴毛纺厂定纺的、正宗百分之五十毛含量的48支高支纱，大厂生产设备都是进口的，纺出来的纱条杆均匀，配比均匀，毛腈含量精确，因此白坯成衣后，特别适合成衣染色，色泽光亮鲜艳，色牢度好，多次洗涤后也不易掉色，手感普遍比市场上现有的同类产品柔软、平薄、贴身、轻盈。陈玉兰还告诉他，因是自己提供原料去厂家加工，去掉了中间许多环节成本，所以每件总成本算下来只有30元左右。

"想不到自己去料加工可以节省这么多费用。"陈玉兰最后嘶哑着嗓子十分感慨地说。

"阿兰，辛苦你了！去炖支人参补一补。"唐万军的确很感动，真心的。

想想这一个多月里，又要跑纱厂；又要跑加工厂；又要跑染厂，要是让自己去跑亦是有点吃不消，何况一个女人。

九月中旬，正是销售薄型针织衫旺季。前一阶段，小王、小邓两个小姑娘早来询问过，问到底什么时候开张，她们已迫不及待地要跳槽过来干活。唐万军告诉她们，不急，叫她们9月15号一起过来上班，工资就从9月1号算起，两个小姑娘欢天喜地，摩拳擦掌，估计这几天人在别人店里干活，心却早已飞了过来。

其实唐万军心中早已盘算好，假如自己做零售的话，10万件薄型衫一个门市部卖，不知要卖到猴年马月去。他要以做批发为主，零售为辅，他要让全成都的商贩都到他这里来批发，他始终坚信，做批发生意能赚大钱、赚快钱，相比这里的小商小贩，自己有货源上的优势，有资金上的优势，有价格上的优势，有进货渠道上的优势，有质量稳定上的优势。他隐约预感到，这一炮开出来，将彻底震动春熙路！

9月15号，星期六，早上9点18分。春熙路93号"君子·兰"商铺门口，几位从当地川剧团请来的堂鼓、大锣、小鼓、大钹、唢呐手，面对川流不息的人群吹打起热闹的《喜洋洋》，十分滑稽。

短短十分钟的搞怪表演，吸引了大批群众驻足观看，人群中不时有人鼓掌叫好。随后，一条"开张志喜"红条幅从一位变脸演员的嘴巴里变了出来，人们纷纷喝彩。

"君子·兰"正式开张！清一色的薄型针织套头衫样品挂满三整面墙壁，强烈的白炽镭射灯下，几十个颜色争奇斗艳，异彩纷呈，拥进店内的人们仿佛进到了一个童话世界内。从观望到试穿到纷纷解囊，只用了几分钟就成交了第1件，马上第2件、第3件……第180件！到后来简化一道试衣程序，只报颜色拿衣付款。

短短半个小时，唐万军和小王、小邓两个小姑娘都已是汗水涔涔。

唐万军的价格也是和青军路同类门店一样，定在80元，可是质量却远胜其他门店的同类产品，消费者一个个都不是傻瓜，只要一看一上手就会很快区分出同类产品的优劣。到后来，店里几乎已无立足之地，用水泄不通来形容一点也不为过。当然，人群里也混有不少附近和青年路上来打探消息的商贩。这些人又岂能瞒得过唐万军老辣的眼光，他在暗自偷笑：我要的就是这种效果！谢谢你们，你们以后都是我的客户啊。

"啥子牌子的？"

"浙江的，君子·兰，商标中间有朵儿小花儿。"

"没得听说过。"

"又有一个新牌儿出来了。"

"这个牌儿肯定要火。"

门外，有几拨人在交头接耳，窃窃私语，看到这家新开的店生意如此火爆，眼睛红得快要滴出血来。

一直忙到下午两点多，才稍微空了一些，三个人早已饿得肚子呱呱叫，唐万军连忙快速去买了几碗粉肠、几袋汤包，几个人草草解决了一下，马上又投入到接下来的战斗中去。

晚上8点钟，店里还有零星女顾客前来购买，唐万军无奈告诉她们，今天太累，要打烊了，明天再来吧。两个女孩不肯，非要买了才走。最后两个生意做好，唐万军吩咐小王赶紧关上卷帘门，再有人来明日请早。

唐万军背着沉重的双肩钱包，带两个女孩去吃了顿鸳鸯火锅，三个人喝了两瓶啤酒，这才各自回家。

唐万军回到刚买的二手房里，顾不上洗澡，马上清点了一下营业款，乖乖！差不多有12万！也就是说，销掉了将近1500件。理好钱，洗好澡，已是快到凌晨一点，躺在床上想着给陈玉兰报个喜，手刚摸到手机，思维意识早已四处飘散……

58

第二天是星期天，雾霾很严重，阳光无力地徘徊在云层外，窗外灰蒙蒙一片。已是上午九点，还看不清窗外城市的轮廓。

唐万军爬起床，胡乱梳洗一下，随手打开窗户，浓密的湿雾立即扑进屋子，疯狂四处占领室内空间阵地。这讨厌的雾！他诅咒了一句，马上又关好窗户。他去巷口小吃摊位上买了客水饺打包，边吃边匆匆朝门店走去。

好在昨晚交代了小王姑娘一个门店钥匙，叫她8点钟来开门。唐万军首先拎着包赶到附近的工商银行把昨晚的营业款存掉，银行验钞机剔除四张100元、三张50元、七张10元假币，他耸耸肩，无奈地笑笑。等他拿着留下的几百块零找钱，赶到"君子·兰"时，门里门外早已挤满了人，幸亏两个小姑娘是挖来的熟手，有售货经验，虽然手忙脚乱，但还尚能应付，如果换成新手……他不敢想下去。

"老板快来帮忙，我们两个快搞不赢了……"小邓眼角瞥见唐万军来了，连忙大喊。

"咦？唐老弟，'君子·兰'是哩开的哟？"一个有点熟悉的声音在唐万军身后响起，扭头一瞧，不是在火车上认识的"小分头"又是谁？

"邓哥啊，你好。店刚开，衬衫不好卖，卖针织衫哟。"

"喔哦，那么多好货，唐老弟深藏不露，原来是个大老板哟！""小分头"的中分头发上沾了不少雾气，看来已经站着看了不少时间了。

"哪里，混口饭吃，忙完这阵再聊。"唐万军跟"小分头"打了个歉意，挤进店里，继续着昨天的忙并快乐。

来选购薄型套头衫的大都是中青年女性，凡是女性购物都有跟风的习惯，昨天买去的人当场穿上，立显婀娜妩媚多姿，"佛靠金装，人靠衣装"，天生丽质的川妹子穿上如此得体的套头衫，锦上添花，水灵灵，俏生生，引得旁边看在眼里的姑娘妹子个个按捺不住购买的心思，口口相传，姐妹们纷纷相约明天去春熙路买去！

各穿一红一蓝样衣的小王小邓两个青春女孩，在各色衣衫中不停忙碌着，宛若两只在花丛中上下翻飞的花蝴蝶，煞是好看！

今天唐万军想了个办法，由自己专门收钱找钱，两个女孩一个找颜色，一个装提袋递货，好在薄型套头衫都是均码，省去一道挑码环节，速度要快上不少。

就是提高了工作效率，还是忙得吃饭都赶不上趟，晚上八点，又是强行打烊。回到家里，数了一下销一件划一条杠的簿子，我的天！密密麻麻，总共2360条杠！数钱又花去了一个多小时，其中仅凭肉眼又挑出了七八张假币，实在是太忙了，无暇去辨别真伪，寻思着明天一定去买个验点钞机。

接下来几天，销售趋于正常，一般都是五六百件一天的样子，店里两个女孩应付起来基本上绰绰有余。

唐万军腾出身来，又去找来老烂烟儿。老烂烟儿姓刘，五十多岁年纪，瘦骨嶙峋，一人吃饱全家不饿，家住盐市口，年轻时就好吃懒做，东混西混，从一个年轻"烂烟儿"混到老"烂烟儿"。

"老刘，给你点活干干，不要一天到晚儿东耍耍西耍耍。"唐万军正色对老刘说。

"哩唐老板的话哦要听，哩说，啥子活哦能干哟？"老刘挺一挺胸，隔着件白衬衫隐约可见里面凸出的三根肋骨。

"你每天来给我门店添货，看哪个颜色的货卖得少了，就骑三轮车到仓库取货装到店里添上，取多少货拿个本子记上，我会隔天抽查。添货一天也就两三趟，不会超过四趟，不累，给你十块钱一天，干不干？"

"老子干！"老刘一听十块钱一天，一个月300元，比人家上班钱还多活又不累，眼珠子在眼眶里都没有转够半圈，马上答应下来。

"那好，我给你个仓库钥匙，你要管好，莫丢了，做得好我给你另加钱。"唐万军深知像老刘这种人唯一能领导他的就是钱。

"那唐老板好不好预支哦个月工资咪？"老刘涎皮赖脸对唐万军开口。

"前面刚给你那好多钱咪？"唐万军奇怪找房子找门面时自己给了他这么多中介费，怎么会一下子没了？

"都给哦耍光了哟。"老刘脸不红心不跳，正大光明地回答。

"预支你半个月。你如活干得不好，我马上换其他人。"唐万军既好气又好笑，故作严肃地对他说。

"哦办事，哩放心，唐老板哩放一百个心哟。"老刘把三根肋骨拍得空空响，以表明自己的决心。

"走，还站着干啥，跟我一起去买三轮车。"唐万军在公家衬衫厂时，厂里也有像老刘这种人物，深知他们如用得好，便能为自己所驱；用得不好，那就是捉个大白蚤放进自己头发里，有得好受了。

解决了送货的问题，接下来重点要解决的是怎么批发的问题了。批发，必须得下面的批发商问上来，才能站在上位谈价钱，总不能也像其他门店一样，在店门口贴张字条"本店批发兼零售"来招徕客户，这样自己的产品就显得掉价了，应该是让这些小商小贩自己兜上来，这是一个"上门槛落门槛"的问题。而跟自己打招呼的"小分头"，便是开展批发业务的一个最佳切入口。

唐万军在等，等"小分头"找上来；"小分头"也在等，等唐兄弟啥子时候有空。

一个多星期过去了，君子·兰门店已销了将近一万件薄型针织套头衫。

青年路包括春熙路其他棚店门店小老板，惊奇地发现，93号仿佛有永远销不完的货，而自己千里迢迢去厂家守着，好不容易发个一千件货来，很快销完，然后拿着销售款再去进货，门店里则间隔好长时间无货售卖，断断续续影响买卖不说，费用成本也大。划不来，是个生意人都会算这笔账。其实后来各行各业脱颖而出的亿万富翁，都是这样一步步走过来的。积累财富的第一步最是艰难，正所谓"举步维艰"，没有资金，没有人脉，全靠个人一点一滴积累，所谓的"借鸡生蛋""空麻袋背米""白手起家""飞洋片""翻烧饼"等等励志也好，调侃也好的词语，都出自在那个赤手空拳打天下的年代，每个人都在为实现一个富裕梦而努力奋斗。

生意捋顺了，做起来得心应手。

这天唐万军在门店门口叫上老刘，正准备骑三轮去火车站取刚发到的货，"小分头"急急走了过来，看他要出去，连忙喊住他："唐老弟，借步，跟哩说点事。"

"什么事啊邓哥？"唐万军明知故问。

"小分头"拉着他到路边人少一些的地方，递上一根烟，有些不好意思地说："兄弟，老哥跟你商量个事，你卖的货是否能匀出点来哦卖卖？"

"这……"

见唐万军像是要拒绝的样子，"小分头"马上摇手止住他说下去。"听哦说啊，哦晓得哩是个大老板，在哩们那儿资金多，订货方便价格也压得下来，哩的货我看了，纱好色好做工好，哦进的货单价42块，哩的货估计要45块，看在我们兄弟一场面上，哩每天批我100件卖卖哟，让哦喝口粥，兄弟哩看好不好？"

唐万军故作沉吟片刻，然后拍拍"小分头"肩膀，答道："好，谁叫我们是朋友呢？不过价格你看……"

"70块批发给哦，哩赚大头哦挣小头好不好。""小分头"有些迫不及待。

唐万军略作思索，答应下来，这个价格也在自己的想法范围之内，既保证自己绝对赚大头，又不怕他压价冲击自己生意，如真要这样做，那这位

"小分头"的脑袋就不是吃饭的货了。

"那跟我去仓库取货，颜色你自己挑，不过除了次品其他不能退货，货、款当场结清，要不要得？"

"要得要得。""小分头"喜出望外，点头如鸡啄米。

"小分头"随唐万军取好货，去银行取钱付清货款，双方皆大欢喜，各自离去。

59

赚钱这种消息，好比你关起门来偷偷摸摸在屋里煮羊肉，肉还未烂，香味早已无孔不入四散飘溢开来。

接下来，先是附近的小商小贩陆续来找唐万军批发，后来连成都四周县城、城镇的小批发商也络绎不绝赶来找他批发。

从批一次几十件的小贩到几百件的大商贩，无论大小，唐万军一视同仁，来者不拒，按批发的数量，价格在 70 元至 75 元之间浮动。

这良性循环让唐万军的销量刷刷地往上蹿，虽说自己门店零售的数量大幅下降，但赚钱的速度却快了几倍，且利润依旧在一倍以上，几乎天天要跑银行给家中打款，以至工商银行的客户经理对唐万军是笑脸相迎笑脸相送，大哥大哥叫得他真像手中的大哥大一样，这样的生意做起来，舒哉！快哉！

一个半月后，10 万件薄型套头衫很快就要销售一空，后来追加订货的 5 万件也陆续快到了。

"君子·兰"注册商标批复下来的同时，商标名声也开始在针织服装界慢慢浸润开来。有客户订货，指明要君子·兰商标的产品，于是有商贩开始假冒君子·兰商标。从刚起步时的翻贴别人名牌商标，到如今别人假冒自家注册商标，这个在当时国内混乱的服装界怪象，在陈玉兰心中有些搞不清楚这算是一个好消息还是坏消息。

西南生意火爆，本地生意也在发飙，无论各种精、粗纺，全毛、混纺男女款，全部卖疯！

说实话，陈玉兰对西南市场有如此大的胃口也着实吃了一惊，两地生意一对比，显然那边的赚钱速度远远超过这边。这边三个门市部，陈玉兰早就增招了新的营业员，让原来的老营业员以老带新，又分别给她们加了工资以激发她们斗志，商场如战场，这句话也不知哪位高人说的，太对了！自己要做的只是要让下面的战士充满斗志去勇猛搏杀。

在给成都发去了一批这里畅销的新货后，安排好一切，陈玉兰准备带上沈穹曳飞去成都。

阿军在电话里总是跟她抱怨忙得想回家一趟都无工夫，而她自己也想去那边市场看看，陈玉兰考虑了一下，决定带上沈穹曳让她去帮唐万军。

"小沈，派你到成都帮唐哥管理门市部，愿意去吗？"陈玉兰觉得还是要问过沈穹曳。

"好啊，兰姐，我愿意的。"沈穹曳听说要派她去当"领导"，很开心。

"你去问你父母，要他们同意走才能走。"陈玉兰郑重关照她。

"不用问的，穹曳得到兰姐重视，他们高兴还来不及呢！"

"一定要让他们同意。"

"好吧。"

得到了沈穹曳父母的肯定答复后，陈玉兰这才去购了隔天飞成都的两张普通舱座位票。

沈穹曳还从来没有出过远门，也从来没见过停在地上的飞机，一听说要直接坐飞机上天，激动得简直要死。

飞机在"白似棉花般的云朵里穿行"，机舱内，沈穹曳凝望着舱外的云层双目一眨不眨，也不知她在想些什么。突然，她猛地伸手向外一抓，手掌撞上舷舱玻璃，有些吃痛，这才意识到自己臆想过头了，回头看了陈玉兰一眼，"咯咯"地兀自笑了起来。

一会儿工夫，飞机便蹿出云层，在气流层上空平稳地飞行着，像是静止在蓝天里。阳光洒进机舱里，每个人身上都像是涂上了一层金色，散发着光辉。沈穹曳恋恋不舍把目光从蓝天中收回来，又开始好奇地打量起客舱里漂亮的空姐来，盯着她们礼貌的浅笑，悦耳的问候，优雅的举止，轻快的步履，一脸的好奇与痴迷。

"小沈，你要向那些姐姐学习，在那边店里也要这样对待客户。"看到沈穹曳的眼神，陈玉兰对她轻笑道。

"噢！"沈穹曳回过神来，有些腼腆。

陈玉兰注视着她，这才发现这个长相平平的小姑娘不知什么时候已经长开了，该凸的地方凸起来，该翘的地方翘起来，皮肤也变得水润起来。从这个自己看着长成的小姑娘身上，陈玉兰想到了自己，想到昨天照镜子时狠狠拔掉的几根白丝，快20年过去了，我老了吗？

60

"棒打狍子瓢舀鱼，野鸡飞到饭锅里。"这样诱人的句子出现在陈玉梅还在上小学时的课本里，东北在她眼中充满了神秘，心中充满了向往，因此在那场史无前例的运动开始后，在伟大领袖的号召下，她带着满腔热血，瞒着家人，和几个要好同学毅然决然地报名去了黑龙江，下定决心要去保卫祖国的北疆。但是，现实很快给他们这些热血沸腾的年轻人当头浇了一盆冰水。

地处内蒙古大兴安岭脊中段的科尔沁右翼前旗的一个苏木（乡）下面有一个嘎查（村），整个嘎查地处兴安岭密林深处，一年中有半年是被厚厚的积雪覆盖，虽说也有四季之分，可是除了漫长的冬季之外，其他三季显得那么短暂。

这个屯不大，只有二十几户人家，世代以来主要生活来源是兽肉，蘑菇、蕨菜、榛子以及一些鱼类。二十世纪六十年代，旗里帮助村里修筑了一条与外界相通的简易公路，以便于把密林深处的木材砍伐下来后运到外界，换取全村所需的油盐粮食。当时陈玉梅他们这批上海知青到达旗里后，旗领导给他们做了一番动员，鼓励他们要响应党的号召，到边疆最艰苦的地方去扎根。

陈玉梅和三个最要好的同学"红心闪闪放光彩"，坚决要求领导把她们分配到最困难的地方去。领导起初还有顾虑，觉得她们都是女同志，到条件这么差的地方去，怕她们受不了，有点犹豫。后来领导架不住她们再三拍胸脯表态，"下定决心，不怕牺牲"，实在拗不过她们，就把她们安排到了这个密林深处的嘎查。她们分别被安插在村长、民兵队长、妇女主任、治保主任四家村干部家里，"麻雀虽小，五脏齐全"，虽说只有不到100人的村，可地处"反修"最前哨，一套健全的革命领导班子是必不可缺的。

陈玉梅被安插在村长家。

屯里的房子都是就地取材，砍一些只有两三年生的圆木搭建而成。屯长有一子一女，老大儿子30岁，下面一个妹妹17岁。

村长家条件较好，屋里有三个房间，老大一间，妹妹一间，村长夫妇住大间，由正房的烧木柴供热的炉子连通三个房间里的三只炕。

陈玉梅来了后，就和村长小女儿住在一起。刚来的一个月，屯里有上面旗里拨下来补贴给知青的口粮，无非是一些高粱、马铃薯和棒子面。一个月后，吃的问题就必须要知青自己靠双手去劳动创造。

刚去的时候是初夏，兴安岭的雪水开始融化，穿过绵绵森林，流经屯子边上一条齐胸深小河，冰凉彻骨，晶莹剔透，是屯民的主要生活用水来源。夏天，小河的两岸，生长着一些不知名的野花，在这难得的参天大树遮掩下的斑驳阳光照射中竞相开放，散发着阵阵迷人香气。森林中踩上去软软的黑土地及一些朽木上，生长着淡黄色的毛尖蘑、褐色的猴头蘑、土黄色的黄蘑，味道十分鲜美，营养价值极高，特别是毛尖蘑，更是超过普通蘑菇营养的十几倍。密林深处，活动着许多狍子、麋鹿、雪兔等一些为屯民提供脂肪类营养物质的动物。后来木材上升为国家战略物资，并修筑了能运送木材的公路后，屯里也开始了伐木这条为国为家之道。在锯树的油锯还没有普及之前，只能人工使用斧子砍伐。

陈玉梅她们来的时候，正是伐木季节，四个上海女孩，主动要求参加伐木，每天拿着沉重的双开刃伐木斧，跟着全屯男女劳力，在屯长的带领下，"哼！嚯！""哼！嚯！"一棵两人合抱的松树，屯民两人合砍，一个时辰便能砍倒。而她们四个女孩轮番用尽全力，手上磨起一排排血泡，一整天才砍倒一棵，人，也随树一起倒下，躺在厚厚的腐叶上，累得真的不想爬起来，直到大黑头的树蚂蚁疯狂爬进衣袖、裤管，这才尖叫着跳起来。

不出一个星期，另外三个女知青就以各种借口不肯再出工，只剩玉梅一个人在咬着牙坚持，坚持到第 11 天，任你再念语录也不行了，实在坚持不住，终于也倒下了。

理想是彩色的，现实是灰暗的。

这天晚上陈玉梅身体发烧，昏昏沉沉睡在床上一个劲说胡话，同睡一个房间的小妹起来摸摸她的额头，烫得跟炭火一般，吓了小妹一大跳，连忙跑到外屋喊父亲，屯长父亲一看不对，马上叫老大铁木去苏木请医生。

老大铁木是个壮汉，木讷，不善言辞，家里冷不丁住进个鲜花般的上海美女，小河边的野花一下子跑到心里去开放了。

61

铁木偷偷地关注她，默默地注视她，看她手上的血泡磨破了，马上去找手套来悄悄塞在妹妹房间里，吃饭时，自己尽量多吃点棒子面，把高粱饭留给她吃，在把树快要砍倒时，他会帮助拉住绳子，并指挥她们躲开，控制住树木倒下的方向，以避免伤到她们……

父亲在喊叫铁木去叫医生的时候，铁木早就蹿出了木屋，一溜烟朝苏木方向跑去。嘎查离苏木有 20 几里地，铁木心急如焚，撇开简易公路不走，凭着熟悉的记忆，黑暗中打着手电从老林中抄小路一路狂奔。

一个多小时后，铁木和查音大夫已经站在了陈玉梅的床边。打了针喂了药，送走了查音大夫，陈玉梅沉沉地睡去。

铁木站在房门外，站也不是，坐也不是，一个劲地挠头挖腮。

许久，小妹推门出来，铁木扑上去抓住她的肩，急切问道："怎么样？"

"烧退了，睡一晚就好了，我的哥。"小妹"扑哧"一下笑出声。

"呼——"铁木长出一口气。

小妹抿嘴看着大哥，心中憧憬着，假如真能如此，那该多好啊。

当陈玉梅悠悠醒来时，已是第二天中午，她感觉浑身无力，想动动手脚，发现不听使唤，肚子却饿得咕咕直叫。

小妹端进来一碗煮得稀烂的高粱粥，还有一块温热的马铃薯她把它们一起放在床前小桌上，说："玉梅姐，吃吧，我哥不会煮，有点煳。"

陈玉梅感激地朝小妹笑笑，端起粥碗，喝一口粥，咬一口马铃薯，啊，从来没有吃到过这么香甜的粥和马铃薯，太美味了。以至以后的很多年岁月中，陈玉梅都忘不了这一餐的食物味道。

按理说，伐木应该是在冬季干的活，可是因为手工操作效率实在低下，达不到生产任务，无奈才一年四季无休止地砍伐。

在整个夏季，屯长再不让四个上海女孩去伐木，只安排她们去干一些采集木耳蘑菇蕨菜之类的轻便活，晒干之后出售，作为一项集体经济副业收入来源。有时，也会碰到不少溯流而上冲进小河里产卵的大马哈鱼、大鳇鱼，这时她们就和屯里的女人们一起赤手空拳围捕这些送上门的美味。

嘻嘻哈哈，夏秋季节就这么一眨眼过去了。

这年的冬天来得特别早，刚进入十月，兴安岭就纷纷扬扬下起了大雪，一朵朵堪比棉花。

晚上，四个上海姑娘不约而同聚集在民兵队长家中，围着火盆，每人都裹着一条插队时旗里发的油腻腻破军大衣，听他讲那些惊心动魄的反帝反修故事，听到后来，每个人心中都升起一股浩然之气，恨自己迟来几年，没能赶上为保卫祖国边疆抛头颅洒热血的好时代。

玉梅回来后躺在坑上，辗转反侧，心潮难平，不禁用脚踢了踢睡在另一头的小妹，问道："你碰到过苏修特务吗？"

"没有。"小妹被她问得没头没脑，干脆地回答。

"就是高鼻子蓝眼睛反穿羊皮大衣，来刺探我国军事情报的苏修特务。"陈玉梅根据民兵队长所讲的，努力描绘。

"那叫大毛子。我们这里没有的，你听那个二毛子瞎吹。"小妹刮辣松脆地贬斥民兵队长，看得出对他十分不待见。

"哦?"陈玉梅将信将疑，倒有点不知该相信谁。

大雪下了两天三夜，暂时休息了一下，天空依然彤云密布。树枝上积雪沉甸甸的，雪地上到处都是被雪压断了的细小枝杈。大雪同时封住了一大半屋门，人要想出去，只能从窗口慢慢推开外面积雪，然后爬出去把门外的雪铲掉，才能有个通道可以出入。森林里的积雪有齐腰深，要想出去，跋涉半天也走不了多少路。

四个上海知青哪里见过如此阵仗的大雪，在雪地里滚啊爬啊，一个个兴奋得像回到了学生时代，兴犹未尽之际，便相约一起去密林中捉狍子。她们听民兵队长说过，森林里的许多草食性动物，比如狍子啊麋鹿啊雪兔啊，每逢大雪，它们便站在原地一动不动，任凭大雪把它们全身掩盖起来。因此，你只要在皑皑白雪上面发现有两个在冒热气的气孔，下面一准是一头狍子或者是一头鹿，仰或一只雪兔，你只要挖开雪层用绳子套住抓住它就行，在这么厚的雪中，它们那细长的腿是无法发挥优势的。再不行用棍子打它鼻子也行，这些动物的鼻子跟狗一样，非常脆弱，瞄准了，举起棒子，打一下就倒。民兵队长的话深深地印在她们那对一切新鲜事物都感到好奇的脑海中，于是，她们瞒着屯里的人，每个人都拿了根树棍，要去增见识，开眼界，找乐趣，去学习课本上学不到的知识。

她们瞒过所寄住的人家，悄悄地出发，带着求知的欲望，带着兴奋的心情，带着探索的激动，向大片的樟松林深处中走去，因为她们听说，这些动物都生活在离屯子有十几里地远的森林中。

林子里的雪有齐膝深，每走一步都很费力，她们拄着棍子，想象着红军过雪山时的艰难，对比一下，眼前这点困难实在算不了什么。天又开始下起雪来，越来越密，使得大白天密密的树林里显得愈发昏暗起来。跋涉了一个多小时，其中一位女知青突然指着林中一小块空地上，惊叫一声："快看——那是什么?"众人闻声一看，果然! 前方雪地上，有两个小小的雪孔正在丝丝缕缕往上冒着热气，好似吸烟的人用两个鼻孔喷烟一样，动物呼出的热气在冰冷的空气中十分显眼。

"狍子!"有人惊呼。

"终于找到了……"大家兴奋地围了上去，迅速形成一个包围圈。

可是，怎么样才能抓住它呢? 四个人你望我，我望你，顿时束手无策。"扒开雪层。"有人喊。于是大家合力扒雪，刚扒了上面薄薄的一层，一只动物猛地从雪下冲了上来！

"真的是一只狍子……快抓住它！"几个人惊喜大叫。

呼！一根树棍带着疾风扫了过去。是陈玉梅，一看狍子要跑，情急之下抡起棍子胡乱一扫，扫中了它的一条后腿。狍子在雪地里打了个滚，拖着一条伤腿，一步一陷艰难地朝远处爬一样地逃去。

"别让它跑了……快追……"姑娘们呼呼喝喝，干脆甩掉大衣，提着棍子追了上去。陈玉梅走在后面，突然，一只有小羊羔那么大的雪兔惊慌失措地蹿了出来，往另一个方向像滚雪球一样滚去。

"雪兔……我去抓……"陈玉梅尖叫了一声，朝雪兔逃跑的方向追了下去。

积雪太厚，雪兔在雪地里跑不快，几乎是在爬行，爬几步停下来歇一歇，看看后面陈玉梅要追上来了，赶紧又爬几步。呼哧呼哧……亡命奔逃的雪兔鼻孔呼出的热气，吹得鼻孔前的积雪瞬息融化；呼哧呼哧！玉梅身上已经渗出汗来，在积雪中拔一脚陷一脚，始终不肯放弃。

逃逃追追，追追逃逃，林子越来越密，也不知过了多少时间，玉梅感到体力已经透支了，实在追不动了，只得眼睁睁地看着前面的兔球越滚越远。

雪越下越大，一朵朵，一团团，扑向大地，无声无息。四周除了树还是树，可怕的森林张牙舞爪，终于露出让人畏惧的死寂面孔。"喂……你们在哪儿……"陈玉梅感到害怕了，浑身打了个寒噤，一股尿意凭空产生，她开始撕心裂肺地呼喊同伴。声波好像被大雪吸了个一干二净，连个回纹都没有。嗓子喊得都有些沙哑了，又有谁来回应？有的只是狰狞的森林以及无尽的寒意。来时的脚印依稀可见，陈玉梅努力安慰自己不要怕，用警句激励自己，极力克制住心中正在一点一点升起的恐惧，她开始沿着这些脚印往回返。

去时容易返时难。追兔时，心情激动，摩拳擦掌，体力充沛，方向明确。返回时，垂头丧气，陈玉梅心急恐慌，精疲力尽，晕头转向。渐渐地，来时的脚印在大雪的不断重复覆盖下越来越淡薄，不一会儿，便如同有人抹去了一般，远远望去，林中到处白茫茫一片，好像这里从来没有发生过什么事一样。在经过绕了一圈仍回到原地的可怕过程后，她猛地想起某本书上描写的遇险情节，便依样画葫芦，捡起一些树枝，走一段插一根，走走插插。随着又一次看到自己插下的树枝，她惊恐万分。寒冷、饥饿、无力、绝望，正在一丝一丝抽取她身上的侥幸和奇迹。她的意识开始模糊。

在缓缓倒下的那一刻，她梦到了心中一直想去而没有去成的伟大首都；梦到了心中的红太阳；梦到了她即将要出发来北疆的那天晚上，父亲的唉声叹气和母亲眼中噙着的眼泪；梦到了那个连夜给病中的她叫出诊、巴头巴脑的屯长的儿子……

62

事实上，在她们走后不到一个时辰，铁木就发现事情有点不对头。

这样的大雪天，屯民们基本上是躲在木头屋里，在火盆上烤点狍肉鹿肉或者冰冻的马哈鱼，男人们再来点劣质白酒，日子过得还算逍遥。

陈玉梅上午跟家里人说要去妇女队长家串门，可自己刚才去屯里小卖部碰上妇女队长，随口一问："玉梅在你家啊？"

"没有啊？永红不是去你家了吗？"妇女队长奇怪地反问。

住妇女队长家的知青叫永红，她跟妇女队长也说要去屯长家串门。

"坏了！"铁木一听，无头无脑说了句，撒腿跑出小卖部，直奔另外两家，一问，果然都不在。急忙回家跟父亲一说，父亲说那你快先去找，我再去喊些人随后赶来。

铁木从木屋旁边的小屋中，放出两条狗，挂好一架爬犁，又跑回屋里取出一支猎枪。

虽说这么厚的雪，狗也跑不快，但总比人一步一脚要快上不少，况且狗的嗅觉十分灵敏，找人也方便，带枪，自然是以防万一。

两条雪橇狗很高大，尽管在铁木心急如焚的呼喝下奋力奔跑，但在没过狗肚皮的雪地里，却比平时要慢上不知多少。凭着多年在雪地里追踪猎物的经验，铁木很快找到了永红她们三个姑娘，她们冻得簌簌发抖，互相搀扶依偎着正在往回来的路上又滚又爬。

看见铁木，就像看到了救星，喊着哭着，激动得差点集体晕死过去。

"玉梅呢？"铁木边把她们弄上雪橇，一边焦急问道。

"她去追一只雪兔，我们三个追一只狍子，追着追着分散了。"永红哆嗦着嘴唇告诉铁木。

往回走了没多会，遇到屯长带着几架爬犁也赶来了。把永红她们转移到后来的爬犁上后，铁木返身又往另一个方向赶去……

"查音大夫，情况怎么样？"看到查音大夫从病房中走出来，铁木和屯长几乎异口同声地急切问道。

"唉……情况不好。"查音大夫摇头叹息。

"啊？查音大夫，你快救救她！"铁木一听，顿时手足无措，偌大个汉子几乎是带着哭腔对大夫说。

"她的两只脚已经严重冻伤，快发黑了，要尽快切除，不然拖延下去，有生命危险。"查音大夫甩了甩头发，一脸严肃地说。

"啊……两只脚？能否保住一只啊？"铁木大急，盯着查音大夫。

"屯长，铁木，你们过来。"查音大夫把两人叫到另外一个房间，"告诉你们，我只是一个赤脚医生，还从来没有做过截肢手术，只是在旗里看老师做过，可再大老远把病人送旗里去，恐怕病人性命不保，因此，你们必须得相信我配合我，病人必须要尽快手术，必须得切除两只脚！要手术的话，你们必须得在手术单上签字！"查音大夫斩钉截铁地说。

三天后，陈玉梅苏醒过来，睁开眼睛的瞬间，只听见一个女声压低嗓音惊喜地说："醒了醒了……哥，玉梅姐醒了……"她望望陌生屋顶上的圆木，想说，这不是她和小妹住的屋子。她又看到了铁木，想问他，我这是在哪里，可是双唇犹如被针缝住了一般，无论如何都张不开。双下肢有一阵阵痛楚传来，感到极不舒服，她想把双脚往上缩一缩，却发现动弹不得。脚下随着心脏跳动的收缩和扩张，开始变得一阵阵间歇性疼痛。"哐……"她总算吐出了一个字。

"玉梅姐，你吓死我了。"小妹两眼不停眨闪，伸出双手，捧住她的脸，喜极而泣。

"我……没死吗？"她终于软绵绵地问道。

"你让哥给救回来了。"小妹抹了一把泪，撇撇嘴露出一个难看的笑容。

她转过头去，望了铁木一眼，轻吐两个字："谢谢。"接着又问，"我的脚怎么了？"

"你的两只脚……"铁木咬咬牙，一狠心说道，"冻没了！"

"玉梅姐……玉梅姐……"看到陈玉梅浑身颤抖了一下，又昏了过去，小妹急得大叫。

当陈玉梅再度苏醒过来，又是一天后，小小病房中挤满了人，不仅铁木兄妹在，永红她们也在，还有几位领导模样的人，正在笑眯眯地看着她。她下意识动了动脚趾，没有感觉，倒是脚踝以上处隐隐袭来一阵疼痛，一阵麻木。她明白了，扭过脸去，不想看到眼前这群人，两行清泪簌簌而落，很快洇湿了洁白的枕头。其中一位领导，俯身轻声对她说："玉梅同志啊，你要坚强，虽然失去了一双脚，但还有一颗坚强的红心在跳动，为了……"领导接着念了一条警句，鼓动激励玉梅，要树立起革命的信心，克服一切困难，勇敢坚定地扎根边疆，党和人民在看着她。说完，领导示意，边上的一位同志马上把一个红包放在陈玉梅枕边，对她说，这是旗里一点慰问金，让她买点营养品，早日养好身体，继续为人民立新功。

陈玉梅闭着嘴，紧咬牙关，眼泪却已止住，双手情不自禁地在被窝里握成拳头。领导安慰鼓励的话讲完了，看她没有一点反应，对她说了句要好好休息后，一伙人便欲转身离去。

"不要告诉我家里。"突然，陈玉梅冒出了一句话。

屋里的人都愣了一下，随即都省悟过来，领导当即和颜悦色地说："玉梅啊，你放心，没有你的同意，我们不会把你的情况告诉你家里的。"毕竟，发生了这样的恶性事件，领导们也有推卸不掉的责任。哪个领导也不想在自己的任上弄出点踢脚绊手的破事来。

领导来了，走了，宛如一股春风，吹散了冰雪，吹散了严寒，在场的每个人心中都暖洋洋，陈玉梅也猛然发现，双脚好像不痛了。

在查音大夫的精心照料下，一个多月后，小腿截肢伤口处只是有些发痒，小腿骨仿佛缩短了一段，留下两个大大圆圆凹凸狰狞的疤，陈玉梅常常坐在床沿，瞪着大眼望着两根圆头棍子似的两条腿，倒吸冷气。

铁木买来一辆崭新的自行车，拆下两个轮子，装在用木棍子自制的椅子上，给她做了一辆笨重的轮椅。

天晴的时候，小妹和母亲一起推着陈玉梅去外面晒太阳，天不好，就在炕上唠兴安岭的奇闻逸事，聊上海弄堂里的家长里短。

日子就这么一天天溜过去了。在这期间，陈玉梅收到家中的来信，都让她简短的报平安蒙过去了。

陈玉梅不是没想过回上海，可是这个样子怎么回去？天天挤在那个蜗牛壳中生活？又去怎样养活自己？还有街坊邻居的目光，父母伤心欲绝的眼神，还有……她想了很多很多，她的青春，她的前途，她的理想，她的人生，一切的一切，都随着去追雪兔时的一刹那间废去，烟消云散。响应党和国家的号召，热血沸腾，来到祖国最需要的地方，磨炼自己，努力把自己打造成革命事业的接班人……心比天大，命比纸薄。一"失足"成千古恨，从此，她的生命交给了轮椅，对自己的命运，也彻底失去了掌控权。

铁木一如既往地关心她，变着法子给她去打各种野味尝鲜，怕她寂寞无聊，又赶去盟里买来书本杂志让她阅读，还卖了一头野猪，换来一台台式收音机让她解闷。

铁木母亲和小妹也早已把陈玉梅当成自家人，她爱干净，不像当地人，几个月也不换衣服，她一个星期一定要换洗一次衣服，她们就争抢着把洗衣服的事包了。

这一家人并没有因为她是个废人而冷落她、嫌弃她，反而更加关怀她，爱护她。她的心也是肉长的，她感到他们一家的好，同时也知道他们一家的心思，更是清楚铁木这个铁汉的心里到底在想些什么。

终于，当又一次收到上海的来信时，陈玉梅在心里哭了：妈妈，请原谅女儿的不孝，女儿已经有了决断，此生不会再回上海了！爸，妈，你们就当没有生养过我这个女儿吧。

又是一个冬天过去，铁木这个铁汉子终于要和上海来的漂亮女知青玉梅结婚了。

屯民们都高高兴兴地帮助铁木搭建新房子，屯长吆喝着指挥大家，大嗓门里透出满满的欢喜。

成亲的那天晚上，陈玉梅和那些上来敬酒的汉子豪爽干杯，来者不拒，也不知喝了多少碗奶酒，把自己彻底灌醉了。

63

倏忽三年过去。

九十年代初，在西南和当地市场站稳脚跟后，陈玉兰着手开拓上海市场。

如今不比当初，手握几千万重金踏进上海滩，保驾君子·兰在海上启航，腰里似有一根不锈钢筋支撑着脊椎骨，硬得不得了。

全上海服装销售的中心集中在南京路、淮海路、豫园、人民广场等中心地带，尤以淮海路为最，世界上闻名的各大公司服装品牌基本上可以在这儿找到。

南京路与淮海路东西向平行，全长各有五点五公里，地处上海商业中心，商贾云集，游人如织，光服装商店就有几千家，君子·兰要想在这里找到一席之地，还真不是件容易的事。首先需要摒弃买店面的想法。这些寸土寸金地段的国营大型商厦、跨国公司、集体商场是绝对不会出售门店的，就是有售，也是目前的陈玉兰没有实力去购买的，区区几千万，在这些高楼大厦面前，犹如一滴水，任你再饱满再莹润，想要在大海面前炫耀，显得是那么滑稽可笑。而买那些非黄金地段，偏僻马路上的小店面，还不如不进上海，这不是陈玉兰的初衷，也有违她的勃勃野心。

"烂苹果只要拌得糖多也好卖。"外地去上海的人回来，往往有这样一种感慨。确实，上海滩上的商业氛围无与伦比，商家的任何一件商品，在流光溢彩的商店里，极具诱惑力，就是没有消费意愿的人，也会在这种诱惑下忍不住解开自己紧锁的钱包。相信在上海滩上买过东西的人都有这样一种感觉，掏钱购物时，一点都不觉得这件物品贵，待到拿回家，与同类产品一比较，才感到东西买贵了，可念头一转，这毕竟是上海货，打的是上海牌子，理应贵一点，好东西出自上海呢，失衡的心理立马就会校正过来。上海商业奇特的魅力可见一斑。

陈玉兰首先在零售销量极大的淮海路第十百货公司转了两天，终于让她发现了其中的一些端倪。这个客流量日均达到十几万人的有着八层商场的超大百货公司，除了一层经营的北京、天津、广州及上海本地的国有企业琳琅满目的新产品外，二楼以上都有许多打着"上海第十百货公司"字样商标的各种款式产品。服装、内衣、针织、童装、鞋帽、袜子手套等，各个品种都有数量不等的产品挂着"十百"商标。

陈玉兰感到蹊跷，心想你一个"十百"实力再雄厚，也不可能包罗万象自己去生产这么多门类的商品，生产和销售虽说是一条产业链上的上下环节，但在现代商业活动中，公司绝不可能对每一款产品从生产到销售都是一条龙，这在以前的计划经济中也是根本行不通的。询问了不少不同的柜台，这才恍然大悟。原来寂寂无闻的生产厂家想把自己的产品挤进上海，在保证质量的情况下，和公司一起核定结算好价格，在交了一笔不菲的进场费后，必须得购买使用公司的商标，因为消费者相信的是"上海"两个字。实际上，这也是后来衍生出来的"贴牌"生产一词的前身。贴名牌，国际的，国内的，哪个名气响贴哪个，哪个赚钱贴哪个。有掏钱签约加盟商的，有出钱购买商标使用权的，有打擦边球的，甚至，有肆意妄为假冒仿冒的。这些贴了"十百"商标的商品由公司核定零售价上柜，售后利润一个月与供应商结算一次。条件不可谓不苛刻，但还是有许多厂家为自己的产品挤不进公司柜台而懊恼，到处找公司负责人请客吃饭送礼。

了解了情况后，陈玉兰心中盘算，我才不要进柜台，我才不要贴牌，我才不为作你的嫁衣，我要的是一个专柜，专卖我的君子·兰产品，要让她从"十百"起步，走向全上海，走向全国！

陈玉兰从针织柜台经理处要来了"十百"总经理李成名的名片，走到僻静处给他打了个电话："侬好，是李总吗？"电话接通，陈玉兰一口地道上海上只角口音，柔柔软软，嗲得勿得了。

"嗯？侬是啥人？"电话里明显一顿，随即传来一个中气很足的男中音，满口崇明话。

"我叫陈玉兰，找李总谈点生意，今天晚上六点红房子西餐馆见个面好吗？还望李总赏光哦。"

"这个……我五点钟有个会议，看吧，可能要迟到点哦。"李总实在被陈玉兰的声音酥倒，答应下来。

放下电话，陈玉兰暗笑，只要你来，就有戏。

五点半不到，陈玉兰就动身往西餐馆赶去。今天她上身着一件纯白色纯羊毛套头衫，映衬得她本来就白皙的皮肤越发嫩白，下身一条深灰色的羊毛一步裙，脚蹬一双意大利绯红中高跟鞋，更是显得身材高挑。一头黑发精心挽了个发髻，用一只紫色髻网罩住，在这春寒料峭的早春三月，冷艳中突显成熟、性感。

眼角扫到路上的行人纷纷侧目望来，陈玉兰顿时心情大好。打个车赶到西餐馆，一看时间还早，便进了红房子，挑了个僻静的角落位置坐下，示意服务生拿菜单过来。

"小姐，需要什么？"穿着红马甲，戴着红色船形帽的服务生微笑着礼貌地问道。

陈玉兰拿过菜单看了一阵。说实话，她还没有吃过西餐，不懂这其中的门道。

"两份鱼子酱，两份焗蜗牛，两份牛尾清汤，两份三文鱼，两份西冷牛排，两份烤火鸡，两份蔬菜沙拉，两份冰激凌。"陈玉兰看那菜单上密密麻麻列了七道，什么头道、副菜、主菜、汤、蔬菜、甜点、茶点，她不管这些，只管各道菜里最贵的各点了两份。

服务生惊讶地看着她，问道："小姐，您几位？"

"要两份当然是两位。"陈玉兰白了服务生一眼。

"不是……另一份是不是等人到了再点？"服务生轻声解释。

西餐讲究的各人按各人喜好的菜点，吃多少点多少，尽量把点的菜肴吃完，可面前这位漂亮女主像点中餐一样乱点一气，而且还越俎代庖。

这……服务生正为难间，陈玉兰的诺基亚响了，刚要接电话时，铃声断了，一个四十多岁、中等身材、满面春风的男人从门口朝响铃的桌子快步走了过来。"陈小姐，不好意思，敝人来晚了。"李总见到陈玉兰的第一眼，惊为天人，赶紧主动地伸出手来，也不怕掉了身份。

"侬好李总。"陈玉兰不卑不亢，浅笑着轻轻握了握李总的手。

看到服务生还站在旁边，李总问道："怎么啦？"

"我乱点了两份菜，不知李总喜不喜欢？"陈玉兰说着，从服务生手中拿过菜单递给李总。

"太多了。"李总接过菜单，减去一份焗蜗牛、一份烤火鸡、一份冰激凌。

"好吧，就照李总的来两份。再来一瓶路易十三。"陈玉兰点点菜单上酒类一栏，指了指价格最贵的酒，然后示意服务生上菜。

好家伙！这顿西餐，没有万把块钱吃不下来。李总心中在盘算着，对面这个养眼的女人究竟什么路道。

"李总，来，交个朋友，先干了这杯！"陈玉兰为李总和自己各斟满酒，举起酒杯和李总碰了碰，仰起天鹅脖一饮而尽，"李总，吃菜。"她用手扇了扇嘴，感到这洋酒一点也不好喝，只好劝菜。一杯酒下肚，脸上早已飞起一片红云，笨拙地举起叉子，叉了一小块鱼子酱放进两片红唇中轻轻咀嚼。

李总也把酒喝下，举起刀叉熟练地切割着牛排，饶有兴趣地注视着对面这个漂亮女人。

"李总，自我介绍一下，陈玉兰，上海人，在浙江做针织毛衣服装生意，自有一个品牌叫君子·兰，这次回上海是想把君子·兰打进上海，因此特地来找李总合作，还望李总给予方便。"

"哪能个合作？"李总俯身桌上，一副期待的样子，并用绢头擦了一下嘴角，露出一丝不易察觉的微笑。

"李总能否在针织部匀出一个柜台专卖君子·兰产品？营业员由我专派进来？"陈玉兰开门见山。

李总不置可否。

"还有……"陈玉兰压低声音说，"除了按照常规财务结算外，我另付给李总总销售额百分之零点五的酬金。"稍顿了顿又道，"希望李总能半个月一次财务结算，以便于资金尽快回笼。"

百分之零点五，销售100万元就是5000元，"十百"里面一个专柜一个月销售额100万是进店底线，低于这个数说明产品没有资格在上海立足。

"侬格产品能让我看看？"李总眼睛一亮，两边嘴角随即翘了起来。

陈玉兰站起身，挺了挺傲人的身材，说道："李总，我身上这件毛衣质量可以吗？还有这裙子。"

这一行业浸淫多少年了，李总毒辣的眼光怎么会看不出这件毛衣和毛裙的质量，便不住地点头。

假如她的产品真如她所说和她身上所穿的那种款式和质量，一个月销售金额何止100万？翻一倍两倍都极有可能，而销售100万自己能拿5000元老，翻倍呢……自己辛辛苦苦一年，工资加资金也只有两万左右，还天天烦得要命……"好，就这么定了，明天侬到我办公室来签合同，不过专柜比拼拒的费用肯定要贵上一些，这个不劳陈老板费心，我会操作的，你懂的。另外还有……"

"还有各种款式用纱含量的配比测试报告，以及染色剂的有害成分检测表，还有商标注册证书及工商税务登记复印件，我都带来了，万一还有什么不周的地方，还望李总帮忙解决。"陈玉兰把一个带来的小包交给李总，然后朝他嫣然一笑。

"好好，陈老板细心，想得周到。"李总把手放在包上一按，立即心领神会。在男人眼里，在鱼与熊掌不可兼得的情况下，金钱与美色相比，假使让他们选择，金钱还是当仁不让占据第一位。

"来，喝酒……"李总把双方酒杯斟满，举杯道，"我先干！"说完，一口倒进喉咙。

陈玉兰也随即也一口喝下，脸色红似玫瑰。"李总不愧为人中翘楚！"她竖起大拇指赞道。

"陈老板不愧为女中豪杰，噢去喔伊待！"李总一高兴，一句经典崇明话脱口而出。

第二天，陈玉兰去签好合同，看好三楼到月底撤出的针织品专柜位置，商定好产品的进场日子，李总又笑眯眯地主动提出要借给陈玉兰一个20多平方米的小仓库："远了点，在闸北区，高峰时开车打个来回要个把小时，租金给侬陈老板全上海顶便宜只价位。"李总笑呵呵对陈玉兰说。

"啊呀那真是要谢谢侬李总了，解决了我一大难题，下次再喝过。"陈玉兰一再感谢李总，伸出纤纤玉手，主动握住李总的手，真心感激。

要知道在上海借一间库房有多么不容易，路途远至偏僻郊区不说，还极难借到。

接下来，陈玉兰马不停蹄找南京路"一百"的老总，如法炮制。搞定之后，继续找静安寺百货公司、永安公司、"二百""七百""八百""十二百"、西藏南路、老西门百货公司，一圈跑下来，君子·兰几乎把上海市中心商业圈的黄金百货公司都占了个遍，形成一个中心包围圈。

这么大个摊子，全部要靠自己是根本不行的，累也得把自己累死。应该找人了，得找几个自己人负责这一大块地盘的业务。父母肯定不行，这么大年纪，就让她们度个安详的晚年吧。小弟有自己的家庭和事业，更不能去打扰他们。

陈玉兰想到了小妹玉菊和大姐玉梅。以前忙于工作、事业，后来更是一头扎进生意堆里，白天黑夜，个中艰辛，只有自己晓得。如今趁这进军上海的契机，停一下，权当给自己放一个小假，放松放松。

陈玉兰买了一辆红色的桑塔纳轿车，颜色是特定的，她不喜欢黑色，死气沉沉，看着一天没心情。

上海这个地方没有车很不方便，驾照早在浙江就考过了，上海能用，不过想着还是要雇一个专职司机，否则自己开车上南下北真的太吃力了。另外要接到上海的货和分送这么多柜台，最起码还要购两辆小厢货两用车，专门接货送货。唐平高中上了一年辍学了，真不是块读书的料，去年唐万军把他叫去成都当助手，到现在一次没回来看过她，连电话都没有一个，现在的孩子，随你小时候对他们怎样宝宝玉玉，到头来都是空的，她苦笑摇头。她和唐万军的关系如今也只剩下电话联系，不是发货，就是汇款，夫妻关系以及这个家早已经名存实亡。

婆婆前年病重时，陈玉兰去看望她，并花重金叫了一个长期看护。婆婆走的时候，唐万军在，她不在。接到电话时她想去送婆婆，唐万军却说："你不要来了，生意要紧，这里一切料理有我。"她犹豫了一阵就没去，后来却后悔得要死，想起和他们在一起生活的十多年，想起公公婆婆对自己的好，她忍不住默默淌了半夜的泪水。

陈玉兰决定去一趟阿菊家，先把借款还了，然后跟她谈谈工作的事。她开着红色桑塔纳，有点拉风地停在思南路阿菊家已拆掉铁栅栏的门边马路上，"嘟"地按了一下喇叭，引得路人纷纷注目，好奇地看着从这辆漂亮的车里走出来的漂亮女人。

"叮咚……"陈玉兰按响了还是四五年前按响过的门铃。

"来了。"里面响起陈玉菊的声音，有点慵懒。

"是你?"陈玉菊打开门，有点诧异。

陈玉兰朝她笑笑，跨进门，随手把门关上，往沙发上一坐，说道："怎么? 我不能来? 还不快泡杯茶出来，渴死了。"

陈玉菊泡了杯菊花茶往桌上一放，说道："运气真好，刚买的菊花茶。"

"运气当然好，要不然做生意怎么个赚钱。"陈玉兰开玩笑。

"哦，那你今天不会是来还钱的吧？"陈玉菊揶揄。

"是啊，不然我来干什么？"

"那得把这几年的利息算一下，估计要超十万了呢。"

陈玉菊起身，拉开抽屉找了一阵计算机无果，就拿了一支笔和一张纸，准备笔算。

"好了，不要算了。"陈玉兰从坤包里取出一张银行卡往桌上一放，道，"给，这卡里有 100 万，写你的名字，密码是你的生日，利息够了吧？"

"啊，你哪来那么多钱？"陈玉菊惊讶得张开了嘴巴。

陈玉兰笑道："当年多亏了你肯借那 30 万，用这点钱起家，这些年的确赚了点钱。所以，今天我特地上门来谢谢你。"

"谢谢你"这三个字，陈玉兰说得无比动情。

"那也太多了……"

这么多年来，陈玉菊头一次在姐姐面前放下架子，用真正亲姐妹间的口吻和她对话。

或者是钱在其中起了决定性的作用？

沉默了一阵，陈玉兰站起身，走到妹妹面前，把她从座椅上拉起来，盯着她的脸看了好一阵，突然说了一句："阿菊，你瘦多了。"

"姐……"猛地，陈玉菊叫了一声姐，一把抱住姐姐，把头埋在她肩上，小声抽泣着，继而呜咽起来。

"怎么了小妹？"陈玉兰吃了一惊，在她耳边悄悄问："有什么难处吗？快跟姐说，姐来帮你。"

陈玉兰轻拍她的背，柔声抚慰，好似一位母亲在安慰一个受了委屈而回家来哭诉的女儿。

"我要跟他离婚！"陈玉菊抬起头，泪眼蒙眬，没头没脑地说了一句。

"大伟吗？"

"不是他还有谁？"

"好好的，为什么？"陈玉兰一对大眼睛，一眨不眨瞪着妹妹依然俊俏美丽的脸上那个深邃的酒窝，努力在其中寻找答案。

"他不回来还好，一回来简直……简直像……像……饿狼一样……不管不顾无休无止……我……我越来越受不了了，忍无可忍！……呜呜……"陈玉菊终于大哭。

陈玉兰听懂了。作为姐姐，作为一个女人，设身处地为小妹想一想，顿时恨从心头起。"别哭，小妹……"她取出手绢，为小妹擦拭泪水，"能把这些年你是怎么过来的说给姐听听吗？"陈玉兰扶她在沙发上坐下，竭力让她把心绪平复下来。

"这个畜生！"陈玉菊喝了几口茶水，终于慢慢平静下来，向姐姐倾吐心中的怨恨。

在小妹断断续续的叙述中，陈玉兰大致明白了小妹不幸的遭遇。

一个要么在海上无休止漂泊几个月，要么在回家这十几天里变本加厉地折腾妻子，不管妻子愿意不愿意，不管妻子痛苦不痛苦的男人，哪怕你拿回家钱再多，哪怕你人前行为举止再道貌岸然，也必定要被人痛恨、抛弃。

65

"他在老家有个姘头，给他生了个儿子，这些年他的钱全部拿去养姘头儿子了，他以为我不知道！"最后，陈玉菊恨恨说道。

"啊？这个畜生！"陈玉兰也咬牙骂了一句，"小妹，姐支持你离婚！不过据我所知，这房子是他借来的，离婚了你住哪里去？"

"我还没想好，要么回到爸爸妈妈那儿，要么租房子住。"看来陈玉菊早就动了离婚的心思。

"这样吧小妹，我近日要在上海买房子，到时买大点，你干脆住到我那儿去算了。"陈玉兰说。

"那他来了怎么办？还有唐平。"一念到此，陈玉菊便有些别扭。

"别担心，他们父子已在成都安家了，基本不会来上海，如果来，就让他们去宾馆。"陈玉兰轻描淡写地说，同时亦有股酸气从心头喷出。

陈玉菊听后，不吱声。

"其实，我今天来，还有件事想问你。"

"什么事？你说。"

"能不能帮助管理一下我将要在上海铺开的销售业务？"

"杀回家了？毛衣有这么好卖？"

"马马虎虎，毛衣行业刚兴起来没多久，只不过我们进入这行早一点而已。"

"好啊，那你给我多少钱一个月？"

"年薪 50000 元，外加年底分红。"

"真的？不骗我？"陈玉菊一听年薪，激动得从椅子上一下站了起来，攥紧粉拳，脸上涨得通红。也是，被人像养金丝鸟一样养了多少年，憋屈，愤怒，哀伤，无助，如今终于要啄破鸟笼，将自由地翱翔在蓝天白云下，此刻她心潮起伏，已无法用语言来表达。

"我……行吗？"待得稍稍恢复一下剧跳的心脏，陈玉菊犹豫地问道，也像是问自己。

"怎么不行？我们小妹聪明漂亮，什么事情都难不倒你的，是吧？"陈玉兰笑着打趣。

"还聪明？这么多年关下来，早关傻了，姐，你取笑我！"陈玉菊破涕为笑。

看到她拉着自己一只手使劲摇着，陈玉兰感到，小时候那个小妹渐渐回来了。

"答应吗？"

"好，我干！"

陈玉兰收起笑容，说道："先给你一个任务，把汽车驾照考出来，明天就给你报个驾校。还有，从明天起，驾校学习空下来的时间你就跟着我跑，先熟悉一下业务，认识一下今后你要和他们打交道的头头脑脑，你的业务说难不难，说易不易，等一下我会给你交代的。"

陈玉菊点了点头。

陈玉兰拉上她，说："走，去浙江中路，那里有个石库门房子，是私产，主人去美国了，要卖房。这可是个好地方啊，上海市中心。"

两人关上门出来，钻进红色桑塔纳，疾驰而去……

这几年，濮院镇上的针织毛衫行业发展相当迅猛，几年前刚起步的家庭作坊的小老板在积累了一定的资本后，纷纷买土地建造厂房，扩大生产经营，更新设备，高薪聘请技术人员。

产品多元化，同时质量也上了不止一个档次，这为陈玉兰进军上海打下了一个坚实的基础。

陈玉兰做生意很讲信用，凡是与厂家订好的合同数量，最后总是一件不落地拿走，不过质量一定要按照样品，不能偷工减料。指定的毛纱，指定的色卡，绝不许走样，不少厂家老板都会在不同场合和她开玩笑，说："陈老板你产品质量要求这么高，我们和你做生意手都'抖霍霍'的。"虽然这样说，但这些厂家都争着抢着要和她做生意，就因为她资金到位快，从不拖欠；量大，一个产品好卖的话，你生产多少她拿走多少，万一有不太好销的产品，她起订的1000件毛衫也会全部提走。更重要的是，她提供的新样品、流行样品大部分总会疯卖上半年一年，对生产厂家来说，一个产品能闷头生产半年一年，早就赚得盆满钵满，笑得合不拢嘴了。

这当然也有唐万军的苦劳，得益于他年年跑广州，然后与厂方一起构思，把一些港澳的夏装新款移花接木到毛衫服装上去。

都是商界奇才啊……

陈玉菊绝对是个聪明人，跟着姐姐跑了半个月，对自己分管的业务早已得心应手，了然于胸。

陈玉兰夸奖她："不错！我可以放心去东北找大姐了。"

陈玉菊欣喜道："真的？太好了。把大姐接回上海，她肯定有什么事瞒着我们，不然的话，二十多年了，结婚也不回上海一趟，上海支边的都回来了，她在给家里的信上总说要扎根什么的，不肯回来，上海有这么差啊？家里有这么差啊？扎根也不是这么扎的呀！"

"你说得对，大姐肯定有什么事瞒着家里。"

以前忙于生计和生意，整日跌跌撞撞，无暇他顾，如今有意放慢一下生意上的脚步，有心细细思量，大姐所说的"扎根"，疑点太大，漏洞太多。

66

第二天，陈玉兰去了父母那里，拿来了大姐的通信地址，订好了隔天的机票，下定决心去一次东北。

五月初的兴安岭依旧冰寒刺骨，好在陈玉兰去时作好了准备，带了御寒服装，不然真要冻成冰棍了。

汽车碾压着残冰到了盟里，找到了还未撤掉的一个处理知青遗留问题的机构，接待她的唯一一个负责人翻箱倒柜，找了好久，才找到陈玉梅的档案材料。"因为现在国家要保护原始森林，已经开始逐步取消伐木，恢复森林，以前生活在老林子里的屯民都搬迁出来了，详细情况你可以去旗里询问，我这里先给你打个电话问一下。"他说着拎起办公室电话拨了起来，通完话，撕了张纸，在上面写了个名字后递给她，说，"去旗里找这个人，他会带你去的。"

路很破，车走在上面摇摇晃晃。

汽车也很破，窗玻璃碎了几块，寒风从玻璃缺口呐喊着杀进车内，哇哇大叫，乱冲乱撞，每个乘客都用棉大衣裹紧身子，帽耳朵翻下系好，陈玉兰看了一阵，不由心中发笑，一车的"小炉匠"。

这二十多年，姐姐是怎么过来的呢？她的男人，自己要叫他姐夫的那个男人，又是怎样的一个男人呢？

旗里的同志已在等候，一下车，一辆以前运载木头的破拖拉机接上陈玉兰，"嘭嘭嘭"地往陈玉梅他们搬迁居住的新屯子驶去。

一路上，路中间两条车辙中的冰雪经过车辆反复碾压，早融化成了泥冰水，从没有挡泥板的拖拉机后轮往上甩，泥水时不时甩到她的衣服上，令她不停地皱眉。

"不好意思，我们这儿都是这个样子，简易公路能通到这个程度已经非常不错了。"瞥见陈玉兰皱了眉，一起来的同志再三向她解释。

一个小时后，总算到达了目的地。

新建的屯子坐落在森林边沿一块很大的空地上，房子统一用砖瓦建造，方方正正，中间横竖还有两条水泥路，家家房子的顶上都有一个出烟口，大多数出烟口正在袅袅地往外吐着青烟。离屯子不远的地方还有一大片木头搭建的矮房子。拖拉机停了下来，陪同的同志抢先跳下车，回身拉了一把陈玉兰下车，然后扯着嗓子喊："铁木，你家来上海稀客了！"

话音刚落，从屯头第二间屋子里跑出来一个长得高大丰满青春四溢的姑娘，与陈玉兰一照面，姑娘便惊喜地叫出声来："你是……上海二姨？"

听到姑娘称呼自己"二姨"，再看到形似年轻时大姐的女孩，陈玉兰心中断定，她十有八九是姐的孩子了。

只见姑娘猛地返身跑向屋里，边跑边叫："妈……二姨来了……"

"谢谢你！"陈玉兰笑着谢过送她来的那位旗里的同志，向姑娘跑进去的那间屋子走去。

在门口，陈玉兰站住了，她见到二十多年没有见到过的姐姐，双手正费力地推动着坐着的轮椅，清瘦，憔悴，发间恍然有几根银丝在闪亮。

"阿姐……"

"二妹……"

两人几乎不约而同叫出声。

"阿姐，你让我们想得好苦……"陈玉兰蹲下身去，隔着门槛一把抱住姐姐，随即两行热泪簌簌而下。

"二妹，是姐私心……"陈玉梅也哽咽着说不下去。

"你为什么这么多年不回上海呀？爸妈有多么惦念你，我们有多想念你，你知道吗？"

"我……"

"阿姐，告诉我，这轮椅是怎么回事？"陈玉兰拍拍轮椅的一只扶手问。

"娘的双脚冻掉了，她说不想回上海了。"边上的姑娘在旁边抹着眼泪，冷不丁来了这么一句。

67

"啊？"陈玉兰大惊，急忙用手一摸姐姐的脚，摸到了一根棍子，一头插着一双漂亮的皮鞋，一头绑在小腿上，一条宽大的裤子的脚管遮掩到皮鞋面上，罩住了一切。

陈玉兰的心脏一阵抽搐，姐姐一定遭遇了难以想象的噩梦。她一脸疑惧，紧盯着姐姐，希望她向自己解释。

陈玉梅躲开她像激光一样逼射过来的眼神，把头转向女儿。"念沪……"她大声叫了女儿的名字，随即一个白眼翻了过去，有点嫌她多嘴，"进屋吧。"陈玉梅转开轮椅，让妹妹进门。

"就是嘛……你不想回上海，连我们也去不了上海。"念沪嘟起小嘴，小声叨叨着，表达自己的不满。

"叫二姨！"陈玉梅命令女儿。"等一下跟你说。"旋即又面对陈玉兰道。

"二姨。"念沪对着陈玉兰清清脆脆地叫了一声。

念沪？

"哎。"陈玉兰暂时放下许多疑问，转头开心答应一声，从包里摸出一个早已准备好的红包和几盒上海糖果，递给念沪，瞅着她，突然问道，"丫头，你怎么一见面就认识我？"

"娘给我看过相片。"念沪快速答道，随后偷瞄了一眼母亲，见她没有反应，这才高高兴兴地接过红包和糖果，说了声"谢谢二姨"，一溜烟跑进自己房间里去了。

"十八岁的人了，还像个孩子，我们那时已经造……"陈玉梅刚一说到此处，一个"反"字突然像一颗臭弹卡了壳，戛然而止，满脸都是复杂的心情。

屋子里一张大炕占了三分之一，其他地方除了中间一只大炉子，都乱七八糟摆着小凳子、小农具，一把劈木柴的开山斧亮锃锃躲在屋角泛着冷酷的青光，一些散乱的木片子以及几双靴筒里塞着乌拉草、沾满泥水的靴子。

"念沪，出来收拾一下炕。"陈玉梅深深吸了口气，喊道。

"知道哩。"念沪像风一样从自己房中卷了出来，飞快地拾掇起来。

“坐炕上吧，暖和。”陈玉梅招呼妹妹上炕。

就像有预感，陈玉梅对妹妹的突然到来一点也不感到意外，平静地在女儿的搀扶下上了炕。

“二姨喝茶。”念沪巧笑着沏上一杯新鲜参茶，乖乖地坐在陈玉兰旁边，然后眨巴着眼睛注视着面前这个漂亮的二姨，脑袋瓜里不知在想些什么。

发现小家伙在盯着自己，陈玉兰用手指点点她的额头，问道：“知道你为什么叫‘念沪’吗？”

“知道，就是不要忘记上海的意思，可是娘从来也不肯带我去上海见外公外婆。”念沪说罢，噘了噘嘴。

“爸妈……好吧？”陈玉梅开口问妹妹，嘴唇有些哆嗦。

“还可以，年纪大了，腿脚有些不方便了，只是近来常常念叨起你。”陈玉兰告诉她，父母有多想念她。

“我不是个好女儿，我……对不起他们。”陈玉梅眼圈一红，就要落下泪来。

“好了阿姐，都过去了，说说你的脚是怎么回事？”陈玉兰呷了一口茶，看姐姐的泪水正在眼眶里打转，忙掏出一小包餐巾纸取出一张，递给她擦拭脸颊。

“这是什么？”念沪好奇，从陈玉兰手中拿过包装精美、略带香味的餐巾纸，翻来覆去看了又看闻了又闻，然后冒出一句，“好香！”

陈玉兰、陈玉梅都让她的举动给逗笑了。

“餐巾纸，用你们这里的木头做的，擦嘴巴擦手的，你喜欢就给你一包。”陈玉兰笑着掏出一包给念沪。

“深山老林的人，见着外面的东西都稀奇。”陈玉梅擦着眼角笑出的泪花说道。

“娘，你取笑我！”念沪涨红着脸顿了顿脚。

“好了，快去叫你爹来，就说你二姨来了。”

念沪马上又一阵风似的跑了出去。

“唉……自我安慰……”陈玉梅叹了口气，摸了摸解下的两只捆着的皮鞋，终于对妹妹讲起那段不堪回首、痛不欲生的往事来……

“怪谁呢？一切怪自己。”玉梅平静地说完了，淡淡地，仿佛是在说一个别人家的故事。

她叙述得波澜不起，却让陈玉兰听得心惊肉跳。

“你傻呀？你为什么要一个人默默承受？你可以告诉我们，我们都是一家人呀，有什么不能说的？不行你可以回上海，可以去装假肢的呀，上海什么假肢都能装。就算要挂根拐杖，至少可以自己走，比你现在坐轮椅好得多得多！"陈玉兰跳下炕，对着姐姐咆哮。

装假肢？陈玉梅心中咯噔一下被震到了，真的，自己以前为什么会想不到？只是一根筋钻牛角尖，悲观绝望，听天由命，想不到，原来，我可以站起来的。站！起！来！

沉默片刻，陈玉梅眼中似有火苗慢慢在跳动，涩涩地问道："装假肢是不是需要很多钱？我们种蘑菇一年的收入，也只有一千多块钱呢。"说着，眼里的火苗随即暗淡下来。

"啊？你们这里平时靠什么生活的呀？"陈玉兰已经预判到了也目睹了她们的生活过得很辛苦，但听到陈玉梅的话后，还是又一次被惊到——太艰难了！

木门外，站着一个黑壮的汉子，满脸胡茬，一看就有几天没刮了，双手分别在腰间的衣服上蹭着，似乎要蹭掉点什么脏东西，同时"嘿"地笑了一声。

"铁木，还不快进来……这是我二妹阿兰，专门从上海来看我。"陈玉梅招呼自家男人进屋，拉着妹妹的手介绍，又对妹妹说道，"铁木，念沪她爹，你看他那傻样。"说着便一个白眼杀了过去。

"二妹……好。"铁木被陈玉梅的白眼杀得激灵一下，慌忙进屋，嘴里挤牙膏似的挤出了几个字。

铁木？人如其名。陈玉兰哑然失笑。

铁木人看起来还算正气，憨厚、木讷，标准的深山老林里人，不过年岁看上去很大了，陈玉兰很奇怪姐姐居然肯嫁给他，就算发生了意外的悲剧，就算他们一家有恩于她。

"姐夫你好。"既然是姐姐的男人，陈玉兰也不拖泥带水，爽快地叫了声"姐夫"。

听到这个美若天仙的女人称呼自己"姐夫"，铁木竟然有点不知所措，两只手在衣服上蹭得更快，嗫嚅着答道："她……姨客气，叫我铁木就行。"

陈玉兰从随身包里又挖出几样花里胡哨包装的上海土特产递给铁木，这边铁木"谢谢"二字还未落音，那边念沪早已把礼物接到手中，一个一个地念起礼盒上的字来。

"都认得……念沪你读了几年书啊？"陈玉兰问道。

"五年级。"念沪答道。

"为什么不读下去了呢？"

一家人沉默了一阵，陈玉梅终于开口："还不是没钱。"

陈玉兰动动嘴唇想说什么，最终却什么也没说出来，吐出口的依然是那个问题："你们的生活靠什么呀？"她必须要搞清楚姐姐一家这些年是怎么走过来的。

"以前，我们屯里都以伐木、打猎为生，现在上面要保护森林，保护动物，保护大马哈鱼，这些活计都禁止了，还把林中的屯子都迁到林子外面来。上面的指示，我们也是没有办法。"铁木无可奈何木讷地说道。

念沪接着父亲话头说："现在旗里帮我们搭了许多房子，弄些倒木来，派了专家来指导，在这些倒木上面种蘑菇，种木耳，然后旗里定期来收购，我们种的榛蘑、猴蘑还是挺值钱的。另外还开垦荒地来种人参，一年头二年头参不太值钱……就是二姨你喝的茶里面那种，喝几口就淡了，三年以上的要值钱些，也是旗里下来定点收购的。"

铁木又说："现在我们屯里四十几户人家的收入，就靠集体的这两项主业，比起伐木那个时候，收入没有增加，反倒减少了。听说旗里今年下半年要帮我们屯建一个乌拉草加工厂，生产乌拉草床垫，也不知到底能不能换来钱。"说完这些，屋里又陷入沉默。

不一会儿，铁木站起身，朝屋外走去。

"你去干什么？"陈玉梅问道。

"我去自家棚里抓个鸡，再去摘点蘑菇，晚上弄个小鸡炖蘑菇。"铁木答道。

"看我，光顾着说话了，把吃饭的事给忘了，她爹……等一等。"陈玉梅回过神来，喊住铁木。

铁木返回屋里。

"丫头，抓鸡摘蘑菇你去，让你爹去林子里弄点野味来。"陈玉梅坐在炕上，号令手下二将。

"这个时候到哪里去弄？"铁木轻声嘀咕，却又不敢不去，取了把双刺短叉出门去了。

68

陈玉梅双手撑着炕沿，一使劲，一个出溜，人早就坐上轮椅，回首看到妹妹脸上惊讶的表情，咧嘴笑道："'卖油郎'，熟能生巧。"

陈玉梅开始往炉子里添柴，陈玉兰在旁边帮着搬柴。这情景，不禁让陈玉兰想起小时候姐妹一起在弄堂口发煤球炉的往事，引着火之后，阿姐拿破扇子扇风，自己则往炉子里塞劈好的木柴，接着加上煤球，继续用力扇火，姐妹俩配合默契，直到把木柴燃尽，直到把煤球燃红……

"阿兰，侬傺（把）煤炉拎回去。"

"侬来拎，哦拎勿动。"

"葛（那）么两个人抬。"

"喔唷……烫！"

……

尘封几十年的记忆，恍如昨天，轻轻撩开一角，便似潮水一般涌来。

"帮哦把开水冲了热水瓶里。"陈玉梅关照妹妹。

"噢……"陈玉兰被姐姐的上海话从遐思中拉回现实，回过神来，惊喜地问道，"阿姐，侬一口上海话一点呒没变。"

"葛么当然，哦是上海人呀。"

陈玉兰沉吟一下，开口道："阿姐，跟你商量个事。"

"什么事？你说。"

"跟我回上海，去看看爸妈，去安装假肢，然后，在南京路上走走。"

"这……没钱怎么回去？"这么多年，陈玉梅虽说心如止水，但此刻有人真真切切提到这个问题，刹那如一颗石子扔进平静的心海，涟漪一圈比一圈大，不禁脱口吐出一句话。

"人的一生不是猪，不能仅仅只圈养在几十平方米的范围活动，家乡已经变得你快认不得她了，回去吧，回去看看吧，一切都交给我来办。"

念沪已把鸡杀好，把蘑菇也一并洗好，高兴地哼着小曲回来。

"娘，我来煮，让二姨尝尝我的手艺。"一进门，丫头就嚷嚷。

"好啊，你来煮，不要又不放盐。"陈玉梅眯起眼，挖女儿糗事。

"娘……又来了，哼！"念沪——顿脚，一脸不服气。

"念沪也不小了，也出去走走，让她见见世面。"陈玉兰说。

念沪耳尖，听说要带她去见见世面，似乎猜到了什么，没等娘回话，急忙激动问道："二姨，你要带我去上海啊？哎呀，太好了太好了……"她快活得拍起手来，一跳老高。

念沪沉浸在兴奋当中，一边手脚麻利地炖鸡，一边偷瞧陈玉兰，满眼都是小星星，嘴里不忘穷拍马屁："二姨，你真漂亮，上海话真好听。"

天快擦黑时，铁木右手提叉，左手提着一条银光闪闪的翘嘴鱼回来了。

"弄条鱼弄了这么长时间。"陈玉梅不满地埋怨。

"我找了几个地方，在冰上凿了几个洞，遛遛转转守了好多时候，这家伙才到洞口透气。"铁木憨憨地解释。

"这是什么鱼？挺大的。"望着全身披满细鳞的鱼，陈玉兰问道。

"哲罗鱼。这个季节很少，也是运气好。"铁木说着放下铁叉，吩咐姑娘去杀鱼。

炉火欢快地跳跃，锅里飘出东北特产的清鲜香味，令人垂涎欲滴。

金灿灿的东北马铃薯和香喷喷的高粱窝窝头蒸腾着热气，在挂着的大马灯下闪动莹润的光泽，只需瞧上一眼，便使人食欲大开。

炕的中央放着一张矮方桌，大盆的饭菜端上桌，一下子就堆满了。

"哇……今天吃得比过年好哎。"念沪看到这么多好吃的，就要上炕。

"让二姨先上。"陈玉梅又白了一下女儿。

念沪吐了吐舌头，做了个鬼脸，赶紧拉二姨先上炕。

陈玉兰笑了："阿姐，姐夫，一起上去吃吧。"

她真是觉得，坐在火炕上吃饭，倒还有趣得很呢。

窝窝头沙沙香香的，挺有嚼头；东北土豆名不虚传，腻腻甜甜的，有如上海的香芋头。尝一口蘑菇，喝一口汤，陈玉兰连声称赞，心中暗道，只怕天下再也没有比这榛蘑好吃的蘑菇了。还有这鱼，就这么放点盐放点木耳简简单单蒸一蒸，鲜——"仙"味！

"小姑娘烧得来好吃得勿得了。"陈玉兰冷不丁蹦出一句上海话，称赞念沪。她对姐姐开玩笑说："阿姐，怪不得'乐不思沪'呀。"

铁木憨笑插嘴："也不是经常有吃的，平常日子也就玉米面窝窝头加个蕨菜汤。"

"二姨，刚才你说'好吃来勿得了'什么意思啊？"念沪对这句上海话不甚明白，一个字一个字学着咬着音问道。

"就是'好吃得不得了'，夸你烧得好吃呢，傻丫头！"陈玉兰笑道。

"呵呵呵……"众人齐乐。

屋内温暖如春，一家人吃着喝着唠着，其乐融融。

陈玉兰道："姐夫，跟你商量个事，后天我要回上海了，你们全家跟我一起回去吧，在上海住上一段时间，兜兜南京路，荡荡外滩。姐已经二十多年没回过家了，爸妈想她想得要命。这次我来，老人家嘱咐我无论如何要带她回去一趟。另外我想回去之后帮她把假肢安装好。这些年我们全家都在想，姐一直不肯回家肯定有其原因，却万万没有想到她遭受了如此大的不幸，所幸现在上海的医疗技术非常先进，我要尽我所能，让姐站起来，我想，这不是一个梦。"

铁木听后，久久不语。

最紧张的莫过于丫头念沪，美目盯着父亲那黑黑的显得苍老的脸，紧攥着的手心里已经沁出汗来。

"也好，你带她们娘俩去吧，我就不去了，这里也要有人看着。"良久，铁木终于开口同意。说完，还在炕褥底下掏了一阵，掏出几百块钱，递给陈玉兰，内疚地说道，"她姨，家里就这点钱，带上吧。"

"钱你留着吧，我有。"陈玉兰松了口气，她还真怕铁木拗劲不放人。

念沪也松了口气。

陈玉梅自始至终一声不吭，低着头不知在想什么。

"吃呀，这么正宗的东北菜，到上海可就吃不到了呢。"陈玉兰反客为主，招呼大家吃菜。

"好吃你就多吃点。"陈玉梅赶紧夹了一块鸡肉，放进妹妹碗中。

"你也多吃点。"铁木夹了块鸡肉放进陈玉梅碗中，神情复杂。

"我也多吃点。"念沪夹了块鸡腿，低头撕咬起来，嘎嘎有声。

"噗……"几个大人几乎同时笑出声，桌子上的古怪氛围一下让小丫头的滑稽表情给冲淡了。

"就这点出息。"陈玉梅用手指轻点一下女儿的头。

"娘，你又打我。"念沪努起油光闪闪的小嘴，卖了个萌。

晚上，陈玉兰和念沪挤一个小炕。

炕上很热，陈玉兰把外套脱去，露出里面穿的一件精美的粉红绣花毛衣，胸前几朵紫色的扶桑花正在怒放，衬托得她更加美丽动人。念沪撑大眼睛看着她，一眨不眨，冷不丁冒出一句："二姨，这件衣服太好看了，买一件要不少钱吧？"

"500元。"陈玉兰逗她。

"啊……这么贵啊？"小丫头嘴巴张成O型。

"喜欢吗？"

"喜欢喜欢，简直太喜欢了。"小丫头把头点得犹如鸡啄米。

"那你就到上海帮二姨卖毛衣吧，把好看的衣服穿在身上，人家觉得漂亮，就来买了，二姨给你2000元一个月工资，你愿意吗？"陈玉兰用询问的口气对她说。

在上海商场里穿上好看的毛衣卖毛衣，还能赚钱，赚很多钱，一个月挣的比自己全家辛苦劳动一年的全部收入还要多！念沪猛掐了一把自己的大腿，"哎呀"一声痛得叫出声来。我不是做梦吧！"愿意愿意愿意……"小丫头一把拉住陈玉兰的胳膊乱晃，想了想又说，"二姨，不用给我这么多钱，100元就够多了。"她真怕二姨钱给多了突然后悔不要她，那样自己就留不了上海，前后一想，马上自降工资。

陈玉兰笑笑，口中没有多说，心中却道，小丫头呵，在上海待上一年，恐怕2000块钱一个月你还会嫌少呢。

终于要回上海了。

铁木借了辆拖拉机，几乎花了一天时间，亲自把她们送到盟火车站，依依不舍又能怎么？狠狠心扭头而回。

再见！这一去革命胜利呀再相见。

69

自从陈玉兰带沈穹曳来了后，唐万军的工作明显轻松了不少。

起先，当陈玉兰给唐万军介绍说沈穹曳如何如何能干时，唐万军只是嘴上应付，实际上对这个长相平平、见人只会讨好着傻笑的小老乡根本不以为意。

有过在家乡总店里工作过的经验，沈穹曳对这里的生意上手很快，驾轻就熟。非但如此，有时与零买顾客或批发客户讨价还价起来，比唐万军这个老板还要顾着店里的利益，有时甚至到了锱铢必较的地步。

碰到这种情况，唐万军免不了要以老板身份教育她几句，说什么有时放人家一点蝇头小利反而会促使人家多来进货反过来多赚钱云云。

沈穹曳表面上对他毕恭毕敬、唯唯诺诺，点头称是，实际上仍我行我素，她的一句口头禅"我也是为了我们店里呀，进一趟货多么不容易呀"，极具杀伤力，处处为店里着想，几次下来，唐万军也懒得去说她了。

不过也奇怪，有些斤斤计较的客户反倒更喜欢与她做生意，多掏了钱还当着唐万军的面夸奖她："你叫来的这个小老乡，做生意要得哟。"而且她的"领导"亲和力也令人刮目相看，店里两个小姑娘本来以为她是新来的生手，在生意上想要指使她，想不到沈穹曳对男女各种款式的质量、颜色、尺码都了如指掌，比如顾客要买衣服，说不出穿多大多小，她一看顾客个头，取出来的尺码一定刚好，而且根据你的长相、发型、身材、皮肤，建议你买什么款，什么颜色，包你称心满意。一件毛衣上手，一看一摸一嗅，马上就能指出它的不足之处在哪里。两个成都小姑娘佩服得五体投地，沈穹曳年龄比她们小，她们却一口一个沈姐地叫，可见沈穹曳的厉害。

而且沈穹曳记性特别好，不管哪个批发客户，只要来进过一次货，无论相隔多久，再来时，她能立即报出人家什么时候来过，拿了些什么货，甚至颜色规格都记得一清二楚。

时间一长，唐万军就索性做甩手掌柜了，让沈穹曳一个人抓起总来，进新款，补老款，进货账销售账，月底盘货汇总，存款汇款，一笔一笔清清楚楚明明白白，一目了然。

一年几千万钱款的来往，工作量不可谓不大，就算叫个专业会计师来都要喊累。每天夜里要忙到后半夜才睡觉，还是在唐万军的催促下才恋恋不舍结束一天的工作。

由于唐万军买的房子比较大，房间也多，因此就辟出一间让沈穹曳作卧室兼办公室，虽然房间里堆满了一捆捆账本，但小姑娘却把它们整理得整整齐齐，井井有条。

唐万军看在眼里，喜在心上，因此当陈玉兰有时打电话来询问沈穹曳工作怎么样时，他赞赏有加，并说已给她加了工资了。更加难能可贵的是沈穹曳对唐万军的生活照顾得分外妥帖，除了早中饭在外面吃之外，晚餐必定亲自动手。每天打烊回来，她都会顺便去菜场买点菜，然后煮上一顿充满家乡味道的饭菜，吃完后，又把碗筷洗涮干净。有时，还不断催促唐万军把穿了几天的衣服换下来，然后清洗干净，晒干叠整齐。

久而久之，使得唐万军恍然觉得，一个久违了的、在县城生活时的家回来了。而陈玉兰呢？虽然她也常常打电话过来，但几乎都是工作上的事，他们之间的距离在不知不觉中已经越来越远了。

也不知从什么时候，唐万军发现，只要细细地看，沈穹曳其实长得挺不错的，五官端正，一头青春短发丝滑柔亮，经常飘逸着一股淡淡的洗发水香味，虽然个子不太高，却也匀称。夏季，每当她回家脱去外套，只穿无袖衣短裤在灶前炒菜煮饭时，那靓丽的青春胴体便是厨房里最美的一道风景。

"其实这小姑娘也蛮齐整的。"脑子里有时突然会跳出这种念头。他有意识地想要扼制住这种念头，但他却发现它们一日比一日变得强烈。

今天沈穹曳穿了件水粉广东无袖衫，里面的黑色罩罩清晰可见；下身着一条白色超短裙，两条白晃晃的大腿在眼前前后左右，说不尽的火热爆睛！

"阿军哥，饭烧好了，上来吃吧。"沈穹曳放好碗筷去端菜，臀部一扭，嘴角漾着笑意招呼他。

唐万军看在眼里，他觉得身体中某些东西似乎突然苏醒了，有什么在涌动。吃饭前唐万军去厨房冲了下手，出来时，无意中和正在端菜的沈穹曳最凸出的部位擦了一下。居然——起火了！

　　"哎呀……"她轻呼一声。

　　"怎么啦？汤洒啦？"

　　"烫了一下，没事。"

　　"我来。"唐万军转身接过她手中的汤，四目相对之时，唐万军似乎听到了一声巨雷炸裂，炸得他脑袋嗡嗡作响。

　　沈穹曳勇敢地面对着唐万军两道如火的目光，呼吸急促，顶着他胸膛的峰峦起伏不定，突然间猛地一把双手紧紧搂住她的阿军哥的腰，紧紧地，又迅速把脸贴在唐万军的胸膛上，闭着眼睛只顾一迭声乱叫："阿军哥阿军哥……"

　　唐万军再也忍耐不住，狂风暴雨般的吻落在她的脸上、颈上，发上、唇上，沈穹曳浑身颤抖，努力回应着她的阿军哥……

　　当他准备褪去沈穹曳的无袖衫时，她软软地说："阿军哥，你慢一点……"

　　他猛地把她抱起，走向自己的房间，把她丢在那张大床上，打开空调……

　　久旱逢甘露，干柴遇烈火。席梦思床上，被子早已被蹬到地上，被褥乱七八糟，一对征伐得披头散发的男女仰天躺在一起，兀自在喘着粗气。

　　"阿军，你好棒！怪不得阿兰姐那么爱你。"沈穹曳在他耳边吹了一小口气，神棍似的说了这么一句。

　　唐万军猛然听到"阿兰"两个字，如同一把锋利的刀片从他胸口划过，不那么痛，却有股惊悚的凉意从心头升起。"噌"地一下，他从床上一个鲤鱼打挺，翻身坐起，摸到自己的内衣窸窸窣窣穿了起来。

　　唐万军这时突然意识到了自己犯了一个不可饶恕的错误，自己该如何面对那个跟着自己受了半辈子苦的女人——阿玉兰？

　　沈穹曳察觉到了唐万军的异常，她默默不语，小心地把灯拧开，开始套起内衣来。猛地，唐万军一怔，他看到绽在洁白的床单中央的点点猩红，那么醒目！

　　唐万军不喜反忧，在心里责骂自己，唐万军啊唐万军，你这是在作孽呢！

　　对这个在自己手底下打工的小女孩，唐万军根本不可能承诺什么的。他觉得自己简直无耻透顶！男人都是这样的货色，结束了，后悔了。

他突然后悔起来。

从卧室出来，两个人埋头吃着晚饭，默默无语。

"小沈，今年多大了？"吃好饭，擦了擦嘴，唐万军终于开口。

"不小了，19啦。"沈穹曳脸上潮红还未退去，垂眉答道，声音轻得犹如飞过一只蚊子。

"这件事……我对不起你，明天我给你五万块钱吧。"

"不要不要……阿军哥，是我自己喜欢你……好久了，不关你的事，我不会跟阿兰姐说的，我……这样子已经心满意足了。"沈穹曳语速飞快地说道。

听到她这么说，唐万军看着她的目光中闪动着异样。

开心的日子总是过得飞快，生意也一路顺风，存折上的数字挤着挨着吵着闹着追着排着长队。

真是人生无处不风光。

上了一年高中后，儿子唐平就辍学了，唐万军看到陈玉兰一个人要管市里三个门市部的批零生意，还要管进货，根本无暇照顾儿子，于是便把他接到成都，意在让他接触一下，熟悉熟悉这门生意的流程，以后也好给自己搭把手。可是儿子却对做买卖提不起一点兴趣，根本没有要插手的意思。于是无事便天天去春熙路边上一家规模较大的茶馆看人打牌打麻将耍钱。茶馆的老板无意中发现这段时间有个穿着时尚、一表人才的年轻人经常来孵茶馆，上午一杯下午一杯花茶，一坐两个半天，一杯茶最多喝掉半杯，也不和任何人搭话，只是面无表情地看那些人赌小钱。

一天，老板实在憋不住，给他沏好一杯茶，问道："小哥，哪儿人来？"

"上海。"

"哦喔，上海人喜欢打牌。"老板恍然大悟，接着怂恿，"去耍耍吵？很小喔。"

唐平白了他一眼，不睬他，顾自看牌。

老板讨了个无趣，讪讪着走开。

虽说不愁吃穿，不愁没钱花，可一回到家中，父亲的不闻不问，以及家中那位沈姐姐对他们父子俩过分的嘘寒问暖，即使他再不懂人事，再漠不关心，还是隐隐轧出点苗头，看起来父亲和那位沈姐姐有点花露水呢。要不要和母亲讲呢？可是有什么证据呢？跟母亲讲了之后又能怎么样呢？另外，他们怎么样跟我又有什么关系呢？喊！

日复一日，唐平有些厌倦了这样的生活。

在陈玉兰从东北回来准备在上海滩上展露拳脚的时候，唐万军又要出发去广州进夏装了，事实证明，一年的夏装销下来，利润能占到全年"君子·兰"总销量的三分之一强，此块蛋糕不容小觑！

"爸，今年你带我去广州进货，让我跟着去见见世面，学学生意。"唐平一本正经对父亲说。

唐万军一听，喜上眉梢，以为儿子总算开了做生意的窍了，本来嘛，虎父无犬子，上阵父子兵。他心想，儿子如肯用心，不出三年，在自己言传身教下，定能青出于蓝胜于蓝，再加上已经占有市场一定份额的"君子·兰"品牌，到那时，自己便能真正放心了。

你想放心，可有些事偏不让你放心。这天中午，接到沈穹曳电话，问她什么事，她却在电话里嗯嗯啊啊支支吾吾，把他急得够呛。

"到底什么事？"唐万军大吼一声，他明显能感到电话那端捏话筒的手抖了一下，然后三个怯怯的字传了过来：

"我有了。"

70

唐万军愣了一愣，问道："你在哪里？"

"在区妇保医院。"

唐万军放下电话，招了辆出租车，直奔医院而去。

"阿军哥，这里。"妇保医院门口，沈穹曳向刚下车的唐万军招手，脸上掩饰不住欣喜之情。

"这两年你不是一直都是在采取措施的吗？怎么这么不小心？"唐万军不禁埋怨。

"我……"

"你不是说就这样的生活你也心满意足了吗？"

"我……我想做妈妈了，所以……"沈穹曳欣喜的脸色中忽然隐隐露出一丝无辜的神色，委屈地注视着他。

"真是荒唐！也不跟我讲一声，去做了。"说着，唐万军拉着她的手就要往医院里面走。

"不……我不做！我要生下他。"一向听话的乖乖的沈穹曳，这一次却固执地坚持着自己的想法。

"你疯了……你把孩子生下来，我要犯重婚罪的，是要吃官司的！你知道吗？"唐万军愤怒了，声调也高了起来，近乎吼叫，惹得医院门口进进出出的人都驻足观望他们。

"不！"沈穹曳似乎铁了心。

"好了，乖……去做了吧，求你了。"唐万军口气软了下来，开始低三下四地跟她商量。

"不，我要把孩子生下来！我已经23岁了，我不会再嫁人的，你是我唯一的男人，我一生只有你一个男人，我想过了，孩子生下来后，你不用管我们，你怕连累，我可以带着孩子回家乡。"沈穹曳轻轻地慢慢地清晰地坚定地说。

唐万军不可思议地盯着她好一会儿，最后只得无奈地摇摇头，说："走，回家再跟你细说。"

沈穹曳默不作声，跟着他钻进了车子。

回到家，唐万军苦口婆心又对她做工作洗脑筋，唾沫差点说干，奈何她就是不开口，直到儿子回家才停止。他实在是轻估了一颗坚决要做母亲的心。

"你明天就不要出去玩了，在家准备一下，我订好了两张后天早晨的机票，一起走吧，也该学学做生意了。"吃好晚饭，唐万军关照儿子。

唐平答应一声，年轻的脸上看不出任何表情，反而流露出很成熟的一副腔调。

待唐平进入自己房间，打开空调关上门，唐万军这才压低嗓音对沈穹曳说："这件事，等我广州进货回来再决定。另外，你做主再去招两个新的营业员，让两个老的带一带，带出之后，老营业员我有其他安排。"

实际上，唐万军现在已经下意识地把她视为二老板娘了，对她十分信任，这可以从他把最重要的经济大权、账目往来，包括一切经营活动，都会让她掌握参与看出来，这个平平常常平平淡淡平平凡凡平平静静的小姑娘，自从有了那一层关系后，他早已把她当作了自己人，不可或缺。

事实上，沈穹曳也用认真细致好学的精神和疯狂的工作态度证明了她的的确确不简单。

就这样被你征服。

几年后，当歌手那英唱响那首《征服》时，唐万军似曾相识，深有同感。

第一次与儿子同行，看着坐在身边座位比自己还高出七八厘米、相貌堂堂的儿子，唐万军不禁感慨时光荏苒。

二十多年了！儿子已经长大成人，只要跟着自己跑个几年，他相信儿子的"商"智，决不会比自己差，如此，自己也可以放下担子，轻松一下了。

这些年商场上的明争暗斗，奔波劳碌，使人心力交瘁，真想跳出来歇一歇，此刻，倒有点怀念起以前的大锅饭来，虽说饱不了，至少饿不死，关键是不用那么起早搭夜，风里雨里，亲力亲为，绞尽脑汁，三百六十五天天天开足发条。就像一架琴上的弦，你不能一刻不停地调紧它，你得让它适当放松一下，否则，嘣！一不小心就这么拧断了。

唐万军觉得自己现在就是家庭这架二胡上的一根主弦，这些年绷得越来越紧了，拉出来的曲子高亢激越得有点刺耳，应该轻松一下了，轻松一下，是为了接下来拉出更加美妙的音符。

风物长宜放眼量，不可拼命去抓住眼前所有能够抓到的。钱这个东西是鸭背上的水，淌过来淌过去，休想全部淌到你一个人口袋里，试问，世界上有哪个人敢说我把全世界的钱都挣完了？放一放，抓到的更多。

可惜这个道理人人都懂，却极少有人会去重视呢。

飞机下降时穿过积雨云，引起一阵轻微的颠簸，打断了唐万军乱七八糟神痴雾痴的思维。儿子的目光正透过舷窗，扫视着笼罩在阴霾下的广州城，不动声色的眼中总算露出了些许新鲜好奇。

"阿平，这次进好货，爸带你一起去澳门逛一圈。"唐万军拍拍儿子的肩膀，似乎旁边坐着的是一个亲密朋友。

"好啊，澳门的葡京大酒店是个大赌场。"唐平说起赌场，话也多了，双目放光，满心向往之。

"说来惭愧，我来广州多少次了，还没有去过一次葡京，这次一定要去玩几把过过瘾。"唐万军解开安全带，站起来伸了个懒腰，自言自语道。

唐平瞟了一眼父亲，默不作声。

广州的喧嚣比起唐万军第一次来时有过之而无不及，更加的灯红酒绿，更加的幻影迷蒙。

唐万军带着儿子熟门熟路地找到旅店；熟门熟路去饭店吃了饭；熟门熟路地回绝了"妈咪"的推荐介绍；熟门熟路地去市场看了一遍新款新货，基本上了解了一下价格行情。回到旅店，便一个个电话通知有业务的厂方。

知道财神爷到了，这些生产厂家的老板各自拿着最新版的流行款式样衣屁颠屁颠赶到唐万军下榻的旅店房间，看样品，讨价还价，订货，签合同，付订金，受邀一家家厂家去喝酒，然后聊天吹牛皮发大兴，介绍唐平与各老板结识，各种奉承、夸赞，然后回旅店休息，一个礼拜，天天如此。

如今的唐老板已不是第一次来的唐万军，几百几千件订货。现在看中的一个品种，要么不订，订则一万件打底，你想想，这么多门店，而且都是大都市的闹市区，一天销量起码几千件，听到唐老板订货的数量，有几个样品中签的小厂老板兴奋得直接全身发抖，手心里湿漉漉全是汗，以至于签合同时笔都掉了好几次。

"大家听好了，今年的产品要打进大上海，所以起订量大，接下来卖得好的货，销量谁也吃不准，你们就等着发财。不过，重复一遍，质量一定要与样品相符，否则，唔要怪我老唐不够朋友！"唐万军说。

"好嘞好嘞……"众老板异口同声。

生意上的事搞定，心情很好，饭店吃好饭，回到旅店，唐万军问儿子："这些天的生意你看也看到了，听也听到了，你本人有些什么想法能跟我说说吗？"

"没想法，我不喜欢做生意。"儿子的回答差点让他喷出一口老血。

唐万军一直认为，父子俩的关系看起来十分生疏，主要是孩子在青春期时过分放任自流的原因，随着时间的推移，应该能彻底改善，毕竟是血浓于水。他也明白，光给孩子吃饱穿暖给他钱花是远远不够的，可是，起先他与玉兰都忙于工作，没有时间管他，把孩子交给爷爷奶奶管，后来辞职做生意，更是忙得分身乏术。这也是他这个做父亲的觉得最亏欠儿子的，这种亏欠，只能寄望于给他足够的零花钱来弥补。他是这么想的，也是这么做的，从那次儿子在爷爷的骨灰盒中关麻雀胖揍过他一顿之后，他就再也没有打过儿子。

直到今天，儿子跟自己干脆地说什么不喜欢做生意，看来，自以为"知子莫如父"的自己还是没有真正了解儿子啊。唐万军苦笑道："那么，你说你到底喜欢什么呢？你也不小了，这几年玩也玩够了，该找点正事做做了。"

"我喜欢看别人赌钱。"儿子冷不丁冒出这么一句话来，吓了他一跳。

"什么……喜欢看别人赌钱？看别人赌钱有饭吃？你能看一世别人赌钱？"唐万军实在想不通，自己什么时候得罪了老天爷，惩罚自己生出个怪胎来？

"你不懂！"儿子不屑。

"我不懂？呵呵……"他怒极反笑。

"不说了，到了澳门，你最好给我找个赌场的工作，我会好好干的。"

"我不找！"唐万军真的有些火大了。

"不找？你不找，我把她赶跑！以为我不知道？"儿子虎视眈眈看着他。

"什么……臭小子，你敢！"唐万军咆哮道，明白儿子说的她指的是谁。

"敢不敢试试就知道！"儿子不甘示弱。

唐万军的头开始痛起来，额头上的筋一跳一跳，这是血压升高的严重警示。

考虑了足足两支烟的工夫，他终于妥协。"好吧，我问问他们。"他说。

71

唐万军所指的"他们"其实就是那些广州本地的小老板。这些小老板知道他还没去过澳门，前些年都极力怂恿他过去玩一玩，纷纷拍胸脯说真要去就给他弄通行证，只是他觉得还不是时候而笑拒。他打电话给其中一个彭姓的小老板，让他明天来取身份证帮办通行证，并询问了一下赌场怎么招荷官的事宜。

"招啦！葡京最喜欢招聘内地的荷官啦，因为去赌场玩的人百分之九十是内地人，casino（赌场）最欢迎的是讲普通话的帅哥靓妹啦，怎么？小唐老板想去体验一下荷官生活？"电话里，彭老板嘿嘿嘿很有韵味地笑了起来。

"没有，好奇，随便问问。"唐万军在电话里故意轻松地哈哈大笑，装出云淡风轻的口吻说。

"我陪雷去吧，那里我熟。"彭老板相当热心。

"不用了，谢谢。"

"那雷有什么事，可以去找一个叫彭福来的大场领班，他是我兄弟嘞。"彭老板又关照。

"谢谢谢谢。"唐万军再三道谢，这条信息十分有用。

不过，唐万军放下电话，头又痛起来，怎么向陈玉兰解释这一切？

澳门，最吸引全世界目光的就是这里无处不在的博彩业。

葡京大酒店与赌场是连体的整幢巨大的建筑，东北侧大门出入口上方，粗大的霓虹灯管曲来拐去，扭成五个漂亮的"葡京娱乐场"巨大汉字，在还没有收复的中国土地上，看到这么流光溢彩的母体字，每个来到这里的中国人都会豪气万丈！半圆形的顶部布满彩灯，一到夜晚，通体透明，大门口的灯光亮似白昼，使人感觉不到一丁点夜晚的气氛。闪烁着五颜六色奇异光芒的"葡京娱乐场"，犹如磁石——不，更像一个有着地球引力般的璀璨小行星，牵引着无数赌客，纷纷涌向那个充满刺激，充满诱惑，使人沉迷，使人疯狂的"天堂"。纸醉金迷，醉生梦死。无数赌徒在空中燃烧得干干净净，极少数空降地面，亦成了陨石。

澳门，真是一个神奇的地方。

大门口，有两个体格健硕、肌肉精壮的大汉，看似在闲逛，实则犀利的目光在不停地扫视着进进出出的各式人等。

进了大门就是金碧辉煌，层高起码在15米以上一楼大厅，足足有二万多平方米，两个足球场那么大，粗大的柱子要几人才能合抱过来。

大厅里摆了不知多少张大大的半圆桌，最普通的、玩得最多的是"百乐门"，其次是"轮盘"，赌场坐庄，每张桌子前人头攒动，观望、掏筹码、下注，女荷官面无表情，发牌，转盘，报数，点筹码，付出收进，然后是每个人脸上各种各样丰富的表情，接下来摩拳擦掌，继续着下一轮。

大厅中间，主通道两侧各有一条阔达10米的楼梯通二楼，上面玩的赌资一般都比较大，有廿一点、梭哈、罗松等，基本上没有封顶的，你想玩多大就玩多大，只要你的口袋支撑得起足够分量的筹码。

如果你输钱了，那赌场外开着内地和澳门本地的好多银行，可以快速取款，只要你账上有钱。

赌场亦有放债，输红了眼，还可借高利贷翻本，一不小心翻到倾家荡产，翻到铜锣湾，你放心，没有人会来捞你。

赌场里白天黑夜灯光通明，亦没有窗户可以看到外边，使人感觉不到时光转换，精神一直处于高度兴奋之中，饿了赌场有食物供应，实在困到熬不住，还有临时休息室。

赌场的后门有休憩室，是一个足有上千平方米的场地，用一种特殊材料做成拱形圆顶封闭起来，24小时，顶上蓝色的星空深邃，星星不断眨眼，月亮温情脉脉，就像在一个晴朗的、美妙的夏季夜晚，仰望天际，令人产生无限遐想。

休憩场地一隅，曲里拐弯有一条小小的威尼斯河，河中央，有一个欧洲帅哥穿着格子裙在撑一条苏格兰小船，缓缓撑过一座小桥下，桥上站着的两个英格兰美女穿着短裙香衫在娇笑顾盼挑逗，男子则一副"好逑"之色相。好一幅"水城之恋"！好一幅"胯下之夫"！画面绝色香艳靡靡！从另一方面诠释什么叫恋恋不舍、流连忘返，让你暂时忘却输钱的懊恼、悔恨与痛苦。

人人感觉不到身处赌场，个个把这里当成了家。

即使输掉再多钱，在这样的环境中，心情也能很快平复下来。冷静想一想，在哪里还能再弄到钱，老子不翻本不回家。

不得不佩服赌场设计者的伟大!

"爸,你好联系那个人了。"在赌场里前后上下左右走了一圈,唐平早已心痒难当,催促父亲快点联系。

电话很快打通,一口标准的普通话传过来:"您哪位啊?"

"我是彭老板介绍的唐万军……"

"噢……知道知道,您现在在哪里啊?"

"我在楼梯口。"

"好,您稍等,我马上到。"

少顷,一个中等个子三十来岁的男子手拿一部对讲机走了过来。

"您好,唐先生吧?我就是彭福来。"彭福来自我介绍,唐万军与他握了握手。

彭福来一边和唐万军握手,一边眼睛看着高大英俊的唐平,喜从中来。

"这个……彭老板跟你说过吗……"唐万军吞吞吐吐地问,心里有一种卖儿子的腻歪。

"说过说过,小兄弟长得好帅!这个事包在我身上了。"彭福来上上下下看了几下唐平,眉开眼笑,问道,"小兄弟叫什么名字?"

"唐平。"唐平很开心,和他握了握手。

"唐平,好名字,带通行证身份证了吗?"彭福来问道。

"带了。"

"好,唐先生,那我就带唐平兄弟去见老板了,您随便走走看看玩玩。"唐福来略感歉意地双手抱拳拱了拱。

彭福来领着唐平走了。看到儿子走远,唐万军嘴角抽搐,心说,你老子我是暂时顺顺你,年纪轻轻没个常性,喜欢这种行当?哼,干个十天半月看你不逃回来!

唐万军在一楼东转转,西瞅瞅,心情非常好。当时还在厂里上班时和同事打打牌小赌赌的他,早就听说澳门有个葡京赌场公开赌博,刺激得很,很想来呵,梦寐以求,今日梦想成真,老子终于站在这里了!哈哈……不去赌几把对全国人民都说不过去。

唐万军捏了捏口袋里的银行卡,长方形,薄薄硬硬的,却撑着他的腰,里面有 300 多万。

一楼这些玩意儿都是工薪阶层玩玩的,下注都只有几十几百,输了不痛,赢了不痒,且人太多,虽说赌场禁止喧哗,总难免嘈杂,没劲。

唐万军喜欢梭哈,喜欢恐吓骗。先发两张,一明一暗,牌面大者开注,余者跟，三张，四张发明牌，发一张按牌面大小轮流下注，自感牌好可跟，臭牌可弃之，之前下的注亦归赢者，直至发第五张暗牌，这时台中的钱随着弃牌者的离去已积累到一定程度，此刻，一般场中只剩下两人，真正的恐、吓、骗开始。这时，每人需四张明牌亮在桌上，一张暗牌，根据亮牌的花色、顺子、单双对，观察下注者牌面，下注的多少，一个笑容、眨眼、神色甚至点烟动作来判断他那张底牌的虚实，是否"偷鸡"，然后决定翻不翻对方的底牌。这一翻，就是几万几十万的输赢，甚至上百万。建议心脏不好的人别玩梭哈。

唐万军来到二楼，这里基本上没什么声音，寂静肃然。在源源不断升腾的烟雾缭绕中，使人仿佛置身于一个无声的、搏杀激烈的战场，每张桌子上都有人，七八个三五个不等，少有观者。梭哈规定，参赌者最多5人，不能多，因为一副扑克54张牌，去掉大小怪52张，5人每人发5张就要25张，牌发得越多就越容易根据"pass"掉的牌判断出还有什么牌未出世（虽说pass掉的你也看不到），从而估计对手的底牌是什么点子来决定跟不跟注或者翻不翻对方的底牌。参与人越少，判断越难，什么情况发生都很正常，一张底牌，往往决定你是否倾家荡产，是否腰缠万贯。

斗智斗勇斗鸠山，斗鬼斗魔斗神仙。发牌前个个统领精兵百万，斗志昂扬，士气高涨。翻牌后，只有一人能坐地成仙。这就是梭哈的"魅力"，要么上天，要么入地。发颤。发抖。发癫。发狂。发神经。

每个人的肾上腺素被最大限度地激发出来。

72

好胜心每个男人都有，赌博把这种好胜心提高到另一个极致，转变成赤裸裸的占有欲，都想着把别人连骨头都嚼成渣，呼吧呼吧一口吞下去。有赌徒奸笑称，这也是一种另外意义上的"三公"（注：公平、公正、公开）竞争，你输，说明你"三气"（注：手气、福气、运气）不行，得认。说这个人好赌，说是这个人好胜心强，永不服帖。

古往今来，有多少英雄在好胜心驱使下被斩落马下，失去大好头颅？有多少好汉在好胜心驱使下输得赤膊赤吊，导致家破人亡？此"好胜心"早已变质，为赌徒换了件马甲而已。

澳门赌场林立，处处金碧辉煌，多得数都数不过来，可惜，又有几人能明白过来一个赌字意味着什么？

唐万军来到二楼，吃了点东西，换了 10 万筹码，在几张桌子前转了转，看了看，选定一张只有三个人在玩的方桌子前坐了下来。静静看了几局，发现坐庄和坐天门的赢得多。赌局里，坐庄的有一个好处，凡是与闲家同点同对同顺大小同样的话，庄家吃闲家，这一局庄家胜。当然，为"三公"起见，庄家是每局每人轮流做，如轮到你自动放弃，就继续按次序轮下去。平常玩牌，都是坐庄的洗牌，然后再交由过门、天门、底门依次轮流端牌，谨防庄家洗牌时做手法。

这里都是由荷官洗牌，手法快速熟练，目测绝无出千可能，况且赌场方如想出千，那你赌场也无必要开下去了，管理部门会取消你开赌资格，所以赌场大都把信誉看得比性命重要。一副新牌最多打三局就会换，以防止一些老赌棍在牌上做一些只有自己知道的手脚及记号。

"玩吗？"轮到上局上门坐庄，轻轻询问了一下这局天门上的唐万军。庄家口中吐出的玩字，儿音京腔味十足，听得出，是个地道北京人。

接下来四人斗得昏天黑地，日月无光，人困马乏，精疲力竭，这才鸣金收兵，相约吃点东西填饱肚皮再战。

粗粗盘略一下，各有胜负，总体唐万军台面上大额筹码更多。去兑换处兑换，扣除"抽水"，总共赢了四十几万。

吃好小食，唐万军才刚想起儿子，不知那个叫彭福来的领班把他领到哪儿去了，便摸出电话来问彭福来。

七拐八弯，绕来绕去，彭福来把唐平领到赌场"招贤"办公室。负责"招贤"的是赌场老板的一个亲戚，四十多岁年纪，平头，长得很结实很凶相。

"超哥，想在我们这儿做荷官的大陆仔带来了，叫唐平。"彭福来卑谦地把唐平介绍给平头。

"唐平，好。"超哥上下打量了一下仪表堂堂的唐平，非常满意，拍了拍唐平肩膀，脸上堆满横肉，笑着说，"兄弟，不错。"接着又问彭福来道，"不是'屈蛇'（偷渡）？"

彭福来立即摸出唐平身份证和通行证递给超哥道："正点子。"

"好，雷带佢（他）去安排一下吃睡，然后熟悉一下场里规矩，让阿岩带带他，我去招呼一下老板，弄一个居住证。"

赌场培养一个品行端正，业务精通，手法熟练的荷官不易，因此大都希望背景清爽的荷官最好能把自己的青春奉献给赌场，所以当彭福来跟超哥说唐平愿意终身为赌场效劳后，超哥也是十分欣赏。

超哥跟老板详细说明了唐平的情况后，老板叼着雪茄，只说了一句："这个人我以后另有他用，正式上岗后，工资可以适当提高。"

一个荷官的月收入八千澳门币左右，相较于内地九十年代的月薪人民币几百元，绝对是一个诱人的数字。

73

彭福来接到唐万军的电话时，已是凌晨三点钟，刚刚睡着。设置华仔歌声的铃声骤然唱响，虽然好听，却也扰人好梦，使得彭福来大皱眉头，一看来电，是唐先生。"唐先生，抱歉忘了告诉你，你的儿子已经正式被赌场录用，从明天开始——不，从今天开始，就进入实学阶段，合同已经与唐平签好，上午10点钟，我会联系你去见他，我要休息了，对不起。"说完，马上挂了电话，倒头便睡。

唐万军话都来不及说一句，对方掐断电话说要睡觉，他忍不住爆了句粗口。

赌场里依旧灯火通明，这时如果发生世界大战，根本没有一人会去关心。看了看表，也是，凌晨3点多了，该去休息一下。

中午12点，被彭福来的电话叫醒，让他马上去见儿子。

唐平全身已换上赌场的工作服，笔挺的白衬衫外面套了件红色马甲，下面一条青蓝色西裤，一双尖头皮鞋擦得锃亮，头发梳了个四六分，高高的身材，白皙略有棱角的脸上洋溢着青春笑容。

这家伙，像我，不过比我要帅。唐万军心中正想着，被儿子的一声叫声打断了思维。

"爸，你回去吧，我超喜欢在这里工作，已经签了合同，月薪暂时3000港币，试工期后有再加，你不用再给我钱，我能养活自己。"唐平愉快地把自己的想法说了出来。

唐万军瞪大眼睛看着儿子，就像刚认识他一样，一直以为他是说说的，谁知说说变真的了，要在此地长期工作了，还签了什么合同？

"想好了？"碍于彭福来，唐万军没有当场发作，不过脸色却是难看地问道。

"想好了。"毕竟是父亲，唐平不敢喜形于色，看了看他有点阴沉的脸色，小声回答。

"好，希望你不要后悔！"唐万军怒极反笑，说道，"你母亲那里你自己去跟她解释。"

"我会的。"唐平突然加大音量，坚定地说。

"给你留个几万块吧，澳门这个地方，没钱可是毫无生路的。"说到底，终归是自己儿子，平复一下心情后，他说着，就要掏卡。

"不要。"儿子很倔。

"拿着吧，去买个移动电话，缺钱用告诉我，会打到这张卡上的。"唐万军把卡塞到儿子口袋里。

儿子要取出卡来还他，彭福来在旁看不下去了，对唐平说道："给你你就拿着，还没见过对钱过不去的，也是个不爽的人。"彭福来随后又对唐万军说道，"唐先生，你放心吧，小唐会在这里干得如鱼得水的，如果没有其他事的话，我带他去见老板了。"

眼看着儿子跟着彭福来越走越远，甚至连头都没有回过来看他这个做父亲的一眼，唐万军苦笑摇头，心头顿时升起一股无力感……

秋季，"君子·兰"品牌针织毛衣正式在上海黄金区位商场全面铺开。陈玉菊十分机敏能干，短短几个月，早已熟悉各种销售套路，与各个商场负责人打起交道来游刃有余。

当陈玉兰把玉梅母女带到自己买的家中后，陈玉菊正好在家，一眼看到坐在轮椅上的大姐，她瞪大眼睛捂着嘴，久久，久久……说不出话来，直到念沪叫了声小姨，她这才回过神来，拉过侄女，上上下下看了个遍，把个小丫头看得浑身不自在。

"像！像阿拉陈家人。"陈玉菊感慨，对着陈玉兰，几次欲言又止。

"晚上再聊吧。"陈玉兰说。

当晚，三姐妹加上侄女念沪，在住宅边上一家看起来有点情调的海鲜馆吃晚饭。包厢紧凑而不狭小，装修精致又有点小浪漫。可控调节的暖色调灯光让人心情愉悦，明净的酱紫色的桌椅在灯下泛着淡淡的略感暧昧的光线。并且，小小的包厢隔音设备极佳，门一关，隔绝了大厅里的一切嘈杂。

"阿拉姐妹几十年没碰面了，喝点酒吧。"陈玉兰点了瓶青梅酒，示意服务生打开。

"我不会喝。"陈玉梅推辞。

"没事，这酒酸酸甜甜，喝不醉的。"陈玉菊毕竟一直住在上海滩，见识比大姐要广得多，不顾大姐阻拦，轻描淡写地给大姐满上一杯，同时不忘给念沪满上一杯。

"谢谢小姨。"念沪站起身，慌忙道谢，小脸泛起一阵红晕。

"嗨，阿拉小沪懂规矩啦，晓得难为情嘞。"陈玉兰打趣。

"二姨……"念沪说着身子扭了扭，脸皮更是红红的、薄薄的，像熟透了的水蜜桃。

"菜太多了，吃不完的，浪费了可惜。"陈玉梅看着服务生穿梭般一道道端上来的海鲜，目不暇接，几欲阻止陈玉兰。

"没事，难得这么多年姐妹们还能聚在一起。"陈玉兰笑道。

白灼斑节虾，清蒸小青龙，姜葱珍宝蟹，糖醋大带鱼，刺身三文鱼，葱油小鲍鱼，秘制青斑鱼……差不多有十来道海鲜。

"来，喝酒！"陈玉菊举杯，一口把半杯酒灌下肚，"嗨"的一声叫好："好酒好酒，清爽酸甜。"

陈玉梅抿了一小口，果然好喝，有一股像老林子掉下的浆果发酵的味道，忍不住又喝了一口。

"这酒可以吧？"陈玉菊得意地问，大姐连连点头。

"这家的海鲜在上海滩上算做得好的了。"陈玉兰夹了一块青斑肉，介绍道。

大家纷纷举筷。

"好吃。"

"灵额。"

"啊……"突然，念沪大叫一声，呸呸……拼命地往外吐口水。原来她看到红红嫩嫩的三文鱼刺身和墨绿色的芥末红绿相映成趣，大为心动，虽不识这是什么菜，还是挟了块鱼肉蘸了点芥末放进嘴里，一下子被芥末的辣给冲得好似见了个大头鬼，眼泪鼻涕都出来了。

众人拊掌大笑。

陈玉兰边笑边说："丫头，是二姨不好，没跟你说，快吃一点其他菜吧。"

念沪赶紧夹了一大截糖醋带鱼，这才把口中的辛辣味冲淡。

"太好吃了，比我们那里的鱼还要好吃得多。"念沪惊呼，对这种闻所未闻的鱼如此美味赞不绝口。

"海里的鱼，比河里的鱼当然好吃。"陈玉菊窃笑道，有点开始喜欢起这个不会藏拙的丫头来。

"好吃侬就多吃点噢。"陈玉兰望着小丫头，想着她在回来的路上，那一副处处感到新鲜好奇的天真样，也是觉得从心底里喜欢她。

"惭愧哪,这么好吃的海味,就是哦这个土生土长的老上海人也从来还没有品尝过,阿兰,谢谢侬。"陈玉梅挪了一下在轮椅上坐久了的屁股,由衷地说。

"阿姐,侬这是把哦当外头人了伐?"陈玉兰斜乜玉梅一眼,不满道。

"快吃菜快吃菜,浪费掉可惜。"陈玉菊喊道。

美味的海鲜亲抚着在座每个人舌尖上的味蕾,而发出的阵阵啧啧之声,则说明她们暂时沉浸其中了。

"对了阿姐,爸妈那里等侬装好假肢哦带侬走过去见伊拉(注:他们)吧,不然伊拉看到侬迪能(注:这样),不知要伤心要哪能(注:怎样)样子。"陈玉兰用小毛巾擦了擦手,想到了什么,对姐姐说道。

"这个么……听侬,侬讲哪能就哪能。"陈玉梅想了想,表示同意。

"那要不要先告诉伊拉啊?"陈玉菊问道。

"勿要!二十多年都过去了,也不差这一两个月。"陈玉兰打定主意,要将玉梅回来的事先瞒住父母。

"我要去见外公外婆!"念沪听到后,不干了。

陈玉兰看了她一眼,说道:"丫头你也不小了,别闹,你先去跟着小姨学做生意,让她带带你,勤快点,用心点,争取早日帮上二姨,二姨给你发工资。"她摸摸念沪的脸,有点宠爱。

"丫头,听二姨的话。"陈玉梅发话,对女儿说。

念沪勉勉强强答应母亲,小嘴却噘得老高。

"等过了年,到浦东去看看,有没有合适的房子,给你们每人买一套。这两年浦东开发得快得不得了,听说要在浦东造一个新上海,发展金融业,黄浦江上听说还要造三座大桥,要挖几条江底隧道,把浦东浦西连成一个真正的大上海。"说起家乡,陈玉兰兴致上来了,"咕咚"一口把杯子里剩下的青梅酒喝了个底朝天。

她没有理由不兴奋,自己事业的重心将会渐渐转移倾斜到家乡,家乡越变越大,越变越好,自己的生意肯定也会水涨船高,借着国家改革开放的东风,有一万个理由把自己这块蛋糕做大做强。

一番话让陈玉梅、陈玉菊听得目瞪口呆!要给阿拉买房子?这……这几年,阿兰到底赚了多少钱?

74

"不不不！阿兰，不好用侬的钞票给哦买房子。"陈玉梅把头摇得像拨浪鼓，说道，"阿兰，侬来接哦回上海，给哦装假肢，哦已经非常非常感激，无以回报了，还要给哦买房子……哦勿要。"

"二姐，侬这几年到底赚了多少钞票？"陈玉菊很想知道二姐究竟有几百万。几百万这个数字在她看来已是十分庞大，在当时可以呼风唤雨，借给她 30 万，一出手还 100 万，短短几年工夫，难不成她真的赚了这许多？

"呵呵，钱不多，都压在货物周转上面，不过买几套房子还是绰绰有余的。我已经打听过了，浦东靠近金融城旁边的也只需五六千一平方米，100 万可买两套期房，当然，房子产权要归在我的名下的，使用权嘛就归你们了，随便你们住到啥辰光。"

"丫头，想不想在上海住下来？"陈玉兰拍拍念沪的肩膀，笑问道。

念沪脸涨得通红，拼命点头，要在上海安家了啦，心里早就乐开了花。

听了陈玉兰的话，陈玉菊还好些，陈玉梅真的是把嘴巴张大成 O 型，怎么也合不上。这些年，自己在深山老林太闭塞了，什么都不知道，全家每年还在为有一两千元年收入沾沾自喜，可是，亲妹妹这个活生生的例子彻底震醒了她，国家发展这么快，上海发展这么快，自己竟还不知不觉！看来，回上海是来对了。

呆怔了一会，陈玉梅也把杯中青梅酒一饮而尽，心潮难于平静，她一字一字地对陈玉兰说道："阿兰，用得着我的地方，你尽管吩咐。"

"还真有用得着的地方。"陈玉兰轻轻一笑道，"阿姐，等帮侬把假肢装好，去进修一下财务知识，今后帮哦把财会这一块抓起来，侬上学时数学就很好，这是侬的强项，我想这一二年内自己成立一个公司，公司的名字就叫'君子·兰'，你们说好不好？"

"好！"其他三人使劲鼓掌。

"其实，哦帮你们也有自己的小算盘，反过来想你们帮哦，如果有可能的话，真想把小弟也拉过来。俗话说'亲帮亲，邻帮邻'，现在君子·兰要想做大做强，没有信得过的人相帮是不行的。你们是我的亲人，相信阿拉一定能够成功！"

"喔，对了，阿菊，你驾照也已考出多日，明天跟我去提辆车，哦已跟车店联系好，在上海做生意车是必不可少的。"

陈玉兰的一番话，仿佛在玉梅和玉菊心中曾经的死水潭里扔下一块石头，激起了阵阵巨大的波浪，猛烈冲撞着她们的心房，震惊之余，两个人各自用一种不同的、复杂的心情和眼神望着陈玉兰，最后形成一致的观点是，佩服！不佩服不行！

"吃饱了吗？"陈玉兰笑问大家。

"吃饱了，吃饱了。"几个人几乎异口同声答道。

"买单。"陈玉兰拿过手包，示意服务生。

"这位女士您好，一共是 3865 元，这是小票。"服务生恭谨地递上单子。

听到这一顿饭的价格，陈玉梅倒吸一口冷气，赶紧掩住嘴巴，差一点惊叫出声。一顿饭，吃掉老林子里全家人辛苦两年的收入！要是老林子里的人看到，说不定有人要不小心"咻溜"一下到桌子底下！

"看什么？这丫头！"陈玉兰看见念沪怔怔地瞅着自己，笑骂道，"好好地干，上海有你吃惊的地方，多了去了。"说着抬脚要走。

"这……这许多吃不完的……"陈玉梅指着一桌子剩菜，用询问的眼光看着陈玉兰。

"服务生，把这些蟹虾鲍鱼什么的打包。"陈玉菊立即吩咐。

服务生取来食品盒一一打好包，念沪一把抢过来，道："我来拿。"这些食物的味道留给她的印象实在太深刻了，可舍不得浪费。

陈玉兰的家有三室一厅，除了她与玉菊各一间外，还有一间空着，已经让陈玉菊整理得干干净净。

陈玉兰推着轮椅，指着那间空着的房间，对陈玉梅说道："阿姐，侬与小沪就暂时住这间，等哦买好房子你们再搬过去。"

看到房间里两张床上崭新的被褥，以及衣柜箱子，簇新的睡衣拖鞋，不知怎么的，陈玉梅的眼眶里慢慢地噙满了泪水，随后泪水不争气地掉了下来。

"妈，多漂亮的房间，你怎么哭了？"念沪奇怪地朝母亲望望，又朝二姨望望。

"没事，妈这是高兴。"陈玉梅撩起袖子擦拭了一下眼睛，破涕为笑。

陈玉兰默默地抚摸了几下姐姐瘦削的肩膀，没有说话。

"念沪，等一下你先睡，你妈和二姨小姨分开了这么久，有一肚子话要说。"陈玉菊已经迫不及待地要了解大姐的双脚到底是怎么一回事，关照念沪。

念沪乖巧地答应一声，进房间去整理被褥去了。

"来来来，先喝杯茶。"此刻，陈玉兰已在客厅里泡好茶水，招呼大家。

"唉……家乡的自来水就是好喝，有一股上海特有的漂白粉味道。"陈玉梅叹息一声，百感交集。

"大姐，侬蛮好可以不去又冷又远的地方的，怎么连爸妈也劝不住，最后连家里也不告诉一声就走了呢？"陈玉菊听母亲经常念叨起大姐当初这不合常理的举动，因此困惑不解地问。

"小妹，侬毕竟小哦几岁，不晓得那个疯狂的年代到底有多疯狂，阿拉学校里这么多同学，人人都疯狂不已，特别是那些去过北京的，回来之后的一言一行一举一动，不是哦瞎讲，都跟疯了一样，阿拉全被伊拉传染了，说话做事，根本不考虑结果哪能，脑子全部'瓦特'（坏掉）。"说起当初，陈玉梅眼中闪过一丝奇异的光芒，瞬息又暗淡下来。"唉……"她重重地叹了口气。

"那么侬讲讲侬这双脚又是怎么回事？"终于问到急于想知道的主题，陈玉菊有些急切。

"哦来说吧。"陈玉兰接过话题道。

"还是我自己讲吧，讲一次痛快一次，自家亲姐妹，再让哦痛快一次。"陈玉梅平静地说。

明亮的灯光下，她两鬓柔软的发间有不少银丝在闪耀。

"1969 年……"每当想起那个特殊的年代，特殊的经历，陈玉梅的心情无法平静，面对自己的两个妹妹，她把过去的岁月一五一十地倾吐了出来。

她讲完了，客厅里的气氛十分压抑，鸦雀无声。

突然，陈玉菊说道："大姐，哦曾经做过一个梦，梦里飞到你们老林子里，那时正下着大雪，窗外雪花纷飞，天气绝冷绝冷，哦透过窗户看到侬睡在炕上，在给一个小孩喂奶，那凄凉景象至今夜半三更仍有触动于哦，哦一直以为是做噩梦，今天听说了侬的遭遇，冥冥之中倒是印证了哦那年做的不是梦。"

又是一阵沉默，如铅的心情压得姐妹仨的呼吸在静夜里听起来是那么的沉重，每个人眼中都升起一阵阵氤氲雾气。

过了好一会儿，陈玉菊猛地冒出一句："山东人大半年没来了，前天突然打电话来说，三天后到上海。二姐，哦见伊真心吓，趁这次伊来上海，侬陪哦一道去跟伊讲！坚决、一定、绝对，百分之一百，离婚！"她一脸的决绝。

"小妹，哦一直想问侬的，一时开不了口，侬……"陈玉梅见玉菊寄住在二妹这里，不提自己的家、丈夫和孩子，上次明明给自己发来了请帖说要结婚了，附信中都是满满的幸福感，自己生活困难，仅汇了个不好意思的小红包，不过，祝福却是真切，真心，真诚的，怎么会……？她越想越觉得小妹一定是也有难以启齿的故事。

"哦……伊……这只畜生！"陈玉菊突然咬牙切齿，脸色变得难看起来。

陈玉梅大吃一惊，心想，能让小妹如此恨一个人，而且这个人还是她的男人，可以想象，小妹的婚姻已经糟糕到了何等地步。

"哦来告诉侬吧。"陈玉兰拉过小妹的双手，握在自己手心，紧了紧，似是鼓励她、安慰她：有二姐在，别怕！"山东人姓戴，叫戴大伟，是一条远洋轮上的二副……现在好像是大副了吧？"陈玉兰问道。

"早升船长了，船也不知换过几条。"陈玉菊黑着脸答道。

"这个人，长得其实蛮上台面，表面上看起来文质彬彬，谈吐举止也较文雅，像个受过高等教育的人。结婚后的几个月，伊从船上回家，这时，阿菊已经怀孕……"陈玉兰把事情的经过说了一遍，"阿菊虽然捡回一条命，但从此，她不能生育了，而伊，却变本加厉。"

陈玉兰说到后来，忍不住也骂了句：这只畜生！

"呜呜呜……"陈玉菊努力压抑着的凄泣声在寂静的深夜，听起来是那么让人心头战栗，肝尖疼痛。

235

75

客厅里的两盆君子兰，十瓣厚厚的深绿油油的阔叶尽力在往两边舒展开来，留出的中心位置，一道剑柄簇拥着几颗淡黄的蓓蕾，正努力地生机勃勃地昂首向上。

"要开花了。"陈玉兰瞥了一眼那几朵花蕾，自言自语道。

"小妹，这么多年也不晓得侬一个人是哪能样子过来的，真是难为侬了。"陈玉梅听完后，也是愤恨难当，女人最清楚、最理解、最晓得女人，恋爱结婚真正需要什么，何况是亲姐妹。

没有了爱，实际上也就宣布了这个家庭的死亡。

"小妹，隐忍了这么多年，侬的苦比哦的苦更苦。"陈玉梅眼泪汪汪，也拉起她的一只手，紧紧攥在自己手里，轻轻摩挲着。

茶倒了喝，喝了又倒。

也许是青梅酒的作用，也许是心头的苦涩太多，喝了这么多的茶水还是不能完全稀释掉。

"休息了吧，有话明天再说。"陈玉兰关照两人，拿起水壶给两盆花洒了点水。

第二天，陈玉兰带姐姐去上海最好的骨科医院安装假肢，医院给陈玉梅丈量测试好需装假肢的长短，然后按好石膏印，好奇地问她："你这个假肢安装起来很方便，为什么不早点来安装？"陈玉梅支支吾吾说不清话，陈玉兰说了句："这不来了吗？"算是解了姐姐的围。

安装假肢的主任医师又问陈玉梅需要装何种材质的，然后告诉她哪种材质哪种价格，当陈玉梅一听最好的一对要十几万块钱时，一时愣在了轮椅上。

"给伊装最好的，不管多少钱！"陈玉兰此时真有点嫌这个医生啰里啰唆。

"好吧，用钛合金，全上海最好的了，打磨很费劲的，你们隔一个星期来试装走走看吧。打磨舒服需要一个月。"主任医生尽量把自己的工作做到位。

从医生嘴里随意说出的一个"走"字来，陈玉梅听了却是浑身一震，脑袋轰轰作响，天哪，哦真的能走了？哦真的能走了？

"阿兰，侬掐哦一记！"

"'走'吧。"陈玉兰的心也颤了一下，推着轮椅徐徐往外走去。

三天后，陈玉菊接到戴大伟的电话，说他已经在思南路家中，责问她为什么不好好待在家中，跑什么地方去了，语气听上去生硬霸道。

陈玉菊打电话给二姐，陈玉兰说知道了，相约在思南路地段医院门口会面。

一辆刚上牌照、崭新的黑色桑塔纳与一辆红色的桑塔纳先后停在地段医院的路对面，从两辆车里各自走出两个打扮入时、风华绝代的女人，引来路人纷纷侧目。

"姐，侬来了。"陈玉菊垂头叫了一声姐，走向陈玉兰，挽起她的一条胳膊，向家中走去。

一向自有主张的陈玉菊近年来不知为什么面对戴大伟越来越恐惧，越来越害怕见到他。

"见到伊后，侬不要讲话，哦来讲。"陈玉兰对她说道。

门口的铁栅栏早些年被当作"毒草"拆掉了，山墙进出的木门不知哪年哪月已换成铁皮门，楼上楼下为进出方便，铁皮大门基本上敞开，一阵劲风刮过，便会发出"嘭"的一声巨响。

铁门左侧的大门也敞开着，屋里开着灯，沙发上坐着个人，正在抽烟，听到脚步声，在烟灰缸里掐灭烟头站了起来，高高大大，黑红的国字脸上颧骨凹凸，饱经风霜，额头上的沟壑又密又深，不是戴大伟又是谁？

20 年前的戴大伟与 20 年后的戴维已是天壤之别。

陈玉兰倒不是瞧不起这个五十挂零的老男人。人，无论男女都会老去，她只是瞧不起这个只会作孽老婆、只顾自己发泄，根本不顾老婆感受的老男人。

"阿菊，你回来了。二姐，你也来了。坐坐，我给你们拿饮料。"如今的船长戴大伟，表面上的一套文章做得似乎比从前更加漂亮。

姐妹俩一声不响，在沙发上坐下后，没有接戴大伟递过来的饮料，弄得他很尴尬地把饮料放回桌子上。

"二姐有几年没来过我家了，今天在家吃顿饭？阿菊，去买点菜回来煮饭。"戴大伟差遣老婆。

"不用了。"陈玉兰冷冷地道，"戴大伟，我问你，这一年多你的工资一分钱也没拿回家，到哪里去了？"

戴大伟心虚，倒吸一口冷气，来者不善啊，上门兴师问罪来了。暗忖，她又是怎么知道我不拿钱回家的，哼！肯定是阿菊跟她讲的。

"这些年国际货运竞争越来越激烈，加上我们公司前年在好望角触礁沉没了一条满载铜锭的十万吨轮，上亿的货啊！恰好这条轮船没有上意外险，因此公司赔得差点倾家荡产，连船员的工资福利至今还欠着，缓过气来起码要到明年，这事我已跟阿菊讲过，唉……"说着，戴大伟十指插在乱糟糟的头发里，一边叹气一边摇头。

装！陈玉兰从心底里鄙视这个老男人。"你现在一个船长一个月拿多少工资？"她紧逼问道。

"3000……3000 多美金吧。"戴大伟吃不准她问他工资多少干什么，反正尽量往少里说总归不错。敢情这女人今天叫帮手杀上门来了！说句老实话，自从老家给他说了个黄花闺女，而且为他生了个儿子后，他的心和工资早已不在上海，不在陈玉菊这里了。这两年他也很头疼，只想着能瞒一天是一天，反正自己一年到头在海上，难得回一次上海，就当是上了一回岸，进了一次免费"红灯区"。不过令人恼怒的是，一上床，她要么抗拒，要么装死人，最近更是越来越变态，比比老家竭尽全力承欢的小女人，哼，上海女人真是烦透了。

"你的钱，恐怕都拿去养儿子了吧？"陈玉兰好整以暇看着他，突然冒出一句，一下子狠狠击中了他的要害。

"你怎么知道我儿子？不不不，我怎么会有儿子？"一霎时，戴大伟大脑一片空白，手足无措，牙尖舌利的他，语言组织思维竟一时混乱起来。

"我怎么知道？我还拍了你的小老婆和你的儿子的照片，要不要看看？"陈玉兰说着，从包里掏出一张照片，在他面前使劲抖了抖后迅速放回包里。

"啊？"他彻底傻眼了，"这……这这这……"

"你在这里有登记婚姻，你在那边有事实婚姻，你说，你触犯了什么法律？"陈玉兰得理不饶人，咄咄逼人。

戴大伟当然明白，他当然清楚。此刻，东窗事发，饶是高学历的船长也要蒙圈。脑子旋了几百转，既然如此，他觉得还是求得陈玉菊谅解为上策："阿菊，原谅我，看在我们这么多年夫妻的份上，求求你原谅我。"

陈玉菊看都不看他一眼，自顾把头转向一边。

"想要阿菊原谅？你想也不要想！你说，怎么解决？私了还是公了？"陈玉兰盯着他道。

戴大伟思想紧张地斗争了一阵，决不能公了！公了到头来法院还是会判离婚，自己弄不好还要坐班房，这对自己的事业金钱还有老家的母子来说，都不是一桩好事，他也是个有知识的人，这些道理怎么会不懂？"私了，离……婚吧。"他挣扎了好久，最终吐出了关键的两个字。

他真的没有考虑过离婚，他觉得日子就这样过下去很舒适，上海一个，老家一个，上海这个装门面，老家那个传宗接代，尽享齐人之福。

"怎么个离法？"陈玉兰步步紧逼。

"我补偿你们钱……"

"我们要这间房子。"

"不不不……不行，房子是租来的，这个你们都知道，要还给人家的。"戴大伟紧张得后背上汗都出来了。

陈玉兰看了一眼妹妹，陈玉菊轻轻点了一下头。

"拿钱也可以，拿出50万来，我们可以不去告你，否则……"陈玉兰拿出生意人的架势，漫天讨价。

"我没有那么多钱，阿菊知道的，能不能少一点？"

"30万，不能再少了。"

"20万，民政局回来马上跟我去取钱。"他咬牙坐地还价。

"不……"陈玉兰刚要说不行，底下妹妹在拽她衣角。的确，今天来的目的是离婚，不是来要多少钱，当然，补偿能多一点更好，谁也不会嫌钱多。照陈玉菊的意思，哪怕一分钱拿不到也要离婚。好吧，见好就收。

戴大伟见她们答应，也是松了口气，心中连喊谢天谢地，终于骗过了这个精头巴脑的生意女人。

其实早在 10 年前，他就把这间房子的产权从老船长手中买了过来，只不过当时留了个心眼，并没有告诉陈玉菊。如今，这个地段的这间房子，价格怕是翻了一番，值个七八十万了。好险好险！他不住地擦着额角头上的冷汗。

76

速战速决，快刀斩乱麻，彻底终结噩梦。

待拿到离婚证书和确认划到账上的 20 万元后，已是华灯初上时分。"哈哈哈……"走出银行门口，陈玉菊先是放声大笑，而后又泪流满面，一把抱住二姐跳啊跳，像个三岁小女孩，又像是发神经，正当路人欲驻足观望西洋镜时，这两个美女却各自钻进一辆桑塔纳里，一踏油门蹿了出去，一溜烟不见踪影。

戴大伟眼见两辆小车绝尘而去，心里总觉得好像哪里不对，不过，一切都已经结束了，从此彼此已是天涯陌路人。他又爆了一句粗口，最后一次，不知骂的是不是自己。20 万块钱哪，每一分都是刀子样的海风刮出来的，快要淌血了！说不心痛绝对是假的。

回到家中，陈玉菊仍旧沉浸在一种"解放的天是明朗的天"般的兴奋之中，叽叽呱呱说个不停，在笑着说到这个傻瓜竟会主动提出离婚时，突然顿住，问道："姐，你是怎么有他家乡老婆和孩子照片的？我都没有确凿的证据呢，跟你说的只是我根据各种蛛丝马迹猜测汇总的。"

陈玉兰微笑着看她一脸奇怪的表情，说道："诈的，诈对了就赢，诈错了也不会输。照片是我和唐平小时候拍的，我挑了一张，使用时，只需要在他面前快速甩动，任何人都看不出真假，包括我自己。"

"厉害了，我的姐！"陈玉菊对二姐双手竖起两个大拇指。

对陈玉菊来说，从今以后，天空又将重新变得瓦亮瓦亮。她的心，就此扑在了销售"君子·兰"的生意上，到春节前的短短几个月里，带着念沪辗转沪上各大商场，除了陈玉兰开辟的老"战场"，在她手中又开辟了十几个新"战场"，销量节节攀升，一个季度的销售额很快突破亿元！这让陈玉兰深深感到，打进上海滩这盘棋，下对了。

濮院镇上十几家更新了生产设备、专门生产"君子·兰"针织服装的厂家，凭借着努力培养渐渐雄厚起来的技术力量，生产任务更是排得满满的。新的款式由陈玉兰提供，他们只管加班加点设计打样，没日没夜保质保量生产，换来的是家家赚得盆满钵满，人人喜笑颜开。

有了资金，什么都好办，有时有的商场资金拖延几天还未结转，资金一时周转不开，陈玉兰一个电话，厂家照样几十上百万的货发上来。有时，陈玉兰跟他们开玩笑："要是我拍拍手就此走了，你们岂不要鸡飞蛋打？"你猜他们怎么说？"这点钱不在你阿兰老板眼里，同样也不在我们眼里！"

做生意，讲的是一个信用，只要互守诚信，形成一个良性循环，没有不赚钱的道理。

而市里的几家门市部，到底是离小镇这个针织毛衫基地太近了，价格越来越不好卖，原先附近的很多小批发客户也去小镇上拿货，因此生意与前几年相比下落了不少。三个门市里，陈玉兰在最早的营业员中各挑了一名在人品业务各方面都值得信赖的人当"负责经理"，另外又加了工资，全面放手，让她们各自独当一面。"当官"又加薪，充分调动了她们的积极性。况且，上海到市里开车只需两个小时就到，想走就走，想来就来，方便得很。

总而言之，"革命根据地"还在尽力地发挥着她的作用，不管怎样，再差每年仍有几百万的净利润产生。

一个多月后，陈玉梅的双脚假肢总算安装完毕，由于下肢肌肉长久不运动，萎缩得厉害，因此这段时间只要一有时间，她就拄着拐杖一刻不停练习走路，一方面锻炼肌肉，一方面磨合假肢。

这一天，陈玉梅终于扔掉了拐杖。"哦能走了……哦能走路了！"她欣喜若狂，走着走着步子就跨得大了起来，一不小心，一个趔趄失重坐倒在地上，惊得旁边看她走路的陈玉兰和念沪急忙抢上前去，扶她起来。陈玉梅坐在地上哈哈大笑，"你们不要扶我，让我自己站起来，在哪里跌倒，就在哪里爬起来！谢谢你阿兰……"笑着笑着，不禁热泪盈眶。

"姐！"

"妈！"

陈玉兰和念沪各自鼻尖发酸，忍不住同时叫出了声。

其实两个月前，陈玉梅就已经在读陈玉兰给她联系的上海交大财会专科函授，边读边实践，几个月下来，"君子·兰"在上海这么多业务，虽说不上得心应手，但已基本能够胜任。

陈玉梅胜在心细，账做得基本上无差错，有一次错了几十块，她连开了几个夜工，直到把错处找出来才罢休。甚至连陈玉兰都看不下去，说："姐你快休息吧，几十块钱错了就错了，找不到抹平了算了。"而她却执意要把账轧平，不惜熬夜熬得眼睛通红。陈玉兰叹息，姐："你这么优秀的人才，真是让那个时代给害惨了呢。"

陈玉兰要给姐姐发工资，陈玉梅死活不要，说："我装假肢已经花了你这么多钱，我们娘俩吃你的住你的，如今给你做点小事情，你还要给工资，你这是存心看不起你姐了。"

陈玉梅万般推托。陈玉兰无奈，只好塞了点零用钱给她，并说明，在上海生活口袋里没有一分钱肯定寸步难行，陈玉梅这才收下。

快要过年了。姐妹几个早就想去看望父母，特别是小丫头念沪，来上海差不多有半年了，至今还不知外公外婆长什么样，实在是生意太忙了，每天都没有空，连吃个饭都是在小摊边匆匆解决。

腊月廿六那天，陈玉菊亲自跟着送货车在几十个商场铺足准备春节销售的新款，并顺利结回年底尾款。陈玉兰则备了一车年货，往各商场的经理家一家家送，这一圈马不停蹄跑下来，回家又是凌晨一点多。

"好了，明天一定一定要去看爸妈。"凌晨两点钟，四个女人吃好消夜，陈玉兰打着哈欠，疲惫不堪地说。

"好好……"念沪到底年轻，依旧精力十足，大声叫好。

"死丫头，还不快去洗洗睡觉，半夜三更叫什么叫！"陈玉梅呵斥。

小丫头吐了吐舌头，做了个鬼脸，一溜烟跑去卫生间。

"今年他回来吗？"陈玉菊想到了什么，问二姐。

说曹操，曹操就到。陈玉兰刚要回答，电话铃声骤然响起，一看来电显示，四川成都。她接通电话，唐万军在电话那头说道："阿兰，我今年过年不回上海了，这里事情很多而且很烦，儿子几个月前也跑到澳门赌场打工去了，不肯回来，电话里一时讲不清，前段时间生意忙，怕你分心没跟你讲，春节后我抽空来一趟上海，还有另外一些事，一定要当面跟你说。"

"你说什么？唐平跑澳门赌场打工去了？你怎么管的！他要打工叫他来我这里打好了，跑去澳门干什么？还打工？是不是你带他去的？你是这样管儿子的？"陈玉兰一听儿子去赌场打工，气得血冲脑门，嗓门不禁大了起来。

"所以我说电话里三言两语讲不清，等我来上海再跟你说吧！挂了啊。"唐万军心虚，慌忙挂了电话。刚挂电话，铃声又紧急响起，刚接通，耳边便传来陈玉兰的吼声："把唐平的电话号码给我！"

"你忘了啊，他又没有电话。"

"那你怎么跟他联系?"

"跟赌场一个负责人。"

"把他的电话给我。"

"不能给,我们是单线联系,如有第三人知道号码,恐对儿子不利。"

"你这个……气死我了!"

啪!那边挂了电话。你一天到晚生意生意,几时好好管过儿子?儿子来成都这几年,你又关心过多少?电话又打过几个?再说,儿子已经长大成人了,你再要想管貌似也来不及了!唐万军暗暗腹诽。

"怎么啦?"陈玉梅与陈玉菊同时问道。

"气死我了……气死我了!老子把儿子弄到澳门赌场去了……气死我了……"陈玉兰气急败坏连连吼道。

"姐,消消气,也许有什么原因。"陈玉菊劝道。

"是啊,阿兰,阿军肯定不会给他多少钱,不够去赌的,就是好奇赌一下,输光了也就很快会回来。"陈玉梅也劝。

"你们不知道,唐平是去赌场打工。打工!哈哈哈……我陈玉兰的儿子去赌场打工!你们觉得好笑不好笑?"陈玉兰失声爆笑一阵,双手十指插在浓密的乌发中,喃喃自语,"失败呀失败……我真是失败!"

金钱,有时并不是万能的。

77

到天亮的几个小时里,陈玉兰始终睁着眼睛,毫无睡意,一刻不停地在谴责自己,可是,事到如今,自责又有什么用?后悔又有什么用?

太阳出来时,陈玉兰一骨碌爬起来,给唐万军发了个短信,告诉他让他那个单线联系人给儿子买个电话。过了半个小时,唐万军发来短信,说儿子不要电话,澳门居住证赌场也给办好了,并说他很好,没什么大不了的,叫她放心。

看到短信,陈玉兰的心反倒平静了下来,儿子二十多岁了,儿大不由娘,随他去吧,他喜欢干啥就干啥,只要不去干触及法律的事。

世界上有许许多多事是不以人的意志为转移的。

世界上亦有无数条道,你不能肯定哪条道不通罗马。

早晨,是人的思维最活跃的阶段,古往今来,莘莘学子极其看重的是晨读,这个时段脑瓜最为灵光。感谢这个早晨,陈玉兰似乎也渐渐想通了。

今天是四个女人看望父母外公外婆的日子，陈玉梅和念沪早已起床，梳洗打扮停当，念沪坐在客厅沙发上，眼神巴巴地不时朝另外两个房间张望，期盼两个阿姨快点起床。

陈玉兰的门先开，一夜未眠，脸上难掩倦容，看到念沪，"哧"的一声道"小丫头介早"，去了卫生间。

念沪看着二姨的背影消失在卫生间门后，不觉轻声嘀咕了一句："还早？"

"不早吗？上海早晨的八点马路上的店还没开呢。"陈玉菊也起来了，打着哈欠，笑吟吟地说道。

"早饭烧好了，吃吧。"陈玉梅已把饭泡粥煮好，在对面弄堂口买来四根油条四个鸡蛋，在小碟子中倒上鲜酱油，招呼大家吃早饭，俨然像小时候的母亲，一股热流瞬间淌过心田，陈玉兰一阵怔怔出神。

一滚头饭泡粥爽而滑，拗断的油条松而脆，剖开的鸡蛋黄白诱人，酱油鲜得掉舌头，"呼噜呼噜"，四个人竟把一锅饭泡粥吃了个底朝天。

好久没有吃到正宗老上海普通人家的早餐了，姐妹仨你看我，我望你，都想起了小时抢刮锅底的糗事，而后相视而笑，就像回到了从前。

"出发，去老城厢。"陈玉兰指挥。

陈玉梅坐陈玉菊的车，念沪坐陈玉兰的车，去城隍庙购礼物。

城隍庙地处大上海中心地带，豫园就在城隍庙里面，四周有西藏中路，淮海东路商业街道、外滩、人民公园、十六铺码头，周围商店不计其数。

上午九点不到，夜上海还未从梦中醒来，不过路上行人已经很多了。把车子停在豫园路上，一行人下车，陈玉兰建议，走过去吧，没多少路，又问姐姐走路行不。"没事，走慢一点，哦也想多走走看看，城隍庙有二十多年没来了。"陈玉梅开心地说道。

早上，城隍庙还不算拥挤，但是各个小吃店门口已经排起了队。上海的名小吃"南翔小笼包子店"门口更是排起了长龙。"买吃的要排队？"念沪还是第一次见到这种阵仗，十分惊诧。

"现在好多了，以前买什么东西都要排长队，买紧俏商品的话，要排个一天两天不稀奇，全家人拿钢丝床躺在上面轮流排队，上海人的耐心都是让排队练出来的。"陈玉菊想起刚参加工作时，人们排长队买早餐的情景，深有感触地调侃说。

"丫头，南翔小笼包要不要尝尝？非常好吃的。"陈玉兰笑问念沪。

"这……也排得太长了。"念沪真的很想尝尝味道，不过望望这长龙，打起了退堂鼓。

"好办。"陈玉菊笑道，拿出一张 50 元纸币攥在手心，走到排在第二位的一位大妈跟前，跟她悄悄耳语了几句，把钱偷偷塞给她，然后自己走开。果然，轮到大妈，她直接买了三笼，两笼连同找头给了陈玉菊，自己拿了一笼装袋走了。

"小妹厉害!"陈玉梅赞叹，接着问道，"侬跟伊说了些什么?"

"很简单，伊这客小笼我请了。"陈玉菊得意地说。

"请她吃啊?"念沪对这种上海套路一懂也不懂，很惊讶。

"时间就是金钱。哦花钱，换时间，伊拿时间换金钱，公平交易。"陈玉菊哈哈大笑。

另类解释。

陈玉兰也是笑喷。

这边几个大人在谈笑，那边念沪在大叫："啊……烫死我了……"原来念沪一心想着从来没吃过的小笼包好吃，用筷子夹起一只放进嘴巴就咬，"皮薄、馅多、汁多"的小笼包汁水烫得念沪直接把嘴里的包子一股脑吐在地上，一边张开嘴巴扇舌头，一边大呼"烫烫"，惹得边上吃客忍俊不禁。

"哎呀忘了告诉侬，吃小笼包要在上面先轻咬一个小洞，把其中的汁水慢慢吮吸掉，然后再吃。来，让小姨看看，烫起泡了没有。"陈玉菊拉着念沪，盯住她张开的嘴，欲瞅个仔细。

"没事没事。"念沪吸了几口凉气，感觉好些，就去挟下一个包子。

"这孩子。"陈玉梅嗔道。

一笼八个包子，三姐妹一人尝了一个，吐掉一个，剩下四个全进了小丫头肚子。"好吃。"念沪意犹未尽。

"好了，这一笼拿回家给外公外婆吃。"陈玉梅连忙把包子打包。

出得门来，陈玉兰又去买了一些三丝眉毛酥和素菜包，桂花寸金糕和益民食品厂的纯芝麻酥糖，这些都是母亲爱吃的，然后几个人又去挑了几套父母过年穿的新衣服，花了 6000 多块给父亲买了一件带羔羊毛里子的皮夹克，给母亲买了一件铁锈红对襟真丝面料蚕丝内胆棉袄。

几个人大包小包拎着往回走，连豫园也没进去玩。

看着念沪一步三回头朝后张望，陈玉菊拍拍她背说道："过几天陪侬专门来一趟。"

城隍庙在桑塔纳的后视镜里越移越远。

还是那个熟悉的弄口，还是那条熟悉的楼道……陈玉梅越走心里越乱，离家越近呼吸越急促，近家情怯啊。姆妈，女儿回来了。

终于站在家门口，谁也没有去敲门，就这么静静地伫立着。忽然，门自己开了，从里面探出个头来朝外张望。"妈！"几乎是异口同声。

"哎哟……好像觉得有人来了，又不敲门，原来是你们姐妹仨！还有……"陈妈一脸惊喜，又用疑问的目光朝念沪望望。

"念沪，姐姐的女儿。"陈玉兰简单介绍，又道，"念沪，快叫外婆。"

"外婆！"

"哎……快进来快进来，大家快进来。"陈妈赶紧拉着念沪的手，招呼大家进屋。

老屋子里没什么大变化，只是拆掉了陈玉菊的房间，可以放下一张沙发，家电已经全部被陈玉兰换成了新的，阁楼上变成了存放杂物的地方，马桶间还是那么小，煤球炉子换成了液化气灶台，仅此而已。

"妈……"一进门，陈玉梅叫了一声，便一把搂住母亲，伏在她肩上轻声啜泣起来，母亲也紧紧抱着大女儿，心中亦是百感交集。在母亲心里，最受苦的是大女儿，最对不起的也是大女儿，母亲始终认为，大女儿不愿意回家，是家里亏欠了她。"阿梅啊，回来就好，回来就好，别哭了……侬吃的苦受的委屈姆妈全晓得。"母亲轻拍着女儿因抽泣而微颤的肩头，红着眼眶安慰，犹如在轻哄着儿时怀里的女儿睡觉。

念沪眼珠子紧盯着外婆，母亲和外婆多像啊，像是姐妹，母亲白发少一点，外婆白发多一点，大城市里人就是显年轻，外婆五十多？不对呀，母亲也四十多了，外婆应该六十多了吧？不对不对，六十多没这么年轻……念沪正纠结，陈玉梅突然喊她："念沪，快来见过外婆。"

"外婆好。"念沪乖巧，声音甜甜叫了声外婆。

"好好，来……快让外婆好好看看。"陈妈拉过念沪的手，上上下下打量起这个外孙女来。

"哦外孙囡也长成大姑娘了，长得真标致、真好看、真齐整、真登样。"陈妈不吝赞誉之词可着劲夸念沪，夸得小丫头居然局促扭捏起来，脸上飞起红晕一片，惹得屋里一干人等也是心情大好，互相会心大笑。

"妈，爸呢？"陈玉兰问道，"给伊买了件皮衣，让伊试试大小，不适意我去换。"

"出去了，天天上午兜外滩，不到吃饭不回来。"陈妈撇撇嘴。

"爸喜欢兜让伊去兜吧，走走路对身体也有好处。"陈玉兰以为母亲嫌父亲不顾家而叨叨他，劝道。

"是呀，省得一天到晚在家斗嘴，落得清静。"陈妈笑了，像个孩子。

"阿梅啊，侬个事阿兰跟哦大致讲过，已经给哦打了预防针，脚让我看看，走起路来还痛吗？"母亲说着，要拉大女儿的裤脚管。

78

"妈，还是不要看了吧，多亏了阿兰，你看哦现在走路跟正常人一样，别人根本看不出。"陈玉梅不肯给母亲看铁脚。

看女儿把脚往里缩，母亲眼圈一红，连忙吸了吸鼻子道："阿梅啊，出了这么大的事情，侬无论如何要跟家里讲的，早就应该回来，哪怕无手无脚，只要有口气，就要回来，这里总归是侬个家，侬想一个人躲在老林里自生自灭呀？侬也不想想侬不是自生的呀，就算侬想自灭总要问过姆妈答不答应，一去去了个廿多年，笨呀，侬！"

母亲说着说着开始生气，陈玉菊连忙上前拉着她的胳膊晃了起来，边晃边说："好了妈，蛮开心的事又要弄得来不开心了。"

"外婆，从今以后我和妈妈永远住在上海，再也不和你分开了。"念沪适时跟进，以讨外婆欢喜。

实际上，她是真正爱上了上海。

果然，陈妈摸摸念沪圆润的肩头，呵呵笑了一阵，说道："今年难得人这么齐，要么叫老头子去买菜自家烧年夜饭，今年一家人好好吃顿团圆饭。"

"妈，自己烧太累太麻烦，还是去饭店吧，哦已经叫人去订好了，大桌子，等一下再通知小弟一家，明晚，西藏饭店。"陈玉兰说着，把买来的东西一样样取出来放在桌上床上，让母亲过目。

母亲看二女儿掏出这许多吃的穿的，注意力一下子被转移，不再谈论年夜饭在饭店吃还是自己烧的问题，只是一个劲地说道："啊呀又要去浪费钱，吃的穿的现在样样都有，阿拉两个的退休工资都用不完的。"她嘴上嗔怪，心里却欢喜得紧。自己的孩子，做父母的宝宝肉肉拉扯大，不是想等孩子长大有出息后要你给多少回报，只希望你记得老人，记得这个家，能时时来家中看看，嘘寒问暖一下，这就够了，至于买点礼物上门嘛……当然更好。"你们小弟一家三口难得回来看阿拉一次，趟趟来都是空手，走时倒把阿兰买来的东西带点走，唉……生女儿比生儿子好得多了，当初都是老头子，非要生个儿子，有什么用？"母亲发着牢骚，继而又说，"不过也不能怪伊，伊拉一家开销也大，上海的消费全国顶贵。再说夫妻两个单位工作实在太忙，前几年孩子都没人接送上学，你们爸和亲家母一人一月轮着送，现在上初中一年级了，总算松了口气。"

做父母的总是这样，既要数落抱怨对于子女的种种不满与看不惯，却又时时刻刻设身处地为他们着想，真是一个复杂的矛盾体。可怜天下父母心。

"阿军和平平啥时候来？"母亲想起了二女婿和外孙，问二女儿。

"今年四川那边生意好，伊拉爷俩在那边过年了。"陈玉兰回答。

"又不来了，难得今年玉梅娘俩第一趟回来，全家热热闹闹团圆一次……生意生意，赚这么多钱有个屁用！"母亲显然十分扫兴。

姐妹三个面面相觑。

"大伟这两天回得来吗？"母亲又转头问小女儿。

"离……"

"离回家还早着呢，起码三月份，上次听侬说好像去澳洲了，阿菊对吧？"眼见立刻要拆穿西洋镜，陈玉兰赶快接口，同时不停向小妹眨眼睛。

"凡事都有个好与不好，侬讲大伟，钞票虽讲赚得多，可是顾不上家，一年到头回来个三四趟，有时阿菊有个头痛脑热的也盼不上他在家中泡杯红糖老姜茶啥的，身边也没个孩子，连个讲话的人都没有，虽然每个月拿回家的养家费用不少，可是剩阿菊一个人在家中孤苦伶仃，讲句上海滩上的难听话，同个寡妇有啥区别？阿菊啊，想来想去，当初都是姆妈害侬。"说到后来，母亲自责起来。

"妈，都过去这么多年了，再多说也没有意思。"陈玉菊不愿再提及往事。

"哎……妈，下面李家姆妈他们十几家都搬到安置新房去了，街道的人来动员过侬吗？"陈玉兰岔开话头。

"不说还好，说起搬迁，真正气煞。都说阿拉这块地方是黄金宝地，市里却要修缮啥古民居，保存老上海的风貌啥的，叫阿拉市中心搬到浦东乡下造好的安置房去。听李家姆妈回来讲，新房子倒是造得又适宜又宽畅，抽水马桶烧饭间了啥'邪气'（注：很）大，还有一笔安置费。不过阿拉不想搬，从小住到老的房子，'住伏'（注：习惯）了，实在舍不得搬。再讲这里是市中心，三脚就到南京路，吃吃白相相都方便，要搬到浦东乡下去，要一样无两样，说要为整个上海着想，阿拉思想没有这么通，才不高兴搬呢。"说到搬迁，母亲话多，火气也大。

"妈，啥辰光带侬到浦东去看看，浦东现在到处都在搞开发建设，听说还要造几十幢百层高楼，今后说不定要超过浦西老上海呢。"陈玉兰倒是想劝父母答应搬迁，新房子里的各种设施和条件远非这种拥挤逼仄的百年老房子可比。再说今后浦江大桥和江底隧道建成以后，整个浦东浦西由各种交通工具连成一个大上海，来来去去十分方便，还有什么东西之分的。陈玉兰想告诉母亲，自己也在浦东购置了两套房子，无论小区规划还是周边商业绿化环境，今后肯定要比老城区舒适漂亮，后一想，算了，老人的思想一下子急扭不得，需要一个过程，才能慢慢转变过来。

"阿兰哪，平平过年也有廿二岁了吧，侬总要给伊弄个正当工作做做才是呀，哦看伊也不是块做生意的料，一天到晚闷声不响，一点啊不像你们夫妻两个，给他弄个吃公家饭单位，临时工也不要紧，轻轻松松上班下班，安安耽耽就是福。"

不能不说母亲讲得有道理，像儿子这种性格，既无文化，又无特长，对钞票亦无追求，也只能吃单位饭，而且一定得是简单的单位饭，做做简单的工作，钞票少点没有关系，只要有点事做就好，过个两年，再讨一房媳妇，做父母的也算了却了一桩心事。陈玉兰本来也是这么想的，可是，他却跑去了澳门，找了个赌场工作。不管你怎么解说，大多数人一听"赌场"两个字，第一反应便是"黑道""黑窝""混混""打手"等词，根本没有认同感。

陈玉兰心中也是"窝塞"得紧，可这些又不能跟母亲讲，讲了还不得把她给气死？

"现在四川生意忙，阿平在给阿军搭把手，暂时还缺不来他，过段时间再说吧，看阿军生意上能不能带出他来。"陈玉兰也只好如此敷衍母亲。

"啼啼……全在家啊，连阿梅也来了啊。"门口响起了陈爸的笑声。

"爸！"陈玉梅一下从凳子上站起来，激动地扑向父亲，抱住他，又是一阵呜咽。

"好了好了……阿梅，不要哭了，这许多年数，第一趟回来，应该高兴才是，来来来，笑一笑。"父亲像小时候那样捏捏她的手指哄道。

陈玉梅还真破涕为笑了。

"喔，迪个小姑娘想来是哦个外孙囡了？"陈爸瞅着念沪笑问。

"外公。"念沪明白眼前的老人就是自己外公，因此也巧笑着甜甜地叫了一声。

"哈哈……好好，一个外孙，一个外孙囡，老太婆啊，侬讲阿拉福气有多好！"陈爸嗓门很大，爽朗的笑声感染了屋里每一个人。

"老头子啊，侬快点跑一趟菜场买点海鲜、蔬菜来，马上烧饭吃了。"

"侬最见不得哦空下来，所以哦屋里蹲不牢，今朝不烧了，烧啥个饭，去饭店吃一顿好了。阿兰，不要跟哦抢来付饭钱，钞票侬多归多，饭钱哦来付噢。"

"好好好，侬来付侬来付，反正侬只退休工资在袋里叫，横爬竖爬要爬出袋来。"瞧见乐呵呵的父亲，陈玉兰也跟他开起了玩笑。

陈玉梅、陈玉菊也忍不住笑出声来。

"老太婆啊，侬看看，侬养的几个好姑娘，联合起来欺侮哦老头子一个人。"

"姑娘又不是哦一个人养的，侬啊有份，欺负欺负侬也蛮正常啊。"

这回，连念沪也笑弯了腰。

"漂亮的姑娘十呀十八九，小伙二十刚呀刚出头，似锦如玉的好年华，赶上了创业的好时候……"楼上，不知谁家的电视机里传来蒋大为高亢的、充满磁性、充满深情的男高音。是的，虽然我们的姑娘早已过了十七八，已经不是似锦如玉的好年华，但是，我们还是赶上了创业的好时代。

79

本来唐万军想年初五去上海拜一下丈人丈母娘，然而，最主要的还是有关沈穹曳这件头痛事。

陈玉兰现在主要精力扑在上海，成都这块生意完全不插手，"君子·兰"的生意像兄弟分家一样被分成两块，上海与成都，各不过问，各负其责，各行其道，有往来的只独剩资金调拨这一块，互通有无时才简单通一下气，现如今就是进什么货、进多少货，也是他自己独立操作，不用再去通知让她发货，直接跟厂方联系，紧跟上海就是，上海卖什么，成都也卖什么，因为上海好卖的货成都肯定好卖。只要在颜色上区分一下地区就行。生意做得顺手了，他只要打电话告知货号、数量、颜色等，然后那边厂里自有人发货，这边自有人接货、清点进仓、提货销售，他的工作是给新款定价，回笼资金，计算利润，给厂方汇款。钞票通过银行每天几十上百万进来，几十上百万出去，附近几个银行客户经理已不知请他喝过多少次酒，甚至有个成都市级银行年轻女经理，为了吸引他这个大客户，喝了酒后白皙的脸上红晕乱飞，俏眼乱打，高帽子乱戴。生意做得十分潇洒，钞票赚得更加潇洒，有了钞票做人也做得越发潇洒。

做生意就是这样，起步的时候，怎么做怎么困难，你有一万块本钱，就只能做一万块钱的生意，资金缺乏，在细枝末节处到处被卡住，赚死赚活翻个倍，赚个一万块翻了天去。而当你有了几千万、上亿资金，那这生意做起来就得心应手了，随随便便翻个倍，就是一亿两亿，不可同日而语。而且，就像打游戏机消遣一样，心情愉悦加轻松！就算有时不小心看走眼一两个品种，也是很容易能转过弯来，船大，经得起风浪，不像刚下水的小舟，一个不小心就要倾覆。

沈穹曳这件事已到了必须要跟陈玉兰讲清情况的时候了，来龙去脉讲清楚，让她给拿个主意，负荆请罪，请她原谅自己，哪怕给她骂得狗血喷头、打得血赤淋淋，自己都能毫无怨心地忍下来，谁叫他犯了这么大的错？实在是毫无办法了。

自从澳门回来后，借着赢钱的好心情，唐万军满怀信心做沈穹曳的思想工作，给她陈述各种不现实，各种利害关系，以及可能产生的各种各样严重后果。

在他想来，沈穹曳毕竟涉世未深，只要苦口婆心晓以利害，到时还不得不乖乖跟自己上医院。

他很满意这样的日子。事业有成，家有两个，高兴了，澳门走上一趟，风流洒脱，自由自在，这是多少男人梦寐以求的生活。人生何处不逢春，生活在春天般的温暖中，任谁也不想去改变它。可是，这沈穹曳，不管你跟她怎么做"动员工作"，就是"乌龟吃秤砣——铁了心。"任你张良千条计，我只一架爬墙梯。在说干了三碗唾沫、使尽了浑身解数也不能说动她分毫之后，他才觉得，自己的的确确小瞧了这个混进一百个女人中也找不到的平常平凡平淡、叫作沈穹曳的小女人。

他与她走到今天这一步，倒不是想玩玩她，这样说就十分差劲。他和她说穿了就是两块磁石，齐巧碰到了，粘在了一起。旷夫怨女——不，不能这么比喻。磁石没有生命，硬邦邦，冷冰冰，死气沉沉。他不是旷夫，他有个如花似玉的老婆，虽然不再年轻，虽然离得很远。她也不是怨女，她至少现在可以随时随地枕着他的肩头憨睡。他们是小桥流水，小桥弯弯，流水潺潺，相辅相成，相映成趣，自然而然，衍生了一幅让人流连忘返的风景画，挺美的景致。在一个屋檐下，他缺她不可，她少他不行，无论生意还是生活，现在已经连在了一起，二者不能缺一。

很奇怪，其实没有人能解释得清这到底是怎么一回事。但是事实上就是这样。沈穹曳不止一次说过，她不是贪图他的钱财，只是出于喜欢他、爱慕他才和他在一起。在家乡的时候，苹果还在青涩期，每次碰到他，她就忍不住偷偷多瞄他几眼，然后，心湖像是被扔下一粒小石子，总泛涟漪，一圈一圈荡开来，悠悠的。她不懂这种感受到底是什么，只觉得全身很舒服很舒畅，如大冷天喝了一杯暖茶那样适意。她不知疲倦地工作，为的就是让他觉得她的好，能慢慢走近他。直到那个疯狂的夏日。她说她很满足现状，决不会打乱他们夫妻与她的正常秩序关系，上下级关系，老板与员工的关系，她很清楚自己这杆秤，有几斤几两。

唐万军听了她的话很感动，认为这是一种纯粹的爱，一种不图财产，舍己奉他的爱，令人动容，换成任何一个男人碰到都要感动。哪怕她如今怀了他的孩子，为了不让他担忧，她宁可回老家，一个人生下他的孩子来，宁肯独自抚养孩子，只是因为她爱孩子，一门心思钻牛角尖地爱。爱孩子，实际上也是爱他，没有一个女人愿意为一个自己不爱的男人生孩子。他却反复坚持着要她去扼杀他们的孩子。这让他无地自容。

拉拉扯扯几个月，孩子还是在腊月二十六那天在成都市妇保医院诞生了，是个男孩，八斤二两，哭声洪亮。这一天，刚好是上海陈玉兰三姐妹去看望父母亲那天。他高薪请了一个有十几年护龄的月嫂，尽心服侍她，毕竟这个孩子不仅是她的，更是他的，既然成了事实，他也不是一个不负一点责任的男人。

大年三十那天晚上，他在附近金牛大饭店叫了八个当地的名菜，另外叫了两个海鲜，一只澳洲大龙虾，一盘滑炒深海金枪鱼。

成都地处内陆，海鲜都是从广东福建沿海一带空运过来的，价格昂贵，但对唐万军来说，这算不得什么，因为沈穹曳说想吃海鲜。其实他知道，海鲜性寒，产后一星期内吃海鲜对产妇身体健康恢复不是太好，况且孩子喝了母乳后容易腹泻，但因为她想吃，他也就没有太过阻止。菜装在蒸笼里保暖，送到家中取出来还热乎乎的。

唐万军扶沈穹曳坐到桌子前，她感激地说谢谢，我自己可以的。有点相敬如宾的味道。她年轻的身体很棒，充满了弹性，产后一天就自己上卫生间。看到这么多菜，她连呼太浪费了，吃不了这么多。很快，她的注意力放在了大盆里巨大的龙虾头上，好奇问道："这是什么虾，这么大？"

"龙虾，澳大利亚产的。"唐万军告诉她。

"澳大利亚是什么地方？"沈穹曳挟了一块龙虾肉放进嘴里嚼了嚼，接着说道，"烧得太老了。"

刹那间，他觉得还是来一盘白灼明虾好了。

"哎，这鱼烧得好吃！"她又尝了一口金枪鱼，赞不绝口。

这一盘鱼八百元。他无语，低头扒饭。

"你吃呀，好吃的。"她挟了块鱼肉放进他的碗里。

"好吃你就多吃点。"他被她的天真感染到，便道。

"你买太多了，两个人连一半都吃不完。"

他笑笑说："哎，三个人哪，不能说两个人。"

她抿着嘴也笑了，一瞬间家的感觉好温馨。

吃罢年夜饭，他摸出手机，拨通陈玉兰的电话，先给丈人丈母娘拜了个年，接着又给他们全家老少拜了个年，说了些大吉大利的祝词，然后告诉妻子，说好的初五到上海因为出了点小事情要推迟到二月底才能到上海。

陈玉兰疑惑，问他生意上有什么大不了的事不能在电话里说吗，他说不是生意上的事，这事说大不大说小不小，到上海时再详细说吧，说完，收了电话。他怕她问起儿子，儿子的问题他也感到头痛，过年给他这个老爸也没有通一个电话。

今年难得这么多人团聚，西藏饭店的菜又烧得极好吃，陈妈开心，在老伴的诱导下，难得喝了几口红酒，脸上红霞一片，见二女儿接电话，便问是不是阿军打来。陈玉兰推托说不是，是一个客户打电话来祝福问候新年好。母亲又提起外孙，说这孩子性格都让阿兰夫妻给带孤僻了，沉默寡言，不肯叫人，什么事情都喜欢放在肚皮里，其实他小时候不是这样的，很调皮开朗，不知怎么大了大了就变成这副模样，都是你们这要死要活赚钞票给害的。

陈妈喝了点酒喋喋不休数落着女儿，陈爸在一旁听不下去了，赶紧挟了块刚端上来的黄鱼肉塞进她嘴里，喊道："来，老太婆快尝尝这条正宗东海大黄鱼啥个味道。"

陈妈推开他的筷子道："哦自家会挟，要侬拍啥马屁！"

"拍在了马脚上。"

不知谁说了一声。全家人顿时捧腹大笑。

80

满月那天，唐万军给儿子简单地办了一桌酒，邀请了几位成都要好的生意上的朋友前来一聚，并婉拒了他们送上的礼金。

一般来说，过完春节这段时间的针织毛衣销售也是最淡的一个季节，有些性急的商家已经在清扫尾货，准备换季产品了。这天吃过晚饭，唐万军逗了一会儿已经会笑的儿子后，显得有些心事重重。"军哥，怎么啦？为什么不开心呀？"沈穹曳自然也看出来了，关切地问。

"我已经订好后天的机票，准备去上海找你兰姐，我们这件事情瞒是肯定瞒不下去的，我想坦白告诉她，看她有什么好办法解决。"唐万军把心里的想法告诉她。

"我认为不必告诉她，这样很好啊，她在上海，我们在成都，相隔几千里，她又不知道我们有个儿子，她做她的生意，我们做我们的生意，就这样平平安安有什么不好？反正我觉得非常好。"说这些话时，沈穹曳居然有些憧憬。

唐万军叹了口气，心想，到底年纪还小，一点也不考虑此事的后果，说她天真也好，说她幼稚也罢，完全是凭自己想当然，自说自话，任性而为，认为没关系就没关系，没有认识到此事的严重性。当然了，此事捅出去的话，她会一点都没事，可自己就惨了，其中的利害关系，他这个饱经风霜的中年男人怎么会不懂？他要去求得妻子的谅解也正是基于此。只要陈玉兰不发怒，不大雨倾盆、波涛汹涌，帮自己把这件事掩盖下来，那么一切如常，就像什么事都没有发生，这是最佳的结果，也正是他一厢情愿想去上海碰碰运气的原因。这些年的夫妻做下来，唐万军自认摸透了她的脾性，这两年，她表面上看上去女强人一枚，实际上他知道这不是她的本来面目。他还知道，她从小就是一个情感丰富的上海小女人，有时也想小做作，有时亦想来点小资，喜欢穿得时髦点，衣服上喷几滴香水，挎着某人的胳膊去外滩兜兜风，去先施公司买件内衣什么的。这种生活说简单也挺简单的，说不简单也真是不简单。只是当时这个时代不容许她展示自己的个性，经历了这么多年的风雨磨砺，让她早就失去了本我，而以一个精明能干、雷厉风行、足智多谋的女强人形象展示在人们面前。说得难听点，他喜欢从前的那个她，那个害怕蚂蟥叮在脚上吸血的她，一点儿也不喜欢现在这个女强人形象的她，虽然她很会赚钱。他有时隐隐感到，他和她之间好像一只有了一条隐缝的瓷碗，随着盛饭的次数增多这条缝也慢慢在加深。她和他的资产在快速增长，他们之间的缝隙也在渐渐增大，总有一天，他们之间的感情迟早会像这只碗一样，一分为二！这可是一种不好的预感，他不寒而栗！他自问还是爱她的。唉……男人的爱，你信吗？反正我是不信的。

此去上海，阿兰会不会原谅自己呢？唐万军心中忐忑不安。

一天多时间很快过去，一早，唐万军亲了亲还在襁褓中熟睡的儿子，对沈穹曳说："很快的，两天时间，我去去就回来。"

沈穹曳突然抱住他，眼眶红红的，似有泪水在打转，踮起脚，勾住他的颈，吻了吻他的唇，然后用脸在他刮得青青的下巴上磨蹭了几下，猛地放开他，说道："走吧，路上注意安全。"

这是一个妻子对要出远门的丈夫的殷切关照，他霍地感到一丝久违了的暖流在心中淌过。

什么是得？什么又是失？每个人有每个人的理解和解释，他的脑中纷乱一片，算了，不去想它了。

下午一点多钟，上了上海虹桥机场的接送大巴，唐万军摸出手机给陈玉兰通了个电话："阿兰，我已到了上海，到哪里找你？"

上海太大，不确定见面时间地点根本不行。

"去家里吧。"陈玉兰答道。

"爸妈家啊？"唐万军一时懵了。

"去爸妈家做什么？去自己家，地址跟你说过的，我在外面，一会儿就到。"陈玉兰说完收了电话。

唐万军这才记起她曾在电话里跟他讲过，在上海买了套三室房，并告诉过他地址，只是自己当时正为沈穹曳怀孕的事心烦，也没把房子的事问清楚。

唐万军下了接送车，不管她烦不烦，便又给她拨了电话，仔细问明地址后，叫了辆"差头"直奔市区。他找到家后，门口停着辆红色桑塔纳，估计妻子比他先回来。他推推门，门虚掩着，他不敢随便进去，便叫了声"阿兰"。

屋里，陈玉兰略显倦怠的声音响起："进来吧，门没关。"

唐万军背着一个简单的包包进了屋，陈玉兰斜靠在沙发上正在假寐，见他进来，说了声"喝水自己倒"后又闭上了眼睛。太累了，她太在意赚钱了。他想着，扔掉包包，一屁股坐在她旁边，伸手揽住她已经不再纤细的腰肢，把她的身子往自己怀里拉。这具曾经令他无限着迷的身体，隔着厚厚的几层衣服按上去还是那么绵软，那么富有弹性，他情不自禁吻了吻她的额头。

陈玉兰推开他，坐直身体，上下打量了他一下，用一种谈生意的口吻调侃道："唐老板好像有什么喜事，印堂发亮，红光满面，可否说来听听？"

"阿兰。"唐万军叫了一声后，一时语塞，心想，莫非她已经知道？不可能的呀！一刹那竟不知该从何说起。"阿兰。"他起身倒了杯水喝了一口，清清嗓子，心中道：伸头一刀，缩头一刀，这一刀反正迟早要挨，那就干脆痛快点，"阿兰……"

"什么时候变成娘娘腔的？说吧，我听着。"

"……有件事情，说出来你生气可以，但千万不要气极，气极伤身……"他支支吾吾，语无伦次，绕来绕去。他第一次觉得说话有这么艰难。

"你是不是在外面有人了？"陈玉兰霍地站了起来，声调高了几度。

唐万军低下头，没有说话。

"是在成都认识的？"

"是……小沈……"唐万军低着头，喃喃地说道。

"啪！"一记清脆的耳光，打得唐万军云里雾里花常开。

这是自成家至今他们夫妻之间的第一次动手，从两人之间从来没有一句重话直接发展到动手，可想而知陈玉兰这一次对他有多恨！亦反过来说明这么多年来她有多爱他！

爱之深，恨之切。

他猝不及防，不过马上回过神来，连连道："阿兰，打得好……真的该打！这样的人不打打谁？"他揶揄自己，自然是为消消她的火气，然后他自己也动手抽了自己两个嘴巴，自己做了这样的事情，也的确该打，该死！

她的脸色很难看，而且越来越难看，突然头一歪，竟然晕倒在了沙发上。

"阿兰……阿兰……"唐万军手忙脚乱，一边喊叫，一边抱着她掐人中。

好一会儿，陈玉兰悠悠醒转，睁开眼来，屋里一切还在旋转。唐万军喂她喝水，但她把脸转了过去，不肯喝，更不肯看他。

唐万军忍不住低头去保护性地吻她，完全忘了自己只是一条可怜虫，却被她一把推开了，她瞪着眼睛冲他吼："不要用你的脏嘴碰我！"

"阿兰，对不起，我错了……我真的错了，我不该兔子去吃窝边草，请你一定要原谅我，今后决不会再有这种事情发生，我保证！"唐万军偷偷地看着妻子，试图用双手抚摸她的肩膀。他多么希望她原谅他，他会向她保证，从今以后，再也不会发生这类事情了。他在心中忏悔着喊道。

"别碰我！"陈玉兰再次冲唐万军大吼道，"不该吃窝边草，那远一点的草就可以大嚼特嚼了？"陈玉兰停止了啜泣，质问道。

"哎哟……说错了又说错了，你看我这张臭嘴，说出来味道怎么那么浓，熏坏了我的好阿兰。"唐万军讨好地说道。

陈玉兰瘫坐在沙发上，双眼直直地盯着一个方向，似乎在看什么，也似乎什么都看不到。尽管他们的感情因为公司的事情淡了许多，尽管她已经感觉到他们两个人正在日益疏远，但毕竟这么长时间的感情了，她信任他，相信他自己知道什么事情可以做，什么事情不能做。特别是在发生了小妹那件事后，她认定了他就是自己今生要白头偕老的人。

如今，他却突然告诉自己他在外面有人了！而且还是自己送给他的得力干将，兔子都知道不吃窝边草呢！

房间里一时鸦雀无声，夫妻两人都不说话，彼此能听到对方的呼吸声。

要原谅他吗？绝对不！可是……陈玉兰透过镜子的反光，偷偷地瞥了一眼唐万军，说实话，她的心里非常乱……她想到了他们结婚时虽小却温馨的新房；想到了在浴室里的第一次；想到了那次在火车上遇到他时自己那颗七彩少女心；想到为了她能从乡下抽调上县城他不惜花重金购买金器送人……太多太多的人和事。胸中翻江倒海，心潮难平。

"你想怎么办？"良久之后，陈玉兰收回了思绪，缓缓地一字一字质问一脸沮丧的他。

唐万军在旁边一直偷瞥她的脸色，见她脸上一直阴晴不定，因而屁都不敢放一个，忽听得她在问他的想法，不禁喜出望外，略微迟滞了一下，开口道："好……阿兰，这件事你是关键人，所以我一定要取得你的原谅，你有怒火，只管朝我发泄，随你打，随你骂，只要你能帮忙瞒过几年就好，如今我们远隔两地，保密工作做得好一点，别人是不会知道的，等孩子再大点，就没什么事了。"

"哼！有这么省心吗？孩子要上户口，要上幼儿园，你一个黑小孩，不让人知道行吗？就算我不说，你能保证塞住别人的嘴吗？事情穿帮了，补救都来不及，你把别人都当成傻瓜，就你一个人聪明。如今坐实事实婚姻，你一个有头有脸像模像样出入上层社会的人物，我想你应该掂得出其中的分量。再说，我为什么要原谅你呢？我为什么要容忍你弄个小三小四出来呢？你把我当成了什么？猪头三？阿木林？还是十三点？真是越活越把年纪活到猪身上去了。"

阿兰越说越气，他已经背叛了自己，让他滚吧！远远地滚吧！自己这时候居然还在为他着想！凭什么？难道女人的名字真的是弱者？但在唐万军听来，不得不说她说得十分有道理，一时竟哑口无言。

是呀，为什么要原谅我呢？把她当成白痴吗？我伤她心伤得还不够？这次"烂污拆大"（注：出大事）了，千不该万不该，不该弄出"一桩命案"来，这种事你放在任何一个作为老婆的女人身上试试！想到自己的所作所为，想到自己明目张胆地在利用她的忍与善，唐万军羞愧难当。但是，他又万万不能失去阿兰，她是他的女神，她是他的财神，她是他的蓝天，他这只小鸟如果失去了蓝天，还能飞向何处？

"阿兰，千万不要说出离婚这样的话，我不会同意的，打死我也不会同意。"唐万军突然从妻子的话里回味出注释的韵脚来，顿时惊疑不定。

"那你说怎么办？"陈玉兰止住火气，玩味地反问。

"要么……你帮我去跟她说，给她一笔钱，让她带着孩子离开？"唐万军嘴上这么说，心里却在哀叹这根本行不通，钱能解决的话早就解决了，小女人恐怕是"吃煞"自己了。唉，本以为尽享齐人之福，殊不知自己弄了个绳套套住了自己的脖子，这个自说自话的小女人。

"我去跟她说？呵呵……笑死人！唐万军啊唐万军，好一个骁勇善战的唐万军！好一个百战百胜的唐万军！真亏你想得出……你这么聪明的一个人，也有今天。"干笑了一阵，陈玉兰突觉有点心酸，她似乎一下子变得不那么气愤了，只是觉得此刻的他很可悲，她忍了忍继续道，"现如今只有一条生路可走。"

"什么生路？快讲。"他急不可待地问道。

还不讲！真是急煞人。

"离婚。"陈玉兰这两个字一出口，似自己用一把锋利的尖刀直插自己心口。

而唐万军听到这两个字时，犹如一记组合拳狠狠击中面门，他颓然向后仰倒在沙发上，双手捂脸，腮边咬肌一阵快速蠕动。离婚？离婚我还要来找你做什么？离婚我还说这许多话做什么？"我不离！"良久，他双目失神地望着天花板，说了三个字。

"那你等着坐牢吧。"

"我不要坐牢！"唐万军犹似一个孩子在向母亲撒娇。

"离婚是为你好啊。"陈玉兰幽怨地说，脸色煞白，泫然欲泣。

"我不懂有什么好！"他赌气说。

陈玉兰深深吸了口气，努力平复了一下沸水般翻腾的心情，迅速恢复了理智，说道："你听好了，首先，我们离婚后，你可以光明正大跟她去扯一张结婚证，有了这张证，所有的麻烦全部不存在了。其次，我们之间虽然没有了法定上的关系和义务，可是生意上的关系还在，还要继续深入下去，把我们的品牌做大，只不过合作的方式需要更换，可以股份制，也可以协作制。另外一点，也是最重要的一点，不管她是有心或者无意，财产在离婚时要分割清楚，否则，两个人辛辛苦苦到头来却为别人作了嫁衣。'小人要防，君子更要防'。最后一点，我们之间毕竟还有儿子这座桥梁连通，来来往往像往常一样，不要让儿子知道，也不要让我父母知道，要做得像平常一样，装成什么事情都没有发生过一样，过了这个坎，随你怎么样，主动权始终掌握在你手上。"

陈玉兰在仔细说着自己的意思，唐万军在认真思考着她的想法。听着听着，突然来了一句："那我一切安顿好了，你一定要同意跟我复婚！"听他的意思，就算跟小女人结了婚，以后还是要与她离婚的。

"以后的事以后再说吧。"她突然感到好累好累，只想快点结束这一切。

思来想去，唐万军实在无奈，只好接招，同意去办离婚手续。

"关于财产分割，我们可以草拟一张协议，怎么分，你说了算。"陈玉兰说道。

沉思良久，权衡利害，分析得失，都是聪明人，唐万军终于想通，开口道："这样吧，成都这一块生意我熟，仍归我管，上海及市里这块生意你熟，还归你管，今后生意上还是互通有无，资金上有难处时打借条互调，独立的统一，统一的独立。"

"这你可吃亏了，上海加市里这一块总资产有一亿多，你这块无论怎么算也不到七千万……吧？"无论怎样说，把自己爱的人忍痛让给别人，陈玉兰的心已经不是心，如果钱能弥补心痛的话，她宁愿让他多拿一点。

"够了，我没有精力管这么多，再说，你拿着风险小。"他喃喃地说。

最后几个字，陈玉兰听懂了，她笑笑，笑容有些凄然。

81

唐平对赌场里的一切都感到新奇，各种各样玩法的赌博，潮水般涌来涌去的赌签，有人赢钱时的快活张扬，有人输得只剩一条裤衩时的痛不欲生。不苟言笑的漂亮女荷官娴熟的发牌技巧，准备输钱买快活的暴发户。比在成都茶馆中观别人"耍钱"要有趣得多，有味道得多。

没有尝过各种梨子的滋味，怎么知道哪个梨树的品种好呢？一拨人满载而来，一拨人空空而归，如此循环往复，小小中国澳门各大小赌场，依托祖国的日益强大，内地同胞的逐渐富裕和"慷慨解囊"，一个个"吃"得耳肥肠满。从祖国开放伊始，弹丸之地的赌场增加何以百计。

超哥让彭福来带着唐平去熟悉赌场的各个"工种"，让彭带他去"进修"各式发牌技巧，然后训练面部肌肉以及临危不惧，诱敌深入，故作镇定，心如止水，以及恐吓诈骗等等配合面部神经的各种真真假假的眼神。

经过几个月的训练，唐平基本上掌握了各种各样的手部面部眼部技巧，特别是眼神配合面部技巧方面，更是达到了出神入化的程度，明明手捏一副烂牌，眼神中却可洋溢出不可抑制的兴奋与激动，再配合拉动俊俏的肉眼可见的面部肌肉，使对手相信你手中定是一副好牌而忍痛弃牌。"不错啦，又有进步啦。"每隔一段时间，超哥都要考验一次唐平，每次考验结束，都会用这句话作为奖励。每每听到夸奖，唐平都会觉得自己离上岗又近了一步。

"可惜啦，小唐，雷不能加入赌场的实战中去啦。"一次超哥照例表扬完后，不无惋惜地对他说。

"为什么？"唐平很喜欢这个工作，听超哥这么说，不乐意地问。

"老板有新任务要安排雷。"超哥拍了拍他的肩，一本正经地说，"小伙子前途无量啦。"

"超哥，什么任务？"年轻人最架不住好奇，他马上问道。

"走，到我办公室仔细讲啦。"两人一前一后来到超哥办公室。

"小唐，抽根烟啦。"超哥掏出一盒"万宝路"，从中抽出一根递给唐平。

"谢谢超哥，我不会抽。"唐平一时觉得不会抽烟也很塌台。

"不会抽就不要抽啦，抽烟对身体很不好啦。"超哥把烟点着，自己深深吸了一口，边从两个鼻子里喷烟边说道，"小唐啊，老板安排了雷一个重要任务，春节过后，雷去内地介绍一些有钱人来玩玩啦，雷个工资翻倍，一切差旅费用由场里负责，另外按介绍人数的多少再提成嘞，雷小子要发财呃。"超哥眯缝着眼，重新打量了一下唐平，心里说这小子运气超好。

内地法律严禁赌博，而澳门法律赌博合法。澳门赌城闻名全球，一点也不输于美国的赌城拉斯维加斯。中国去美国太远，太不方便，太复杂，而自己的国土上就有赌城，虽说出境入境亦要办手续，可毕竟来去轻松容易，省力省事多了。人性大都好赌。既然如此，那又何必舍近求远。因此，广东一带沿海地区的地下钱庄应运而生，内地大量的资金包括各种急欲洗钱的黑金，通过地下钱庄运作到赌城，到最后大部分留在赌城，使得澳门这颗东方明珠锦上添花，更加璀璨。

"雷每年只需要介绍 15 个有钱的玩客，至于他们玩多玩少就与雷有关啦。当然多介绍多得，少介绍少得，不介绍冇得，拿内地的话来说叫作'多劳多得'哇。雷空下来冇事的时候，可以在赌场中随便玩玩，看雷运气啦，只要开心就好，老板给雷安排这样的工作，是雷小子前世修的福呃。"超哥用羡慕的眼光扫描一下唐平，感叹地说。

听超哥讲完，唐平马上知道，这个工作人称“马仔”，不过这个工作还真好，介绍人来玩？不要有太多的人想来玩！只是苦于办出入境手续时间长，而且还麻烦。马仔就马仔，有什么关系？刚想到这里，超哥像是看到他心里去似的，说道：“雷现在有澳门居民居住证，在出入境管理处打一张通行证，可以在大陆澳门自由进出，雷可以利用雷的身份，或者以邀请他们来澳做生意的名义，或者以帮他们办一张来港澳旅游短期签证的名义邀请他们过来，这方面的问题，先叫彭福来带一带雷怎么搞呃。资金往来方面，雷可以介绍几家钱庄给他们，怎么操作去问彭。”说到后来超哥又加了一句，“什么时候动身跟我讲一声，我去把经费给雷准备好。”

“好吧。”唐平没有犹豫，爽快答应了下来。这又不是很难的事。

“对了，这个事雷在内地要低调低调再低调，物色好对象再行动，注意工作说话的方式方法，切不可从雷嘴里说出一个赌字，否则对雷冇好处啦，要记住我的话呃。”超哥临了又再三关照唐平。

“谢超哥，我懂了。”虽然如今唐平的性格与少年时有了较大的变化，但他不想说不代表他不懂，他是个聪明人，遗传了父母的基因，什么事情只要一点就通。

他马上想到了初中时的许多同学，许多玩伴，他们有的父母是大款，有的父母是大干部或是小领导，曾听他们吹嘘，家中都有一定的财力物力，另外还有这些多金一族自己身边的人，不知有多少的玩少，好好利用一下，这个工作做起来不会太困难。突然，他心中一动，想起自家老头子半年前来澳门赢钱后喜不自禁的表情，心中想道，嘿嘿，“唐和尚开头刀”，第一个要介绍去澳门玩玩的客户，就是他了！

唐平是过了三月中旬才到的成都，他不想去老头子家中（唐平一直不认为那也是他的家），在金牛大饭店下榻后，他用饭店座机打了个电话（他一直不要移动电话，也不知他真正的想法是什么），告诉父亲，他在成都金牛饭店 8008 房，让他有时间去见上一面。

唐万军自从与陈玉兰办理了离婚手术后，心情非常糟糕，回到成都后对做生意竟提不起一丁点兴趣，而且常常无缘无故发脾气，那天沈穹曳做晚饭，发现酱油没有了，让他出去买一瓶，他吊毛脾气一发，黑着脸，索性把酱油瓶往桌上子重重一踯，“啪”，酱油瓶四分五裂，沈穹曳瞅见他摔东摔西这副样子，只道自己做错了什么，也不言语，顾自嘤嘤哭泣，一霎时，梨花纷纷带雨。儿子似有感应，本已吃饱奶水在床上熟睡的他，突然间竟放声大哭起来。抽泣片刻，见唐万军无动于衷，只是闷头抽烟，沈穹曳只好擦干眼泪接着去哄儿子。

待得两人默默吃完晚饭，唐万军才闷声闷气地告诉沈穹曳，明天与她去领一张结婚证，孩子的户口该上了。沈穹曳震惊急问，怎么可以？他叹了口长气，告诉她，为了这个孩子，他们离婚了，所以心情有点不好，请她理解他。

"你们可以不离的。"沈穹曳没有说"都是我不好"之类自责的废话，说完之后，她偷偷打量了一下他的脸色。

"白痴！"他的脸色很不好，斥道。

沈穹曳没有作声，她不敢作声，怕他再摔油瓶。

就在此时，唐万军的电话响了，一接听，是儿子唐平的："爸，到金牛大饭店 8008 房来一趟，我有话对你当面说。"

"你不是在澳门吗？怎么回成都了？"唐万军迅速调整了一下心情，问道。

"回来看看你，再去上海看看妈。"

"那你怎么不到家里来住？"

"那里不是我的家。"

"臭小子，你……"

"你来不来？"

"来来……等一等，马上来。"

"是唐平回来了吗？"沈穹曳轻声问。

"嗯，我去看看他，马上回来。"说着，唐万军换了一身行头，匆匆出门而去。

82

"阿平，在澳门过得好不好？"唐万军见到儿子的第一句话，跳不出每个做父母的对孩子关心的问候语。

"很好。"儿子对父亲的关心毫不在意，随口回答。

"这次回来就不要再去了，去上海帮你妈的忙吧，她一个人太吃力了。"唐万军用央求的口气对儿子说。

"我一点也不喜欢做生意，我在澳门生活很快活。"

"需要钱吗？"

"不要！我一个月有七八千澳币进账，用不完的。"

"噢，挣钱了，独立了，用不到老爸的钱了是吧。"

"我以为过了年你会来看我的。"唐平岔开话题。

"嗯，过几天我是想去广东，看看今年夏装有哪些新样式，顺便再去澳门散散心。"最后一句绝对是真话，他好想在赌桌上刺激一下浑浑噩噩的脑袋，把里面的糨糊调一调。

"我去上海看过妈后，再回老家去爷爷奶奶坟头磕几个头，然后回澳门，在那里等你，带你去喝生鱼粥，澳门的生鱼粥很好喝的。"

听到儿子嘴里说出这些话，唐万军的眼睛一眨不眨，第一次惊讶地发现儿子真的长大了，感到欣喜的同时，也多少冲淡了一些这段时间以来的烦恼与无名火。

唐万军从内衣口袋里摸出一张卡递给儿子，道："这100万给你，手头尴尬时派派用场。"他还从来没有给过儿子整笔的钱，这是第一次，以父亲的名义。他知道儿子不想花他的钱，可他就是想给他。

"我不要！"儿子果然倔，一口回绝。

"一天到晚想什么呢？给钱还不要！"他开始生气，硬把卡塞在儿子口袋中说："密码是你的生日。"

唐平欲把卡掏出来还他，不过看了看他有些恼怒的脸色，最终没有摸出来。

唐万军又和儿子讲起有关赌场的一些趣事，心中不觉痒痒，摩拳擦掌。

"爸，赌钱玩字第一，别当真，跌进去容易，爬出来难了，玩玩，适可而止。"唐平以一种长者老成的口吻对老头子说，不过父亲听上去并不觉得儿子老头老脑。老头子这头刀他要开，但并不想把他的脖子齐根斩下来，毕竟是自家老头子，他身在赌场少说也有半年多了，见得多听得多，进去的人几乎个个走麦城，少有人能全身而退。他这么说，是希望老头子能拎得清。

"我懂分寸的。"唐万军第一次与儿子平等对话，儿子没有了小时候听故事时对自己的崇拜之情，他和儿子倒像朋友之间闲聊一般，他的心情顿时愉悦起来，全身一阵放松。

父子俩又东拉西扯了一阵。唐万军一看时间，说道："不早了，我要回去了，你好自为之。"

"那个小女人还住在你那儿吗？"临别时，唐平表情古怪地问他父亲。

"咳咳……做好生意第一，不住在那儿住在哪儿啊？"唐万军生怕儿子窥破机关，打了个哈哈，与陈玉兰离婚与她结婚的事决不能让他知道。

"那个难看的小女人有什么好，值得你回味无穷，差不多点好让她回去了，当心'项庄舞剑'，这故事你给我讲过的。"说这话时，儿子意味深长。

"好了好了，大人的事你少关心，关心关心你自己吧，看你能混出个什么名堂来，我走了。"提起这个话题唐万军就心烦，翻了儿子两个白眼，打开房门气鼓鼓地走了。

第二天，唐平买了张机票，直接飞到上海。

他傍晚到的上海，赶去看望了一下外公外婆，免不了又是一阵唏嘘。接着打通母亲电话，说自己现在上海，想见她一面。陈玉兰马上把家里地址报给他，让他打的过去，自己也立刻从外面回去。前脚后脚，母子俩在家门口相遇了。

看到高大英俊的儿子站在自己面前，上嘴唇布满密密软软的细毛，陈玉兰心中第一反应就是，儿子长成男子汉了！

"妈。"儿子叫了一声，眼光扫视着她发际间夹杂的几根白发，默不作声。

陈玉兰忽觉鼻子有些轻微发酸，这几年，自己把全部身心都扑在了生意上，在儿子最需要关心关爱的时候，却对他放任自流，因而造成了他古怪的性格和脾气。他去澳门赌场工作，说实话，她是十分反对的。她认为，儿子虽说读书并不灵光，但他的脑瓜子转盘还是极快的，也许是他遗传他们两个的优点吧。只要他肯跟着自己学做生意，说不得将来比他父亲和自己出色，针织服装的生意看似简单，但要想做好做大做强，在这块巨大的蛋糕上分得一杯羹，想不到的付出肯定很多很多，比如现在的儿子。

要想君子·兰开出美丽的花朵，一定要用心血浇灌。

去澳门，是儿子自己的选择，既成事实，她知道再反对也无用，只能心平气和地接受，她只是心里有点挖塞，不管多不多，自己好歹也算是个有钱的老板，可老板的儿子不肯给自己打工，却要去给别人打工！说出去也不怕人笑掉大牙。她伸出手去，把儿子那厚厚的柔软的大手掌拉进自己掌心，边摩挲边说："阿平，一个人在那边，要照顾好自己，觉得过得不开心了，就回来帮妈，再过几年，妈真的老了，无论如何你要回来替妈。"

"妈。"唐平又叫了一声，任母亲拉着他的手，从手背上传来的阵阵母爱，轻轻叩击着他的心扉，他忍不住拥了拥母亲，道，"我知道，我又不是小孩子了。"

"妈，你有白头发了。"他实在忍不住，提醒母亲。

"我知道，好多呵，没办法，谁叫我儿子也这么大了，呵呵。"陈玉兰笑笑，对儿子的关心很感动。

"妈。"他又叫了一声。这个事情放在他心里很久了，他不知道该不该对母亲说，也不知该怎么说，随着时间的推移，这心中的块垒越堵越闷，十分难受，今天，他决定要吐露一点风声给母亲，也好让她有个猜疑，免得到时一旦知道真相而一下精神崩溃，搞出一个什么什么病来。

"阿平啊，你有什么事到家中再说吧。"见他欲言又止，陈玉兰拉着他的手，摸出钥匙开门走了进去，"这是你在上海的家，什么时候想来就来，你大姨小姨表妹暂时也住在这里，等明年下半年她们搬到浦东后，这里就宽敞了。"

"那她们人呢？大姨和表妹我还没见过呢！"

"今天你小姨带你大姨到银行去办事了，要晚上才回来，你表妹念沪跑业务去了。"

"念沪？好怪的名字。"

"怎么怪了？"

"这房子还不错，闹中取静，格局也行。"儿子的跳跃性思维又把话题扯了开去，在屋里四处打量一圈，评品一番道。

"妈，我记得我们的商标也是君子兰吧，不错哎，在澳门也有卖。"看到沙发茶几上的几盆君子兰，唐平对母亲说。

"是吗？是毛衣还是 T 恤？"

"都有。"

"嗯，这个问题老严重，必须要想办法了。"

"你是说别人假冒我们的商标？"

"基本上是这个可能。"

"也有可能他们是从上海进货过去的呢？"

"可能性几乎为零。"

"我提个建议，建议你们放弃成都的生意，两个人专心致志做好上海这一块就行了。"说着说着，唐平突然来了个神转折。

"为什么？你难道不知道成都西南这块区域是座金山吗？"陈玉兰也是一顿，不解儿子的话意。

"不是，反正你们两个集中资金才能把生意做大吧？"唐平面容古怪地说道。

"这方面的生意你还不懂。不是，你说这话是什么意思？"陈玉兰猛地省悟过来，儿子什么时候关心起生意来了？她深感诧异。

"没什么，反正我已经跟你说过了，你自己看着办吧。"唐平无所谓地说道，"我想去县城老家看看，我要走了，妈。"唐平说完这句话，站起身欲走。

"明天再走，等大姨小姨你表妹她们来了见个面，然后一起去吃个饭，家里真的这么留不住你啊？"陈玉兰见儿子说走就要走，相当光火，把他使劲按在沙发上，命令他。

"还有，明天给你买个移动电话，省得总是联系不到你。"

"我不要。有事我会联系你们的。"唐平又倔。

"一定要。另外你有没有卡？给你打点钱。"

"不要！爸已经给过我100万了，我自己有工资，用不了。"

"由不得你，明天上午跟我去买手机，打钱。"

"钱钱钱！你们只知道钱！你们问过我真正需要什么？"唐平仿佛有满肚的怨气。

"你……"陈玉兰怔立当场。

83

正在此刻，门外响起开锁的声音，陈玉兰走过去，把门打开。

"二姨，你已经到家了啊？阿拉也回来了。"念沪脆生生的女声扑面而来。

"丫头，快进来，见见你的唐平表哥。"陈玉兰招呼。

念沪来上海也不是一天两天了，跟着小姨与客户打交道，到底是年轻人，接受新鲜事物快，早已从一个深山老林的东北丫头蜕变成半个上海人了，说话也"阿拉阿拉"的。

唐平从沙发上站起来，很好奇地盯着这个"茁壮"的表妹，一时竟忘了跟她打招呼。倒是念沪大方主动地伸出右手，说道："表哥，你好，我是念沪。"

"念沪"两字用半吊子上海话说的。唐平连忙伸出手去拉拉她的手，憋不住转身笑出声来。"念沪"，用半吊子上海话发出的音来有点像"廿五"。"十三、廿五、二百五"，上海话中的这些数字都比较有地方特色，不由得唐平不乐。

"二姨，表哥一见面就笑话我。"念沪转身发着嗲向二姨求救。

"咦？介大只码子（注：这么大个子）发嗲，哈……"唐平索性笑弯了腰。

"好了好了，有什么好笑的？兄妹间第一次见面一点也不客气。"陈玉兰表面上说唐平，心里其实也想笑出来，只是硬把它忍住了。

"唐平，长这么帅了！"陈玉菊、陈玉梅一前一后进了屋，陈玉菊头一眼看到侄儿，呼喊一声，就上去抓住他双臂，细细打量起这个帅小伙来。"小姨。"唐平朝她叫了声，双眼却看着慢慢走进来的陈玉梅。"这是你从来没见过的大姨，念沪的妈妈。"陈玉菊对侄儿介绍道。唐平叫了声"大姨"后，被大姨那直视的目光看得有些不好意思起来，双手居然无所适从，不知放哪儿才好。

"呵……阿平啊，第一次见呢，都小伙子了！来，让大姨好好瞅瞅。"见到俊朗高大的唐平，陈玉梅一高兴，东北话"腾"地从口中蹦了出来。

陈玉梅围着唐平转过来转过去，不时伸手掸掸他身上的衣服，好像衣服上有灰尘一样，脸上堆着笑容，一见面，就从心底里欢喜上了这个一表人才的帅小伙子。

"好了好了我的大姐，你丈母娘看女婿一样转着圈看阿平，快把人家看跑了呢。"陈玉菊一边哧哧笑着拉开唐平，一边嘴里打趣。一句话，倒把两个年轻人各自弄了个大红脸。

"在成都帮你爸做生意啊？"陈玉梅问唐平。

"哪里，朋友在澳门给介绍了个跑差的工作，很忙的，今天来上海转一转，明天马上就要走的。"陈玉兰怕姐姐东问西问问出些不尴尬来，连忙解了开去。

"工作在澳门啊？不错呢，工资很高吧？"念沪听说表哥在澳门工作，马上满眼小星星。

"也不高，七八千港币。"对表妹的提问，唐平倒是爽快回答。

"嚯，这么多！哥，你是干什么的呀？"小丫头好奇心上来了。

"准备出发吃饭。"陈玉兰打断了他们的话头，问，"儿子，今天你想吃点什么？"

"随便。"

"海鲜怎么样？"

"吃腻了。"

"那你想吃什么？"

"我想吃小时候你烧的黄鳝烧肉。"

"黄鳝烧肉？哪个饭店烧得好吃？"陈玉兰自言自语。

"平凉路上有一家黄鳝馆，烧得很好。"陈玉菊接口。

"妈你烧得最好吃。"唐平静静地望着母亲说道。他多么希望母亲说，好，儿子，妈去菜场买来烧给你吃。

"黄鳝烧肉太麻烦了，等烧好要到半夜了。阿菊，走，带路去黄鳝馆。"陈玉兰指挥一干人等上车。

唐平眼中的炽热在慢慢冷却下来：只要有钱，什么吃的买不到？可是……没有可是。

上海的家同样也是没有什么值得留恋的。第二天，唐平说什么也要走了，陈玉兰把刚买的"诺基亚"硬塞给儿子，又拉住他的手，千叮咛万嘱咐，唐平只是表面上嗯嗯啊啊地应付着，心中却在喊，妈，我宁可回到我们从前住的小县城，宁可生活艰苦一些，我一点儿也不稀罕你赚这么多钱！

告别了亲人，唐平打车走了。他不会忘了自己的工作任务，去了县城老家，找到了几个父母在做生意或在当官的家中殷实且又喜欢玩玩的同学，跟他们叙旧的同时，又顺便说起澳门这个好玩的去处，并说如果他们要去玩的话，自己可以帮忙办理一切手续。

唐平把这些说得轻描淡写，可"澳门"二字他们却早已如雷贯耳，只是苦于出境手续难办，如今闻听他说得轻松，不免让这些平时有玩瘾的同学技痒难当。当然，说到后来，他特意加重语气，说："你们玩归玩，但一定要把握好一个度，千万千万别玩过了，否则到时候跳伶仃洋可别来找我。"这些话自然是用开玩笑的口吻说的。他把自己的电话号码报给他们，看他们储存号码时那股认真劲，他这才意识到应该谢谢母亲给他买了个移动电话。

接下来，他去了爷爷奶奶的坟头，拔掉了从坟边石缝里钻出来的几株杂草，郑重其事地点了三炷香，烧了几百万花花绿绿的冥币，双手合十，双眼紧闭，想对两位从小宝贝自己的老人在天之灵说些什么，可是，脑中此刻偏偏一片空白。静静地伫立了许久，想到了很多小时候的事情，结果什么都没跟爷爷奶奶说，最后还是默默地离开了。

自从与沈穹曳扯了结婚证，给小儿子上了户口后，唐万军的心情就没有好过，一天到晚土着个脸，做生意也不像过去那样嗅觉灵敏，冲劲十足，变得浑身提不起一点劲，整个人好像一直处在无法痊愈的重感冒中。

沈穹曳身体很好，产后恢复相当快，儿子双满月后，她热情满怀地投入到了生意中去。她非常清楚，现在，是在给她自己干活了，是在为他们这个小家干活，她也很清楚，他们的家现在不动产和流动资金价值几何，因为这些账目都是她在做，在她眼里，这是一笔无比巨大的财产，只要她一想到她和儿子都有份时，她的心就无端地狂跳，她实在想不到，她沈穹曳也会有这么的红运当头。她如今觉得，没有兰姐，他们在成都这块生意也会做大，将来争取超过兰姐在上海的生意，万万不可让兰姐小瞧了自己，因此，她比以前更加起早贪黑，身上充满了无穷动力。

对于兰姐，沈穹曳还是从心里敬重她感激她的，要不是兰姐收留她打工，要不是兰姐派她来成都，最主要的，要不是兰姐主动"退位"，她至今仍是个打工妹。她做梦也想不到，自己一个坚定的想做母亲的想法，居然坚持到摇身一变，变成一个老板娘！天可怜见，这真不是自己存心的，这是上苍对自己的眷顾啊！因此，她对她的军哥百般顺从，怕他劳累，甚至让厂方发货、到货装货、叫人运输进店销售这些以前都是军哥干的活她都揽在自己身上，生怕她的军哥累着了。

沈穹曳累并快乐着。

唐万军很无奈，看着她早出晚归像只不知疲倦的小鸟一样整天忙忙碌碌，他索性当起了甩手掌柜，好在成都是个休闲的好去处，林立的茶馆，满城的酒肆，遍地的小吃，只要兜里有些小钱，一天就是有48个小时你也不够用。

这天吃过晚饭，唐万军对沈穹曳说："我想早一点去广州看看今年有什么新货，你一个人看着家行吗？"

无尽的烦恼无法挥去，他想出去散散心。

"你去吧，几年下来，这里的生意我也算熟门熟路了，放心吧。"沈穹曳说着，用手帮他掸去两个肩头的几根脱发，踮起脚亲了他一下。

"孩子照顾忙不过来就叫一个保姆吧。"唐万军说道，对她的吻无动于衷。

唐万军俯下身去逗睡在摇篮里的儿子，小儿子长得亦像他，眉清目秀，一笑，花开满脸，很惹人爱，他也很喜欢。他早就想叫一个保姆，只是她一直反对，说保姆管出来的孩子，将来对父母不亲、不自然而作罢。

唐万军逗了一会儿小儿子，脑中又唰地出现了大儿子阿平不苟言笑、一本正经的脸庞，不禁摇头苦笑。他随即想了想，对沈穹曳说："给我去弄一张500万的现金卡吧，我带在身上。"

沈穹曳本想说你身上带着这么多钱做什么，要进货的话我给你打过来好了，不过看了看他冷峻的脸色，把已经到了喉咙口的话又吞了回去。

唐万军拿了卡，想了想，复又瞒着沈穹曳去银行，一股脑儿打在了彭福来提供的广州一个地下钱庄的账户上。有彭福来的关系，他们会帮助运作到澳门的。

84

时隔半年多，故地重游，唐万军站在赌场的正门口，望着"葡京娱乐场"这五个金灿灿熟悉的汉字，看着附近几个钱庄门口排队取款的队伍，以及如过江之鲫般涌进场内的赌徒，觉得这一切既非常熟悉，又分外亲切。这个第一次进去搏杀就给自己带来好运的地方，这个时时刻刻让人血液沸腾的地方，这个可以随时随地随意发泄的地方，站在这里，手握重金，想象着猛催坐下赤兔马，舞动青龙偃月刀，过五关，斩六将，不禁一股豪气轰然冲天！暂时忘掉了生意，忘掉了家人，忘掉了烦恼，忘掉了过去，忘掉了现在，忘掉了一切！他没有联系儿子，也没有联系彭福来，去钱庄取了200万元，像一个普通的大陆来澳游玩的旅客一样快步一头扎进娱乐场内。这一次，他嫌一些内地客资本太少，下注太小，不屑跟他们一赌。

唐万军要跟赌场赌……他来到一张赌场操盘手坐庄的梭哈台前，桌子上只有一个人在与庄家对赌，庄家此刻台面前堆满大面额的筹码，而对面那个好像是官员身份的中年人面前只剩几根大额筹码。他走过去，刚好看到中年人面不改色地把面前的一堆筹码全部推在桌子中间。庄家不住地用眼睛余光扫视观察对手，捕捉他脸上的每一丝细微变化，甚至他的左眉毛在五秒钟里跳了几跳，右嘴角在十秒钟里不可察觉地牵动几次都逃不过庄家法眼。

庄家在观察，在估算，在判断，最后，他目露笑容，慢慢地把手伸向对手的定牌，此时，对手额头上快速沁出的密密细细汗珠出卖了他，庄家由是心中大定，立即加快手上速度，把对手底牌一下掀了开来。"先生，您输了。"庄家顺手把自己底牌也亮出来。

比过点子，无话可说。荷官把中年人台面上所有的筹码都推给庄家。

"先生，还玩吗？"庄家颇有风度地问。

"下次再来。"底牌翻过，中年人愿赌服输，倒也没有了刚才的紧张，拍拍手站起身来，神态自如地走了。

只有见过大风大浪的上位者，才能具备如此不凡气度，真让人钦佩。

唐万军推开中年人坐的椅子，换了把旁边空闲的，在椅子面上用手使劲拍了拍，据说这样可以赶走霉运，然后坐下，把200万筹码一股脑儿倾倒在桌子上，对对面的庄家说："来，我们来玩几把。"

庄家一看，又来了一条大鱼，立即收敛笑容，正襟危坐，而后小声询问："先生也玩梭哈？"

"对。"

"封顶吗？多少起梭？"

"不封顶，10万起梭。"

庄家倒吸一口凉气，心知今日遇上了一个大手笔，大主顾，大财主，不觉心头凛起，打起十二万分精神。

唐万军此次来澳门，犹如醉汉存心来酒肆买醉，因此一上来就大手笔，动不动就跟注，也不细算牌面，只要前三张牌可博嵌宝顺子或二头顺子的牌面就下大注，不管博得到博不到博一记，博同花，博三条、博双对亦是如此。

庄家起先见他如此胆大勇猛，不免一时也有些放不开手脚。

几局牌下来，新扑克亦换了几副，唐万军台面上筹码已是三去其二，庄家不由心中大定，不禁暗忖，今日大运，撞到个李逵，躲过这三板爷，对面这位爷爷还不手到擒来？代表赌场出战的庄家又岂是寻常汉子，要么不出，出来条条是龙，而且是身披铠甲，头生银角的蛟龙！没有三分三，不敢下赌海。

输输赢赢，不知不觉，唐万军已在场中搏杀两日有余，饿了包子炒面，渴了咖啡瓶装水，困了在椅子眯上两小时，此种情景，到处都是，赌场见怪不怪。

到第三日上午，200万筹码早已全部归还娱乐城。

"先生，雷还玩吗？"庄家嘴角牵起一丝笑意，慢条斯理地问。

"当然，钱算什么东西！"唐万军恰似一只被对手啄掉一撮头毛的公鸡，依然伸直脖子，红着眼珠，不顾一切地向对方扑去。

棋逢对手，将遇良才，双方都舍不得就此偃旗息鼓，反而越发激起旺盛的斗志，真可谓一朝杀红了眼，不分爹妈！

"好啦，先生请购好筹码再来啦。"庄家努努嘴，示意唐万军台面上早已光板。

"喔，不好意思，请稍等。"唐万军这才省悟过来，原来200万早已换了新主人，于是便匆匆赶到换筹处，掏出全部钱庄银票，换了300万筹码。

这一切，自然全部落在了超哥和彭福来的眼中。"阿平的老爸还是有钱的嘛。"超哥猛吸着"万宝路"，灿灿怪笑着对彭福来说，屋内辛辣的烟味使得彭福来不敢做深呼吸，生怕一个不小心从肺里呛出血来。

"唐老板估计上性了，拿来的钱再有的话，要不要借钱给他？"彭福来已经预知唐万军几天后的下场，像这种人是场中最受欢迎的大鱼大，借多少钱给他，他也会乖乖地把这些钱一分不少留在场内，有多少大鱼大都是这样干瘪掉的，彭福来见得实在太多以至有些麻木了，只不过是看在老乡介绍来的小同事阿平面上，才有此一问。说穿了，赌场靠唐老板们吃饭，而彭福来的朋友小老板们也需靠唐老板们吃饭，这是一种鱼水关系，水干了对谁也冇好处。

"此人调查过底细了吗？"超哥眯着眼，看着屏幕上正在全神贯注乜牌的唐万军，好整以暇地问道。

"回超哥，此人姓唐名万军，是上海一个私人服装集团公司董事长，资产过亿。"彭福来谄笑着回答。

"那我倒看不懂了，唐平这靓仔放着老板仔不做，要来赌场赚点'湿湿水'啦？"超哥满脸疑惑。

"听那小子讲，他讨厌做生意，独对观赌兴趣浓厚，不过自己绝不上桌。"彭福来把调查到有关唐平及家庭背景的情况详细汇报超哥。

"这倒很有趣啦，那就让姓唐的继续玩，他要借就借给他，限额五千万，这次就让他为赌场贡献一半家产啦，也不算多，阿平面上也好交代，至于讨账一事，就按老规矩办啦。"超哥用食指关节轻轻叩击着桌面，发出的"嗒嗒"声十分有节奏。

"此事要不要告诉唐平？他还在内地，这是他接来的第一手单子，太过了毕竟不大好啦。"彭福来杀心到底没有超哥重。

超哥摇了摇手，道："不必啦，这个是'姜太公钓鱼'，没有人去强迫他啦，阿平是自家场里员工，相信他会正确对待的啦。"超哥充满睿智的目光从屏幕上移开，看了一眼彭福来。

"好吧，我去通知钱庄。"彭福来不打电话，要亲去钱庄如此这般关照一番。

果然不出所料，300万筹码不到两天就干了。此刻的唐万军心中万千个不甘，一口气憋在胸中横冲直撞无处发泄，摸出一个电话号码打了过去。彭福来正在监控室与超哥聊天，手机响了，一看来电显示，不是唐老板又是谁？他指指不断响铃的电话，对超哥竖了竖大拇指，笑笑，然后撂到接听键上。"彭福来，帮我去找家钱庄，我要拆借2000万港币！"电话里传来唐万军急切嘶哑的嗓音。

"这么多？有点难办啦，唐先生雷确定啦？"彭福来话语里听起来有些犹豫。

"不必废话，快去联系，少不了你的好处。"电话那头，唐万军的口气焦躁起来。

"既然这样，看在唐先生雷我朋友面上，我去帮雷疏通疏通啦，尽量满足雷的要求，不过丑话说在前，钱庄的钱不是那么容易借的啦，这个利息是按天利滚利计算的啦，第一天是……"彭福来话还未说完，那边唐万军只说了个碰头的地方就掐掉了电话。

"雷看看……"彭福来两手一摊，朝超哥无可奈何地笑了一下，出了监控室，急步朝唐万军指定的碰头地点走去。

两个人碰面以后，一切很顺利，对于彭福来提到的钱庄高利贷，唐万军是满口答应，在他想来，只要给他两三天时间，把2000万翻个倍，就什么都有了，利滚利？两三天的时间你再利滚利又能滚到多少去？

这时的唐万军已经完全丧失了理智，歇斯底里，神劝杀神，佛劝弒佛，满脑子糨糊的翻本，根本没有一丁点其他念头，甚至没有耐心听彭福来细读钱庄借款契约上的条约，一把抢过契约签上自己大名。

那个精明能干的唐万军不见了。那个胸有成竹的唐商人消失了。那个描绘宏伟蓝图指点大好河山的唐英雄更是烟消云散了！

85

有关货源供应上，陈玉兰终于意识到了问题的严重性。随着"君子·兰"销售量的剧增，各大百货服装商场要货增加数量的电话铃声一天到晚不间断，濮院镇上许多跟她订有长期合作业务厂家的生产能力很快跟不上去了。同时，其他客户去厂里拿货，都愿意主动加价，"有钱不赚是猪头"，虽然陈玉兰在与厂方的供货合同上各个条款签得死死的，但在利益的驱使下，有不少生产厂家依旧会偷偷地出售一些畅销产品给这些他们称为"老顾客"的客户。更为恶劣的是，陈玉兰根据上海销售量控制提供的一些热销款式，每款10万套的君子·兰商标，往往这个产品卖疯了，商标也就满天飞，何止几十万套。

要解决这些问题谈何容易！但不解决就会严重影响到上海的销售。

陈玉兰让陈玉菊一方面减少几个经常拖欠货款的上海商场供货量，以无声形式敲打一下他们，另一方面也可平衡一下其他信守合同的商场，此举可谓一举两得。

如今的"君子·兰"早已不是初进上海的"君子·兰"，在上海市场甚至全国市场消费者中都具有一定的口碑和认知度，从当初的推销产品到今天的供不应求，任何一个商场负责人都不是傻子，因为能卖你的货商场就能赚大钱。谁不想干？有的商场甚至要反过来与陈玉兰搞好关系，以期获得合同外超额供货量，为自家商场争取最大利益化。正所谓"上门槛，落门槛"。

陈玉兰近期还在考虑一件大事——成立一个自己的公司，公司挂牌的名称就叫"君子·兰"，她已经物色好浦东离自己购的两套住宅不远的，位于浦东大道即将竣工的39层的蓝天大厦，与房产开发商初步谈妥购买意向，准备买下整个第九层，作为"君子·兰"公司办公、展示、销售总部。

得知陈玉兰欲全额付款购买，开发商方面也愿意给她九五折优惠，这也属于另一种意义上的双赢。

要动用资金的地方实在太多，陈玉兰常常有一种杯水车薪之危机感。眼下，最迫切的任务是怎样解决保证货源供应问题。她决定去濮院找一直合作至今的各个厂家好好谈一谈。同时，她吩咐陈玉菊去招几个最好是商业专科院校毕业的大学生，以充实公司的人才实力，一切待遇从优。她给陈玉梅的任务是，聘请一位专职律师，专门打假。虽说假冒这个东西是打不死的小强，而且当时国内的知识产权法律保护意识还不健全，国家也还没有专门的制裁文件出台，就是打到了假也无各种惩罚手段和措施，不过打了总比不打强，扼制总比放任强。

安排好上海的一切，陈玉兰驱车赶往濮院这个浙北小镇。有段时间不来了，在小镇公路的入口处，新矗立起一个超大的地标指示牌："欢迎您来到全国毛衣织造基地"。白底红字，异常醒目。老镇区的旁边，大片大片的土地正在被推平，大量的建筑工人在建设一幢幢整齐划一的厂房。下车一问，原来濮院的小老板们赚了钱，都有准备扩大经营的想法，当地领导因势利导，申请划出几千亩国有土地拍卖，顺应潮流，支持地方经济发展，争取把毛衣这块蛋糕做大做强，为国家的经济建设做出贡献。

走进老镇区，陈玉兰发现，老早家家户户一片嚓嚓的手摇横机声很少了，取而代之的是电脑提花圆机连续不断的沙沙声，微电脑横机发出的轻微咝咝声。

前来接她的一个老板告诉陈玉兰，自动编织替代手动编织已是时代前进潮流，不可阻挡。渐进淘汰手动操作模式，提高了产量，减少了各个厂家在进入旺季为争抢熟练横机工而大打出手的荒唐现象，减少了产品质量不稳定的弊病，提升了产品的多元化以及解决了随心所欲编织各种花样的繁复程度，同样一件简单平织毛衣，手工编织与电脑机编织的放在一起比较，外行人一看，质量立判高下。不断提高产品质量和款式的不断翻新，设备的升级提高，机器的更新换代必是大势所趋，这是小镇上针纺毛衣的一次重大革命。而老镇区的老房子已放不下这些怕尘怕脏大型的新设备，购买土地扩建厂房势在必行。

听到这里，陈玉兰一阵激动，胸中又升起一个新的想法。

走进老镇区一个个供货厂家，陈玉兰很快发现了问题的症结所在，局促的生产场地，制约了产量，没有宽畅的厂房，设备自然不能及时更新，扩大生产能力需要的资金问题，在老板们赚得盆满钵满的时候，反倒显得微不足道。原来还算宽畅的生产车间里，如今角角落落都堆满了各色毛纱成品半成品，就连老板吃饭的桌子上也放满了绞纱以及各色纱锭，几乎家家如此。

果然发展才是硬道理！

老板们确实也尽力了，他们更不笨，在如此之大好形势下，谁不想赚更多的钱？不想的话，还是回家抱孩子去吧。

陈玉兰在 12 个为自己提供货源的合作厂家一圈走下来，她发现，各厂的工人基本都是两班倒，也没有休息日，你要想他们再挤挖生产潜力，已是没有一点空间，况且，他们还有另外的市场产品要生产，说穿了，她与厂家的关系客观上也只是客户关系，厂家也没有必要一定要只为你一家生产。

其实，陈玉兰完全可以把产品多放些厂家生产的，只是当初怕生产厂家太多而良莠不齐，影响质量，更怕一个新产品自己还未上柜，他人却已开卖，所以才挑选了十几家有创新技术、有设备、有能力稳定质量、信得过的厂家作为合作对象。越是没有技术含量的针织产品越是容易为他人作嫁衣裳。

了解了情况后，陈玉兰与这些老板们商定，努力挖掘生产潜力，如每天发货超过订货外的百分之十，愿意在之前的订货批发价格上全部上浮百分之二。不要小看这百分之二，批发数量动辄每天几百上千，厂家等于每天平白增加几百上千利润，所以人人嘴上不说，心中早已个个乐开了花。个中之账，大家会算。

上天无路，钞票架梯；入地无门，金钱叩道。

商品经济时代，说多了全都是废话。落实了增产增量的头等大事后，陈玉兰请一位非常熟悉的老板带去小镇的工业开发新区转了一圈。

这一圈转下来，陈玉兰脑中的构思迅速定型。她要在濮院的开发新区买一块土地，建几幢厂房，作为自己的毛衣生产基地，倒不是要争那生产厂家的五块十块一件利润，而是考虑到自己有个厂，自有自便当，新产品保密时间相对较长，生产数量质量更是在自己可控范围之内，市场新款价格的决定权更是牢牢掌握在自己手中。

陈玉兰来到镇政府市场开发招商办，看了规划中画红线的几十块待招土地，详细询问了下土地价格，想不到，为了振兴小镇，繁荣经济，土地的价格出乎意料的便宜。

陈玉兰当场拍板决定购买。签好合同，当即打电话让在上海的陈玉梅给全额划款，购买了两块靠近公路的厂房土地。镇政府负责招商的办公室主任非常佩服陈玉兰的豪爽性格，伸出大拇指不断摇晃，毫不掩饰对她的夸赞。

其实陈玉兰心里在算账：120万拿的土地，200万建厂房，400万添进口机器设备，加上其他杂七杂八费用，七八百万便能矗起一个像模像样的工厂，有了这个厂，自己的生意再也不用像无根的浮萍，飘来飘去，有一种脚踏实地的夯实感。至于二十年后，整个投资资产翻了十几倍，实在也是当初的陈玉兰所意想不到的。

算来算去，算到后来，让她挠头的是，让谁来管理基建直至建成后管理工厂的生产？

在小老板的热情招待下，陈玉兰在镇上吃了晚饭，然后匆匆告别，连夜驱车返回上海。

几次三番想到了那个人，以他的智力和能力，管理好这一块绰绰有余，可是为什么一想到他心就像被人紧捏着一样透不过气来？离婚后，他们之间没有通过一个电话，两人太忙了？是，也不是。实在说不清楚。

陈玉兰不知道他生意是不是一如既往做得风生水起，还有他与那个小沈真的有共同语言吗？会过得下去吗？如果他在的话，肯定会支持自己的想法，他是一个精明的生意人，不会看不到这其中蕴含着的巨大商机，她记得他曾说过的豪言壮语，它们至今还在她耳边响着，成为她永远向前的动力，他现在在干什么呢……当夜深人静的时候，当褪下"女强人"的面具后，她突然觉得自己好无助。

陈玉兰摸出电话，拨出一串熟悉的数字……

86

电话没有打通，对方关机。陈玉兰又拨了唐平的电话，儿子告诉她，自己还在内地，不知道父亲的下落，不过儿子说，父亲可能到澳门散心去了，也就几天时间，让她不要担心。

唐平随后拨打了父亲电话，果然关机。接着联系上彭福来，问他自己父亲进场玩了没有。彭福来接听电话后道："来了。"并没有正面回答他的问题，只是闪烁其词，"嗯……等你回来再跟你细讲嘞。"

唐平听了唐福来支支吾吾的话，心想，看起来老头子这次恐怕"老爷不灵"了，几十上百万是肯定要交代了，不过唐平见过太多的"杀猪"，估计此次老头子被斩断条尾巴，痛一阵子也就好了，因此并没把此事真正放在心上。

上帝欲让人灭亡，必要先使其疯狂。唐万军从赌场借到 2000 万港币高利贷后，迫不及待地投入进赌局中，下注越下越猛，胆子愈来愈大，动不动翻人家底牌，一冲动就跟进，脑一热就梭哈，完全是一个杀红了眼的赌徒。

殊不知，赌钱最忌的正是这种疯子一样的状态，对手只要掌握他这种心态，就好比扯着吊在皮影上的几根线，要你怎么走，你就怎么走，要你趴下，你永远不可能站起来。

此刻的唐万军就个疯子，越输越想翻本，越想翻本越输，循环往复，直至成了一个无解的结。

不到 10 天，2000 万筹码一文不少全都易主。

唐万军丢盔弃甲，失魂落魄，跌跌撞撞，恍恍惚惚离开赌桌，只觉得口干舌燥，浑身无力，心浮气短，正想着去吃点东西，旁边一左一右两个彪形大汉夹住了他。

"你们要干什么？"唐万军有气无力地责问两人。

"不干什么，请唐先生把借账还了。"其中一个方脸大汉低沉着嗓门说，如一阵闷雷从头顶滚过。

"急什么？又不会少你们一分！"这几年做生意一直顺风顺水的唐万军几时受到过这种虎落平阳被犬欺的待遇，不禁强打精神喝道。

"请唐先生跟我们坤哥解释去。"方脸大汉面无表情，机械地说。

唐万军无奈，只得跟着两人去见他们口中的坤哥。

钱庄坤哥四十来岁，中等身材，有些半秃，鼻梁上架一副金丝眼镜，两只小眼炯炯有神，直视起来两道目光有些逼人。

唐万军到底也是阅人无数，并不惧怕坤老板的目光，对坤哥忿忿不平地叫道："你们这是什么意思？弄得好像我要赖账一样。"

"唐先生雷误会咯，我们知道唐先生财大气粗，不会太在乎这点小钱咯，不过我们钱庄有规矩，不管雷借多少钱，账目要清楚，雷借的账于今已经超过十天，根据双方签订的合同，本金加利上利，雷已经欠本庄 3270 万元港币，雷是今天还，还是什么时候还，确定个日子，以利我庄正确计算利息。"坤老板一副公事公办的腔调。

"什么？"唐万军着实被吓了一大跳，下巴似被人猛揍一拳脱了臼一般，再也合不上去。

"这是雷亲笔签字的借贷合同复印本，雷自己再好好看看咯。"坤哥摸出几张纸，递给唐万军，上面的签名十分潦草，匆匆而就，可见当时他急于借贷的迫切心情。

唐万军接过合同，扫了一下日利率，百分之五！也就是说，2000 万借 10 天，不算利滚利，利息也要 1000 万，自己那天竟然没看一眼！"这是明目张胆杀人呃！"唐万军咬牙切齿吐出一句。

"非也。"坤哥摸出一根烟点燃，又摸出一根递给唐万军。

唐万军愤而不接。

"唐老板，此乃'周瑜打黄盖，一个愿打，一个愿挨'，怪不得人咯，假如雷赢了，雷就不会这么说咯，这只能说明雷手气实在吭爽。再说，也就是雷唐老板，一般客人要想借贷这般数量资金，想也吭想！"坤哥一只手两指夹着香烟吞吐云雾，一只手往上推了推鼻梁上的金丝眼镜，前额脑门犹如上了几遍清漆，闪闪发光，似笑非笑地说道。

"那再过十天半月，莫非我唐万军全部家当都要奉上？"唐万军冷笑连连。

"一般说来就是如你所说，只是唐老板是我们场内职员的家属，有优待条文：在取款还账期间，暂停产生利息，像唐老板如此之大数的款项，几天时间省下的钱款何止几百万？所以从这个人性化层面讲来，唐老板可是大大赢了一笔咯。"

"如此说来，我倒是占了大便宜。"唐万军怪声怪气地接道。

"这点唐老板自己知道就好，唔系细讲咯。"坤哥眨了几下小眼睛，嘴角牵动一下，皮笑肉不笑。

静场了片刻，唐万军慢慢冷静下来，想这坤哥说话还算是在点子上，对呢，赢了就是爷，谁输谁便是孙子，都怪老子运气也铁背！

"再借我 2000 万港币。一直背，老子还真不信了！"唐万军胸中一股闷气上堵下阻，无处发泄，直冲脑门，忽然开口道。

金丝眼镜片后一双小眼射出一股精芒，从头到脚重新打量了一下眼前这位"豪气冲天"的唐老板，"嘿嘿"一笑，说道："唐老板真乃英雄好汉，不过我庄的规矩是'前清后借',雷第一笔借款还未还上一分,这第二笔当然是咹想咯。"

"先借我,我叫家中汇款,两笔账一并清了。"唐万军仍想翻本,想也不想,对坤哥脱口而出。

"咦？听唐老板此言,莫非雷对澳门为什么会有这么多钱庄不甚了解咯？难道雷忘了内地严禁两地大额资金往来？雷是真忘了还是假忘咯？"坤哥眼中又是精光一闪,笑眯眯道。

坤哥一问,唐万军总算清醒过来,自己这次带来的款子还是彭福来帮忙运作过来的,一时便沉默无语。

"这次不好意思咯,少不得让他跟唐老板回家一趟,把前账清了,再欢迎唐老板来玩个痛快。"坤哥指了指方脸大汉对唐万军道。

"我不去呢？"唐万军心中顿时十分不快,这分明是一出"发配沧州"呢！

"那可由不得唐老板咯,道上的规矩还是要遵守的好,要是人冇了,钱财还有鸟用？"坤哥两条淡眉往上挺了挺,隐隐地威胁道。

赌的时候,人处在极端亢奋巅峰期,满脑子输了想翻本,赢了还想赢,心无旁骛,一门心思,这时如果天塌了下来,也不会有人逃跑。然最痛苦的还是还赌债,还得出钱的还好,还不出钱的只能……如果贱命能抵债的话。高利贷的刀子戳在心头的伤口尚在滴血,现在你还要在我的脸皮上再划上几刀,这叫一向自傲的阿军如何接受得了？

"我自己回去。账,我会写欠条,一分也不会少你们的。"唐万军涨红着脸愤愤道。

"让他陪雷去,路上能够保证雷的安全咯。"坤哥努努嘴,阴恻恻地说道。

唐万军开始闭嘴,知道此刻说什么也无用,谁叫自己手发痒？谁叫自己欠人钱,欠人钱的就是人家重孙子！

"唐老板,你们两个的机票已经订好了,明天上午九点,八点钟我会派人送你们去机场咯,唐老板雷放心,这次回去的费用由我负担,事情早了结大家早安心,雷讲系不系？"坤哥摸了一把光亮的额头,又掏出两根烟,自己嘴里叼了一根,一根递给唐万军。

这次唐万军没有拒绝,接过点燃,狠狠地吸了一口。本意是来玩玩散散心、解解闷的,如今倒好,千金散尽不说,反弄得像个囚犯,要由解差押解回家,这口气,实在咽不下去。

这许多钱，要说不心痛绝对是假的，这是起早贪黑，累死累活，酷暑严寒，风里雨里，精打细算一分一分积聚下来的，光粗算死亡脑细胞也得上百亿。短短的十来天里，一下子把差不多一生的血汗钱拱手送人，换谁也一时解不开这个心结。回到成都，又该怎么向沈穹曳交代这笔巨款的用处？又该怎么向她解释？还有阿兰会怎么看自己？自己怎么还有脸上她那儿去？

唐万军哪唐万军，你怎么总是这个泥坑还未完全拔出脚，另一只脚却又踩进另一个泥坑。

在去往机场的路上，方脸大汉喉头像滚过一声闷雷，轰隆隆，让唐万军把手机关了，直到回家付清欠账，这期间不许开机。

现在你是爷，我不得不听你的。唐万军虽愤愤不平，但欠钱的永远矮三分，自己无话可说，只得照办。

陈玉兰晚上打电话来时，唐万军还开不了机。

87

机票买的是澳门到上海，上海再转机飞往成都。到了成都双流机场，再乘坐机场大巴至预订的金牛大饭店已是晚上。一路上，方脸大汉始终阴沉着脸，没有和唐万军说过哪怕一个字，唐万军自然也懒得去理睬他，反正你要跟着就跟着。

一夜无语。

其实，唐万军可以动用的流动资金也就3000万左右，上次已动用过500万，这次一下要取3000多万还真没有，于是他央求方脸大汉宽限个十天半月，等他销掉一些货物后凑齐给他。

方脸大汉不说话，只是不停地磨牙，"吱咯吱，吱咯吱"，好似两片碎缸片在尖锐地相互摩擦，十分刺耳，使人心里有一股说不出来的难受。

唐万军无计可施，只得先与方脸大汉去银行往他提供的账户上转了2500万，尔后让他同意他给前妻打电话。

今天陈玉兰难得睡了个懒觉，正在梳洗时，忽然接到唐万军要向她借款800万还赌债时，犹如当头一个晴天霹雳，惊得刷了一半牙的她目瞪口呆，震立当场。

什么？一年不到，他居然堕落到了这般田地！怪不得打他电话关机，这种情况以前从来也没有发生过，也许是他失去了自由？

陈玉兰的心忽觉被一只手掌用力捏紧欲炸裂般的疼痛。这个曾经让她又爱又恨的男人，这个精明能干却又胆小懦弱的男人，这个拆了烂污却不知如何擦屁股的男人，这个冤家，这个对头，离婚了，却像是从没有离过，此人已是她女之夫了，却仍像是自己的丈夫，重视他关切他，为什么？为什么会有这种说不清的念头？为什么会有这种道不明的想法？

虽说当下正是各方面都需要资金的阶段，但要挤出 800 万还是可以的，不过陈玉兰要问清楚，这一次，他到底怎么了？"马上要吗？"问话已到嘴边，却猛地转了个向，她实在弄不懂自己为什么会这样问。

"最好马上汇，那边的人跟在身边，具体情况我来上海跟你细说。"唐万军不堪重压、粗重疲乏的呼吸从电话这头传到那头，陈玉兰听得脸沉如水。

"好，你等一个小时，我让人去办。"收起电话，陈玉兰立即通知陈玉梅，让她给成都账上汇 800 万。

"阿兰，眼下正是用钱之时，能否少汇一些？"虽说陈玉梅不知道妹妹为何要往成都汇这笔巨款，按理那边要进货，应该打款过来才是，但她也不好细问，于是便提出自己的看法。

"那边有急用，给他汇去吧，我们自己就让阿菊各商场多去催催，尽量让他们按合同尽快结算，估计不会有问题。"陈玉兰双手掌不断揉搓太阳穴，弄乱了两鬓头发。现在这个样子，简直就是一个傻子，望着镜中已经不再生动的脸庞，陈玉兰在心中鄙视自己，真傻！全方位的傻，无论是眼前的形象，还是付诸的行动，为了一个不值得再爱的人，为了一个背叛自己的人。

"谢谢唐老板的配合。"从银行出来，方脸大汉第一次说了一句闷雷一般完整的话，然后取出借贷合同还给唐万军。

唐万军接过了合同，用打火机点燃，怔怔地看着白纸黑字迅速化为灰烬。

"唐老板回见，欢迎雷再来澳门。"方脸大汉此次任务圆满完成，就此告辞而去。

"雷雷雷，雷你个头！"唐万军狠狠地剜了一眼渐渐远去的背影，颓然地坐在银行门口的长条阶石上，双眼紧闭，双手插进蓬乱浓密的发，抱着头一动不动，宛如银行门口的一尊雕塑。

良久良久，唐万军才木然地起身往家中走去。

沈穹曳正在家中忙着煮中饭，儿子大概吃饱了奶，正在客厅的摇篮中熟睡。

当唐万军悄无声息地开门关门，然后仰身倒在客厅沙发上，双手捂脸，脑中一片空白地发呆时，沈穹曳才发现他。

"咦——你回来了？一声也不响，吓我一跳。"沈穹曳双手住围巾上擦了擦，走过来在他身边坐下，不满地说。

唐万军没有回答。

沈穹曳把他的双手用力从脸上扳开，忽然看到他的眼睛发红，好像流过泪一样，她还不曾看到过他这个样子，便关心地问道："怎么啦？"

唐万军很想抱住她大哭一场，这股怨气憋在心里实在太久了，他太需要一个发泄口，一条渠道，痛痛快快，淋漓尽致地把这股浊气宣泄出去。但是，他没有抱住她，也没有大哭，她不是阿兰，她不会懂自己的心，她不是，最终他也没有动作。

唐万军抬起头，朝她苦笑笑，说："没什么，输了点钱而已，心情不好。"

沈穹曳便没有放在心上，开导他说："算了，输了就输了，只当上次没赢，还给他们就是了。"她知道他上次赢了四五十万。寻常人家眼里，四五十万绝对是个恐怖的数字。

"吃饭吧，一个人吃烧得少了，吃完了晚上再烧过。"沈穹曳盛好饭，端菜上桌，招呼他。

"吃不下，你吃吧。"唐万军头晕目眩，干脆往沙发上一横，说道，"我要睡一会儿。"

"军哥，起来陪我一起吃嘛。"沈穹曳去拉他，撒着娇，使出她的撒手锏。

"走开！"唐万军吼了一嗓子，一甩胳膊，把自己也吓了一跳。

沈穹曳一个趔趄，差一点摔倒，随即惊恐地看向他，呆呆地，她并不认为自己做错了什么。孩子惊醒了，哇哇大哭。她把孩子抱起来，一边哄着，一边流下了委屈的泪水。

看到沈穹曳抱起孩子，唐万军的心情又差到了极点。这个女人看似脾气很好，天性善良，忍辱负重，任劳任怨，仿佛集全天下中国妇女的优良传统于一身，可是不知为什么，在一起生活了五六年，他摸透了她的身，却好像一点也摸不透她的心，就像这次的冷不丁要坚持生下孩子，从这一件事看去，如果你还以为她是一个天真简单的小姑娘，那你可就大错特错了。心中有了这些念头，他的心情怎么可能好得起来。

到底是孩子的父亲，唐万军看到孩子哭个不停，走过去从她手里接过孩子，说："你先吃吧，我来哄他一会儿。"

也奇怪，孩子到了他手里，还没逗他，居然破涕为笑了。

"我想明天去派出所把他的名字改了，把临时起的唐生名字改成唐安，真是脑子坏掉了，怎么会取一个孙悟空师父的名字？"

"噗!"泪痕未干的沈穹曳差点把刚扒拉进嘴里的第一口饭喷了出来。

"小沈，对不起，输了钱，心思糟糕透了。"唐万军向她道歉。

"输了多少？"沈穹曳原谅了他，但从他的神色、语气中隐隐觉得他这次的钱输得可能比较多，于是有些紧张地问。

"成都的半壁江山哪。"唐万军犹豫了一下，还是把实情告诉了她。

"军哥，你……"沈穹曳一震动，把筷子都弄到地下去了。

一霎时，沈穹曳心痛欲绝。以前他是老板她是打工者，他输多输少根本不关她事，可问题是现在她身份地位变了呀，这分分角角里面，也有着她没日没夜、废寝忘食的辛劳，虽说一直以来生意顺风顺水，但挣的每一张钱里，无不饱含着两个人的无数心血。如今倒好，辛辛苦苦日积月累把这些钱像捡狗屎一样一坨坨捡来，冷不丁一下子全去肥了别人的田……心里一瞬间开始滴血。

"阿军……你怎么可以这样？这份家产中，也有我和儿子的一份，你迟早把它们败光了，叫我们娘俩怎么办？"沈穹曳突然像一只被激怒了的雌狮，连称呼也变了，张牙舞爪，张开血盆大口咆哮。虽然她没有掌握成都的经济大权，但是对账目和家底还是了如指掌，一下子被他败掉了近半资产，怎不叫她暴跳如雷？

唐万军第一次看到她如此愤怒的样子，这还是那个看起来文文弱弱，乖乖巧巧，唯唯诺诺，一直围着以自己为中心转圈的小姑娘吗？在她的歇斯底里中，他一刹那蒙圈了，睁大眼睛定定地锁住她因愤怒而变得扭曲的五官，心中闪过一个念头：和她大吵一架，大打一场，然后，和她离婚！

孩子被母亲的吼叫吓着了，哇哇大哭。唐万军看一眼孩子，忍了忍，还是忍住了，把孩子放进房间里的小床上，一声不响就要开门出去。

"你要到哪里？"沈穹曳发泄过后，意识到自己有些失态，连忙噔噔地跑过来要拉他。他没有回答，"嘭"的一声关上门，匆匆下楼而去。

88

唐万军漫无目的地走了开去，穿过拥挤的春熙路，来到了天府路，这才开始觉得有些肚子饿，便找了家张老二凉粉店吃了一碗凉粉，然后又沿着天府路往前走去。

正踽踽独行间，路边一家叫卖服装的商店里传出的一阵吆喝声让他一阵心惊肉跳："来来来……处理了处理了，名牌君子·兰毛衣处理了！"唐万军连忙进店仔细一看，这些所谓名牌"君子·兰"的毛衣一看就是假冒伪劣货，做工粗糙，手感僵硬，十件毛衣里有一半的两只袖子都长短不齐，见他在看毛衣，营业员一上来就热情地说了个价格，连他店里的一半都不到。

唐万军摇摇头，苦笑笑，假货都卖到自己眼皮底下了，可见卖假货的胆大妄为到了什么程度！怪不得近段时间来店里零售和批发的人少了许多，营业额与去年同期相比下降了两三成，原来如此！假冒伪劣猖獗得令人发指，可是，又有什么办法呢？市工商局也已经多次去备案了，接到举报，他们就去店里转一圈，却一件假冒的都没找到，但他们前脚刚走，后脚店中又开卖了，用脚后跟猜猜也能猜出其中的猫腻，除非国家出重拳打击，否则，个人的力量实在是太微弱了。与纸板做的皮鞋冒充牛皮鞋比起来，针织毛衣这一块还算是好的了，至少遇水不会溶化掉。事情就这样一次次不了了之。

唐万军只觉头脑发胀，心想眼不见为净，便逃也似的逃出毛衣店。他有点累，精神和身体上都有。在路边一条小石凳上，他坐了下来，摸出烟盒，狠狠地接连抽了两根，这才感到整个人稍稍舒畅些。

手机铃声响起，是沈穹曳打来的，口气好了许多："军哥，回来吧，饭总归要吃的，原谅我刚才的态度。"

"你让我一个人走走，清静一下。你没错，用不着原谅，是我咎由自取，等一下我会回去的。"他身心疲乏地对着电话那头自嘲道。

唐万军起身，朝着不远处一家临河茶馆走去，想着泡上一壶酽茶，放松一下。这时电话铃声又响了，正准备摁掉，一看来电显示，上海的，赶忙接通："阿兰……我……"手捏电话，想说，却又无从说起。

是啊，事情摆在那里，有什么可说的，又有什么可说的。

沉默片刻，陈玉兰开口道："阿军，别说了，知道就好。"随即话头一转问道："你什么时候来上海？有件事想跟你商量商量。"

"你的事就是我的事，你说。"唐万军很干脆地说。

她有事，他义不容辞，无论从哪个角度来讲。

"是这样的，我在濮院新建的工业园区内购了块土块，想建个工厂，投资些自动设备，自己生产一部分新款毛衣，这样可以避免一个新款自家还未上市，市场上早已遍地开花的可怕局面，至少不至于让别人牵着你的鼻子走。我思来想去，你有过这方面的经验，筹备建厂的那个人，还非你莫属。"陈玉兰说道。

"好，我去！"唐万军毫不犹豫地答应道。

"你先别忙着答应，这事牵涉的面太多，关乎你们的生意，关乎你们一家，关乎你们的未来。现在不是你一个人，你必须要去商量，认真考虑清楚，处理好这些事情后再回答我不迟。另外，工厂就当是我们各百分之五十的股份合作，我投资前期费用，包括土地、设备等等一切，你就算技术入股，管理基建期间你的一切报酬都计入股份里面，一直到投入生产，你有什么好的方案可以提出来，没有意见的话，我们见面后签一张协议合同，公事公办，因为现在不是只有你我两人。"

陈玉兰说完这些话，只觉喉头有什么东西塞住了，停顿了一下，才继续说道："我等你回音。"

"这边的生意她一个人应付绰绰有余，只要我在那边给她发货就行，我可以建厂发货两不误，这点小事还难不倒我。"唐万军好像突然注入了一针强心剂，他刚才还满脑子的颓废一瞬间不翼而飞，想也不想马上就回道，"不过，至于股份……你吃大亏了，况且……我还欠你这许多钱。"当听到陈玉兰要给他一半股份时，他有很多很多话要说，可是，却又不知从何说起。

电话那头，陈玉兰闻听，幽幽地说道："阿军，这些本来应该是你的……"略一沉吟，她又说，"我告诉你啊，你千万千万要把此事处理好，常言道，'家中无小事'，家里的任何事情，你都要全盘考虑周到才好，否则，后患无穷，'荷箬叶包老菱——里戳出'，你总知道的。"她说了一句上海俚语，告诫唐万军。

"我知道的，你放心，我会安排好这里的一切的，然后我来上海。"

唐万军收起电话，心情蓦然好了起来，他要马上回家跟沈穹曳讲清楚，为了救赎自己，为了赚钱，为了弥补巨大的亏空，任何一条理由，相信她都不会拖住自己。从这几年在成都协同作战的生意场上，沈穹曳在他的眼中早已是一个精明强干的做生意好手，赚钱的本领比起自己来有过之而无不及，没有自己坐镇，她一样会把生意做得风生水起，这也是他能够和她走到今天的重要的一条。

陈玉兰一通电话，打消了唐万军想喝酽茶的念头，他返身往回走去。

回到家中，儿子已经睡着，沈穹曳正坐在沙发上等他。"回来啦？我去把饭菜热一下。"说着，她起身就要往厨房间走去。

"不用了，我在外面已经吃过一碗凉粉了。"唐万军一屁股坐在沙发中，拉住她的衣服，问道，"我们还有多少库存？"

"嗯，1600万左右吧。"沈穹曳没有思索，一下报出一个大概数字，看得出她对自家的财产很用心，了然于胸。

“从明天开始，所有去年的款式统统降价处理，而且力度要大，争取尽快回笼资金，今年我们要缩小一下规模，多做精品，不能像毛衣刚开始那样贪大求全，把大量资金搁在货物上，如今成都的市场慢慢地在成熟起来，老百姓也在有选择性地购衣，我们再不能贪量，‘贪多嚼不烂’。”唐万军一本正经地在她面前分析。

沈穹曳听着听着，看着他的眼中闪过一丝警惕的神情。

“你不要用这种眼光看我，我要离开成都至少一年或一年多时间，这里的一切全归你管，赚也好，亏也好，随你怎么经营，你一个人做主，我把账目全部交代你，其实也不用交给你，因为这些账目都是你交给我的，你比我更清楚。”

“你要到哪里去？是不是要到兰姐那儿去？你想抛开我们娘俩不管吗？”沈穹曳顿觉一阵醋意上涌，双目虎视眈眈地逼视着他。

“说的什么话……对，是她叫我去，叫我去负责建一个针织毛衣厂，合股的，她出钱，我出力。”唐万军索性把底兜了出来。

“那这里的生意怎么办？”沈穹曳的调门随即也高了起来，眼看又要上火。

“你听我说，我走的一年半载里，生意你像以前一样做，要货的话给我打电话，我会给你发过来的，还有那个营业员小邓，我观察了她很长时间，能干靠得住，有些事你可以放心让她去干，另外把她的工资提一提，相信她会是你的得力助手。”略顿一下，又道，“孩子去请一个好一点的保姆照顾吧，否则既要做生意又要带孩子太累了。”

“假如我不让你去呢？”沈穹曳瞪眼盯着他，咄咄逼人。

“好了，不要闹了，我又不是一去不回了？我会常回成都来看你和孩子，再说，这么大一个生意摊子，我可能不关心吗？”唐万军火气上涌，不过很快把它按捺下去。

沈穹曳看出他心中的不快，眼珠子一转，上前拉住他胳膊，撒娇道：“军哥，人家这不是舍不得你走嘛，能不去不要去嘛。”

以前唐万军很吃她这一套，认为这是小女人的魅力，可是今天，他却感到头皮阵阵发麻，浑身竖起千万汗毛兵。他抽出胳膊，用手抚了抚她的发，故作柔情道：“乖，现在交通工具这么发达，要回来一趟十分方便，再说还有儿子在，要是我不来，一年工夫，他就不认识我这个老爸了。”

“那你就不怕我不认识你啦？”她开始噘嘴卖萌。

不认识我最好。他心想，嘴里却说："好啦，我们的目标只有一个——赚钱，一起好好努力吧。"

"赚钱赚钱……几年赚来的辛苦钱几天就去败光，你让我好恨呃！"沈穹曳紧捏粉拳，紧咬牙关，一刹那恨意滔天。

89

"不要多说了，你去银行留个印鉴吧，以后钱都归你管，放心了吧？我要走了。"

自从沈穹曳有了孩子后，唐万军发现自己越来越看不透她，就像今天，一会儿骂人，一会儿发嗲，就像江南的梅雨季，一忽儿下雨，一忽儿出太阳。唐万军哪唐万军，你这是自作自受！他诅咒着自己，一刻也不想在这个家里多待一分钟。他亲了亲儿子，没有留在家里吃晚饭，逃也似的出了门，直奔火车站而去。

到达上海，已是三天后的早晨。

下车前，唐万军已跟陈玉兰通过电话，说自己已经到上海，下车后到哪里见她。"到家里来吧。"陈玉兰被电话铃声吵醒，一看来电是他，睡眼迷蒙地回答了一句，继续假寐。

待得屋子里其他人都出门工作去了，陈玉兰才迅速起床，漱洗完毕，吃完了陈玉菊买来的早餐，一看时间，快一个小时了，估摸着他也快到了，于是便泡了杯龙井，热气腾腾，香气四溢。

刚做好这一切，门铃响了。打开门，那个熟悉的身影站在门外，手里拎着个包，面带笑容，只是脸庞瘦削了许多，嘴唇下巴上一圈密密硬硬的胡子茬，看上去让人感觉很苍老。

"阿兰……"隔着门槛，唐万军颤颤地叫了她一声，声音熟悉而又陌生。

"进来吧。"陈玉兰神色复杂地让他进屋，随后关上门。

"阿兰……我……"他嘴唇翕动，想说些什么，却又不知说些什么才好。

"什么也别说，先喝口水，等下我把事情跟你说一下。"陈玉兰阻止了他的欲言又止，把泡好的龙井递给他。

一时间，除了唐万军喝水的声音，屋内一片沉默。

"我在镇上买了两块土地，要办一个针织毛衣厂，自己生产新产品，这我在电话里已经跟你讲过了。以前手摇针织毛衣这一块，技术含量太低了，你投入成本好不容易搞几个新款式出来，不出一天，别人就偷享其成，一模一样地仿制，这样下去，自己生产的产品跟自己设计的产品进行竞争，真的是滑天下之大稽。想来这个问题你那边也肯定会遇到。"讲到这儿，陈玉兰抬起询问的目光看了他一眼。

唐万军深以为然："的确，这个问题相当严重，已经影响了成都两三成的销售，价格也逼得我们一降再降，再这样下去，这个生意能不能做好就另当别说了。这些现象正在给我们敲响警钟。"

"目前上海市区大商场零售这块这种现象暂未发生，主要得益于上海市场准入的门槛高，再说零售不比批发，消费者也不是个个是'冲头'，一件毛衣质量好不好，细心的人通过比较，还是能一眼看出来的。"

"还是你有眼光，当初打入上海市场绝对是正确的，中国之上海，相当于法国之巴黎。"

"所以，要想防患于未然，首先做好自身这一关是关键，我们不能左右市场上频频发生的这种盗窃行为，但至少可以扎紧自家的篱笆，阻止、延迟这种一个新产品自己还没开卖，市面上早已遍地开花的现象。"

陈玉兰一边思考一边说："工厂建成以后，我想进一批进口自动编织机，提升产品竞争力的同时，大大增加假冒、仿冒者的成本。这样，一个新产品上市以后，至少有一段时间自己可以做主一部分市场价格，待到后面跟风上来，我们又研发出新的产品投入市场，这样就可以永远走在别人前面。其实大量的假冒、仿冒产品的产生，从另一个角度讲，也有一个好处，就是倒逼着我们不断地去创新。这次叫你来跟你商量，实际上不仅仅是想让你筹备建厂，还想让你管理投产后厂里的一切。关于管理，我是毫无一点经验，所以想到了你这位大厂长，不好意思，让你抛家别子了。"最后一句话，闻起来似乎有点糖醋排骨的味道。

"阿兰，你的事就是我的事。"唐万军再次重申，"再说我有股份在内，从这个层面讲，也是我的事，更加义不容辞，管厂就管厂，这种规模的厂，别人来管，我还不大放心呢。成都的生意就让沈穹曳一个人去打理，她很能干，也做熟了，不用我多操心，我在这里，只要她一个电话，给她发货就是了。"

"那你也不关心关心你的老婆和孩子啊，他们如果需要你怎么办？我可不想你因为他们的原因半路上撂挑子。"话一出口，陈玉兰奇怪自己居然也会说出这种阴阳怪气的话来。

"不会的……你不知道……嗨，反正不会的！"一向说话不打咯噔的唐万军这次竟疙瘩起来，断断续续，不知说什么好。

"好了，这件事就这么定了，不说了。"陈玉兰说道，不经意间甩了甩发。

陈玉兰随意的一个动作，恰好落在唐万军的眼中，他心里顿时轻泛起一阵年轻时有过的那种莫名悸动。

"阿兰，你还是那么有韵味。"唐万军不由自主地赞叹道。

"是吗？怕是人老珠黄吧，哪有人家青春胴体有韵味。"陈玉兰意味深长地回答。

"我是真心的。"

"我也是真心的。"她噷鼻，反话正说。

其实陈玉兰知道他是真心的，只不过他的真心多了些，到处想要敞开胸怀留下真心罢了。

"阿兰，你终究是不肯原谅我。"唐万军不笨，自然听得出她话里的音脚。

这个世界终归诱惑太多了。

"不说这个了。"陈玉兰不愿再纠结在这早已过去的情感纠葛中，转换了话题，"我在浦东大道的蓝天大厦预购了整个第9层楼面，将近1500平方米，准备作为君子·兰的总部，我的设想是，成立自己的公司，有了公司之后，才能算是在上海滩上初步立足，然后逐渐改变现有这种加工、代销经营模式，以公司企业形式，融进上海商圈，努力做到与上海滩上各个商场平起平坐，大家平等互惠互利，然后，争取慢慢地把生意做到欧洲去，做到美国去，去挣'欧夹里'（注：欧元）。你说，我的野心是不是有点大？"说完，她充满憧憬的大眼睛眨巴几下，犹似个卖萌的女孩。

唐万军听呆了，也看呆了，感到十分震撼！多年前，他记得自己也曾跟她说过此类豪言壮语，自己也曾豪情万丈过，也让她看自己的眼神如此蠢萌过，如今，蠢萌的她却走在了自己的前面，并且甩下了他不止八条街。亲耳听到这个曾对针织行业一懂也不懂的老婆——不，前妻，居然如此雄心勃勃！"刮目相看"这个词已经不能形容现在他对她的认知了，必须得更新"观念"一下这个"君子·兰"的掌门人。庆幸的是，她没有斩断缆绳彻底放弃他，相反，巨轮加粗缆绳依然拖着他这条小船一起前行，去迎接风浪，砥砺前行。

认真思考了一下她的计划，唐万军的心潮也瞬间澎湃起来，在国家改革开放的大好形势下，只要紧紧把握住时代跳动的脉搏，放开胆子去搏击，还有什么事不能成功的！"阿兰，佩服，真心佩服！"他在她面前更是有一种自叹不如之感，情不自禁说出了心里话。

"少给我'真心真心'的，你的心有多真，你自己最清楚。"陈玉兰别过脸，不睬他。

"阿兰……"唐万军欲言又止，想去拉她的手，却又不敢。

"好了，不要多想了，等你回去找个建筑公司，造个预算出来，尽快开工建设，时间不等人。要钱就去找大姐，她现在是财务总管了，领导着三个大学生会计、出纳、统计，厉害得不得了。"

陈玉兰抄了个电话号码给唐万军："这是大姐的电话，暂时租住在浦东大道一幢民宅中办公，你去找她好了。另外你在那边建厂时产生的一切费用，也找她报销。"

"报销？我怎么好像又回到了公家时代？"唐万军有一种怪怪的感觉，因此怪怪的开了句玩笑。

"少来！我们是一个团体，当然也可以称公家，公家就得公事公办，我也一样。"陈玉兰说道，一脸认真。

唐万军还想说什么，门外响起了钥匙旋转开门声，两人的目光不约而同望向大门。

是陈玉菊和念沪回来了。陈玉菊看见唐万军，怔了怔，马上黑着个脸别过身子，理都不理他。

念沪愣了愣后，马上猜到他是谁，上前脆生生叫了声："二姨父。"

"这是大姐玉梅的女儿，叫念沪。"陈玉兰见唐万军诧异，上前介绍。又问念沪："你怎么会认识你二姨父？"

"唐平哥长得很像二姨父。"念沪苹果般通红的脸上露出一排白牙，朗声回答。

90

陈玉兰笑着看看陈玉菊，莞尔一笑道："怎么？不给我面子呢是吧？这么长时间不见，既然见面了，手总要握一个的吧。"

念沪不明所以，在一旁傻愣。

"哼……"陈玉菊重重哼了一声，转身给了唐万军一个后背。

"好了好了，小妹，过去的事情就让他过去吧，谁还没有个年轻的时候啊？"陈玉兰把小妹的肩膀扳过来，像小时候一样，顺手刮了她一下鼻子。

"姐……不睬你了。"陈玉菊跺脚道。

"小妹。"唐万军适时伸出右手，表示诚意。

陈玉菊又是一声轻哼，手却是伸了出去，触碰了他的手一下立即缩回，像是火烫到了一般，脸上的酒窝却是在渐渐变深。

"这就对了，今后我们要在一起共同奋斗，如果一见面老是一个牛头一个马头，互不待见，这还怎么做生意。"陈玉兰恰到好处地说笑一下，令得陈玉菊再也绷不住脸，"哧"的一声，笑意洋溢开来，恰似一朵待放的秋菊。

笑点很低的念沪自然也是莫名其妙地跟着傻笑。

陈玉兰心情轻松，说道："来，我向大家介绍一下。唐万军，即将成立的君子·兰生产基地总负责人。陈玉菊，君子·兰上海地区营销总监。陈念沪，君子·兰上海地区营销部主任。"她环顾了一下身边的几个人，笑道，"这几个职称你们可满意？你们可以根据业务需要，自行招聘有学历，懂业务，热爱这行工作的年轻人充实扩大我们君子·兰的队伍，组成自己的小团队，为了一个共同目标，努力做大做强我们的事业。"

唐万军他们听了，好比炎炎夏日喝下几口冰爽凉水，顿觉身心无比通透、舒泰。

"姐，你说话算话，封'官'可是要发一张红头文件下来的哦。"

陈玉菊半开玩笑半认真地说。念沪只是捂着嘴偷偷地乐。唐万军则在一旁捧腹。

"笑什么？等公司成立，一切都得正规起来，任命书当然不会缺，最主要的，你们的收入一定会水涨船高。"陈玉兰一脸严肃地说。

"好！"念沪第一个拍手叫好。

然后是陈玉菊，她拍了两下停住，凝视着这个二姐。如今这个二姐，身上居然真的在散发出一股淡淡的掌门人的威压，因此一瞬间，她有理由相信，掌门人说的这一切距离他们已经不远了。

唐万军则用深思的眼光扫描着陈玉兰丰富的面部表情，感受着她浑身散发出来的高贵气质，从她坚定的目光中透露出来的信心告诉他，假以时日，任你是谁，再也不能小瞧她！

"你们三个人看着我干什么？我脸上又没有花！"陈玉兰说着用手摸了一把脸，又是逗得众人一阵大笑。

中饭后，唐万军说要去看看将来公司的地址，于是几个人兴致勃勃驱车来到浦东大道。高高的蓝天大厦已经完工，正在架装外墙大理石贴面，整幢建筑被围网围得严严实实，抬头望去，隐隐可见围网里边的建筑工人师傅正在像蚂蚁般忙忙碌碌。仰望大厦上空，随着湛蓝苍穹中几朵白云的缓缓飘浮，每个人都能感到地球在缓慢转动。人类的智慧正在无声地撬动自己居住的星球。大厦四周，一幢幢高楼正在拔地而起，整个浦东在大变样。

"这是证券中心大楼，这是经贸大厦，这是国际贸易中心，这是世界金融大厦……"陈玉兰指着周边的一幢幢完工的或在建的高楼大厦，就像一位主人领着客人参观自己的家，不厌其烦地介绍中透露着自豪。"浦东陆家嘴这块地方，要建设一个世界金融中心，不久，全世界的目光都将聚焦这里，我们的蓝天大厦，我们的君子·兰，与金融中心毗邻而居，是不是想想也有点那个？"她如数家珍，侃侃而谈，兴奋得像个小姑娘，就差手舞足蹈了。

"还有一个好消息。"陈玉兰又宣布道，"大姐和阿菊的两套房子也已装修好了，过几个月，你们可搬到新房子里去。另外，爸妈心里现在也在松动，等我再去劝他们几回，肯定能同意搬迁，到时我在他们旁边买套房，这样我们这个家也算是团聚在一起了，就像回到了童年的美好时光……"

陈玉菊抢过二姐的话头说："可惜现在不能生煤球炉子了，否则，你生炉子我煽火，煽得整幢楼里都是烟，把邻居们一个个像熏蚊子一样熏出门来。"

"你煽阴风点鬼火啊？"陈玉兰取笑她。

"你管点火的才是煽阴风点鬼火呢，'自来火'（注：火柴）两根三根地点！"陈玉菊反击。

看着她们姐妹俩像小孩一样互怼，唐万军也禁不住乐了起来，插嘴道："那我来上海住哪儿啊？"话一出口，自知失言，赶紧刹车，已经来不及了。

陈玉菊和念沪都有些奇怪地看看陈玉兰、唐万军，眼睛里顿时写满了问号。

"市里也好，浦东也好，你喜欢住哪里就住哪里，这有什么好问的。"陈玉兰轻轻地、淡淡地、若无其事地笑答，瞬间消除了陈玉菊与念沪上升的疑窦。

"对了，阿军，那边市里要搞城市扩建，我已收到通知，三个君子·兰门面都在拆迁范围之内，让我去签合同，是拿拆迁补偿款，还是以房换房。我想，那里是我们的根据地，好歹也是从那里白手起家的，都有感情了，虽说现在那边的生意一年不如一年，但每年的利润还是维持在两三百万的水平，三个门面房拿到的补偿款，充其量也就几十上百万，一个不小心还不到这个数。因此我想，宁可用这三个门面换同等面积、将要修建的中山大道上的沿街门面房，就是再贴点钱我也愿意，因为那是名副其实的'革命摇篮'哪。"

对于陈玉兰来说，一旦舍去这根据地，心理这关绝对难以通过。想到当初费尽心思拿下的这三个门面房，她恍若昨日，不胜唏嘘。

"你在那边有时间就经常去转转，那里的业务主要是一个叫阿秀的姑娘在全权负责，我只是不定期地去查看一下销售情况以及账目，几年生意下来，发现阿秀这个人还是靠得住的，拆迁过渡时期这段生意，你就在那边用心一下。"陈玉兰嘱咐唐万军。

"我会的，你放心吧。"唐万军认真地答道。

"姐，你们慢慢看，那边几个商场还有点事要处理，我们先走了。"

陈玉菊说了一声，与念沪一起优雅地向停车场走去。

"时间过得好快啊，一眨眼，我们这代人也快要退出历史舞台了。"凝视着念沪那道青春靓丽的背影，陈玉兰万分感慨地自言自语，"也不知平平这孩子现在怎么样。"

"阿平在那边业绩做得不错，老板很器重他。"唐万军说。

陈玉兰说："我不管他老板器重不器重，业绩如何，反正等他新鲜劲过了，你带出去的，一定要把他带回来，让他来上海学习做生意，将来君子·兰与外国人打交道，怎能少得了他们这批年轻人。对了，你在建厂的同时，新设备也要尽快进来，更要注意一下当地有文化有技术的年轻人才，不怕许以他们高薪，未雨绸缪，如此，工厂一建成就能立即投产，马上产生效益。外面不是一天到晚在喊'时间就是生命，速度就是金钱'吗？依我看，确实如此。"

唐万军在佩服得五体投地的同时，憋在心里的一句话对陈玉兰始终欲说未说，不知说什么才好，不知从何说起，不知该怎么说……

"你好像有心事？"陈玉兰上齿轻咬下唇，明知故问。

91

"阿兰……你看……复婚的事……"唐万军终于鼓起勇气，好不容易把这句话说了出来。

"哎，唐万军啊唐万军，让我怎么说你才好，这么聪明的一个人，往往在有些事情上搭筋，你说你现在那边的事还未了结，现在来跟我说这事，说了等于没说。再说你那边小孩还在哺乳期，就是你想，法律也不允许。况且，我不相信你们之间没有哪怕一丝丝感情，这么多年下来，一块石头也会被捂热，她还这么年轻，而你看看你，已是一个中年糟老头了，你又有什么本钱值得炫耀的？我们现在这样有如几十年朋友般的关系，这样互相尊重的生活，难道不值得我们珍惜吗？”

“不！”唐万军猛地抓住陈玉兰的手，紧紧不放。

陈玉兰欲抽出手来，但抽不出来。

“放开。”

“不放。”

“你想怎样？”

“不怎么样？”

陈玉兰不再挣扎，放松了的手掌在唐万军握住的手中变得柔柔软软。她把另一只手覆盖在他的手背上，好一阵，才叹了口气说道：“等过两年再看吧，等到那时，或许，你们会生活得很好；或许，我们的身心都已渐疲渐老，或许那时，我们彼此才不会给自己留下遗憾。”

凝视着陈玉兰深邃如星空般的大眼睛，唐万军竟惶惶然感到一阵自惭形秽，怎么会这样？怎么会有这样的念头升起？这是从来也没有过的事。

唐万军不由自主地把眼光从她脸上移开，再无胆量去与她对视。“好吧。”他放开了陈玉兰的手，无奈地说了句，“听你的。”

陈玉兰想给他一个笑容，却怎么也笑不出来。她跨前一步，轻拥了他一下，对他说：“别多想了，让我们共同把君子·兰做大做强好吗？”

“我会的！我的脑子再也不会让它短路了。”唐万军在说这几句话的同时，脑海中霎时如倒片机一样回放了很多很多……

陈玉兰望着这张共同生活了二十多年、现在却显得有些晦暗有些惆怅的脸，真诚地说：“在上海住几天吧，濮院过几天去也不迟，难得有空休息一下，放松放松吧，你睡我的房间，我与阿菊睡一间。”

唐万军打起精神说：“不必了，我马上回小镇，既然决定了的事，那还是早一点动工的好，你说的，‘时间就是金钱’……”

“这样啊，那现在我带你到大姐那儿去一趟，你们还没见过面吧？以后建厂需要的款项，你直接跟她联系，让她拨款就行，无须我签字批复，一些你自行垫付的款子——再说一遍，你可找她报销。另外，给你配辆车，今后你来去上海也省事，那边有个事要走一步也方便。”陈玉兰显示出女强人的果断。

“反正我已经说过了听你的，你说怎样就怎样，我没意见。”

“驾照考出了吧？”

“没有，在那边考也行。”

"一切注意安全。"

距离陈玉梅办公的租住房很近，只有不到 1000 米，车子很快就到了。这是一套位于二楼的商品房，百十来平方米，两室一厅，简单地装修了一下，厅里放了三张大桌子，一下子把偌大个客厅挤得满满的。桌子上三台电脑前，两男一女三个年轻人正在聚精会神地计算、统计着各个表格上显示出来的数字。

"董事长好。"看到陈玉兰进来，几人站起身来招呼。

陈玉兰把手往下按了按，示意他们继续工作，然后带着唐万军朝一个房间走去。还没进门，陈玉梅已经听到外面的声音走了出来："阿兰，你来了。"与此同时，朝唐万军看了几眼。

"唐万军。"陈玉兰指着双方，互相介绍，"陈玉梅。"

"初次见面，妹夫好。"陈玉梅笑吟吟伸出手来。

"大姐好大姐好。"听到"妹夫"的称呼，唐万军略有些尴尬地朝陈玉兰快速扫了一眼，尔后连忙伸出手去握了握大姐的手。

"坐吧。"房间里有一张办公桌，一张三人沙发，陈玉梅边招呼边泡了两杯茶递给他们，同时欣喜地告诉陈玉兰，"上个季度的应收款还差 3 家商场，其余 33 家已全部季结，一个季度销售额将近一亿五千万，销售较快的男女各个品种、数量、颜色等正在统计中，毛利大约在百分之四十，具体也在计算中，还有两天，季度报表就能出来了。"

"阿菊她们的工作做得非常之出色，要知道，这么多的商场，这么大的摊子铺开，要想快速回笼资金，事无巨细，哪个方面不用打点，哪个方面不用操心？谈何容易，真是辛苦她们，一定要让她们增加、培训一些销售人才，减轻一些压力才好。"陈玉兰十分感慨地说。

唐万军听了陈玉梅的话，也是感到震撼，他知晓这种铺底销售方法，托销方本身那得要多么强大的经济实力，再加上销售中经常会遇到的各种突发事件，一般厂家或者公司能有几个有这种能力？

"能不能采取一种与商场联营或承包专柜，或者以参股的方式进行营销呢？"唐万军脑筋一转，对陈玉兰提出了自己的想法。

"这倒也是可行的办法，可以先试试看，不过我知道，这种营销方式牵涉到上上下下各个方面，要打的交道太多了，操作起来很麻烦的。"陈玉兰沉吟道。

"等我们的公司成立，我相信这种局面会慢慢改变的，只要我们的产品质量稳定，不断创新，持续努力做好自己，提升品牌，相信改变与上海各大商场的合作方式一定会水到渠成。"陈玉梅在旁边信心百倍地插嘴道。

"是啊是啊，大姐说得对，做好自身，提升品牌，这也是君子·兰日后走向世界的根本宗旨。"陈玉兰点了点头，呷了口水，继续说道，"这也是我想自己办厂的原因之一，你们想，一个新产品刚正规上柜开售，假冒产品在其他地方马上雨后春笋般遍地开花，严重影响商场的价格以及销量，用脚也想得出，售卖新款的商场头得有多大。有不少和我们一样的企业走上了'猫捉老鼠'的路，到头来还不是'赔了夫人又折兵'？得不偿失。好在国家马上要推出新的《商标法》，出台惩罚条款，想来虽不能全部，但总能震慑大部分不法厂商偷鸡摸狗的行为，还我们一个比较宽松的经商环境吧！"

听到这里，唐万军想起成都假冒的猖獗程度，接口道："上海还算好的，成都那儿简直是肆无忌惮，我那里的销量已经影响到了三成左右，真正的头痛。"

"阿军，这也正是我要你去管理工厂的另一个重要原因，只要我们根据市场需要不断更新产品，在生产到售卖这一段时间，新产品不泄露出去，打好这个时间差，我们还是能立于不败之地的。"陈玉兰颇有信心地说，"当然，主动出击也很重要，我已经聘请了一位专职律师，为我们君子·兰护航，打不打得尽假是个综合问题，而参不参与打假却是我们自己的态度问题，我们对这些消费者深恶痛绝的假冒伪劣产品虽不能完全动其根本，但至少也要叫它们感到痛。"

真是大有大的难处，一个企业要想做大做强，要操心的大大小小事情又何止这些。回顾君子·兰这些年一步一个脚印地走来，唐万军深深地叹息不已。

"哎……大姐，你看要不要让铁木也来上海，以后在公司里负责安保之类工作？"陈玉兰突然想起了什么，对自己硬生生拆散大姐一家心感内疚，想着让他们一家在上海重新开始生活。

"算了吧，他在那边自由自在惯了，到上海反而不舒服。这两年家里收入也增长了不少，没了我们两个吃口，他的担子也轻了，再说我也不定期地给他汇点钱去，把他给快活得……一天一顿酒。"陈玉梅说完，嫣然一笑。

"那好吧，随你。"想到那个"铁木"一样的姐夫，陈玉兰也差点笑出来。

"阿兰，大姐，我要走了，下次再见。"唐万军告辞。

"再见妹夫，你身上的担子不轻啊。"陈玉梅挥手向唐万军告别。

"姐姐说得对，你身上的担子很重，要辛苦你了。"陈玉兰望着他，轻声说道。

"我送你到车站。"陈玉兰拿起车钥匙,随即跟着唐万军出门去。

92

转眼三年时光匆匆溜过,新千年的第一缕阳光,穿过通透明亮的落地玻璃窗,毫不吝啬地洒进蓝天大厦第九层"君子·兰"临时布置的宽大会议室里,给屋内洁白的墙壁和崭新的桌椅涂上了一层纯金色。此时,整个屋内流光溢彩,熠熠生辉。

前台一张长条会议桌上,两盆两边各长了八张肥厚圆润的墨绿色的君子兰叶子,光亮莹泽,叶面上特有的西瓜皮格纹,彰显出它是东北产地的纯正品种,花蕊里,清晰可见一个嫩黄的花柄正在酝酿着抽剑。

今天陈玉兰天还未亮就起床了,早上八点三十分要开公司成立暨年拜会,梳洗完毕后,心里不知怎么想的,竟提前两个小时就驱车来到了公司。把凝视着君子兰的目光渐渐移到一尘不染的玻璃窗外,偌大的蓝天大厦已经被周围一幢幢错落有致的摩天大楼所重重包围,犹如一个身材苗条的青涩女孩,被一群阳光帅哥哥围宠着,略显得有些扭捏与不安。

天空上,一片无垠的深蓝,如同一台巨大的净化机,净化着天底下所有生灵的那颗极易躁动的心,使每个生命都变得空灵无比。朝下面望去,浦东大道上才刚刚结束昨夜的喧嚣,显得一派宁静。现在,沐浴在金辉下的这座城市尚在熟睡中。

陈玉兰今天穿了件君子·兰大红全羊毛半高领毛衣,一朵用水钻镶成的君子兰盛开在挺拔的右胸口,外穿一件黑色的两扣束腰职业西装,下面一条君子·兰纯羊毛紫罗兰长套裙,足蹬一双半高跟,秀发飘飘,神采奕奕,美丽、端庄、大方、得体。站在窗前,水钻折射出朝晖的七彩斑斓,落在鲜艳的大红色上,闪亮耀目,华丽无匹,疑似七仙女身披彩虹霓裳下凡,惊为天人。

桃之夭夭,灼灼其华。兰之熠熠,灿灿其心。此刻,陈玉兰整个人竟有些轻微颤抖。

上海,我终于来了!

八点一过,陈玉菊和念沪带着销售部的十几名员工第一批到,与陈玉兰招呼了一下,找了个前排位置坐下。接着,陈玉梅和财务部一行四人,以及三名新产品研发部代表也到了。随后,唐万军和厂里的六名中层干部和五名技术骨干也到了。

最后，匆匆进来一位平头穿西装的中年人和一位中等身材戴眼镜的长者，陈玉兰热情邀他们在前台落座。

八点三十分。"今天，是君子·兰服饰有限公司正式成立的第一天，我很高兴。全靠在座各位这些年的奋力打拼，才有了君子·兰的今天，在这里，我代表公司谢谢大家！"陈玉兰努力平息着起伏的心潮，笑意盎然来了个开场白，然后一个鞠躬，引得台下掌声哗哗一片，"今天，我们还荣幸地邀请到了浦东新区副区长、区工委主席扬启升先生，区长助理罗大勇先生来参加我公司的开业典礼，让我们用最热烈的掌声，欢迎领导讲话。"

陈玉兰带头鼓掌，台下一阵经久不息的掌声。

"同志们，朋友们……期盼我们的民营企业为上海的城市建设做出应有的贡献。"领导的 3000 字脱稿讲话，字字震聋，句句发聩，如珠玑般落在人们的心盘上，叮咚有声，引发台下一阵又一阵情不自禁地鼓掌。

可惜的是，领导太忙了，日理万机，讲话一结束就下楼走了，茶水都来不及喝上一口。真是人民的好领导啊。下面有人赞叹。

恭送走区领导，陈玉兰让陈玉菊上台讲几句。

陈玉菊今天打扮得清新脱俗，新剪的一头短发配上一身职业装，尽显朝气、干练、豁达，一点都看不出已是四十好几的人，红扑扑的左脸蛋上一个旋转酒窝依旧迷死人不偿命。"呃哼……"一上台前，陈玉菊故意模仿领导们的一声开场咳嗽，引来大家一阵哄笑。"我们销售部团队，1997 年，整个上海及周边地区共销售了 470 万件毛衣包括毛裤，销售金额是 5 亿 7000 万，1998 年有所回落，下降了二点八个百分点，而去年则大幅回涨至 500 万件，销售金额也终于冲破 6 亿大关，库存更是历年来最少，只有 1000 多万，这是君子·兰取得最好销售业绩的一年，这主要得益于君子·兰过硬的质量在消费者中形成的良好口碑，还有与国家大力发展经济以及鼓励消费的政策有关。因此，质量是公司生存的关键命脉，感谢严把生产、进货渠道质量关的唐万军厂长。"说完，陈玉菊瞄了一眼唐万军，发现他也正盯着她，连忙把视线转移到别处。

"谢谢，谢谢销售团队。"陈玉兰连声道谢。

这些数据，陈玉兰早就了然于心，再一次听到从陈玉菊嘴里如莲花般地吐出来，有如重嗅一遍那淡雅迷人的清香，身心说不尽的舒畅。

"我也来说几句。"陈玉梅按捺不住心潮起伏，举手表示自己也要上台发言。

陈玉兰含笑点头。

"谢谢大家。"陈玉梅一上台，一开口就感谢大家。的确，没有所有人的努力付出，就没有账面上那些漂亮的数字，"首先，我要跟大家说的，刚才销售部说的这些数据，都是实打实的，由于所有的资金都已经回笼，没有赊欠挂账，扣除原材料、生产加工、人工工资等全部成本，以及在完成了全年利税的情况下，公司的净利润仍有百分之三十八点五，这在竞争愈来愈激烈的针纺行业，特别在上海这座国际商业城市，君子·兰能稳稳占据一角之地，的确是个了不起的奇迹。这些数据，我原来建议董事长不要说出来，以免木秀于林，但董事长说，我们的每一分钱都挣得清清白白，理直气壮，我们也为建设祖国大厦出力了，有什么可遮遮掩掩的，她让我告诉大家，说我们所有团队都是一个大家庭。大家庭，就要把家底亮给大家知道，这是我们大家共同的骄傲，也是今后公司动力的源泉。既然这样，我建议董事长索性给我们君子·兰所有的员工发一个大大的红包，你们说怎么样？"陈玉梅说完，微笑着转头望向陈玉兰。

"哗哗哗……"热烈的掌声说明一切，这样的建议没有一个人会反对。

"好！答应你们，不止有大红包，还有其他惊喜要给你们。"陈玉兰当场爽快答应。

"董事长，什么惊喜？说来我们听听，不说我们晚上都睡不着觉了。"有人在下面兴奋地叫。

"董事长准备为公司每一位员工每年交付百分百养老金，以解决各位的后顾之忧。"陈玉梅浅笑着替陈玉兰说出了给大家的惊喜，"今后，还要考虑所有员工的住房福利。"

"哗哗哗……"掌声中，会场上的人都听出了每个人心中由衷地拥护和满意。

"当然，君子·兰有今天这样的成绩，我们的研发团队同样功不可没，下面请研发部顾部长讲几句。"陈玉兰笑吟吟地带头鼓掌。

"真是惭愧，我们研发部成立还没多少年，虽然也开发了十几个畅销产品，但还只是针对国内市场，远远不够，离君子·兰走向世界，走向国际市场，我们才只是起步，今后我们要多学习、借鉴世界先进设计理念，研发出不但属于我们民族，更属于世界的针纺产品，把我们民族的产品融入世界新潮流中去，只有这样，君子·兰才能走得更高更远。"

顾部长简简单单却充满傲气的几句话，想不到竟引发了台下的共鸣，一时间掌声雷动。

年轻人，有志向！陈玉兰在心中暗暗竖起大拇指。

"唐厂长，你不想说点什么吗？"陈玉兰收敛笑容，一本正经问唐万军。

"也好。"唐万军摸了一下今天特意刮得精光的下巴，走上台来。

唐万军在陈玉兰旁边一坐，下面立即有人窃窃私语："厂长与董事长，多般配的一对啊。"

"两人赤手空拳打江山，如今在上海打下这么大一片天地！"

"听说君子·兰在成都还有一方世界，真是不得了！"

"厉害了……"

唐万军怎么会听不到这些悄悄话，只是他装作没听到。他清了清嗓子，说："我们在濮院的工厂从建成到投产也有三年多了，这三年多来，我们一刻也不敢懈怠，因为在小镇上，就在我们身边，许许多多的民营、私营企业在不停地奋力追着你，踩着你的脚后跟赶着你。这个月厂房刚建好，下个月就有客户从新厂里装产品出去，那个速度，我们不称它为深圳速度，却把它称作小镇速度，理由是小镇速度比深圳速度要快得多。"他激动地站了起来，"被人在屁股后面撵着跑是什么感觉？不知在座的各位有没有过这种经历？我告诉你们，不好受，非常不好受！身后犹如有一条鞭子，随时随地在抽着你不得不跑步前进。所以，原来预计一年建好的工厂，我们只用了十个月就保质保量地建成并全部安装完新设备，当年投产并完成 10 万件的生产任务。这里面，有大家的功劳，今天旧话重提，我代表公司，再次感谢各位的辛苦付出。"说着，唐万军向他带来的 11 名中层干部、技术骨干双手抱拳作了个揖。

会议室里，掌声格外响亮。

"次年，我们完成了 110 万件的生产任务，以后两年逐年递增，去年更是在保证质量的基础上，超额完成了全年 150 万件的计划任务。当然，我们也沾了当地政府为了做强做大地方市场这块蛋糕，而对在镇上投资建厂减免三年税收的光。由于我们新设计的新产品是放在自己厂里生产，第一时间占领市场，在价格方面有充分的话语权，等到市场需求扩大时再放至协作生产厂家扩量生产，打了个时间差，至少卓有成效地扼制住了盗版仿冒等一系列头痛问题，为君子·兰的保驾护航起到了一定意义上的积极作用。同时，厂里供应公司的出厂价，我们也从中赚取了百分之十的薄利，用以维持工厂的一切正常开支。在建厂这一点上，董事长确实高瞻远瞩。"说完，唐万军侧头看了一眼陈玉兰。

"哄"的一声，会场上的人全都笑了。

"好了。"陈玉兰双手往下按了按，止住了大伙的哄笑，同时也止住了心湖中的涟漪，正色宣布，"今天，我们上海君子·兰针纺织品有限公司正式成立，希望在座各位在接下来的日子，同心同德，尽心尽力，让我们这棵小小的君子兰，尽快绽放到国际市场去，绽放到世界上去。"

这是君子·兰奋斗的目标，也是埋藏在陈玉兰心底的一颗即将破土的种子。心潮澎湃的短短几句结束语，她是从心底里一字一字读出来的。"今天的公司成立大会就到这里，各位努力吧，散会。"她最后宣布道。

"哎……慢，每人一张 100 元对面龙威大饭店的就餐券，总不能让你们空着肚子回去吧。"陈玉梅连忙喊住众人，示意出纳给大家分发餐券。

春天的阳光无私地倾泻在大地上，柔和而温馨。此刻，陈玉兰站在窗前，心中更是充满了暖意。

这些年一路坎坷走来，真的是不容易，好在，命运待自己不薄，总算赶上了一个好时代。

"阿兰，吃饭去吧。"陈玉梅走来，轻声的话语打断了她的遐思，转头看了看，玉梅、玉菊、念沪，还有他——阿军。

陈玉兰说："今天中午，我们一起去爸妈那里吃饭，他们搬来浦东快一年了，我们还没回家吃过一顿饭。今天，我来烧菜，姐煮饭，阿菊发煤球炉子……"

"二姐，你老糊涂了啊？现在上海哪还有发煤球炉的？"陈玉菊抢先怪叫起来。

"哈哈哈……"众人大笑起来。

大结局

01

知子莫如母。

正如陈玉兰预测的一样，经过这两年的来去奔波，随着年岁的增长，随着学会对各种人与事的思考，唐平对自己从事的这份工作已经逐渐感到厌倦。这份工作，说穿了相当肮脏灰色，拉着一个个要好的亲朋好友往泥坑里跳，虽说他们全都是有钱的主。但他们中有点理智的还好，个别管不住自己的，结局就比较惨了。

唐平不是冷血动物，每每看到他们捶胸顿足、寻死觅活的样子，他就觉得是自己害了他们，虽然自己一再劝说过他们要适可而止，以玩为目的，千万不要陷入其中，但是一到那个关键份上，又有几个人能有清醒的头脑？当然，也有小胜回营的将军，可是只要你继续进去，总有一天，你逃不了丢盔弃甲走麦城的下场。这，只是自己的一份过了保鲜期而越来越觉得苦闷的工作而已。

终于有一天，唐平在电话里告诉了母亲自己的烦恼，以及萌生退意的想法。作为母亲，陈玉兰真是巴不得儿子立马回来，要知道，君子·兰要走向世界，少不得年轻人来担当大任，而儿子是个极聪明之人，只要是他愿意干的事，学习上手很快。

"回来吧，帮帮妈，妈太累了呢。"陈玉兰在电话中特意示弱，对儿子说，她知道，儿子重情，他会答应的。

果然，电话那头沉吟了一阵，传过来一个"好"字。

儿子肯回来，陈玉兰由衷地感到欣慰。

"我们一起来的。"儿子告诉母亲。

"我们？还有谁？"陈玉兰疑惑。

"是我的女朋友，叫勤勤，香港人。"

"来吧来吧，儿子的女朋友，欢迎还来不及呢。"陈玉兰在想象那个未来的香港儿媳妇是个怎样的美人儿。一眨眼，这"小赤佬"（注：上海口语中的贬义词，此处用作对自家孩子的昵称）也长大了呢。

一个月后，唐平付了一笔违约金后，带着女朋友回到了上海。儿子高大，白皙，英俊，继承发扬光大了父母优点，如今，褪去了叛逆性格的他，显得文质彬彬，谦谦有礼，陈玉兰忍不住拉着儿子两条胳膊好一阵端详。

"妈，这是勤勤。"唐平见母亲只顾看自己，竟无视自己的女朋友，又重复介绍了一遍。

其实陈玉兰早就注意到了这个叫勤勤的女孩子，身材矮小，皮肤黝黑，脸上两块颧骨很高，头发黄黄的梳两根小辫，活脱脱一个菲律宾女孩。

她实在弄不懂儿子的眼力。

"妈，勤勤的爸爸是赛马场的老'包'（板），人家家里'好好叫'有钞票了。"唐平觉得，似乎只有这样介绍女朋友，才能抬高女朋友在母亲心目中的地位，顺便也抬高一下自己的魅力。

陈玉兰哭笑不得，只得放下儿子的胳膊，上前拉住勤勤的两只手，同样也是一阵问长问短。毕竟不管怎样，该到的礼数还是要到的。

"妈你不要小看勤勤，她是香港女子大学的高才生，英文说得比英国人还要英国人。"

听儿子这么说，陈玉兰好笑了，心说儿子呀儿子，你敢情是为女朋友介绍工作来了吗。"那你们两个今后就专门负责外贸这一块，与外国人打交道，去赚美元、赚英镑、赚法郎，多多益善。"既然如此，陈玉兰顺水推舟，安排了儿子两人今后要奋斗的目标。

正有此意！唐平"OK"了一声，瞟了一眼女朋友，发现勤勤正抿着嘴在偷笑，两条黄辫随着耸肩一跳一跳，像个正在跳橡皮筋的小女生。

爱情，男女的事，有时真的不能用常规思路去解读。

02

这些年，沈穹曳的确厉害。为了管住自家的一亩三分地，她可谓是"呕心沥血，鞠躬尽瘁"。男人真是绝情，拍拍屁股说走就走，扔下成都偌大个摊子。尽管让唐万军糟蹋掉了一半家产，但毕竟还有半壁江山在，眼见没人用心经营的话，几年的辛辛苦苦付出都将付诸东流，无奈，她只得一个人挑起这副沉重的担子。

沈穹曳给儿子请了个保姆，先把他照顾好，在她眼中，儿子是第一位的，其次才是做生意。好在这个重金聘请的比自己大不了几岁的保姆很能干，屋里屋外，买菜煮饭洗衣服搞卫生带孩子，外带星期日店里生意好得人手忙不过来时，还抱着孩子过来搭一把手，加上年纪差不多，有很多的共同语言，因此请到这样一个"管得宽"的保姆，沈穹曳是说不尽的满意。

成都的生意做得也算顺风顺水，经过这些年的苦心经营，"君子·兰"针织毛衣在当地早已是名声在外，虽说仿冒者层出不穷，但终归是不敢过于猖獗，还算动不了根本，所以每次只要唐万军那边的货一到，出不了十天半月，十成货物就能销售八九成，余下的货只要稍稍降点价，便能售空，屡试不爽，然后给唐万军汇款，计算利润，一天几趟跑银行，倒也忙得上趟厕所也要"急急奔"。

沈穹曳年纪轻，忙点累点无所谓，睡一觉马上又能上山打老虎。只是每每夜深人静，摸摸枕边，少了个自家男人在旁，蓬勃躁动的青春火焰无法适时得到滋润，时间一久，难免火星直冒，火气冲天，火山爆发。

唐万军常常在半夜里接到她气势汹汹的电话，听到的问话永远只有一个，什么时候回来？他的回答也永远只有一个：忙，实在太忙了！

女人拿男人毫无办法。这样的回答，其实也让女人忧心忡忡，疑虑深深，生怕如狼似虎年纪的男人借此冷淡了自己，更怕男人玩一出"黄桥兵变"，或者"旧火重燃"？你不来？我来！我"送货上门"总可以了吧。

沈穹曳火烧火燎，暂时搁下如火如荼的生意，坐飞机赶赴男人所在的小镇。

正如唐万军所说，他很忙，确实很忙。沈穹曳亲眼看见，可以用旋转的陀螺来形容。就连云雨时，都能感到男人的力不从心，以及过后的疲累。这在以往是很罕见的。就是正在沉睡的凌晨，都有人打进电话来询问工厂里、工地上的各种琐事。于是女人就心痛起男人来，千关照万关照男人，身体才是革命的本钱。

沈穹曳终于放心，回来后一心一意全身心扎在生意上，此事便也自然而然不去多想。谈不上日进斗金，却也差不了多少。

看着账面上不断增加的数字，沈穹曳彻底找到了慰藉。如今的她就像一位高傲的女皇，手握重金，举手投足间，颐指气使，主宰着成都生意场上的一切，接受着各色人等的朝拜，从前那个唯唯诺诺、勤勤恳恳、谨小慎微的打工女早已脱胎换骨。

我是老板娘——老板的娘！

03

唐万军在百忙之中偶尔会抽时间开车去上海一趟，说是向陈玉兰汇报一下工程建设进度、工厂生产情况，其实是耐不住想去看看她。古人有一日不见如隔三秋之说，夸张是夸张了些，不过对他来说，此话确实有一种韵味掺杂在其中。每每见到她，似有千言万语涌上心头，可是，望着她操劳忙碌得略显瘦削的高大身影，一头仍然浓密但却夹杂了丝丝银白色的披肩发，一副永远是在看报表读数据的专注表情以及由于经常熬夜而产生大片鱼尾纹、曾经让他迷失方向的那张美轮美奂的脸，他要说出来的话却变成了"你要注意休息，不要让身体太劳累了"之类的关切话语。

唐万军弄不明白自己什么时候变得这么优柔寡断，婆婆妈妈。是不是自己真的开始变老了？他心里清楚得很，他也并没有什么话可以对她说的，要说的话她都知道，一切尽在不言中。

陈玉兰心里更清楚唐万军想要对她说些什么，他那总是默默注视她的忧郁的眼神告诉了她，只是她每一次都不希望站在她面前的唐万军说出来。

就这样，就这样，就这样，挺好……

后　记

张季萍

朱树敏，笔名朱朱，离开我们已经一年半了。如今，他创作的长篇小说《君子·兰》即将出版，作为他的夫人，我十分欣慰。可惜树敏没有看到《君子·兰》的成书，我想他的在天之灵一定会感应到的，也一定会很兴奋，我觉得他会大声地唱一首歌——《把根留住》。记得一九九五年春天，在成都的一家餐厅的楼上吃饭时，他即兴唱了《把根留住》这首歌，引得楼上楼下的顾客和服务员全都跑了出来，纷纷打听是谁在唱卡拉OK，还有人跑上楼来，在我们的包厢门口围观，以为来了歌星。时至今日，他的英姿犹在眼前，他浑厚、激昂的歌声仍回响在我耳边。

二十世纪八十年代时，树敏就是个文学青年，他喜欢看书，喜欢写作，参加了濮院镇文化站周敬文组织的文学小组，经常出去采风、参与读书活动。一九八五年，树敏与文友们一起创刊了濮院镇《梅泾文学》杂志。他写了很多小说，投稿到报刊，当然大部分都被退稿了，但其中有一篇微型小说《评先进》获得了嘉兴市举办的大奖赛一等奖。树敏喜欢下棋，喜欢足球，还在将近四十岁时考了个三级足球裁判。他喜欢一切能够接触到的社会活动。

二○一六年，王立先生一家创立了聚桂文会工作室，掀起了濮院民间文学活动的高潮，使广大文学爱好者有了一个文学交流的平台，我与树敏都加入了这支队伍。那时，他写了许多回忆故乡往事和知青生活的文章，找到了写作的感觉，他觉得写短文不过瘾，心中萌发了创作长篇小说的想法。他基于对改革开放后濮院羊毛衫市场发展历程的了解，希望通过描写一批商海弄潮儿的故事，表达他对这个年代的认知和理解。

在九十年代初，树敏辞职办羊毛衫厂——准确地说是一个家庭小作坊，那时濮院有很多这样的羊毛衫厂。书中主人公的原型是一个到我们厂里拿货的老板，他从商海起伏到走向成功是很典型的例子，"君子·兰"是他门市部销售的羊毛衫的商标。当然，树敏书中所写的情节不全是这位老板的经历，而是综合改革开放初期经商人奋斗、生活的故事塑造的人物形象。

《君子·兰》这部小说，汇聚了树敏的经历、知识，对人物的观察力、想象力，以及对文学的深情追求。树敏希望用他的文字记录时代变迁对于个人、生活的巨大影响。

树敏退休后，在嘉兴武警医院做保安，后又到医院药库工作。这部小说大部分是在药库里写作的。药库的同事和医院的一个护士长，是他每天写作的第一读者。树敏在家里，经常把自己关在书房里，有几次半夜里灵感来了，他赶紧起床记录了下来，有一天早上，他兴奋地说："昨夜睡梦中有了灵感，两点钟起来写了三千字。"这部小说倾注了他的全部心血，是他一生的知识积淀与长久的静思默想，找到了最好的表达方式，因此喷涌而出，一发而不可收，经过一年的写作，一气写下了三十万字，他还意犹未尽，准备再写一个中篇。他希望这一生能以文字为自己留下人生的痕迹。

二〇一九年，树敏的长篇小说《君子·兰》正在聚桂文会公众号连载时，不幸患了脑梗。二〇二〇年夏季，桐乡市委宣传部在濮院调研长篇小说创作状况，座谈会上，大家讨论了树敏的《君子·兰》，认为要在此基础上进一步修改，尤其是要压缩篇幅，使文本更加精练，争取早日出版。那时树敏已力不从心了，他遗憾地对我说："现在我的思路断片了，这书暂时不能出版了，等我的头脑清爽一点再改吧。"

二〇二一年四月十七日，树敏因突发脑出血而不幸去世。

《君子·兰》付印问世，是树敏生前未了的心愿。在此，我代树敏感谢桐乡市委宣传部、市文化局与市文联的关心和支持；感谢王立先生及出版社编辑的整理、修改；感谢陈滢女士的联系与运作；感谢聚桂文会各位文友一如既往的关注！正是在大家的合力推动下，树敏这部长篇小说最终得以出版。

　　同时，感谢喜欢和关注《君子·兰》一书的读者朋友们。

写于 2022 年晚秋